- 黑龙江省优势特色学科建设项目：DF-2017-10233-牡丹江师范学院-01-地方语言文学
- 牡丹江师范学院学术专著出版基金资助
- 黑龙江省教育厅备案项目：唐宋文化转型视域下的韩愈研究（1354MSYYB023）阶段性研究成果

贞元诗坛研究

A Research on Zhenyuan Parnassus

刘丽华 著

中国社会科学出版社

图书在版编目（CIP）数据

贞元诗坛研究/刘丽华著.—北京：中国社会科学出版社，2019.8
ISBN 978 - 7 - 5203 - 5189 - 8

Ⅰ.①贞… Ⅱ.①刘… Ⅲ.①唐诗—诗歌研究 Ⅳ.①I207.227.42

中国版本图书馆 CIP 数据核字（2019）第 216544 号

出 版 人	赵剑英
责任编辑	宋燕鹏
责任校对	冯英爽
责任印制	李寡寡

出 版	中国社会科学出版社
社 址	北京鼓楼西大街甲 158 号
邮 编	100720
网 址	http://www.csspw.cn
发 行 部	010 - 84083685
门 市 部	010 - 84029450
经 销	新华书店及其他书店
印刷装订	北京市十月印刷有限公司
版 次	2019 年 8 月第 1 版
印 次	2019 年 8 月第 1 次印刷
开 本	710×1000 1/16
印 张	18.75
字 数	315 千字
定 价	89.00 元

凡购买中国社会科学出版社图书，如有质量问题请与本社营销中心联系调换
电话：010 - 84083683
版权所有 侵权必究

序

　　李肇《唐国史补》卷下"叙时文所尚"条云:"大抵天宝之风尚党、大历之风尚浮、贞元之风尚荡、元和之风尚怪也"。我曾分别以《〈唐国史补〉"元和之风尚怪"说考论》和《天宝之风尚党——论盛中唐之交诗坛风气的转移》为题对李肇的相关论断进行探讨,认为李肇对盛、中唐诗坛发展阶段特点的把握是比较准确的。目前学界对"尚党""尚浮""尚怪"的含义已经有了较为一致的意见,但对如何理解"贞元之风尚荡"还是众说纷纭。丽华同学于2012年随我攻读博士时,我们师生曾经就此问题进行过一些探讨,随着探讨的深入,我们发现要想回答这一问题,离不开对贞元诗坛系统深入的考察。因此最后商定,以《贞元诗坛研究》为其博士论文题目展开研究。丽华在大量阅读相关文献的基础上,踏实钻研,博学审问,慎思明辨,最终对贞元诗坛的相关问题给出了自己的答案。在这篇博士论文即将付梓成书之际,丽华恳求作序,我欣然为之。

　　一代有一代之文学,唐诗作为唐朝代表性的文学样式,以其丰厚的内蕴吸引了一代又一代的研究者为之前赴后继。因此,相对而言,在当前的古代文学研究中,唐代文学尤其是唐代诗歌的研究是比较充分,成果也是非常丰硕的。浩如烟海的研究成果既为后继者提供了相关的借鉴,同时也难免引发一些"焦虑"而让研究者退缩迟疑。在这样的背景下,唐诗研究如何进一步的深入就成为一个非常值得思考的问题。除了期待新材料的发现之外,文学自身研究的再强化也不失为一条出路。作家的文本始终是研究者进行研究的第一手资料,在细读、精读被研究者文本的过程中,也许就会有一些不同的创获而避免人云亦云或无话可说的尴尬。刘丽华的《贞元诗坛研究》一书就是在深入文本前提下对贞元诗坛这一特殊时期诸种文学现象的深入思考,该书有以下几个方面值得注意:

首先，注重文史结合。所谓"文变染乎世情，兴废系乎时序"，贞元诗坛文学风貌的形成和唐代德宗朝的整体历史环境息息相关，作者提出，贞元时期逐渐恢复的经济不仅为生活在其中的诗人们提供了物质生活的保障，同时这一时期所实施的两税法、宫市等制度的弊端也日益显露，为贞元诗人们对现实生活的深入体认和思考带来了契机；德宗朝困顿中带有希望的政治格局激发了士子们报国有为的情怀，也进一步影响诗人们的题材取向和诗体选择；就文化环境而言，学术思想上实用理性思潮的新风、文化娱乐生活的发达以及文人之间的频繁交往等因素都对该时期诗风的变化产生较大的影响。德宗朝的政治、经济、文化现象纷繁复杂，作者在分析上述历史因素时并非泛泛而谈，而是抓住了和贞元诗坛文学现象相关的方面条分缕析。此种手法不仅体现于对贞元诗坛时代背景的分析中，该书在对具体作家、具体题材的分析过程中始终坚持知人论世的原则，相关结论往往是建立在对史料的充分把握和分析的基础之让，正因如此，才使其观点取得了令人信服的效果。

其次，宏观把握和微观深入的结合。贞元时代所处的特殊时期使得学界对贞元作家的认定颇有争议，相关作家要么向上划入大历，要么向下划入元和。贞元诗坛创作主体的界定是该研究的基础性问题，作者以"大历进入贞元""贞元""贞元走向元和"三个典型时段为序，考察其中表现突出的诗人群体和成就卓荦的个人，对贞元诗坛的演变轨迹进行了梳理，提出在这一时期"在诗歌题材上，对现实的关注更加深入、普遍；在诗体形式上，古体诗的比重逐渐加大；在诗歌风格上，日益呈现出多样化的趋势，展现出渐变的态势"，并对贞元诗坛的历时性、共时性价值和地位进行了总结。上述观点有助于读者深入把握贞元诗坛的特点，也显示出作者综合提炼、归纳概括的能力。在对具体作家的分析上，该书也不乏新见。如对于韦应物和李益的时代界定问题，学界一直将他们作为大历诗风的代表作家，但作者结合李益、韦应物二人的史传资料、出土墓志及具体创作，通过翔实的考证说明了二人的贞元属性。作者在对具体题材的把握上，也有自己独到的认识。如谈及贞元时代边塞诗时，作者研究的视野并没有局限于此，而是将其置于唐代边塞诗发展的宏观背景下予以关照，并通过与初、盛唐边塞诗的对比展现出贞元时期边塞诗在内容和风格上新的特质。这种深入的辨析还表现在作者对贞元台阁诗的分析上，书中提出唐德宗对诗歌具有浓厚的兴趣，诗歌理念上以诗为教，具体创作上表现出题材的集中性和表达方式的模式化，在此影响下，贞元应制类诗歌创作参与者较为广泛，其主题大多与节庆宴赏有关，在表达上也存在模式化的倾向。此类分析细致而又深入，能有助于读者对相关问题形成更清晰的认识，深化对贞元诗坛的了解。

第三，对"贞元之风尚荡"的探讨。面对学界对"尚荡"含义的解读莫衷一是的现状，作者采用回归李肇论说文本语境的解读原则，提出，文中所提及的"风"的含义指的并不是"时代风尚""文化风尚"，而是"时文风尚"或者说"诗文风尚"；李肇在对"元和体"进行描述时，涉及了"奇诡""苦涩""流荡""矫激""浅切""淫靡"多个角度，这些描述关涉到了诗文的主题、情感、特色、语言等多个方面，因此对"尚荡"的思考也不应该仅仅局限于内容或风格的某一隅，而应该做出综合性的评判和分析；在李肇的描述中，从天宝到元和，文坛风气从"党"到"怪"的变化显然是一个逐渐改变、有机联系的过程，因此了解李肇大体的评判标准是什么，"党""浮""怪"的内涵是什么均有助于对"荡"内涵的理解，也有助于最终把握贞元诗坛在中唐诗坛中所处的地位和价值。在确立上述原则的基础上，作者从对"荡"字含义的考察出发，结合贞元诗坛的具体作品和文学现象，提出"贞元之风尚荡"的内涵当主要包括两方面：一是就内容而言，除一定程度上对大历主要诗歌题材的延续外，针砭时政、关怀民瘼、愤世嫉俗、抒发不平，狂浪恣肆、绮靡悱恻之作逐渐增多；二是就风格而言，不同年龄阶段的创作主体在贞元中后期争奇斗艳，不避险、俗，为元和诗风的大变奠定了基础。我认为作者这里得出的结论是有理有据且合乎实际的。

当然，著作的出版并不意味着相关研究的结束，有时恰恰能引发研究者的进一步思考。该书虽然取得了一定的成果，但在研究的对象和方法上还有进一步拓展的可能。如该书着重探讨的是贞元诗坛的创作情况，实际上，贞元时期亦是古文、传奇小说发展的兴盛期，这些不同的文体和当时诗歌的发展有什么关系？书中提到了三大创作群体，这些群体之间有没有什么关联？另外，本书就研究策略而言，基本属于整体研究，其关注的重心在于贞元时代的具体作家，在此基础上，还应将贞元诗坛作为一个大的文学史坐标，将其置于纵向的历史坐标轴中，探讨贞元时代作为"古今百代之'中'"的价值。也就是说，对贞元诗坛承启作用的考察不应仅仅局限于中唐文学的范围中，而应该从传播接受的视角予以更深入的审视。

面对唐诗研究这块硬骨头，想要取得突破性的成果并不容易，但丽华从不缺乏攻克难关所需的勇气与坚韧，我期待也相信她能够再接再厉，在这一领域取得更大的收获。

张安祖
2019 年 3 月于黑龙江大学

目　　录

第一篇　绪论

第一章　贞元诗坛研究概况 (5)
第一节　国内贞元诗坛的研究概况 (5)
第二节　国外贞元诗坛研究概况 (17)

第二章　研究目的及意义 (19)

第二篇　贞元诗坛的时代背景及创作格局

第一章　贞元诗坛的时代背景 (25)
第一节　经济背景 (25)
第二节　政治背景 (31)
第三节　文化背景 (40)

第二章　贞元诗坛创作格局概说 (49)

第三篇　由大历进入贞元的江南诗人群

第一章　江南诗人群的创作背景 (57)
第一节　江南诗人群创作的地理人文背景 (58)
第二节　江南诗人群的不同划分 (61)
第三节　江南诗人群所面临的诗坛现状 (62)

第二章　江南诗人群的诗歌创作 (64)
第一节　以韦应物为代表的江南仕宦诗人 (64)

第二节　以顾况、皎然等为代表的江南本土诗人 …………（76）
　　第三节　江南诗人群创作的地域性影响 ………………………（93）

第四篇　由大历进入贞元的李益和卢纶
　　　　　　——兼谈德宗朝的边塞诗

第一章　李益、卢纶及德宗朝其他诗人边塞诗的创作概况 …………（99）
　　第一节　李益 ………………………………………………………（99）
　　第二节　卢纶 ……………………………………………………（111）
　　第三节　德宗朝其他诗人 ………………………………………（112）

第二章　德宗朝边塞诗的新变 …………………………………………（114）
　　第一节　内容上的新变 …………………………………………（114）
　　第二节　风格上的新变 …………………………………………（121）

第五篇　创作期主要在贞元的台阁
　　　　　　诗人群及孟郊等人

第一章　以唐德宗为中心的台阁诗人群 ………………………………（131）
　　第一节　唐德宗的诗歌理念及创作 ……………………………（131）
　　第二节　德宗朝其他台阁诗人 …………………………………（139）
　　第三节　德宗朝的应制诗 ………………………………………（141）
　　第四节　德宗朝台臣的应酬往来之作及个人化情感的表达
　　　　　　——以权德舆和武元衡为例 …………………………（151）

第二章　孟郊、欧阳詹在贞元时期的诗歌创作 ………………………（162）
　　第一节　孟郊 ……………………………………………………（162）
　　第二节　欧阳詹 …………………………………………………（171）

第六篇　由贞元即将走向元和的青年士子群

第一章　贞元青年士子群 ………………………………………………（185）
　　第一节　韩愈等人 ………………………………………………（185）
　　第二节　张籍与王建 ……………………………………………（190）

第三节　元、白、刘、柳等人 …………………………………… (194)

第二章　青年士子群在贞元时期的诗歌创作倾向 ………………… (202)
　　第一节　对现实与自我人生的关注 …………………………… (202)
　　第二节　贞元青年士子群的诗歌思想 ………………………… (224)
　　第三节　贞元青年士子群在诗歌上的新变 …………………… (232)

第七篇　贞元诗坛的风貌与评价

第一章　三大诗人群体的演进轨迹 …………………………………… (241)
　　第一节　诗歌题材上，更加关注现实 ………………………… (241)
　　第二节　诗体形式上，古体诗比重逐渐加大 ………………… (248)
　　第三节　诗歌风格上，日益呈现出多样化、渐变的态势 …… (253)

第二章　对"贞元之风尚荡"的思考 ………………………………… (260)
　　第一节　"贞元之风尚荡"的内涵 ……………………………… (262)
　　第二节　对"贞元之风尚荡"的评价 …………………………… (273)

结　语 ………………………………………………………………… (275)

参考文献 ……………………………………………………………… (280)

后　记 ………………………………………………………………… (293)

第一篇

绪 论

贞元（785—805）是唐德宗李适（780—805）的年号之一，以此为号，殆取其欲追贞观、开元之治之意。"贞元诗坛研究"指的就是对德宗一朝主要是贞元时期诗歌创作情况的研究。德宗统治期间所用年号及时间分别为建中四年，兴元一年，贞元二十一年，实际统治的时间近二十六年。与其父代宗（763—779）的大历时代、其孙宪宗（806—820）的元和时代相比，统治时间明显较长。这就为从时间角度将贞元诗坛纳入研究范围提供了可能性。

以兴元为界的建中和贞元，整个社会明显表现出不同的状态，一动荡一安定，一贫瘠一富足（当然，这种富足、安定均是局限于两者之间的相对而言），德宗一朝，似乎成为安史之乱前后社会状态的一个小小缩影。皇帝、朝臣、文人士子在这二十几年的时光里又感受到了自己的国家在几十年前刚刚上演过的风雨飘摇和治乱兴衰。这种感受是如此的直接、强烈而不能不影响到他们的心态、行为方式和诗歌创作，这就为从社会心理角度将贞元诗坛纳入研究范围提供了又一种可能性。

且实际考察贞元时代的诗歌创作情况就会发现，这一时期拥有不同年龄阶段的诗人群体，他们在诗歌创作中关注的问题不同，结出的硕果自然也就各异，复杂的创作群体也就决定了这一诗坛的多样性和丰富性。另外，身处大历与元和之间的特定位置也让贞元诗坛具有了其他时代很难具有的复杂性、独特性。因此，将贞元诗坛纳入研究的范围也就成为一个必然性的选择结果。

事实上，距离贞元结束不到二十年，李肇就在《唐国史补》中指出"大抵天宝之风尚党，大历之风尚浮，贞元之风尚荡，元和之风尚怪也"[①]，该论断语虽简要，但显然已将贞元视为一个独立阶段并以"荡"概括其独特风貌，可以说首开贞元诗坛研究之风。但此论断在以后的历史发展中并未受到应有的重视，甚至如明代王世贞论诗，只取大历以前，认为"贞元而后，方足覆瓿"[②]，即贞元之后的诗歌不值一提。但实际上此种论断即便在同时代也有人持不同意见。明代宗唐之风一度大盛，贞元的特殊地位也逐渐为学者所关注，如高棅《唐诗品汇·总序》中有云："大

---

① （唐）李肇：《唐国史补》下卷"叙时文所尚"条，古典文学出版社1957年版，第57页。

② （明）王世贞：《艺苑卮言》卷一，丁福保辑：《历代诗话续编》，中华书局1983年版，第960页。

历、贞元中，则有韦苏州之雅淡，刘随州之闲旷，钱、郎之清赡，皇甫之冲秀，秦公绪之山林，李从一之台阁，此中唐之再盛也。下暨元和之际，则有柳愚溪之超然复古，韩昌黎之博大其词，张、王乐府，得其故实，元、白序事，务在分明"①，虽不免将贞元与大历并提，但毕竟没有完全无视贞元诗坛的存在。

那么，除了历史的价值而外，贞元在文学、学术史中真的就是一个可有可无的存在吗？答案显然是否定的。古代已有学者注意到了贞元时代的特定价值，虽然这些学者依旧免不了将贞元和其他诸如元和、长庆诸代并提，但他们对于贞元的关注和评价无疑对于提升其研究价值有着重要的意义。如叶燮的这段话经常被研究中唐文学的学者所引用："吾尝上下百代，至唐贞元、元和之间，窃以为古今诗运、文运，至此时为一大关键也"，"迨至贞元、元和之间，有韩愈、柳宗元、刘长卿、钱起、白居易、元稹辈出，群才竞起而变八代之盛，自是而诗之调、之格、之声、之情，凿险出奇，无不以是为前后之关键矣。……今天下于文之起衰，人人能知而言之；于诗之变盛，则未有能知而言之者。此其故，皆因后之称诗者胸无成识，不能有所发明，遂各因其时以差别，号之曰中唐，又曰晚唐。不知此'中'也者，乃古今百代之'中'，而非有唐之所独得而称'中'者也。……后此千百年，无不从是以为断"②。在叶燮看来，在贞元、元和时期，诗、文的创作都发生了极大的变化，这种变化的意义不仅在于中唐一代，甚至从整个诗歌史的角度来说也具有"百代之中"的价值。清代的吴乔继承了这一观念，并把时间范围有所扩充，提出"诗至贞元、长庆，古今一大变"③的观点。近代学者陈寅恪在论及韩愈时也提到，韩愈所发起的古文运动"卒开后来赵宋新儒学新古文之文化运动"，在此基础上，他认为，可以此为断限来认识唐代的历史分期："唐代之史可分前后两期。前期结束南北朝相承之旧局面，后期开启赵宋以降之新局面；关于社会政治经济者如此，关于文化学术者亦莫不如此"。联系"古文运动"主要发生在贞元、元和时代的事实就会发现，陈寅恪的结论实际上与之前

---

① （明）高棅编选：《唐诗品汇·总序》，上海古籍出版社1988年版，第8—9页。

② （清）叶燮：《百家唐诗序》，《已畦文集》卷八，四库全书存目丛书集部别集类，齐鲁书社1997年版。

③ （清）冯班：《钝吟杂录》卷七，陈伯海编：《唐诗汇评》（下册）引，浙江教育出版社1995年版，第3192页。

叶燮、吴乔诸人的观点一脉相承，并且用精练的语言一定程度上回答了叶、吴二人所说的"变"的内涵。陈寅恪尤其强调了韩愈在其中的地位，认为韩愈是"唐代文化学术史上承先启后转旧为新关捩点之人物也。其地位价值若是重要，而千年以来论退之者似尚未能窥其蕴奥"。① 这些观点虽仍不免过于简略，但无疑为我们研究贞元诗坛打下了良好的基础。

进入20世纪，随着古代文学学科建设的完善和研究的深入，对贞元诗坛的把握与古、近代相比有了长足的进步，现总结如下。

---

① 陈寅恪：《金明馆丛稿初编》（论韩愈），生活·读书·新知三联书店2001年版，第332页。

第一章

贞元诗坛研究概况

第一节 国内贞元诗坛的研究概况

国内对贞元诗坛的研究虽然起步较晚，但通过学者们坚持不懈地努力，有关贞元诗坛的整体特点、创作主体、"贞元之风尚荡"等诸多相关问题都得到了一定的关注，得出了很多精彩的、富有启发性的观点和结论。

一 关于贞元诗坛的整体研究情况

虽然古代学者对贞元诗人及作品的评价始终不绝如缕，但纵观贞元以后的诗史，古代学者对贞元诗坛的整体情况进行探究相对来说还是比较少见的。国内现当代学者真正意义上开始对贞元诗坛进行研究是从20世纪80年代开始的。在此之前，一些有代表性的早期文学通史、断代史著作如胡适《白话文学史》、苏雪林《唐诗概论》、郑宾于《中国文学流变史》（中册）、陆侃如和冯沅君《中国诗史》（中册）、郑振铎《插图本中国文学史》（中册）、游国恩等编著的《中国文学史》（第二册）、中国科学院文学研究所编写的《中国文学史》（第二册）、刘大杰《中国文学发展史》（中册）对中唐诗歌的整体风貌和作家、作品发表了自己的见解，虽尚未明确涉及贞元诗坛，但其中所提及的观点和结论对于贞元诗坛的研究也有一定的启发意义。如胡书中认为中唐是"唐诗的极盛时代"，从杜甫中年以后，到白居易之死，"诗与散文都走上了写实的大路，由浪漫而回到平实，由天上而回到人间，由华丽而回到平淡"[1]。而且，胡适单列

---

[1] 胡适：《白话文学史》，上海古籍出版社1999年版，第186—187页。

"大历长庆间诗人"一章,除韩、孟外,也关注到了诸如顾况、张籍、卢仝等在贞元时期进行创作的中小诗人。胡著出于对俗文学的重视,自然对俗文学盛行的中唐文学评价颇高。这样一来,在他的论著中便将中唐诗歌的成就提到了一个值得关注的高度,其开辟之功值得肯定。郑宾于则提出,"站在诗的立场上说,我们之所谓盛唐,并不仅指开元、天宝,实在也指大历元和"①,虽未提贞元,但显然贞元是包含在他对"盛唐"之诗的界定范畴之内的。郑振铎则认为韩愈和白居易是中唐诗歌中的"两个极端","韩愈把沈、宋、王、孟以来的滥调,用艰险的作风一手拗弯过来。白居易则用他的平易近人,明白流畅的诗体,去纠正他们的庸熟。韩愈是向深处险处走去的。白居易是向平处浅处走去的"②。郑振铎的观点敏锐地触及了韩、白各自独特的诗风和在文学演变史中的特点及意义,对之后研究中唐的两大流派有重要的启迪意义。

20世纪80年代,随着对中唐文学研究的进一步深化,学者也开始注意到了贞元时期的丰富性和复杂性。如罗宗强先生分别以《论大历至贞元中的文学思想》和《论唐贞元中至元和年间尚怪奇、重主观的诗歌思想》为题来分析中唐时代的文学思想。罗先生以韩愈初次至长安应试的贞元三年为界,将中唐分成大历到贞元中期及贞元中期到元和两个阶段,认为这两个阶段表现出了不同的文学思想。他在前文中提出,"这是处于两个高峰之间"的"短短的过渡期",此时无论在创作倾向、创作思想还是在创作理论上都有自己的特点,即"盛唐余韵"与"战乱写实",而当时创作思想的主要倾向,是避开战乱的现实生活,追求一种宁静闲适、冷落寂寞的生活情调,追求一种清丽的纤弱的美③;后文则认为,贞元中至元和年间的诗坛上,除了尚实、尚俗、务尽这一诗派的诗人之外,还有另一批以韩愈、孟郊为代表的活跃诗人群体,他们在个人风格上相异甚为明显,但在尚怪奇、重主观这一基本倾向上却是一致的。④ 作者虽然将贞元时期割裂开来,但确实展示了贞元前后期诗风的变化及典型特点,对之后

---

① 郑宾于:《中国文学流变史》(中册),中州古籍出版社1991年版,第365页。
② 郑振铎:《插图本中国文学史》(中册),人民文学出版社1957年版,第351页。
③ 《社会科学战线》1983年第3期。
④ 《古代文学理论研究》1984年第9期。上述两篇文章后来被收入作者的《隋唐五代文学思想史》一书,中华书局1999年版。

贞元诗坛的研究具有理论上的指导意义。王玮的《贞长风概》①一文和传统观念不同，作者把贞元文学也纳入了新的文学盛世的范畴，一定程度上提高了贞元诗坛的地位。该文认为从贞元到长庆时期的文学是自盛唐之后又出现的一个新的文学盛世。作者移用宋人洪迈提出的"贞长风概"一词，来概括该时期的文学作品中所体现出的风格倾向、文人士大夫的总体精神面貌以及时代精神，包括深重的忧患意识、儒学复古与文学复古的同步性及由社会到个人，由外界到内心的心路历程。该文对生活在这一时期的作家心态的变化及原因有十分精到的分析，对研究贞元创作的时世背景及作家心理有指导意义。

到了20世纪90年代，李从军的《唐代文学演变史》也将贞元中期作为划分中唐前后期的分界点，将前期称为"二元过渡时代"，后期称为"复兴时代"②。吴庚舜、董乃斌主编的《唐代文学史》（下册）③则将中唐分为大历至兴元、贞元至大中两个时期进行论述。章培恒、骆玉明主编的《中国文学史》（中册）认为"中唐大历、贞元年间，相对来说是唐代诗史上的低潮期，这个时期没有出现大诗人，诗歌的一般成就不是很突出"，明显还是对轻视贞元诗坛独立性这一传统观念的继承，但其中也指出，该时期的诗歌"和元和年间新的诗歌高潮的出现有内在的关联。有些现象在当时并不突出，如以俚语俗词入诗，发挥奇异想象，以及有意识地广泛吸收自《诗经》、楚辞以来的各种前代风格等，对元和间的诗有着启迪意义"④，比较具体地指出了大历、贞元诗坛对于元和诗坛的意义所在。但大历和贞元毕竟是不同的时代，各有其特点，这种模糊性的判断其实无益于对具体时代各自真正价值的认识。很显然，在上述著作中，相比前代来讲，研究者虽然已经意识到了贞元时期在文学史中的特殊位置和特点，却往往习惯于将其附着于大历或元和，割裂开来进行研究，对贞元诗坛的独立地位采取了忽视的态度。不过值得一提的是这一时期的另一本唐诗史著作——许总的《唐诗史》，该书第一次将"贞元诗坛"单列一章，并以"贞元：承接中的变异"为题，分"时代风尚的多重承受""审美情

---

① 《文学遗产》1987年第3期。
② 人民文学出版社1993年版，第303—424页。
③ 人民文学出版社1995年版。
④ 复旦大学出版社1997年版，第134页。

调的奇诞变奏""创作经验的理论概括"三部分进行分析①，该文无疑在贞元诗坛的研究史中具有开辟性的意义和地位。一年后，许总又以《论贞元士风与诗风》为题将该章节的内容以论文的形式发表，并首次将"贞元诗风"作为一个独立性的概念提出，认为"与大历时期一样，贞元时期同样处于大乱之后的相对稳定时期，向往中兴成为人们的普遍心态，诗风也表现出对大历诗歌继承与延续的特点。另外，经过多次社会变革思潮，贞元文人又感受着大历之后的新的时代气息，求新心态的形成和蔓延，促使诗人各自个性愈益发展，在艺术上普遍表现出对大历委琐诗风的不满，构成艺术风格多向发展与审美情调奇诞变奏，直接启示了元和诗变的到来"。文章的结论就在于，"贞元诗歌既作为大历、元和两大阶段之过渡，又表现出自身的独特风貌"②。该文既能将贞元置于诗歌史的发展流变中来研究，又能结合社会文化因素分析贞元诗风自身的复杂多变，颇能给人以启发。但作者在贞元诗坛创作主体的认定上认为只有如顾况、戴叔伦、李益、章八元、韦应物、皎然、清江等人才体现出贞元诗坛的特色则失之过狭，而这样的视角也必然影响到对贞元诗坛真正价值的准确判定。

进入 21 世纪以来，随着研究者视角的深入、研究内容的细化以及大量博、硕士生力军的加入，学界对贞元诗坛的研究不仅在数量上激增，对相关问题也有了更加系统、深入的把握。张师安祖先生指导的张晶平的《论中唐贞元诗风》首次比较系统地展开了对贞元诗坛的研究。除"引论"部分外，该文由"贞元时期时代背景"和"创作主要集中于贞元时期的诗人群体分析"两部分组成，与以往的单篇论文相比该文在具体内容上更加细化，且将更多的作家纳入贞元诗坛的考察范围，这些进步都值得肯定。但作为对一个时代诗风的考察，该文明显还较为单薄，一些观点如"贞元诗风是大历诗风的延续""诗歌几乎不涉及社会现实生活"③ 等观点还有待商榷。另外，温成荣的《大历、贞元诗的地位》④、于水善《论贞元诗风》⑤ 均涉及了对贞元诗坛整体情况研究的一些方面。贺同赏、

---

① 江苏教育出版社 1994 年版，第 129—158 页。
② 《广西师范大学学报》（哲学社会科学版）1995 年第 1 期。
③ 硕士学位论文，黑龙江大学，2005 年，第 40 页。
④ 硕士学位论文，天津师范大学，2003 年。
⑤ 硕士学位论文，山东大学，2008 年。

王明春的《贞元诗歌的总体特征及诗史意义——以顾况、李益、孟郊的诗歌创作为中心》一文以思想格调的"由上返下"、情感指数的"由冷变热"、审美趣味的"由平转奇"[①]来概括贞元诗歌的总体特征，对于贞元诗歌的具体状况提出了自己的见解。方丽萍的《贞元京城文学群落研究》一书是学界第一部也是现存唯一一部以贞元文学、贞元作家为研究对象的专著，因此该书在贞元文学研究领域自有其特殊的地位和价值。该书提出：作为"中唐之中"的唐德宗贞元前后，在京城长安，仕宦主体、文学风尚以及人们的价值观念都悄然发生着变化。庙堂气、文士气、市井气弥散于贞元京城上空，构成了活色生香的中唐文学风貌。它所显现出的鲜明的承接和变异色调说明，作为文学的"夹缝时代"，贞元文学在许多方面都可将"唐宋转型"的命题具体落实，具有文学史、社会史、思想史、经济史等多方面意义。该书通过考察贞元时期台阁诗人群、举子群、古文家群及小说家群这四个文学群落具体的创作情况，对这一时期文学风貌的变化进行了较为深刻的揭示。这些变化在作者看来，既是唐帝国由盛转衰的体现，也预示着一个新的文化类型——宋型文化的开端。[②]上述结论无疑对于提升贞元文学的研究价值、把握贞元文学的历史地位有着重要的意义。不过从研究对象来讲，该书显然是以整个贞元京城文坛为研究主体，与本书对贞元诗坛的研究方向既有重合之处，也有不同之处。或者说，贞元诗歌只是该书所涉及内容的一部分而已，因作者的研究范围并不专注于此，也就难免在很多相关问题上失之过简了。

显然，从对贞元诗坛的整体研究来看，学界经历了忽视贞元诗坛、割裂贞元诗坛、将贞元诗坛独立化的转变过程。可喜的是，随着研究的深入与细化，贞元诗坛的独立地位也逐渐为学界所认可，贞元诗坛的特点及风貌也已经得到了简要的概括和总结，但可惜的是，这些研究文献大多是单篇论文的性质，限于篇幅不可能对相关问题有全面系统的把握，尤其对贞元诗风如何向元和诗风转变的细致脉络还缺乏深入的梳理，研究者还可以利用现有的文献和资料作进一步系统的研究。

---

① 《德州学院学报》2007年第6期。
② 人民出版社2011年版。

二　贞元诗坛创作主体研究概况

对贞元诗坛创作主体的确定也经历了一个漫长的时期，基本上随着对贞元诗坛研究的深入而细化和明确。

首先为学界所认可并进入贞元诗坛研究领域的是以皎然、顾况、刘长卿、韦应物为代表的由大历进入贞元的诗人群，也是目前贞元诗坛研究中最为成熟与充分的一个群体。许多观点都已经成为结论性的看法而被学界所认可，这也为进一步的研究打下了很好的基础。这一状况与该群体进入贞元文学研究视野的时间有一定的关系。

早在20世纪80年代，赵昌平的《吴中诗派与中唐诗歌》一文开始关注大历、贞元诗坛中一个长期被忽视的诗歌流派——吴中诗派。该派成员以皎然、顾况为首，另外包括秦系、灵澈、朱放、陆羽、张志和等人。作者认为这些诗人在汲取吴楚民间谣曲滋养，继承与变革南朝诗体的基础上，所形成的诗风既不同于元结与《箧中集》诸子，也有异于"大历十才子"。他们的诗作虽带有大历诗风的某些形迹，但已唱出了元和诗变的先声。他们的理论与创作成了开、天和元和这两个诗歌高潮间转换的枢纽。[①]该文第一次提出了"吴中诗派"在大历、贞元诗坛间的地位和价值，虽然作者论述的重点在于吴中诗派的诗风及其在中唐诗歌中的意义，但显然已经涉及了贞元诗坛创作主体及创作特色的分析，这就为贞元诗坛第一批创作主体的确定奠定了基础。

可能正是受该篇文章的影响，20世纪90年代，许总的《论贞元士风与诗风》一文认为："长达20余年的贞元时代，诗坛构成甚为复杂。首先，大历诗坛主要诗人中有相当一部分活动延及贞元前期；其次，作为下一阶段诗坛核心、代表'元和诗变'的主要作家大多生于大历年间，贞元时已初涉文坛"，该论断可以说第一次较为明确的将上述两类作家纳入贞元诗坛的研究范畴，本是一种创见和突破，但作者接下来又自己否定了这种论断，其原因是："就其主要倾向而言，前者活动期毕竟主要在于大历年间，至贞元已如强弩之末，后者主要活动期尚未到来，其所体现的以'元和诗变'为标志的时代性特征在贞元时亦尚未形成"，所以作者最终将贞元诗坛的代表人物界定为"大体上应以顾况、章八元以及皎然、清

---

① 《中国社会科学》1984年第4期。

江、法振、灵澈等江南诗僧为代表"①,这样的界定实际上和赵昌平"吴中诗派"中的人物大多重合,但又增加了戴叔伦、韦应物、李益等人。所以这批诗人可以大体确定为贞元诗坛的第一批作家。

近十年后,查屏球《由皎然与高仲武对江南诗人的评价看大历贞元诗风之变》一文通过对《中兴间气集》和《诗式》两书对江南诗人创作不同评价的考察,认为据此可反映出大历至贞元初诗风的变化情况:"高氏的评论是对大历京城诗风的总结,是对王、孟清雅范式的传承。皎然诗论及江南诗风则是对已近于僵化的这一诗歌模式的解脱,内容上多奇景怪事;在语言风格上,以口语素词洗脱前期精丽典雅的'时俗'之调。"②该文最值得称道的一点就是对于学界长期以来已经几乎趋于定论的贞元诗风(尤其是贞元前期诗风)是大历诗风的延续的观点提出了质疑,并用翔实的材料说明了以皎然、顾况为代表的江南诗人群在贞元初的诗歌创作其实独具特色,和他们在大历时期的作品已经有所不同。这样的观点和论断为将这批江南诗人纳入贞元诗坛的考察范围进一步提供了充足的证据。

上述文章虽从不同角度切入,研究的问题似乎也各不相关,但在将江南诗人群纳入贞元诗坛的考察范围这一观点上是一致的。这些文章也都注意到了在江南独特人文环境的影响下江南诗人群体诗风的特殊性,对其"变"的一面关注颇多,为研究大历诗风如何向元和诗风过渡奠定了基础。尤其值得肯定的是,研究者对顾况、皎然等人在大历、贞元时期诗风转变情况的具体表现作了深入的探析,为进一步的研究奠定了很好的基础。那么,他们这种变化的渊源到底在哪里呢,对此问题的探究似乎还有深入的空间。另外,需要注意的是,在上述文章中,研究者虽然也提到了韦应物(如许总之文),但主要是从其与大历诗风的一致性与延续性这一角度来谈的。那么,韦应物在贞元时期创作的诗歌真的没有什么独特的变化吗?贞元对于韦应物的意义只是一种重复和延续吗?如果韦应物的诗歌在贞元时期有所变化的话,那么他变化的方向是否与同样作为江南诗人群成员的顾况、皎然等人是一致的呢?另外需要重点关注的诗人是李益,研究者虽然也将其纳入贞元诗坛的研究范畴,但在具体论述中实际上并没有展开。那么,如果对李益进行深入考察的话,是否会有什么新的发现呢?

---

① 《广西师范大学学报》(哲学社会科学版)1995年第4期。
② 《复旦学报》(社会科学版)2003年第6期。

作为李益代表性题材的边塞诗和贞元时代有没有什么关系呢？如果有的话，和前代边塞诗相比，有没有什么新的变化呢？这些人虽然来自大历，他们的诗风确实不可能完全革除大历诗风的遗迹，但当他们进入德宗朝之后，生活环境、社会身份的诸多变化不能不影响到他们的诗歌，因此，研究者应该在对其"承"的一面进行客观评价的同时，对其"变"的一面继续深入方能对贞元诗坛第一批创作主体形成全面、准确的认知。

贞元诗坛的创作主体当然不仅仅局限于江南诗人群，学者们也逐渐注意到了那些创作期主要在贞元的作家，主要以唐德宗、权德舆、孟郊为代表。如蒋寅《大历诗人研究》一书中所认定的大历诗风的范围是"至德元年（756）到贞元八年（792）"，所以不可避免地涉及了贞元诗坛初期的创作情况，尤其是该书第四章以"大历诗坛向元和诗坛的过渡"为题，分"自我表现的复苏——顾况""从戎幕回归台阁——李益""台阁诗风的再兴——权德舆与新台阁诗人"三节，对活跃于大历、贞元诗坛，并形成了不同特色的三位诗人进行了探讨，尤其是权德舆，作者认为他已经"继包佶之后事实上成了贞元后期至元和年间的文坛盟主"[1]，可以说比较早地关注到了权德舆在贞元诗坛上的重要地位。张晶平《论中唐贞元诗风》一文则把唐德宗、权德舆、欧阳詹、吕温作为贞元诗坛的主要创作主体，分析了他们的题材范围和艺术特点。方丽萍的《贞元京城文学群落研究》也专列"台阁诗人群"一章，系统分析了以唐德宗、权德舆、武元衡为代表的台阁诗人群，明确将这批诗人纳入贞元诗坛。蒋寅的另一篇文章《孟郊创作的诗歌史意义》一文从孟郊的艺术渊源与艺术倾向入手，研究诗人的感觉方式及与大历诗、元和诗的关系，从中唐诗坛的复古先锋、自我意识的强化和深化、主观化的艺术表现三方面入手，认为"孟郊将江南诗坛的尚奇之风带到了京城，用自己的创作发挥了顾况的自我表现倾向和奇肆而粗粝的语言风格，强烈的刺激了韩愈及其周围的一批诗人，群起而扫荡大历诗风的余波，开辟元和诗坛争奇斗异的新局面"[2]。实际上已经触及了孟郊在贞元诗坛创作的历史意义和地位的问题。在此背景下，余慧敏的《孟郊与贞元诗坛》（广西师范大学，硕士学位论文，2007年）一文从孟郊与贞元诗人群的关系、孟郊诗学观与贞元诗歌理论

---

[1] 北京大学出版社2007年版，第377页。
[2] 《华南师范大学学报》2005年第2期。

趣尚、孟郊诗歌内容特点与贞元诗歌主潮、孟郊诗歌风格特点与贞元诗风四个方面入手,对孟郊在贞元诗坛中的特色、成就和地位做出了研究和评价。该文第一次明确将韩孟诗派的代表人物之一纳入贞元诗坛的研究范畴,并对此进行了有针对性的分析,对贞元诗坛研究主体的拓展具有很大的启迪意义。除了上述篇章外,另外如雷恩海的《走向贞元文坛宗主地位的阶梯——权德舆的家世背景及学术渊源考察》[①]、严国荣的《权德舆研究》[②]等都从各个方面入手分析了权德舆的思想与创作,有助于我们对权德舆贞元时期诗歌创作的研究;田恩铭的《唐德宗与贞元诗风》[③]也关注了唐德宗在贞元诗风形成中的作用和地位。

上述的研究可以让我们明确,确实有一批创作期主要在贞元时期的诗人,对他们的研究和分析自然是贞元诗坛研究中的应有之义。虽然在上述论文中,研究者们对于这些人的创作已经有了较为深入的分析,但是,针对具体的作家和个体,是否还有拓展的空间呢?答案是有的。如对于唐德宗,作为赵翼口中唐朝诸帝能诗者之"最",他的诗歌理念到底是什么?在这样的皇帝的统治下,贞元时期的应制诗创作又有着怎样的局面?除了上述诸人外,有没有其他创作期也主要在贞元的作家呢?如果有的话,其创作特点又是什么?这些问题其实都值得进一步的研究。

相比前两者而言,贞元时期的第三大创作群体往往处于被忽视的状态。所谓第三大创作群体指的是那些充满锋芒与锐气,即将在贞元诗坛大展拳脚的青年士子群,其中的代表人物为韩愈、张籍、王建、白居易、元稹、刘禹锡等人。在这一群体中,学者们对韩愈在贞元时期创作的研究相对较多一些,对其他人物在贞元时期的思想及创作则关注较少甚至没有。如肖占鹏《韩孟诗派研究》[④]在谈及韩愈和孟郊的思想和创作时,没有概而言之,而是注意到了他们的思想和创作存在着前后期的差异,即孟郊和韩愈分别以贞元八年、贞元十八年为界,分为前后两个阶段。虽然划分的具体时间还有待商榷,但注意到作家因生平阶段的不同而表现出不同的创作倾向,既符合创作的规律,亦为我们将其纳入贞元诗坛考察的范围提供了可能。巧合的是,贾晋华以时间顺序来分析韩孟集团的形成过程及不同

---

① 《西北师大学报》(社会科学版)2002年第4期。
② 博士学位论文,陕西师范大学,2004年。
③ 《哈尔滨师范大学社会科学学报》2011年第5期。
④ 南开大学出版社1999年版。

时期的特点，第一个阶段作者以"汴徐初集，韩愈低头拜东野"① 为题，主要关注的就是他们在贞元时期的创作情况。唐晓敏《贞元政局与韩愈文学思想的形成》② 则从贞元时期政治背景角度分析了韩愈文学思想形成的原因，注意到了贞元这个时代在韩愈文学思想形成中的独特位置。雷恩海的《同气相求——贞元时期刘禹锡、柳宗元、韩愈的思想和创作》③ 一文在梳理刘、柳、韩三人在贞元时期仕途履历及政治理想的基础上，分析评价了三人的文学思想和诗文创作情况，认为他们在贞元前期已经成为文坛、政坛的新秀，而比较接近的思想认识，是三人订交的基础，由此也开始了其共同的政事活动和文学创作。文章的重心虽然不是刘、柳、韩的诗歌创作，但对相关内容的梳理和分析也为研究者将此三人纳入贞元诗坛的考察范围提供了契机。方丽萍的《贞元京城文学群落研究》在"举子群"研究部分，涉及了对这一特定群体的省试诗、干谒诗的分析。并且，作者在附录部分列"贞元作家生卒年及作品情况简表""贞元作家出入京城情况简表"④，这些材料均为进一步研究贞元诗坛提供了便利。由上述研究情况可知，学界对贞元诗坛这一创作群体的关注明显比较薄弱，那么，贞元时代对于上述诸人的创作到底有没有意义？如果有的话，意义到底是什么？他们在这一时期的创作与他们在元和时代的创作有没有什么关系？对这些问题的回答就需要研究者系统梳理上述诸人在贞元时代的生平经历及具体创作情况，以便对他们在贞元时期的诗歌创作形成新的、全面的认识。

总之，由以上的研究状况可知，学界大体上还是明确了贞元诗坛的三大创作主体，但对其系统的研究显然不够，在研究的深度上也有很大的差别，这就为进一步的研究提供了可能性。而且，以论文的形式对某一类主体进行研究显然也无助于形成对贞元诗坛总貌的准确认知。因此，在明确研究主体的情况下，将贞元诗坛的研究系统化、细致化、全面化在当下看来是必要且有意义的。

三 关于"贞元之风尚荡"的研究

唐人李肇在《唐国史补》中提出的"贞元之风尚荡"是贞元文学研

---

① 贾晋华：《唐代集会总集与诗人群研究》，北京大学出版社2001年版，第499页。
② 《宜春学院学报》2010年第10期。
③ 《西北师大学报》（社会科学版）2005年第7期。
④ 人民出版社2011年版，第298—313页。

究中的焦点问题，但学者们对"荡"的具体含义及形成原因往往各有主张。

早在20世纪80年代中期，赵昌平在《吴中诗派与中唐诗歌》中认为"荡可训为放荡、流荡、跌荡等，均有放任不拘之义"，吴中诗派"清狂"的作风就是这一风气的体现，并提出"从十才子的清新而涉于浮，到吴中派的由清壮（清而不浮弱）而清狂，正体现了李肇所云'大历之风尚浮，贞元之风尚荡'的转变，而成为'元和之风尚怪'的前奏"①。赵先生是比较早对"荡"的含义做出解读的学者，并且明确指出贞元"尚荡"与元和"尚怪"之间存在着密切的关系，为之后这一问题进入研究视野首开其路。三年后，赵先生又在其《从王维到皎然》② 一文中提出大历贞元间南方诗人放荡的风气与当时洪州禅放荡作风的流行有着极为密切的关系，指出了贞元尚荡之风和当时思想文化发展的密切关系。陈伯海先生认为"荡"指"狂放"，"怪"指"险怪"，是"当时诗风的显著特点"③，惜其过简。蒋寅则认为"荡"表现为"嚣张之气"④，在具体原因的分析上与赵昌平先生相似，认为和马祖禅流行时社会上掀起的"狂放不羁、任心直行"的作风有关，影响所及，皎然等人的诗歌创作也表现出尚通脱、任狂逸的特点。在上述文章中虽然已经涉及对"荡"的解读，但研究者大多是在谈及中唐文学或某一流派、某一诗人时顺便言之，其研究的目的与重心并不在此，所以难免失之过简，也很难让读者对"尚荡"的含义有深刻与直观的理解。

胡可先在《论元和体》一文中，认为"贞元之风"应包含士风和文风两个方面，对"荡"的解读也应该从这两个角度入手，具体而言，他认为贞元士风之"荡"在于"崇尚放荡、豪华、奢侈"，文风之"荡"在于"绮靡柔弱"。⑤ 因为是在谈论元和体时的兼及之，对其具体含义作者并没有展开，不过从论述中却可见作者主要以士风来把握文风的倾向。这种倾向在方丽萍的《"贞元之风尚荡"析》中得到了继承和拓展。该文

---

① 《中国社会科学》1984年第4期。
② 《中华文史论丛》1987年第2、3期合刊。
③ 陈伯海：《唐诗学引论》，知识出版社1988年版，第35页。
④ 蒋寅：《孟郊创作的诗歌史意义》，《华南师大学报》2005年第2期。
⑤ 《中国韵文学刊》2000年第1期。相关内容在其之前的论著中也有所体现，具体可参见胡可先《唐代重大历史事件与文学研究》，浙江大学出版社2007年版，第313—315页。

也主要从士风角度入手来认识此问题。作者首先对陈寅恪、侯外庐提出的"荡"一般指庶族进士的浮荡提出质疑,认为"荡"的主体应该"包括所有贞元时初露头角的举子和初入官场的官员";从具体内涵上而言,作者认为"贞元之风尚荡"主要包括"学术思想的自由、速功思想、人格上的平等意识、刻意的耿介其行以及创作上的坦荡真率"等多层含义,文章并就此含义形成的原因作了分析,认为"贞元诗人的'荡'来自于对自身学识、修养、人生目标等的自信和拯时济弊的社会责任感"①。该文章专论"贞元之风尚荡",相比之前往往顺便谈及的局面而言,显示了学界对这一问题重视程度的提升,并且,该文对"尚荡"之风主体的把握方面较之前有了新的拓展,这就为准确、全面认识这一问题拓宽了道路。不过,该文除了在文章的末尾谈及"尚荡"之风在文学上的一些表现外,作者对"尚荡"含义的论述多集中在对贞元时代士子思想的考察方面,明显对"荡"的含义在理解上有所偏重。不过,在胡可先2015年发表的《论包佶、李纾与贞元诗风》中,他对自己以往的观点有所拓展,他认为,贞元文学尤其是诗歌"尚荡"的风气主要表现为三个方面:"以文为戏、逞才使气、诙诞奇险。"并提出,如果以"变"来说明安史之乱后的文学发展情况的话,那么"这种'变'是动态的和渐进的,大历时期是'变'之初始,故有浮薄轻疏的倾向;贞元时期乃'变'之渐进,故时而奇崛,时而流荡,时而俚俗,故总体上莫衷一是;元和时期乃'变'之极致,故名家辈出,风格各殊,呈现出千奇百怪的局面"②。对三个时代的文学关系问题做出了比较准确的回答。

在"尚荡"问题上另有两篇值得关注的文章,其中提出的观点对回答该问题很有启发性。贺同赏、王明春的《贞元诗歌的总体特征及诗史意义——以顾况、李益、孟郊的诗歌创作为中心》一文认为"荡"是"一种心理状态,一种处于低沉与振奋之间的临界性的心理状态","这种心理状态反映到诗歌创作中,便呈现出一种奇崛放任、疏荡磊落的诗歌风貌,这就是'荡'字在文学批评方面的主要内涵"③。在对"荡"的解释中可以说别出机杼,颇有新意,但作者主要目的并不在把握"荡"的内

---

① 《南开学报》(哲学社会科学版)2012年第3期。
② 《学术界》2015年第6期。
③ 《德州学院学报》2007年第6期,第13、14页。

涵，而是以此为出发点来说明贞元诗歌的特征，所以实际上并没有具体解释"荡"的内涵究竟是什么。颜文武、魏中林的《论贞元"尚荡"之风对唐代诗史的转关作用》一文对"尚荡"之风有比较详细的论述。作者认为"荡"即"恣肆放纵"之意，是对当时"社会风气和士人心态的高度概括"，也是当时"文风尤其是诗风主要特点的较为准确的概括"①。在文中，作者首先解释了贞元"尚荡"之风形成的因素，认为贞元时期无论是社会风气、社会心理还是诗人们的思维方式、情感表达到行为方式都远离了传统而呈现出"尚荡"的特征。这种状态进而影响到士人的思想和创作，使以顾况、孟郊、韩愈为代表的贞元作家在诗歌情感的表达、形式的创新、诗歌的风格上都表现出与大历诗歌的不同，因而在促成元和诗风的变化中功不可没。笔者个人认为本篇的结论是最接近"贞元之风尚荡"本义的文章，但对其得出结论的逻辑顺序却并不认可，并且也认为对"尚荡"内涵的解读还有进一步补充的可能。

第二节　国外贞元诗坛研究概况

唐代文学一直是海外研究中国文学中的热点，异域者的别样视角经常会给大陆研究者耳目一新的感觉。但因为贞元诗坛的研究在大陆起步已经较晚，所以海外研究者从整体上研究贞元诗歌的论著亦属罕见。

值得一提的是，日本学者川合康三的《韩愈对"古"的认同——以贞元年间为中心》《初入长安的白居易——喧噪与闲适》②虽然不是以韩、白贞元时期的诗歌创作为论述主体，但却分别关注到了二人贞元时期的文学思想及特殊心态，对研究他们在该时期的创作有一定的启迪意义。另一位日本学者土谷彰男的《关于皎然〈诗式〉与大历贞元文学的划分——以中唐苏州文坛为中心》从考察文学地域和诗人群体入手，根据"中央—周边"的对立观念，认为"大历贞元文学之间有一些差异，大历与贞元文学的划分就在于此；大历文学主要是以中央为主，沿用五言格律诗来发展的；贞元文学是相对于中央的关系而发展的，其中，就文学观点与

---

① 《内蒙古大学学报》（哲学社会科学版）2009 年第 5 期。
② 两文分别刊行于《集刊东洋学》1984 年 5 月和 1985 年 11 月，后收入其论文集［日］川合康三《终南山的变容：中唐文学论集》，刘维治等译，上海古籍出版社 2007 年版。

创作形式来看，苏州文坛具有明显的思想与活动事迹。因此，贞元文学的重要因素之一在于地域文学的独立活动"①。结合作者在其另一篇论文《在中唐初期形成的苏州文坛——文学理论的展开与五言古体诗歌的关系》中的相关论述，作者从文体样式入手（一重五律一重五古），明确了大历、贞元文学的不同趋向，为我们从体式角度研究贞元诗坛的特点提供了启示。

美国学者斯蒂芬·欧文的《韩愈和孟郊的诗歌》②一书较为系统地阐述了二人的诗歌创作，尤其是该书的第二至第五章，分别以《孟郊早期的诗歌》《韩愈早年的生活和诗歌创作》《孟郊的失意诗及后期的诗歌创作》《韩愈：叙事体的发展》为题，基本上以二人在贞元时期的诗歌为探讨对象，提出了一些极具创见性的观点：如认为孟郊早期诗歌具有奇特、夸张、绝对性、喜欢对善和恶作出价值判断等，韩愈早期诗歌的不和谐性，如非诗化，对古风的迷恋，对叙事体的发展等。之后他又以宇文所安为名先后出版了《初唐诗》《盛唐诗》③和《中国"中世纪"的终结：中唐文学文化论集》（陈引驰等译，生活·读书·新知三联书店2006年版）。虽未明确涉及贞元文学，但这些书中对初唐宫廷诗歌、盛唐后期江南韦应物、顾况及中唐文化的相关论述均有助于对贞元诗坛中相关内容的研究。

---

① ［日］土谷彰男：《关于皎然〈诗式〉与大历贞元文学的划分——以中唐苏州文坛为中心》，《唐代文学研究》（第十二辑），广西师范大学出版社2008年版。

② 田欣欣译，天津教育出版社2004年版。

③ 贾晋华译，生活·读书·新知三联书店2004年版。

第 二 章

研究目的及意义

通过前文对贞元诗坛研究现状的梳理，我们不难发现这样一个事实：身处盛中唐之交的贞元诗坛本在唐诗史中占据了重要的位置，更重要的是贞元诗坛自身也有独到的特点，但与其实际价值不符的却是长期以来它一直处于被忽视或者被割裂的状态。虽然在当前的学界这样的局面正在不断得到改善，但用单篇论文的篇幅去解析二十几年复杂的诗坛状况，虽然有提纲挈领的清晰之感，但难免会失之疏阔。在具体的研究中，学者们或者对很多复杂的问题置之不理，或者言辞过于简约概括，或者对一些细节性的问题以想当然的态度视之，因而使读者很难对这一段的诗坛状况形成清晰的认识。面对这一局面，笔者不揣固陋，准备从以下四大方面对贞元诗坛进行系统、全面、细致的探讨。

第一，对贞元诗坛创作历史背景的细致梳理。

具体而言，贞元时期在政治、经济、思想文化上确实都有它独特的表现，而上述的改变除去它作为历史链条中的必然性和偶然性的意义外，对当时生活在其中的诗歌创作主体的心态、创作内容的丰富与变化、审美情趣的转变都产生了较大的影响，厘清这些影响的因素并对这些影响所及的诗歌创作进行分析是研究贞元诗坛的基础所在。以往的文章限于篇幅，对这一部分内容或简而言之，或径直忽略。实际上，如果想对这一时期的诗歌创作有更深入的把握，历史背景的梳理是必不可少的组成部分。

第二，对贞元诗坛创作主体的系统把握。

以往学界总是将贞元时期的创作割裂开来，这种观念自然也影响了对贞元创作主体的认定问题。学者们往往按照作家创作的连续性原则将贞元时期的作家们或往上划入大历，或往下划入元和。这种划分方式实际上已经注意到了贞元诗坛作为大历、元和两个时期过渡的一面，但却忽视了贞元时期对于作家创作的独特价值和地位，笔者认为这种观念是欠妥的。确实，以完整性的作家创作来划分时代分期有其能全面观照作家创作的优势，但这种划分方式也忽略了作家思想及生活时代的复杂性、流变性。作家的文学思想是复杂的、多面的，是会随时代和个人经历的发展变化而变化的，忽略这种复杂性必然会导致研究结果产生或大或小的偏颇。因此，创作主体的复杂性可以说既是贞元诗坛研究的特点亦是难点。界定或者大体概括出那些传统意义上被认为是大历诗人或者元和诗人在贞元诗坛的创作情况和创作特点是本书的中心和重心所在。

如果切实考察德宗朝的具体诗歌创作情况，就会发现在这二十余年的历史进程中，这些诗歌的创作主体是非常复杂多样的。

既有创作上从大历进入贞元的诗人，如韦应物、顾况、皎然、灵澈、李益、卢纶等，因为时世和生活经历、主体心态的变化，他们的诗歌创作与大历时期相比也有了一些新变，挖掘出这些新变的内容以及分析这些新变的原因有助于了解这些作家在德宗朝的诗歌创作情况。而且，值得一提的是，经过笔者的考证，会发现一个长久以来被忽视的事实，作为中唐边塞诗歌的代表作家，李益和卢纶的边塞诗全部创作于德宗时期。这也就为以此为契机，对德宗朝边塞诗创作进行系统研究提供了可能。而德宗朝作为唐代边塞诗的最后一次兴盛期，大有研究的价值。

还有一批大体上属于贞元的作家，如唐德宗、权德舆、孟郊、欧阳詹，他们全部的或者绝大部分创作和文学活动都发生在贞元时代。德宗作为唐诸帝中能诗者之"最"，其诗歌思想、诗歌创作都大有探讨的空间。以他为切入点，探析德宗朝的应制诗创作以及朝臣们的诗歌创作情况，也能从侧面了解德宗朝君臣的特定心态。孟郊和欧阳詹作为创作期主要在贞元的作家，其创作特色在贞元时代已经成熟。以他们在这一阶段的具体创作为切入点，分析贞元时代对于他们创作的价值和他们在这一时期创作的特色，也有助于我们对贞元诗坛的把握。

贞元时期还是韩愈、张籍、王建、元稹、白居易、刘禹锡、柳宗元等大家的孕育、生长、奋斗期，是他们人生观、价值观、文学观逐渐得以形成的青少年时代。他们在青年时期的经历思考、苦闷不平、喜怒哀乐都反映在本时期的诗文创作中。这些诗歌虽然不如他们在元和时代的创作那么有特色，那么丰富，那么成熟，但作为特定时期思想情感经历的反映，这些诗歌在内容上也有其独到之处。另外，作为未来元和诗坛的主角，他们在贞元时代已经确立的诗歌思想、已经开始尝试的诗歌新变都即将在元和时代得到大放异彩的呈现，因此，从文学发展的意义上说，唐代文学的第二个高潮——元和文学在贞元时期已经培育、酝酿。

总之，这些不同年龄、不同思想、不同经历的诗人们构成了贞元诗坛一个个特定的创作群体，正是他们的创作才使得贞元诗坛呈现出别样的风姿。而本书需要做的正是要对这些创作主体的具体创作情况进行系统的把握和梳理。

第三，对贞元诗坛变化轨迹的清晰展现。

正是因为贞元诗坛的创作主体是如此的复杂多样，这就使得贞元诗坛的创作主题、创作手法、创作特色等都不是整齐划一或者一成不变的。在系统梳理贞元诗坛诗人们创作具体情况的基础上，能否从中发现和找到这些变化的轨迹以及它们和即将到来的元和文学之间的关系是整篇文章的落脚之处。

第四，对"贞元之风尚荡"问题的深刻剖析。

从研究现状来看，学界确实已经有不少学者对该问题进行了分析和把握，如对"贞元之风尚荡"的主体、形成原因及内涵已经有了较为深入、细致的研究，且在论述时大多从社会风尚的角度切入，笔者认为这样的研究思路从某种程度上深化了我们对贞元时代风貌的认知，但却存在一定的误区。其实如果从李肇这句话叙述的语境来看，"荡"主要是对贞元时期文人们诗文风貌特点的概括。因此，对"荡"的内涵的把握也理应回归到贞元作家诗文创作的本体来进行探讨，否则就因走错了方向而很难得出正确的结论。而且，李肇对"贞元之风尚荡"的评判是在解释元和体含义的前提下得出的，在李肇所描述的"时文"流变史中，贞元又是最接近元和时代的，因此，对"贞元之风尚荡"含义的把握也应当与李肇对元和体含义的把握结合起来。另外，了解当时文献中对"荡"的含义的理解以及李肇本人的文学思想对于把握"尚荡"的内涵应该是大有助益的。这些角度在以往的研究中没有涉及或者涉及的很少，如果进行深入挖掘的话，应该会让"贞元之风尚荡"的问题得到更接近历史真实的答案。

总之，作为中唐诗歌史中不可忽视的一环，贞元诗坛的研究自有其独到的意义。而对上述问题的分析和回答无疑将有助于我们加深对贞元诗坛的认识以及对其存在价值的了解。

第二篇
贞元诗坛的时代背景及创作格局

生活在某一时代的作家们不可能不受到当时时代风气的影响,他们的作品所反映的内容与风貌也无法脱离他们所生活的那个时代。贞元时代的作家亦是如此。他们所创作的作为主体情感客观映现的文学作品就形象而深刻地记载下了贞元这个特定时代的种种印记与风貌。那么,贞元诗坛的诗人们到底生活在怎样的一个时代呢?这个时代又有着怎样的风貌呢?这些别样的风貌又给予了贞元文人们怎样的给养呢?

第 一 章

贞元诗坛的时代背景

一个特定的时代中,影响文学的因素是多方面的,但大体而言,主要包括经济、政治、文化三大层面,贞元诗坛亦是如此,以下具体言之。

第一节　经济背景

经济和文学之间的发展确实具有不平衡性,经济繁荣的时代文学的果实可能是干枯的,而经济衰败的时代文学之花可能异常娇艳。但我们也不能否认,经济变革的因素在特定的时代环境中确实会对文学所反映的内容、对象以及文学创作主体的审美趣味、创作思想、创作形式产生一定的影响,尽管这种影响可能是以一种延迟的形式表现出来的:"通常说来,文学落后于经济的发展,文学总是在稍迟的时候才能反映经济所带来的变化,这个时间差,大体在二十年到五十年之间。因为任何经济变革都必然造成社会生活的改变,这种改变,起初并不是很明显的。而文学作为一种意识形态,它的触觉并不能一开始就敏锐地发现它。即使到了这种改变不得不使人正视它的时候,社会观念的传统惰性又会本能地抵制它,直到社会生活的现实力量彻底摧毁它的防线为止。只有在这之后,文学才一反常态,去为前者效劳,做它的奴仆。而二十年到五十年,这正是一代人的时限。文学的重大改变,不仅需要新的社会生活,而且需要这种社会生活所塑造的新人——文学创作者与欣赏者。"① 因此,从这一角度来说,德宗朝的经济环境不仅对生活在其中的诗人们产生影响,甚至对元和、长庆时期的创作亦有着不容忽视的作用。

---

① 李从军:《唐代文学演变史》,人民文学出版社 1993 年版,第 352 页。

一 德宗朝初期的经济政策

持续八年的安史之乱给唐王朝带来的不仅仅是人口的锐减[①]，还包括对社会经济的严重破坏。虽然这种情况在肃宗、代宗两朝有了一定的改善，但到了德宗时期，王朝经济与乱前相比整体上还是衰败了很多。并且之前一直实施的租庸调制也不断暴露出其积久难返的弊端："天下之人苦而无告，则租庸之法弊久矣"，"是以天下残瘁，荡为浮人，乡居地著者百不四五，如是者殆三十年"[②]。德宗即位之初面临的就是这样一种衰敝的局面。就像每个初掌皇权都希冀有一番作为的皇帝一样，德宗也进行了一系列戒奢省费的财政改革措施以减轻财政上的压力。如废减各地岁贡，罢减梨园使及伶官中冗食之人，下令停建寺院，不允许人们剃度为僧以避免减少实际劳动力和税收；"毁元载、马璘、刘忠翼之第，以其雄侈逾制"[③]；下诏将天下财赋由宦官掌握的大盈内库复归由有司负责的左藏国库，改变了从玄宗后期至代宗时所形成的"以天下公赋为人君私藏"[④] 的局面；同时任命理财家刘晏判度支，总领天下财赋。而刘晏也不负重托，通过采取一系列行之有效的经济政策，使得"国用充足而民不困敝"[⑤]。德宗初期的这一系列政策既促进了经济的复苏，也让士人们一度感到了中兴的希望："天下以为太平之治，庶几可望焉。"[⑥]

[①] 《资治通鉴》云："安、史之乱，数年间，天下户口什亡八九。"（宋）司马光：《资治通鉴》卷二二六，中华书局1956年版，第7284页。本书以下所引《资治通鉴》中内容均出自该版本，以下只标书名卷页之数。另据《旧唐书》卷九记载，安史之乱爆发的前一年，也就是天宝十三年（754）时，史籍所保存的当时的编户数为8525763户（而据《资治通鉴》卷二百一十七，当时的户数是9069154户，不知孰是。这也是唐代记录在案的最多的一组数字），但到了大历时期则只有1200000户（据《通典》卷七），所以"什亡八九"是符合历史的事实的。到了德宗即位的建中元年，据《唐会要》卷八四的记载，当时的编户数是3805076户，比大历时期已经有了成倍的增长。但终德宗之世，人口并没有大幅度的增加，反而有所减少。因为据《旧唐书》卷十四记载，元和二年，当时记载在案的户数是2440254。究其原因，一方面因为整个德宗朝，战乱饥馑一直不绝，天灾人祸交相袭来，在这样的情况下，人口数量很难会有大幅度的增加，另一方面当时许多道州为藩镇所把持，中央政府很难准确统计这些地区的编户数量。

[②] （后晋）刘昫等：《旧唐书》卷一一八《杨炎传》，中华书局1975年版，第3421页。本书以下所引《旧唐书》中内容均出自该版本，以下只标书名卷页之数。

[③] 《旧唐书》卷一二《德宗李适上》，第322页。

[④] 《资治通鉴》卷二二六，第7273页。

[⑤] 同上书，第7286页。

[⑥] 《资治通鉴》卷二二五，第7263页。

二　两税法的实施

但在德宗朝的历史上，经济领域中最值得一提的一件大事即为建中元年杨炎奏行两税法。所谓"两税法"具体指的是变之前的租庸调为春秋两次收税，变实物地租为货币地租，根据人口的实际居住情况及贫富程度来收税，即所谓的"户无主客，以见居为簿；人无丁中，以贫富为差"[1]。这样一来，就简化了税制，改变了过去"旬输月送无消息"的状况，同时也扩大了赋税的征收面，如官吏、居无定所的商人也要纳税。以人丁为本的税收方式也使得人口流徙变得较为自由，以税代役的方式使得百姓义务劳役的负担客观上获得了解放，有利于人民生活的安定和社会生产的发展。"两税法"真正实施以后，很快就取得了明显的效果："岁敛钱二千五十余万缗，米四百万斛，以供外；钱九百五十余万缗，米千六百余万斛，以供京师。"[2] 不仅如此，史书中还提及了两税法所带来的多方面影响，包括"人不土断而地著，赋不加敛而增入，版籍不造而得其虚实，贪吏不诫而奸无所取。自是轻重之权，始归于朝廷"[3]。朝廷对整个国家的财政有了更强的控制力，而这显然对整个德宗朝经济的恢复和发展有很好的促进作用。但就像任何事物都有其两面性一样，"两税法"的弊端也相应产生，如税收的项目不分明，朝廷随时可以根据特殊的要求来增加一些额外的税收，如建中三年九月，竹木茶漆贸易均收税，建中四年六月，开始对屋间架、除陌钱收税，百姓的实际负担并没有减轻多少。税额的缴纳方面改变了之前全国各地一律平等的状态，变成了一种随地摊派的硬性规定，而不再有全国一致的租额和税率了。这就一定程度上造成贫瘠的地方更加贫苦，富裕的地方反而负担较少的税额，加剧了全国各地经济贫富不均、土地兼并现象的出现。[4]

---

[1] 《旧唐书》卷一一八《杨炎传》，第3421页。其中的丁、中分别指成丁和半成丁。唐玄宗天宝三年，令民十八岁以上为中男，二十三岁以上为成丁。

[2] （宋）欧阳修、宋祁：《新唐书》卷五二《食货二》，中华书局1975年版，第1351—1352页。本书以下所引《新唐书》中内容均出自该版本，以下只标书名卷页之数。

[3] 《旧唐书》卷一一八《杨炎传》，第3422页。

[4] 关于"两税法"的弊端问题除了参看史书的相关记载外，还参考了钱穆先生的观点。钱穆：《中国历代政治得失》，生活·读书·新知三联书店2001年版，第61—65页。

三 贞元时期的经济状况

德宗经过泾原兵变的离乱之后，真切地感受到了仓廪耗竭会引起兵变，再加上在奉天被围困期间，衣食匮乏，生活状况一度极为困窘，外出探查消息的士兵欲寻一襦袴而不得，当时"供御才有粝米二斛"，甚至还要到城外"采芜菁根而进之"①。高高在上的皇帝还需要采野菜，吃粝米，当真是困顿到了极点。人的心理往往就是这样，越是经历过困顿和贫窭越是能感受到金钱的可贵与必要，于是贞元之时的德宗皇帝"属意聚敛，常赋之外，进奉不息"②。而地方官员们也以此为进身的捷径，纷纷搜刮、聚敛地方财物，并源源不断地输往京师。这样的作为虽不免招人非议，但客观上也确实促进了京师的繁荣和富庶。另外，史官李吉甫所撰的《元和国计簿》中提到至元和二年时，"凤翔、鄜坊、邠宁、振武、泾原、银夏、灵盐、河东、易定、魏博、镇冀、范阳、沧景、淮西、淄青十五道，凡七十一州，不申户口。每岁赋入倚办，止于浙江东西、宣歙、淮南、江西、鄂岳、福建、湖南等八道，合四十九州"③。此处虽记载的是元和初年的赋税情况，但这种情况在德宗时代应该也不会有什么实质性的改变，即当时真正在朝廷控制下的道、州、县实际上已经极为有限，其他很多的道、州基本上是在藩镇的控制之下，财政权自然也由那些藩镇节度使所把持，这也一定程度上造成朝廷、地方财政的匮乏。皇帝的聚敛不息和政府、地方的财政困难形成了鲜明的对比，这就使本就有限的财赋有效地集中到了长安城，为帝都的繁华奠定了基础。

因为奉天护驾之功劳，以窦文场、霍仙鸣为代表的宦官们日益受到德宗的信任。不仅任用他们来负责军政事务，而且随着宦官威权的日益加重，"宫市"政策也应运而生。最初的宫中采买还是按值讨价的，但自贞元十三年前后，宫市成为宦官们强取豪夺的代名词："屡有中官于京城市肆强买人间，率用直百钱物，买人数千钱物，仍索脚价，及进奉门户，谓之宫市。"④

江南的特殊位置使其在德宗朝的经济运行中发挥了重要的作用。江南

---

① 《资治通鉴》卷二二九，第7371页。
② 《新唐书》卷五二《食货二》，第1358页。
③ 《旧唐书》卷一四《宪宗上》，第424页。
④ （宋）王溥：《唐会要》卷八六《市》，上海古籍出版社2006年版，第1875页。

的开发始于魏晋南北朝时期,西晋末年永嘉南渡,大家族南移,江浙一带的塘堰圩田河渠水利得以系统修建。这些工程的建设为江南经济的发展奠定了很好的基础。到唐代中期,江南经济已经非常繁荣。安史之乱后,因为地理位置的原因,江南遭到破坏的程度也相对较小:"天宝以来,江左无事,物产资赡,文法浸宽。"① 到了德宗贞元朝,江南甚至已经成为朝廷财政的主要来源,史载当时:"江、淮田一善熟,则旁资数道,故天下大计,仰于东南。"② 贞元初年,当京城长安发生饥荒的时候,正是依靠江南财政度过了危机:"贞元初,岁不有秋,秦将歉食,上忧乏用,人心大摇。滉(笔者注:韩滉,时任浙江东西道节度使)发廪救灾,不俟终日。万钟继至,三辅斯给。"③ 韩愈作于贞元十八年的《送陆歙州诗并序》一文也称"当今赋出于天下,江南居十九"④。德宗本人也极为重视江淮财赋,先是任命刑部侍郎杜亚为淮南节度使,贞元五年十二月以后,又任命杜佑为淮南节度使,直到贞元十九年杜佑入朝为相为止。可以说,贞元时代,江淮财赋一直牢牢地掌握在政府能直接指挥的官吏手中。故王夫之在《读通鉴论》中感慨,面对安史之乱后的困顿局面,"而唐终不倾者,东南为之根本也"⑤。

四 德宗朝的经济环境对于文学的影响

第一,从"两税法"的实施情况来说,其对文学的影响主要表现在三个方面。首先,不可否认的是,新的经济制度的实施在一定阶段还是带来了国家、地方财政收入的增加,而且,"从中央到地方形成了一个比较完善的财政征收以及管理体系,保证了中央财力的逐渐增强。贞元末年,国家府库充盈,资财雄厚"⑥,所谓经济基础决定上层建筑,财政状况的缓和也为文学的繁荣提供了一定的物质基础。其次,从这一政策长远的发

---

① 顾况:《太尉晋国公韩滉谥议》(代太常博士李谿、畅当作),(清)董诰等编:《全唐文》卷五二八,中华书局1983年版,第5366页。本书以下所引《全唐文》内容均出自该书,以下只标卷页之数。

② 《新唐书》卷一六五《权德舆传》,第5076页。

③ 顾况:《太尉晋国公韩滉谥议》,《全唐文》卷五二八,第5366页。

④ (唐)韩愈:《韩昌黎文集校注》,马其昶校注,马茂元整理,上海古籍出版社1986年版,第231页。下文所引韩愈之文如不做特别标注均出自该书,以下只标书名卷页之数。

⑤ 王夫之:《读通鉴论》卷二六,中华书局1975年版,第818页。

⑥ 刘玉峰:《唐德宗评传》,齐鲁书社2002年版,第136页。

展情况来说，它也促进了城市商业经济的繁荣和市民阶层的壮大，史载："自建中定两税，而物轻钱重，民以为患。……豪家大商积钱以逐轻重，故农人日困，末业日增。"① 这里所说的"末业"指的就是商业，商人既能获重利，经商的人自然增多。从事物联系的普遍性来说，商业的发达则引发市民阶层的兴起壮大和都市生活的丰富，所以在贞元文学中，传奇小说的繁荣以及诗歌作品中对都市生活状态的描写也就不足为奇了。最后，两税法的实施也加剧了贫富的分化，这种社会现状也引发有识之士对社会现实的不满，既刺激他们在政治上的用世之心，也激发他们在创作中继承《诗经》的现实主义精神，以诗歌为武器，抒发自己对社会种种不平的感受。

第二，贞元士子们从京城以外的四面八方进入长安这一科举之场、利欲之都后，看到的感受到的是京城的富庶与繁华。对于这些举子来说，真正出身豪门权贵之家的毕竟还是少数，面对囊中羞涩的困境，这些士子们再也不能像前辈那样坐而论道、不管生计。他们的生活状态固然比挣扎于生死线上的贫苦民众要好一些，但面对困窘的生活实际，叹贫嗟老之词还是不绝于耳。特定的心态造就特定的文学，贞元诗坛亦是如此。

第三，官市等不合理经济制度的存在一方面加剧了民众的贫困，另一方面也成为文学表现现实的重要题材，白居易的《卖炭翁》反映的就是发生在贞元年间有关官市的现实事件。

第四，江南经济的发展为贞元时代曾经南下的士子们提供了安身之所，进而为其受江南文化影响奠定了基础。萧涤非先生在《汉魏六朝乐府文学史》中曾提道："地理之影响于人生者有二：一曰天然环境，二曰经济条件。地理不同，斯国民性亦随之而异。……若南朝乐府，则其发生皆在长江流域，山川明媚，水土和柔，其国民既富于情感，而又物产丰盛，经济充裕，以天府之国，重帝王之州，人民生活，弥复优越，故其风格内容，遂亦随之而大异。"② 虽然萧先生此处的论述关注的是南朝乐府和长江流域经济文化的关系，但我们也可以据此一窥江南的特殊文化、风物以及经济的繁荣影响及于文学的普遍性价值。景遐东的《江南文化与

---

① （元）马端临：《文献通考》卷三《田赋考三·历代田赋之制》，中华书局1986年版，第49页。

② 萧涤非：《汉魏六朝乐府文学史》，人民文学出版社1984年版，第198页。

唐代文学研究》一书也从多个角度具体地论述了江南文化与唐代文学的关系。而具体到贞元诗坛，就会发现这样的一个事实——不同年龄阶段的诗人都多多少少有在江南生活的经历。如由大历进入贞元诗坛的诗人韦应物、顾况主要就是生活在江南，顾况独到的艺术风貌也离不开江南风物的滋润与培育，德宗时担任过宰相的李泌也曾经被流放江南，并且与同在江南的柳浑、顾况为"人外之交，吟咏自适"①。主要创作期在贞元的权德舆的父亲权皋在安史之乱爆发时便渡江南来，权德舆的青少年时代也是在江南度过。而贞元诗坛上较为年轻的一代如韩愈、刘禹锡、白居易也都有曾经在江南生活的经历。

第二节　政治背景

安史之乱结束后，整个唐王朝依然内忧外患频仍，最严重的如河北一带的军阀割据以及吐蕃侵占陇西，频繁寇扰关陇地区。出生在天宝元年的德宗皇帝的青少年时代就是在安史之乱的风风雨雨中成长起来的，这段屈辱的历史在这个血气方刚的少年心中一定也留下了深刻的印象。再加上代宗即位之初，便任命其为天下兵马大元帅，而他也不负众望，在当年的 11 月就大破占据东都的史朝义，收复东都，他与郭子仪等 8 人也因此被图形凌烟阁。史家的记载虽不免"水分"，但就唐室而言，这样的战功除了当年的太宗皇帝恐怕也是他人难以望其项背的。正是因为这样的经历，德宗即位之初，颇想有一番作为。在当时人们的眼中，这位天子"聪明英武，志欲致太平，深不欲诸侯子孙专地"②，史家也称其"初总万机，励精治道。思政若渴，视民如伤"③，他力矫肃宗、代宗以来对藩镇的姑息政策，面对不加臣服的河北、山东藩镇，即用兵征讨。而这些藩镇不但不屈从，反而勾结起来共同对抗朝廷，结果导致兵连祸结，朝廷不得不出军平叛。平叛带来的是关中空虚的局面，最终泾原兵变爆发，德宗皇帝仓皇之间奔走奉天。奉天被围，德宗本已是九死一生，后来又因为朔方节度使李怀光的倒戈，德宗皇帝又从奉天亡命山南。唐王朝在安史之乱后再一

---

① 《旧唐书》卷一三〇《李泌传》，第 3624 页。
② 《资治通鉴》卷二二六，第 7294 页。
③ 《旧唐书》卷一三《德宗下》，第 400 页。

次走到了险些灭亡的境地。对于这一局面形成的原因，时人已有了较为清醒的认识，如陆贽在给皇帝的上书《奉天论前所答奏未施行状》中就说："陛下愤习俗以妨理，任削平而在躬，以明威照临，以严法制断，流弊日久，浚恒太深。远者惊疑，而阻命逃死之乱作；近者畏慑，而偷容避罪之态生。"① 藩镇跋扈张扬的态度确实令人气愤，作为天子的德宗虽有重担在身的紧迫感、责任感，以明察一切的威严照临四方，用严峻的法网制裁万事，然而藩镇的流弊毕竟已经达到了积重难返的程度，以当时的客观环境来说，朝廷在解决这种流弊的时候追根究底，求之太深，反而会容易激起远近之人的兵变。陆贽的评价是非常有道理的。现代著名历史学家吕思勉先生也作过类似的评论："德宗初政，可谓能起衰振敝，然而终无成功者，则以是时藩镇之力太强，朝廷兵力、财力皆不足，而德宗锐意讨伐，知进而不知退，遂致能发而不能收也。"② 这件事对德宗本人的冲击也特别大，在这次兵变之后，经历了流亡生活将近一年的德宗由执政之初的决意平藩到对藩镇实施较为保守的姑息政策："贞元时，德宗以函容御天下。河北诸镇，专地不臣。朝廷资以爵号，桀黠者自谓得计，以反为利。"③ 德宗皇帝这种蒙起双眼、堵上两耳的姑息政策使得朝廷对藩镇给予了最大限度的容忍，这就使中央朝廷一方面与地方藩镇之间保持了相对和平的局面，另一方面，这种姑且可以称作"休养生息"的政策为宪宗时的一度中兴奠定了基础："当恢复中央权力的奠基人宪宗在公元805年登上皇位时，宪宗的的确确发现，他采取强有力的政策所需要的制度手段以及财政、军事资源基本上已经具备，这应归功于德宗不事声张和坚持不懈的努力。"④ 了解了建中、兴元之时德宗朝政局的大体背景后，我们再来具体分析德宗贞元时期具体的政治环境及对文学的影响。

一 困顿而有希望的政治环境

客观来说，德宗朝的政治环境是较为恶劣的。就外部环境而言，最初的几年，战争不断，进入贞元时期后，虽然没有特别大的战役，但局部争端一直从未停息。而且，因为德宗为雍王兼任天下兵马大元帅之职时，因

---

① （唐）陆贽：《陆贽集》，王素点校，中华书局2006年版，第384页。
② 吕思勉：《隋唐五代史》（上），中华书局1959年版，第282页。
③ 吴武陵：《遗吴元济书》，《全唐文》卷七一八，第7385页。
④ ［英］崔瑞德：《剑桥中国隋唐史》，中国社会科学出版社1990年版，第513页。

为要会合回纥讨伐史朝义而曾经受辱于回纥,所以,在他执政期间与回纥之间一直摩擦不断。正因为这样的宿怨,德宗往往意气用事,并不从国家战略布局的角度来考虑对外争端。这样的状况甚至成为贞元三年五月与吐蕃和盟之时见欺于吐蕃的一个重要原因。① 当时被擒杀者千余人,已成惊弓之鸟的德宗又欲出幸以避吐蕃,在大臣的力谏之下才最终打消了这个念头。而从内政角度来说,德宗皇帝本人性格猜忌,不肯轻信于人,再加上重用奸臣卢杞、裴延龄等,身边的能臣诸如刘晏、杨炎、陆贽等都难以善终,建立赫赫功勋的郭子仪、李晟也不免被其猜忌。这样的性格也表现在对官员的任命上,据史书记载:"上(即德宗)性猜忌,不委任臣下,官无大小,必自选而用之,宰相进拟,少所称可;及群臣一有谴责,往往终身不复收用;好以辩给取人,不得敦实之士,艰于进用,群才滞淹。"② 韩愈《顺宗实录》亦云:"德宗在位久,益自揽持机柄,亲治细事,失君人大体,宰相益不得行其事职。"③ 而且,因为国家的兵革不息,内外交困,再加上贞元时期天灾不断,所以民众的生活是极为悲惨的。贞元三年十二月庚辰,皇帝到京城附近的咸阳去打猎,顺便也来了一次微服私访,来到了百姓赵光奇的家里。当年是兴元以来收成最好的一年,一斗米只有一百五十贯(在贞元元年米价到过千钱一斗),皇帝问:"百姓乐乎?"赵光奇的回答直接而又干脆:"不乐。"这样的答案也许是皇帝没有料想到的,他追问道:"今岁稔,何为不乐?"赵光奇也有一肚子的苦水要倒:"诏令不信。前云两税之外悉无他徭,今非税而诛求者殆过于税。后又云和籴(笔者注:指政府以平价收购粮食以充军用),而实强取之,曾不识一钱。始云所籴粟麦纳于道次,今则遣致京西行营,动数百里,车摧马弊,破产不能支。愁苦如此,何乐之有!每有诏书优恤,徒空文耳!恐圣主深居九重,皆未知之也!"④ 深居九重的天子现在已经知道了,也了解到了民众的诉求,但他无力解决,或许也不想解决,他能做的或许只是"复其家",下令免征这一个百姓的赋役而已。作为君主能去普通百姓家,还能遇到这样一个直说敢言民众疾苦的百姓,本身就是千载难遇之事。本应因此而有所作为,没想到德

---

① 具体过程可参见《资治通鉴》卷二三二,《资治通鉴》贞元三年条,第7482—7487页。
② 《资治通鉴》卷二三四,第7555页。
③ 《韩昌黎文集校注》文外集下卷,第715页。
④ 《资治通鉴》卷二三三,第7508页。

宗竟是如此的作为。面对这种戏剧性的结局，史官司马光也忍不住大发感慨："甚矣唐德宗之难寤也！"①

但值得一提的是，尽管时有争端，但这些争端主要是集中在个别藩镇或边境一带，德宗姑息、退缩的治国方针至少可以保证贞元时期尤其是中后期以和平为主的政治局面："贞元三年以后，仍岁丰稔，人始复生人之乐。"② 在这样的大背景下，江南和长安、洛阳等京都一带又多少恢复了昔日的繁华，人们又开始可以过着和平安定的生活，而保暖之后自然又会衍生出更多的希望和盼望了。

民众的苦难近在眼前，国家的动乱触目可见，和平繁荣的曙光似乎就在眼前。这些因素使出生在大历年间，成长并成熟于贞元时代的年轻诗人们切身地感受到了战争的罪恶、军阀割据的黑暗与人民的痛苦，激发起他们安邦定国、兴利除弊的理想和抱负。如十五六岁的元稹看到德宗朝政治的困弊之后，其感受在于"心体悸震，若不可活，思欲发之久矣"，年少的元稹此时心中激荡的就是要有所为来改变现状的渴望。所以，当他看到陈子昂的《感遇》组诗之后，他终于明确了心中的志向和目标，并当即写下《寄思玄子》二十首。可惜的是，这组作品没有保存下来，我们无法得知其具体的内容，但当时的京兆长官看到了元稹的这组诗歌以后，竟然"深向骇异"，"因召诸子训责泣下"③。可以说这组诗触动了时人内心最深的渴望，那就是要有所作为，改变现状。可见，在贞元士人的诗中占据中心的不再是大历诗人对现实的无奈、空虚和绝望，取而代之的是对现实的关注和希冀有所作为的渴望。他们的诗歌创作也更加务实、功利，这也为文学的创新提供了契机。

当然，对诗歌内容和诗歌风貌进行拓展和改变的主体们大多是贞元中后期刚刚登上诗坛的年轻士子们。对于贞元初期的诗人们来说，因为以往文学传承的习惯以及德宗本人这种掩耳盗铃式的心理的影响，他们对社会现实反映及批判的力度还是较为薄弱的。

---

① 《资治通鉴》卷二三三，第 7508 页。
② 《旧唐书》卷一三七《刘太真传》，第 3763 页。
③ 元稹：《叙诗寄乐天书》，（唐）元稹：《元稹集》，冀勤点校，中华书局 2010 年版，第 406 页。下文所引元稹诗文如不做特别标注均出自该书，以下只标书名卷页之数。

二 朝廷控制力量的削弱

建中四年（783）的泾原兵变是德宗平藩战争的一个重要转折点，德宗登基后便开始的平叛成果因此而毁于一旦。在贞元初年之时，朝廷实际控制的地域非常有限，"其可处置者，惟两江半淮，三蜀五岭而已"①。河北诸镇基本上处于半割据的状态，影响所及，德宗对其他藩镇也多有姑息。在这一政策下，藩镇的政治实力与物质财力都有了大幅度的增强。而且，与中央政府相比，文人无论是在任职还是个人待遇方面在藩镇都相对会有更好的机会："在唐后期的仕途中，幕职是地位崇高、俸禄丰厚、职权重大并最有政治前途的'要津'。"② 所以，贞元时期的文人们在困顿之际也以藩镇辟署为重，就像唐德宗时的宰相赵憬所说："大凡才能之士，名位未达，多在方镇。"③ 尤其对于那些难以在中央、长安寻找到合适机会的文人来说，走出都城，另辟蹊径往往是更容易实现自己才能的有效方式。贞元时，一位名叫摇兼济的琴师在不得志的情况下选择由长安东归幕府，时人对这一选择的看法极具代表性："水流无心，遇用则止。……倘羽翼吾道，铿锵尔音，飞而鸣之，一日千里，则何公门不可曳长裾乎？"④ 文士甚至因此而不惜跨山越水，克服种种困难去寻找适合自己的依靠。如贞元文人符载为了投奔当时的岭南节度使王锷，由庐山出发，"径理扁舟，远离浔阳，不畏道路，时伸贺礼。属船隘热剧，饮食江水，度庐陵百余里，防护无术；痁疾动作，药物荒乏，邻于委踣。以今月十八日达南康，使医工诊视，了未蠲愈"⑤。在力不能支的情况下，符载只好托自己的好友将书信和往日所作之文章转交王锷，以寻得托身之所。在德宗朝屡次担任中书舍人之职的权德舆也说："士君子之发令名，沽善价，鲜不由四征从事进者。"⑥ 权德舆本人曾经多次担任幕职，且在地方要员杜佑、裴胄的奏请、推荐下顺利进入朝廷任职，并一步步走进政治的中心，也就

---

① 于邵：《与萧相公书》，《全唐文》卷四二六，第4339页。
② 张国刚：《唐代藩镇研究》（增订版），中国人民大学出版社2010年版，第136页。
③ 《旧唐书》卷一三八《赵憬传》，第3778页。
④ 吕温：《送琴客摇兼济东归便道谒王虢州序》，《全唐文》卷六二八，第6337页。
⑤ 符载：《寄南海王尚书书》，《全唐文》卷六八八，第7049页。
⑥ 权德舆：《送李十弟侍御赴岭南序》，《权德舆诗文集》卷三八，第573页。

难怪他会发出"追怀旧恩，敢忘其所自耶"①的感慨了。

当然，幕主和文人之间的关系是复杂的，幕府主人是文士的依靠者，庇佑者，文士也是幕主的辅佐者，传声者。假如幕主本身就是好文之士，往往也会对文人多加爱护。如在贞元时期担任过徐泗濠节度使的张建封曾是韩愈、许孟容等贞元多位诗人入幕之时选择的对象，对帐下文人多有爱护。《国史补》中曾载其护卫狂士崔膺之事，可见其雅量②。不仅如此，《新唐书·艺文志》著录其作品有230篇③，由此可以想见他对文学的兴趣和爱好。权德舆也称扬他"歌诗特优。有仲宣之气质，越石之清拔，如云涛溟涨，浩漾无际，而天琛夜光，往往在焉"④。惜其作品已经散佚，今存诗只有2首和残句2句。文人也可以依靠自己的文才在幕府中为幕主服务以赢得一席之地。如刘禹锡被淮南节度使杜佑辟为从事后多有代草公文之事；韩愈在汴州董晋幕府时，当监军俱文珍回京之时，韩愈便依董晋之命作诗相送。或者以文笔揄扬幕主，为幕主赢得更好的声誉。如韩愈身处张建封幕府时，为了能够免于"晨入夜归"的束缚而上书张建封说："天下之人闻执事之于愈如是也，必皆曰：'执事之好士也如此，执事之待士以礼如此，执事之使人不枉其性而能有容如此，执事之欲成人之名如此，执事之厚于故旧如此'……"⑤即是以揄扬其声名为切入点来游说、打动对方。

在这种情况下，贞元文人对朝廷的向心力、信任度与依附性可能要打一些折扣。大历年间曾经担任淮南节度使陈少游掌书记的刘太真，尽管在德宗朝担任着礼部侍郎、掌贡举的要职，依然无法忘怀昔日自己的座主，"常叙少游勋绩，拟之桓、文"。⑥所谓"桓、文"指的就是春秋五霸中

---

① 权德舆：《送李十弟侍御赴岭南序》，《权德舆诗文集》卷三八，第573页。
② 《唐国史补》中有"崔膺性狂率"条："崔膺性狂率，张建封美其才，引以为客。随建封行营，夜中大呼惊军，军士皆怒，欲食其肉，建封藏之。明日置宴，其监军使曰：'某与尚书约，彼此不得相违。'建封曰：'诺。'监军曰：'某有请，请崔膺。'建封曰：'如约。'逡巡，建封复曰：'某有请。'监军曰：'唯。'却请崔膺。合座皆笑，然后得免。"《唐国史补》卷中，第34页。
③ 《新唐书》中有载"《张建封集》二百三十篇"。《新唐书》卷六〇《艺文四》，第1605页。
④ 权德舆：《唐故徐泗濠节度观察处置等使……张公集序》，《权德舆诗文集》卷三四，第521页。
⑤ 韩愈：《上张仆射书》，《韩昌黎文集校注》第三卷，第182页。
⑥ 《旧唐书》卷一三七《刘太真传》，第3762页。

的齐桓公和晋文公。这样的比拟在当时的社会环境下是极为不当的。因为在这样的称颂中,明显是把当时的唐朝皇帝置于有名无实的周天子的位置,居心又何在呢?虽然刘太真也因此而"大招物论",并于贞元五年被贬信州刺史,但这件事情也从一个侧面展示了朝廷感召力的削弱。另外如贞元年间创作了大量边塞诗的李益,他在失意时曾北游河朔一带,被当时的幽州节度使刘济辟为从事,在其所作的《又献刘济》一诗中,他说:"感恩知有地,不上望京楼"①,表达的却是在大一统的封建政权中较为少见的对朝廷的怨望、不满与对所依恃之人的感激。当然,上述情绪的产生和藩镇自身较为富裕的经济条件也是密不可分的。上文提到的陈少游为了打通关节,可以许诺"每岁献钱五万贯",而且,"少游十余年间,三总大藩,皆天下殷厚处也。以故征求贸易,且无虚日,敛积财宝,累巨亿万"②。一些礼贤下士的藩镇将领也往往成为士人们趋之若鹜的对象,如上文提到的徐州刺史张建封,史称其"礼贤下士,无贤不肖,游其门者,皆礼遇之,天下名士向风延颈,其往如归"③。在京城生活困顿的韩愈则能够在张建封这里过着较为轻松、适意的生活,可见藩镇、地方势力自有其引人之处。因此,除了上文提到的韩愈、刘禹锡之外,贞元很多文人如顾况、杨凝、陆羽、戎昱、卢纶、窦常、李益、韦渠牟、刘言史、梁肃、权德舆、杨衡、王建等都有入幕的经历。④

这样的政治氛围对文学的影响在于:首先,唐代藩镇从地理位置上而言,或在河朔、或在西陲、或在东南。这些地方的景色、物产、文化都有自己的独到之处,也与中原地区有一定的差异。文人入幕之后首先感受到的就是当地不同的景观与文化。这些不同特质的文化在文人心中激荡,有利于文人诗歌内容和风格的创新。如在德宗朝几次入幕的李益,其边塞诗的成功就得力于其在朔方、西北幕府中的生活和经历。其次,在一定程度上而言,因为远离中央或者说京城文化,藩镇幕府中的文人们能更自由地发挥自己的才智,为个性化情感的表达和独立风格的形成提供了可能。如

---

① 范之麟:《李益诗注》,上海古籍出版社1984年版,第71页。本书以下所引李益诗歌如果不作特别说明的话均出自该书,以下只标书名和页数。
② 《旧唐书》卷一二六《陈少游传》,第3564页。
③ 《旧唐书》卷一四〇《张建封传》,第3832页。
④ 参见方丽萍《贞元京城文学群落研究》附录一《贞元作家生卒年及作品情况简表》,人民出版社2011年版,第298—307页。

贞元初年在浙江东、西节度使韩滉幕府中做判官的顾况，其俗的一面受江南民歌影响颇深，而这样的风格和他入幕的这段经历多少有一些关系。最后，文人纷纷入幕，再加上幕府主人对文学的偏好，就很容易形成文学创作的团体。文人在这一群体性活动中互相唱和，既交流了感情，也锻炼了诗艺。如贞元十三年前后，身在汴州董晋幕府的韩愈与客居于此的孟郊在不断的聚会中诗风亦是互相渗透，此时正当韩愈"低头拜东野"① 之际，其诗歌深受孟郊的影响，随后这种影响又被及于张籍、李翱诸人，为韩孟诗派的最终形成奠定了基础。

三 科举制度的丰富与发展

深受儒家思想影响的中国古代知识分子渴望在"修身、齐家"的基础上实现他们"治国、平天下"的人生理想和目标，所以学而优则仕就成了大多数传统知识分子人生道路的缩影。对于国家政权而言，选官亦是国之大事。所谓"得人者昌，失贤者亡"，"中兴以人才为本"等观念的流行，都从一个侧面说明了人才选拔的重要性。因此，选官制度和政府、个人尤其是知识分子阶层就有了直接的利益关联，成为官方和民间都很关注、重视的政治制度之一。

唐代沿用隋朝科举选官的政策，并进一步予以丰富和发展："盖唐代科举之盛，肇于高宗之时，成于玄宗之代，而极于德宗之世。"② 科举制在德宗之前虽然早已实行，但初盛唐士子并不把科举入仕作为唯一的途径，他们可以通过漫游、入幕、隐逸等"终南捷径"来达到从容入仕的目的。但到了科举制度最为兴盛的德宗朝，"天下不由吏部而仕进者几希矣"③，甚至有人会主动放弃通过捷径入仕的机会，而加入进士科考试的大军来。德宗初年，崔元翰"为杨崖州所知，欲拜补阙，恳曰：'愿得进士'。由此独步场中"④，并于建中二年状元及第。而且，科举无形当中似乎成了当时社会风气、社会学术的指挥棒。在德宗建中初年："金吾将

---

① （唐）韩愈：《醉留东野》，《韩昌黎诗系年集释》，钱仲联集释，上海古籍出版社1994年版，第59页。本书以下所引韩愈诗歌如果不作特别标注的话均出自该书，以下只标书名卷页之数。
② 陈寅恪：《元白诗笺证稿》，上海古籍出版社1978年版，第2页。
③ （唐）韩愈：《上宰相书》，《韩昌黎文集校注》，第157页。
④ 《唐国史补》卷下"二崔俱捷事"条，第57页。

军裴冀曰：'若使礼部先时颁天下曰某年试题取某经，某年试题取某史，至期果然，亦劝学之一术也'。"① 而且，家庭生活困难的士子也可以把应举作为改变生存状态的一种方式，如韩愈所谓"家贫不足以自活，应举觅官"②，李观所言"如观之务，非为己也。有亲而贫，旨养不充，侨处江介，无素基业。所以冀愿速遂薄名寸禄，以给晨夕之膳也"③。这样的社会风气也就使得越来越多的士子们不得不挤在科举这根独木桥之上了。

通过科举的方式也确实能吸纳天下的精英。德宗即位之初就发布《即位求贤诏》④，对人才极为重视，并多次进行科举考试，客观上也促进了当时长安人才的聚集。在德宗朝最有名的当属贞元七年由陆贽所负责的礼部贡举考试，陆贽独具慧眼，取韩愈、王涯、元结、崔群、李绛、冯宿、庾承宣、欧阳詹等精英二十余人，时称"龙虎榜"⑤。另外，权德舆在贞元年间所主持的多次贡举中也吸纳了大量人才："贞元中，奉诏考定贤良草泽之士，升名者十七人。及为礼部侍郎，擢进士第者七十有余，鸾凤杞梓，举集其门，登辅相之位者，前后凡十人。其他征镇岳牧文昌掖垣之选，不可悉数。"⑥ 这些士子们，甚至包括众多的草泽之士，通过科举这一途径，既成为未来唐朝政局中的中坚力量，同时也以榜样的力量给天下士子以鼓励。中下层的庶族也可以通过科举来改变自己的命运，跻身于社会的上层，这样的局面在无形中刺激了士子们对科举考试的热衷。

科举制度的产生和发展有利于封建社会打破门第的限制，扩大人才选拔的范围和领域，但也有其弊端。钱穆先生曾经评价说："当时科举录取虽有名额，而报名投考则确无限制。于是因报考人之无限增加，而录取名额，亦不得不逐步放宽。而全国知识分子，终于求官者多，得官者少，政府无法安插，只有扩大政府的组织范围"，进而形成了所谓"士十于官，求官者十于士，士无官，官乏禄，而吏扰人"⑦ 的局面。而且，唐代士子的登第与否并不完全取决于科举考试时的试卷，最终成绩的高低往往和这

---

① 《唐国史补》卷下"裴冀试题"条，第57页。
② （唐）韩愈：《上兵部李侍郎书》，《韩昌黎文集校注》卷二，第143页。
③ （唐）李观：《与吏部奚员外书》，《全唐文》卷五三二，第5406页。
④ 《全唐文》卷五十，第550页。
⑤ 《新唐书》卷二〇三《文艺下》，第5787页。
⑥ （唐）杨嗣复：《丞相礼部尚书文公权德舆文集序》，《全唐文》卷六一一，第6176页。
⑦ 钱穆：《中国历代政治得失》，生活·读书·新知三联书店2001年版，第57页。

位士子考试之前"准备工作"的充分与否密切相关。这种"准备"除了对考试内容的认真揣摩练习之外，还包括士子名声的营造和主考官对考生的认可程度。唐代行卷之风盛行即与此种制度密切相关。《唐摭言》卷六中提及玄宗时王泠然在写给张说的信中有言"今之得举者，不以亲，则以势；不以贿，则以交；未必能鸣鼓四科，而裹粮三道。其不得举者，无媒无党，有行有才，处卑位之间，厌陋之下，吞声饮气，何足算哉"①，其中的诉说虽不乏因忿激不平而夸饰之意，但多少也能看出唐时科举场中的风气和习惯，这种风气到了中唐时代更是愈演愈烈，就如同书卷二中所载："贞元、元和之际，又益以荐送相高。"② 在这种风气下，士子们登第的难度可想而知。

在贞元时代，科举成为牵动士子们喜怒哀乐情绪的极为重要的因素。其中有刻苦诵读的勤奋，有科场沦落的悲愤，有一举得中的狂喜，有久试不得的酸苦。在这里，他们既会遇到惺惺相惜的友朋，也难免会遭遇飞书造谤的小人。贞元士子们和科考有关的这把"辛酸泪"往往被记载到他们的诗文当中，这些内容既是贞元诗歌的重要组成部分，也是我们了解那个特定时期士子们生命状态的重要依据。

第三节　文化背景

文化因素和政治、经济因素相比，对文学的影响更加直接和显著。在贞元时期，统治者的提倡、学术上的新风、文化娱乐生活的发达以及文人之间的频繁交往都对该时期的诗歌发展产生了很大的影响。

一　统治阶层对文学的提倡与践行

作为贞元王朝的最高统治者——德宗皇帝，他本人十分爱好文学，不仅积极参加创作，而且在贞元年间多次举行公宴文会鼓励群臣奉和诗作。据《旧唐书·德宗下》和《唐会要》诸书的记载，可知在贞元二年，四年三月、九月，五年二月，六年二月、三月，七年，十年，十一年，十三

---

① （五代）王定保：《唐摭言》，姜汉椿校注，上海社会科学院出版社2002年版，第123页。

② 同上书，第27页。

年九月,十四年,十七年,十八年九月德宗皇帝都曾有所制作,对文学创作极为热衷。这种心态的形成和当时社会政治形势的变化有着密切的关联。陈寅恪先生在《元白诗笺证稿》中对此有极为精到的分析:"贞元之时,朝廷政治方面,则以藩镇暂能维持均势,德宗方以文治粉饰其苟安之局。民间社会方面,则久经离乱,略得一喘息之会,故亦趋于嬉娱游乐。因此上下相应,成为一种崇尚文词、矜诩风流之风气。"① 所谓"上有所好,下必甚焉",这种风气的形成和德宗本人的提倡和践行确实有所关联。

除了德宗本人之外,当时统治集团内部也确实对有文学才能的人颇为重视。据《旧唐书·杨炎传》载:"元载自作相,常选擢朝士有文学才望者一人厚遇之,将以代己。初,引礼部郎中刘单;单卒,引吏部侍郎薛邕;邕贬,又引炎。载亲重炎,无与为比。"之后杨炎又因"文学器用"被推荐为宰相,而其"博以文学"②的特色成为天下人对其寄予厚望的重要原因,相反,不精于文章之人则往往会受到轻视,如"(卢)杞无文学,仪貌寝陋,炎恶而忽之"③。

在社会风气的影响和德宗皇帝的大力推动下,君臣之间诗歌奉和成为贞元时期宫廷文化活动的一项主要内容,无形中也推动了该时期台阁体诗歌的发生与发展。甚至这样一个原本只是局限于台阁之中的雅事,曾经一度发展成为国家级考试的考查内容。在贞元八年吏部主持的博学宏词科考试中,《中和节诏赐公卿尺诗》就成为"准官员"们应试的诗题④,由此可见官方对于此事的重视程度和诗歌在德宗朝的实用性价值。这也无形中在朝廷上下,士庶之间传达了一种重要的信号:诗歌在这样的一个朝代已经不仅仅是个人抒情言志的媒介而已,它已经成为一种重要的工具。作诗写文成为整个社会推崇的才能,诗人也就成为那个时代文人多重身份中非常重要的一个方面。而这些因素无疑都推动了德宗朝诗歌的繁荣和兴盛。

---

① 陈寅恪:《元白诗笺证稿》,上海古籍出版社1978年版,第87页。
② 《旧唐书》卷一一八《杨炎传》,第3419页。
③ 同上书,第3423页。
④ (清)徐松:《登科记考》卷一三,赵守俨点校,中华书局1984年版,第469页。另外,吏部主持的博学宏词科考试属于资格考试,即所考察的对象是科举中已经考中或已有出身,但非现任官者,由此可见当时对这些"准官员"们的考察重点之所在。本书以下所引《登科记考》内容均出自该书,以下只标书名卷页之数。

二 学术思想上的新风气

贞元时期亦是唐代学术的繁荣期和变化期,在儒释道三教合一的背景下呈现出一些新的学术风气,于文学有直接关联者主要为儒释两家。

首先,就经学角度而言,以孔颖达《五经正义》为代表的官方经学思想受到猛烈冲击,经学疑古之风和经世致用之学开始出现。《唐国史补》中有《叙专门之学》曰:"大历以后,专学者有蔡广成《周易》,强象《论语》,啖助、赵匡、陆淳《春秋》,施士丏《毛诗》,刁彝、仲子陵、韦彤、裴茝讲《礼》,章廷珪、薛伯高、徐润并通经。其余地理则贾仆射,兵赋则杜太保,故事则苏冕、蒋乂,历算则董和,天文则徐泽,氏族则林宝。"① 由此可知,大历、贞元之际,学者们对《周易》《论语》《春秋》《毛诗》《礼》等儒家经典都有了专门深入的研究,这在一定程度上恰恰代表官方通行的《五经正义》正受到来自各方面的挑战。其中影响最大的是以啖助、赵匡、陆质(本名淳,后避顺宗太子名讳而改为质)为代表的《春秋》学,他们往往通过史实与义理的对照重新解读《春秋》,在研究方法上既是对传统章句之学的一种突破,在内容解读中亦是"考三家得失,开疑古之风"②。他们倡扬孔子修《春秋》意为"以权辅用,以诚断礼,而以忠道原情云。不拘空名,不尚狷介,从宜救乱,因时黜陟"③,可见在"疑古"的旗号下颇重其经世致用的思想。诚如吕思勉先生所言:"此派之以意说经,似亦与前派无异,然而有大异焉者,前派之意,仅欲明经,此派之志,则本在经世。"④ 杜佑的《通典》在当时也得到了颇高的评价,如李翰称其特质在于以"君子致用在乎经邦"来"警学者之群迷"⑤,权德舆亦称其"错综今古,经代立言之旨备焉"⑥,对其思想价值都有很准确地把握。除此之外,李肇在"叙专门之学"中所说的地理学、制度学、天文算历、姓氏学等学问的发展,都表

---

① 《唐国史补》卷下,第54页。
② 谢保成、赵俊:《新编中国隋唐五代史:中国隋唐五代思想史》,人民出版社1994年版,第130页。
③ 《新唐书》卷二〇〇《儒学下》,第5706页。
④ 吕思勉:《隋唐五代史》(下),中华书局1959年版,第1300页。
⑤ (唐)李翰:《通典序》,(唐)杜佑:《通典》,中华书局1984年版,第3页。
⑥ (唐)权德舆:《唐故金紫光禄大夫守太保致仕赠太傅岐国公杜公墓志铭》,《权德舆诗文集》卷二二,第335页。

现出实用主义的特色。而影响所及,首先是对当时章句之学、浮艳之风的一种反拨,其次亦是推动当时的士人们深入社会,实践"从宜救乱,因时黜陟"的思想。如该学派的整理推广者陆质及深受其影响的吕温、柳宗元都曾作为重要成员参与"永贞革新":"王叔文一时奇士,其党与亦皆俊才,而治啖、赵之学者,多与之相善,可见其有意于用世矣。"①

其次,禅宗中的马祖禅思想在大历时期江南一带得到充分的发展,并进一步对贞元诗人产生影响。马祖禅倡言"自心是佛。此心即是佛心","森罗万象,一法之所印。凡所见色,皆是见心。心不自心,因色故有。汝但随时言说,即事即理,都无所碍"②。强调众生本是佛,只要识得自心,见自本性,不用向外驰求,一切外在的事物、言行都是人的一念之心(指具体、现实的人心,而不是传统意义上抽象的本体之心)的体现,无论好坏善恶都是佛性的体现。以此为出发点,宗密总结其修行方法云:"心性之外,更无一法可得故,故但任心即为修也",即"心的自然状态即是道或觉悟的状态,故禅的修行实践只在于保持心的完整状态,不增不减,从所有外加的限制中解脱出来,自由自在的行动"③,也就是说,在严格恪守修行戒律之外,马祖禅为僧徒们提供了一种任心直行的修行方式。马祖道一及其后嗣百丈怀海都有在贞元生活的经历,且也得到了当时执政者的认可。德宗时,宰相齐映、赵憬等,与禅宗中马祖道一、百丈怀海一系的高僧来往密切,风气所及,也会影响当时文人们的生活方式和创作心态。④

三 文化娱乐生活的发达

李肇在《唐国史补》中如此描述贞元时期长安城的社会风气:"长安风俗,自贞元侈于游宴,其后或侈于书法图画,或侈于博弈,或侈于卜

---

① 吕思勉:《隋唐五代史》(下),中华书局1959年版,第1299页。
② (宋)普济:《五灯会元》,苏渊雷点校,中华书局1984年版,第128页。
③ 贾晋华:《古典禅研究:中唐至五代禅宗发展新探》(修订本),上海人民出版社2013年版,第142页。另外,该书题目中的"古典禅"指的就是从马祖道一等中唐禅师至其在晚唐五代的后裔的中国禅传统,书中对马祖道一的传法历程和时代背景、宗旨及实践、洪州宗的崛起等内容都有详细的分析和考辨,可以参看。
④ 赵昌平《从王维到皎然》(《中华文史论丛》1987年第2、3期合刊)一文中对该内容有比较详细的论述,可以参看。该文还被选入赵昌平《赵昌平自选集》一书。赵昌平:《赵昌平自选集》,广西师范大学出版社1997年版,第170—177页。

祝，或侈于服食，各有所蔽也。"① 其中，"侈于游宴"确实是贞元时期在社会生活领域的一个重要特色，而这一特色的形成既和唐朝重视节日、休假的传统有关，也和德宗皇帝本人的提倡密不可分。

唐朝自开元中期以后，因为国家的强盛，海内的富饶，所以宴游活动也极为兴盛铺张。据开元十八年正月二十九日敕："百官不须入朝，听寻胜游宴，卫尉供帐，太常奏集，光禄造食"②，这样的宴游活动竟成为由官方组织的集体狂欢。不仅如此，这样的敕令在玄宗朝历史上一直不绝如缕，如开元二十五、二十六年玄宗曾连续下诏"百司每旬节休假并不须亲职事，任追胜为乐"，"美景良辰任百官追胜为乐"。③ 开元二十八年二月癸酉，"初令百官于春月旬休憩，选胜行乐"，自宰相至员外郎，凡十二宴，各赐钱五千缗。"上或御花萼楼邀其归骑留饮，迭使起舞，尽欢而去。"④

如果说开元时的宴游活动代表的是盛世气象，那么八年的安史之乱势必要打破这太平风光，这样的宴游活动也一度中歇。但到了贞元时期，随着战乱的平定、社会的稳定以及皇帝对享乐之风的嗜好，宴游活动又开始兴盛起来。如贞元四年，德宗皇帝亲下诏书："今方隅无事，蒸民小康，其正月晦日三月三日九月九日三节日，宜任文武百僚，择胜地追赏"，并要求按官员不同的等级发放赏赐，"永为常制"⑤。贞元时节日的设定有的是延续传统，有的则是首创。前者如三月三日、九月九日，后者如中和节。贞元五年德宗下诏设置中和节："自今宜以二月一日为中和节，以代正月晦日，备三令节数，内外官司休假一日。"⑥ 农历的二月初一接近二十四节气中的惊蛰或春分，正是寒冬已过，农作即将开始的特殊时期，德宗采纳宰臣李泌的建议，在这一天"令百官进农书，司农献稬稷之种，王公戚里上春服，士庶以刀尺相问遗，村社作中和酒，祭勾芒以祈年谷"⑦。可见设置该节，也说明了朝廷对农业生产的重视。该节自设置后

---

① 《唐国史补》卷下"叙风俗所侈"条，第60—61页。
② （宋）王溥：《唐会要》卷二九《追赏》，上海古籍出版社2006年版，第629页。
③ （北宋）王钦若等：《册府元龟》卷一一〇《帝王部·宴享二》，中华书局1960年版，第1310—1311页。
④ 《资治通鉴》卷二一三，第6788页。
⑤ （唐）德宗：《三节赐宴赏钱诏》，《全唐文》卷五一，第562页。
⑥ 《旧唐书》卷一三《德宗下》，第367页。
⑦ 同上。

颇受唐人的重视。宋人周密曾云："二月一日谓之中和节，唐人最重。"①当然，这些节日的设定除了其中所暗含的象征意义外，还有一种极为世俗的价值，那就是皇帝、百官可以在这些节假日举行宴会、庆赏、游玩等活动。如在贞元十四年二月戊午，德宗御临麟德殿，宴文武百僚，盛况非常："初奏《破阵乐》，遍奏《九部乐》，及宫中歌舞伎十数人列于庭。"②当天特制的中和乐舞会从早演奏到晚，宴会也会一直举行到傍晚时分，百官被给予不同的赏赐。而且，本来主要集中于中央长安的宴会也被广泛的推广到各个地方区域："洎四方有土之君，亦得自宴其僚属。"③

从上文的论述中可以知道，德宗朝节假日十分丰富，并且，在这一天公、私阶层都会举行丰富多样的宴游活动。这样丰富的文化娱乐活动一方面促成了"贞元侈于游宴"的社会风气，推动了文人及民众好游风气的形成及对世俗享乐生活的关注。另一方面，在这样的宴游活动中，皇帝、百官僚佐、文人士子往往会吟诗作赋，如《旧唐书》德宗本纪中多次记载了德宗在不同的节日中乘兴赋诗，大臣僚佐也大多需要和诗作颂，这样的作品既是宫廷文学的一种典型模式，也是对文学创作的直接促进和激发，为我们后世读者了解那个特定时代的思想文化提供了第一手的材料，具有很高的历史价值和审美价值。最后，该风气愈演愈烈之际，世人往往耽于逸乐，无所作为或者在享乐的生活中放荡不拘，无所不为，而有识之士往往能见微知著，在挽救世风颓乱之际开一代新风："风俗之弊至此，其何以救之？曰：复古之经，务民之义，所以挽佛、老末流，遗弃世事之失也。明君臣之义，严夷夏之防，慎重行止，爱惜名节，所以矫魏、晋以来惟重私门、敢于冒进、败名丧检、无所不为之弊也。是则有宋诸贤之所务，而其风气，实亦隋、唐之世逐渐开之。此则贞元剥复之机也。"④

四　文人交游的频繁密切

文人之间的交游活动历来是文人生活中的一个重要方面，在对他

---

① （宋）周密：《武林旧事》（插图本）卷二，李小龙、赵锐评注，中华书局2007年版，第61页。
② 《旧唐书》卷一三《德宗下》，第387页。
③ （唐）欧阳詹：《鲁山令李胄三月三日宴僚吏序》，《全唐文》卷五九七，第6032页。
④ 吕思勉：《隋唐五代史》（下），中华书局1959年版，第786页。

们交游的考察中,我们可以获知诸如他们的活动范围及交往的对象,他们交往时的目的和心态,在相互交往中彼此之间的影响等。在贞元时期,文人之间的交游活动既有对传统的延续又不免带有新的时代因素。

贞元初期,猜疑心甚重的德宗一方面不许臣下私自交往,自己却又三番五次地下诏赐宴,企图以恩从己出的形式笼络和控制群臣,从而造成了贞元年间官员宴会最盛的局面。这些宴会的目的在于"同其休、宣其和、感其心、成其文者也"①。其目的不仅仅是出于享乐,就像西周初年的燕飨诗一样,还带有交流君臣感情,宣扬政教之目的。并且,在这样的宴会中,作诗以纪兴的雅事是被期待和肯定的:"昔洛下邺中,兰亭岘首,文雅之盛,风流之事,盖一方耳。今席有芳樽,庭有嘉木,饮酒赋诗,皆大国圣朝群龙振鹭握兰佩玉者也。在古其有陋乎,在今其有荣乎。终宴一夕,寄怀千载。"② 在贞元文人的眼中,这样的宴会是可以和建安时期邺下文人的聚会、东晋兰亭集会等文人雅事相提并论的。而且,从宴会的规模、豪华程度上而言又远胜前者。他们享受着、礼赞着这样的聚会,在竟夕举办的宴会上饮酒赋诗,应酬交际,诗歌赠答,寄怀千载。

到了贞元后期,德宗对官员之间的私人交往逐渐放松了限制,这样一来,文人之间的交往也更加的自由、热烈。除了官方的宴会活动促进了文人之间的交游外,贞元时期私人之间的送别宴会颇多。为了功名或个人的私事,人们在这个社会的各个地方上演着离别的图景,在这些场景中,或者是上司送人,要求下属必须参加,或是朋友亲人之间相送,依依相别。在这些宴会中大多伴随着饮酒作诗的活动。于是,诗歌和出游就汇合在宴会的发达中了。

除了因为宴会的原因而刺激文人交游之外,科举的兴盛也是文人交游频繁的重要诱因。文人之间交往的作用不仅在于上下亲朋之间的感情交流,也是士子文人们获取顺利仕途的一个重要因素。没有适当积极的交往,在唐代是很难踏入仕途的,就像韩愈曾经所说:"京师之进士以千数,其人靡所不有,吾常折肱焉,其要在详择而固交之。善虽不吾与,吾将强而附;

---

① (唐)韩愈:《上巳日燕太学听弹琴诗序》,《韩昌黎文集校注》卷四,第239页。
② (唐)顾况:《宴韦庶子宅序》,《全唐文》卷五二九,第5369页。

不善虽不吾恶，吾将强而拒；苟如是，其于高爵犹阶而升堂，又况其细者邪？"① 而孟郊的不善交往似乎也是导致其仕途偃蹇的一个重要因素。

贞元时期文人间相互推引、交游风气浓厚对文学的影响在以下几方面。

首先，文人之间的交往一方面扩大了他们活动的范围，丰富了文人的生活和情感，另一方面也促进了诗歌创作的繁荣。贞元时期，文人之间交往频繁，如顾况和刘长卿、皎然、包佶、刘太真等都有所往来，王建和张籍贞元初年曾同在邢州求学，三十年后两人偶然相逢，当年两人一起学习，一起讨论的情景似乎依旧历历在目："年状皆齐初有髭，鹊山漳水每追随。使君座下朝听《易》，处士庭中夜会诗。新作句成相借问，闲求义尽共寻思。经今三十余年事，却说还同昨日时。"② 年少之时的友谊一直伴随了两人一生，在他们的作品集中有多首诗歌往来之作，如张籍有《登城寄王秘书建》《赠太常王建藤杖笋鞋》《赠王秘书》《酬秘书王丞见寄》《书怀寄王秘书》《赠王建》等，王建则有《送张籍归江东》《洛中张籍新居》《扬州寻张籍不见》等。而张籍除了和王建的密切交往之外，和韩愈、孟郊、白居易等也都来往频繁。另外，诗歌是当时文人之间非常重要的交流媒介，如白居易叙及自己和诗歌的缘分时对元稹说："故自八九年来，与足下小通则以诗相戒，小穷则以诗相勉，索居则以诗相慰，同处则以诗相娱。"③ 可见诗和文人交游相辅相成，文人交游促进了诗歌的发展，诗歌的往来唱和又加深了文人之间的交游。

其次，频繁的交往必然引起诗歌唱和活动的激增和相似创作倾向的形成。汇聚一处或相隔遥远的文人之间可以通过诗文往来相互慰藉，他们在彼此的唱和中带来诗艺的交流与切磋，诗歌思想的交锋和碰撞。在这种碰撞中，个体文人之间彼此的诗歌审美倾向互相影响，进而形成某一往来频繁的文人群体所认可或趋同的审美志趣和审美风格。如张籍、王建两人兼

---

① （唐）韩愈：《送孟秀才序》，《韩昌黎文集校注》卷四，第259页。
② （唐）张籍：《逢王建有赠》，（唐）张籍：《张籍集系年校注》，徐礼节，余恕诚校注，中华书局2011年版，第479页。本书以下所引张籍诗文如果不作特别标注的话均出自该书，以下有所引用时只标书名和卷页之数。
③ （唐）白居易：《与元九书》，（唐）白居易：《白居易集笺校》，朱金城笺注，上海古籍出版社1988年版，第2795页。本书以下所引白居易之文如不作特别标注均出自该书，以下只标书名卷页之数。

善乐府，其作品故称"张王乐府"，在他们贞元时期的创作中，有多首同一主题的作品。韩愈和孟郊在贞元时期来往密切，其诗歌风格互相影响，为韩孟诗派的形成奠定了基础。元白二人在贞元末年元和初年则共同着力于新题乐府诗的创作等。

第 二 章

贞元诗坛创作格局概说

"贞元诗坛创作格局"指的是在德宗朝主要是贞元时期进行诗歌创作的诗人们所形成的创作局面。在以往的观点中，贞元诗人这样的称呼是不存在的，这一时期要么往上被划归到大历，要么往下被划归到元和，比如蒋寅先生的《大历诗风》一书虽然研究的是大历诗歌，但其下限却划至贞元八年。当然，这样的界定自有作者对文学现象的思考和判断在其中，但不免会让人觉得有割裂时代完整性及文不对题的嫌疑。的确，朝代的起讫确实不能和文学风貌的起讫画上等号，但是，朝代的风云变化又确实会影响到诗歌的风貌与气质。而且，从社会历史的角度来说，贞元这样一个在政治、经济、文化上都具有自己独特性的朝代也大体是可以自成一个阶段的："第一，安史之乱后，唐代的政治经济军事等制度出现了混乱，经过肃宗代宗时期的探索，从德宗开始，实施了一系列诸如设立两税、完善俸制、册定敕格、整顿朝仪、理顺使职、发扬礼典等措施，整个贞元长庆间应该说社会已经走入正轨，成为一个整理整顿制度的时期，一个大致有秩序的时期……第二，导致唐代灭亡的几个重要矛盾还没有发展到极端……因此这一时期大致是一个相对安定、政治上尚有活力的时期。"[1]在这样的时代环境中，贞元诗人们不能不感受到时代的新风貌、世风的新气息，在这些新旧特质的交互作用下，新的士风、诗风也就应运而生了。

从整体上来说，贞元诗坛的创作格局主要由以下三大群体构成。

一是由大历进入贞元的江南诗人群如韦应物、顾况等以及在建中、贞元时期大量创作边塞诗歌的李益、卢纶等人。如果细致梳理上述诸人的生

---

[1] 黄正建：《韩愈日常生活研究》，《唐研究》第四卷，北京大学出版社1998年版，第251页。

平及创作就会发现，传统意义上一直被认为是大历诗人代表的韦应物、顾况、皎然、灵澈等人在建中、贞元时期创作了数量丰富且颇具特色的诗歌，这些诗歌的产生和他们生活环境的变化及地域文化的积累有着密切的关系。因此，对上述诗人的探讨不仅是贞元诗坛研究中的重要组成部分，同时也是地域文化影响文学发展的重要体现。另外，如果对李益的身世生平进行细究的话，就会得出这样一个结论，他最富于盛名的边塞诗基本上都创作于建中、贞元时期，而以李益为中心，对德宗朝边塞诗的创作进行梳理的话就会发现，德宗朝的特定时代环境给予了边塞诗新的内容和主题，尽管风格上已经和盛唐时代有所不同，但依然堪称是边塞诗发展的一个重要时期，而在此之后，边塞诗就开始逐渐消歇于诗坛，再也没有出现过创作的高潮。因为江南诗人群和边塞诗人群的创作都各成系统，故在具体论述时笔者选择分章言之。

二是创作期主要在贞元的诗人群体，包括唐德宗、围绕在德宗身边以权德舆等为代表的台阁诗人群及诗风比较独特的孟郊、欧阳詹。对古代任何一个诗坛的研究，似乎都缺少不了对当时台阁诗人群的探讨，德宗朝亦是如此。德宗皇帝本身就极为爱好文学，这既是他个人兴趣之所在，也是特定政治环境和特定帝王心理的产物；权德舆、崔元翰、武元衡等人的应制诗创作既带有宫廷文化的特质，亦在某种程度上呈现出个性化的风采，反映了当时的一些政治生态情况；于元和九年去世的孟郊绝大部分诗歌创作于德宗时期，其独特的诗风亦形成于贞元时期；于贞元十七年去世的欧阳詹亦是如此，而且，他的诗歌中表现出浓郁的至情特色，颇有让人耳目一新的感觉，在贞元时代，可算是一种个性化的表达。

三是开始在贞元诗坛崭露锋芒、充满锐气，并即将在元和诗坛大展拳脚的诗人群体，包括韩愈、张籍、王建、白居易、元稹、柳宗元、刘禹锡等人。根据上述诸人的生平经历和社会关系，文章将其分成了三个部分，一是以韩愈为代表的韩孟诗派，二是张籍和王建，三是元白柳刘等人，在科举兴盛的德宗时期，这些人在贞元时期有一个共同的身份——举子，因此，这也让他们的诗歌呈现出一些共同的特质，有鉴于此，文章在分析他们在贞元时期各自经历和大体创作特色的基础上，着重挖掘他们在贞元时代的精神世界以及由此带来的诗歌创作上的一些变化。

下文的第二、三、四、五篇将分别以这三大诗人群体为论述中心，来分别介绍他们在贞元诗坛上的生存轨迹和创作概况，而这也是整个贞元诗坛研究的主体所在。不过在此之前需要着重说明以下四点。

第一，从时间界定上来说，本书虽然以"贞元"为题，但所谓"一朝天子一朝臣"，考虑到"贞元"本就是德宗朝的一个重要组成部分，且作为同一个帝王统治下的时期，其政策、文化本身都有很强的延续性，不同年号之间很难截然分开彼此，因此，在探讨时代背景及作家、作品时，往往也兼及贞元之前的建中、兴元时期。另外，如果熟悉该段历史的话就会发现，公元805年是一个特殊的时间点，元稹有诗《永贞历（是岁秋八月，太上改元永贞，传位今皇帝）》，其中有云："半岁光阴在，三朝礼数迁"[①]，也就是说在这一年历经德宗、顺宗、宪宗三朝，具体文学现象的归属问题自成争议。笔者在考察历史事实的前提下认为从时间、事件的延续性角度来说，应将顺宗统治期间归于贞元诗坛的研究时间范畴当中：德宗皇帝虽然崩于贞元二十一年正月，但唐顺宗李诵自上年九月风疾以来已不能言，即便最终得以继位，但其所发挥的效力实际上也颇为有限。值得一提的是，在顺宗为太子时便颇得信任的王叔文、王伾等人在其继位后得以总揽政务："时上久疾，不复延纳宰臣共论大政。事无巨细皆决于李忠言、王伾、王叔文"[②]，故王氏等人得以进行政治改革。不过在该年八月，顺宗禅位于太子李纯，是为宪宗，宪宗的继位也就标志着元和时代的到来和"永贞革新"的最终失败。从文学上而言，这段时间的经历对于当时参与改革活动的柳宗元、刘禹锡等人影响颇大。因此，柳宗元、刘禹锡等人于该年创作的作品（时间上当指唐宪宗继位之前），也应包含于贞元文学的研究范围中。因此，在"贞元诗坛"的课题下，从历史时间上而言，本书主要包括公元780年到805年8月共计近26年的时间。但文章既然以贞元诗坛为题，其中所利用的诗歌材料主要还是创作于贞元时期或者虽然创作于贞元之后，但内容上所反映的是贞元时期生活的相关作品。

第二，从划分原则来说，虑及贞元诗坛在中唐时期的特定位置及相关作家往往横跨数代的客观事实，很难说某一个作家就是纯粹的贞元诗人（虽然有但是数量很少），因此，为了对贞元诗坛的诗歌状况形成客观全面的把握，本书对贞元诗坛创作主体的划分主要以其创作时间为线索，也

[①] 《元稹集》卷四，第54页。
[②] 《旧唐书》卷一四《顺宗本纪》，第408—409页。

就是着重探讨曾经生活在贞元时期的作家们在这个特定阶段的创作情况及特点，而不涉及或较少涉及他们在此之前或在此之后的创作情况。

第三，从"群体"的概念来说，《辞海》对其释义的条目中有云："本质上有共同点的个体组成的整体。"① 显然，本书对贞元诗坛创作主体的分析虽然以三大"群体"的名义展开，但所采取的"群体"概念并不符合其严格意义上的界定，而是比较松散的三个作家整体而已。如果一定要说其划分的共同点的话，就是这三个群体在各自创作时间上具有一定的一致性，至于其在创作上的特点，不同的群体有不同的情况，不同群体中的个体也各自不同，需要结合各自的创作文本作具体的分析。

第四，从研究思路来说，第三、四、五、六篇主要关注的是上述贞元创作主体在诗歌内容上的一些特质而略涉艺术特色及风格，第七篇重点论述贞元创作主体们在诗歌创作上所呈现出的一些趋向和大体的风貌。之所以采用这种论述方式，主要是考虑到学界对上述作家的艺术手法、风格特色等内容已经有了较为成熟的思考，但对贞元诗坛作家、作品及历史地位的具体认识却过于模糊，因此有必要着重把握贞元对于这些作家的意义和价值以及他们在贞元时代诗歌的一些新变。而且，此种研究思路既可以让读者对贞元作家的具体作品有所了解，亦可从整体上把握贞元诗坛自身的发展轨迹和发展脉络，也有助于把握其在整个中唐诗歌史乃至整个唐代诗歌史中的具体地位及价值。

总之，如果将贞元诗坛比作一座漂亮的花园的话，那么贞元时代的种种质素就是花园中的泥土，而贞元时期的上述诗人们就是花园中争相斗艳的鲜花，或者你方唱罢我登场，或者各自从泥土中汲取最适宜于自己的营养，在属于自己的一方天地里创造出最亮丽的风景。这些形态不一的花朵在贞元诗坛这座花园中或者垂垂老矣，但却努力绽放出最后的、与之前不太一样的光芒，或者把自己最美好、最绚烂、最富于生命力的颜色留在这里，或者刚刚打苞，虽然还没有盛开，但却有着青涩的美丽与清新。而贞元诗坛也正是因为有了这些不一样的姿态与阶段，才呈现出色彩斑斓、多姿多彩的别样风采。

傅璇琮先生曾经说过这样一段话："我们的一些文学史著作，包括某些断代文学史，史的叙述是很不够的，而是象一个个作家评传、作品介绍

---

① 辞海编辑委员会编纂：《辞海》，上海辞书出版社2000年版，第5451页。

的汇编。为什么我们不能以某一发展阶段为单元,叙述这一时期的经济和政治,这一时期的群众生活和风俗特色呢?为什么我们不能这样来叙述,在哪几年中,有哪些作家离开了人世,或离开了文坛,而又有哪些年轻的作家兴起;在哪几年中,这一作家在做什么,那一作家又在做什么,他们有哪些交往,这些交往对当时及后来的文学具有哪些影响;在哪一年或哪几年中,创作的收获特别丰硕,而在另一些年中,文学创作又是那样的枯槁和停滞,这些又都是因为什么?"① 虽然傅先生发表的这段话距今已经三十余年,但他所描述的研究状态显然至今仍然存在。在傅先生看来,在了解一定时期的经济、政治、文化风俗背景的基础上,去深入考察该时期作家的生存轨迹、出处行藏是研究文学史、解释文学现象的一种有效途径。所谓他山之石可以攻玉,本书借助的就是傅先生在此所提出的研究思路。本篇首先梳理了德宗时代特定的经济、政治、文化环境,且不作泛泛之言,而是着重把握在这些大的时代背景中不同因素对于当时文学创作的具体影响。当然,客体环境终究还是要通过创作主体来发挥作用,有效地界定贞元诗坛的创作主体势必会让贞元诗坛的研究课题取得事半功倍的效果。按照傅先生的观点来说,了解作家的生存轨迹是把握文学史中各类文学现象产生的一把钥匙,在以下对贞元诗坛创作主体的分析中,我们也不妨借用这把钥匙,来具体分析贞元诗坛不同创作群体们的具体创作情况。

---

① 傅璇琮:《唐代诗人丛考》,中华书局1981年版,前言第3页。

第三篇

由大历进入贞元的江南诗人群

蒋寅先生在《大历诗风》中将大历诗人群主要分为三类，即大历十才子、地方官和方外诗人群。就十才子的整体而言，他们创作的高潮在大历时期，且大多于大历或德宗统治初期去世，虽有个别诗人活到贞元时代，但在创作中大多没有什么新变。不过值得一提的是，作为十才子成员之一的卢纶在贞元年间创作了一些别具特色的边塞诗，和李益成为德宗朝边塞诗人的重要代表。对于二人的创作笔者将在下篇专门有所论列。另外两类诗人群体虽然在大历时期已经创作了大量的作品，甚至也形成了自己的特色，但他们在进入德宗朝后创作不但没有消歇反而还表现出新的质素和风貌。这两类诗人群体都生活在江南区域，他们诗歌的新变和江南文化也有着密切的关系，故在本书中以江南诗人群名之。赵昌平先生曾撰文《"吴中诗派"与中唐诗歌》①主要分析的就是江南吴中地区以皎然、顾况为首的诗人们的创作情况。先生分析的侧重点在于作为一个独立自足的地域性流派，即活跃于吴中地区具有本土性特点的诗人们，其中并不包括由京城外来的韦应物等人。而本书所描绘的江南诗人群在活动区域的界定中要更广一些，且在论述相关诗人时主要强调的是他们在贞元时期创作的特点及新变，所以在具体的论述上自然会与赵文有所不同。

---

① 赵昌平：《"吴中诗派"与中唐诗歌》，《中国社会科学》1984年第4期。

第 一 章

江南诗人群的创作背景

所谓江南①,它在中国历史中不仅仅是一个地理概念,也是一个政治、文化、经济上具有独特内涵的专有名词。当然,这一概念的形成经过了一个历史演进的过程:"在古代,文化、政治和经济概念上的江南,肇端于东吴,成型于六朝,发展于唐宋,兴盛于明清。"② 唐宋时期正是江南文化逐渐发展完善的时期。《汉书·地理志》云:"凡民函五常之性,而其刚柔缓急,音声不同,系水土之风气。"③ 所谓一方水土养一方人,江南独特的风物也培养和造就了一批批独特的文士。贞元时期的江南诗人们有的是生于斯长于斯,有的只是江南烟雨中的过客而已,但江南风光与江南文化却以极强的包容性给这些诗人们以心灵的给养,促使这些文士用手中的诗笔或者描绘出一幅幅精彩绝伦的江南风景,或者以这些极富特色的江南风光为背景,上演着自我人生中的酸甜苦辣,精神上的进与退、得与失。

---

① 关于唐代"江南"一词的含义,学者们虽然有一些细节上的差异,但大体是可以作如下的认定:广义的江南是指长江以南的除四川盆地外的广大陆地地区,即唐太宗贞观元年所划分的江南道的区域范围,这与唐以前对江南含义的理解大体是一致的,而狭义的江南主要指唐玄宗开元二十一年重新划分区域时的江南东道的范围,在安史之乱后,它分属宣歙、浙东、浙西3个行政区划,其中浙西治润州,辖润、苏、常、杭、湖等地;浙东治越州,辖越、衢、婺、温、台、明等州;宣州治宣州,辖宣、歙、池等州。与江南相关的概念还有"江东""江左""江表",它们也会作为江南的含义出现在诗人的笔下。具体可参见景遐东《江南文化与唐代文学研究》,人民文学出版社2005年版;梁中效《中唐之后的长安与江南》,《长安大学学报》(社会科学版),2014年第2期。本书取广义江南之义。

② 查清华:《江南僧诗的意趣情感及其文化因缘》,《学术月刊》2012年第4期。

③ (汉)班固:《汉书》卷二八下《地理志》,中华书局1962年版,第1640页。

第一节　江南诗人群创作的地理人文背景

在唐朝以前，江南风物早已进入文人视野，楚辞中所展现的别样风情只不过是它冰山上的一角而已。尤其是西晋王室南渡之后，在东晋南朝政权的更迭变化中不变的是江南的山水与风物。江山高秀、云水孤清的江南风物逐渐成为江南文人叙事抒情的底色和土壤。

唐以前，文化中心在北方的黄河流域，到了唐代以至宋代以后，文化中心就逐渐转移到南方江浙一带了。当然，这是一个漫长的历史演变过程，并不是一蹴而就的。文化中心的确立往往和经济实力有着密切的关系，在唐以前的历史中，江南依靠其得天独厚的地理环境和历史上的几次发展机遇，经济方面取得了飞速的发展。这一点在本书的第二篇中已经论及，兹不赘述。江南不仅经济富庶，而且经过六朝的发展与积淀，形成了博学重教的人文传统和好尚诗文的地域风习。就唐代本身而言，长达八年的安史之乱为文化中心的南移创造了契机："两京蹂于胡骑，士君子多以家渡江东。"① 这就为江南人才的聚集提供了很好的机遇。

在此背景下，江南成为大历贞元时期文人除了长安之外另外一个向往的地方。《唐诗纪事》卷四七中载大历时期严维、鲍防、吕渭等11人分别作《忆长安十二咏》《状江南十二咏》，与长安城一年四季的繁华奢靡不同的是，江南的十二月却是自然美和人文美的化身。这一点在同时代的另一位诗人韩翃的笔下也有所展现，在他的作品中随处可见其对江南景况的描摹，如：

春流送客不应赊，南入徐州见桃花。朱雀桥边看淮水，乌衣巷里问王家。千闾万井无多事，辟户开门向山翠。楚云朝下石头城，江燕双飞瓦棺寺。吴士风流皆可亲，相逢嘉赏日应新。从来此（一作北）地夸羊酪，自有莼羹定却（一作味可）人。——《送客之江宁》

池畔花深斗鸭栏，桥边雨洗藏鸦柳。……把手闲歌香橘下，空山一望鹧鸪飞。——《送客还江东》

赏称佳丽地，君去莫应知。——《送客游江南》

---

① 《旧唐书》卷一四八《权德舆传》，第4002页。

桂水随去远，赏心知有余。衣香楚山橘。手鲙湘波鱼。芳芷不共把，浮云怅离居。遥想汨罗上，吊屈秋风初。——《送客游江南》

过淮芳草歇，千里又东归。野水吴山出，家林越鸟飞。荷香随去棹，梅雨点行衣。——《送李秀才归江南》（一作《送孙革及第归江南》）

淮南芳草色，日夕引归船。……光风千日暖，寒食百花燃。——《送蒋员外端公归淮南》

春草东江外，翩翩北路归。官齐魏公子，身逐谢玄晖。山色随行骑，莺声傍客衣。——《送李侍御归宣州使幕》

吴郡陆机称地主，钱塘苏小是乡亲。葛花满把能消酒，栀子同心好赠人。——《送王少府归杭州》

不妨高卧顺流归，五两行看扫翠微。……君到新林江口泊，吟诗应赏谢玄晖。——《送客还江东》

长乐花枝雨点销，江城日暮好相邀。春楼不闭葳蕤锁，绿水回通宛转桥。——《江南曲》（一作李益诗）[1]

韩翃是大历时期的著名诗人，同时，在孟棨《本事诗》等书中也记载了其以《寒食》为代表的作品得到了唐德宗的称赏，并因此而获得官位的擢升。[2] 所以，我们可以由此推测，从大历到贞元期间，韩翃的诗歌在主流欣赏层面是具有一定的代表性的，作为贞元诗歌的背景来谈是可行的。在这些诗歌中，我们看到了江南独特的自然、人文景观。和北地的风沙、羊酪不同，江南既有美丽的山水风光，所谓"绿水回通宛转桥"，还有莼羹、芳芷、楚山橘、湘波鱼等，自古以来就是"赏称佳丽地"。另外，对文人更具有吸引力的是在江南的梅雨中，既埋藏着历史的积淀，如屈原、宋玉及其所代表的楚国文化，又笼罩着刚刚逝去的南朝的文化与精魂，诸如朱雀桥、乌衣巷、石头城、瓦棺寺、钱塘苏小墓、吴郡陆机、宣城谢玄晖的踪迹等。

到了德宗时期，江南的文化氛围愈加浓厚。如贞元初年，从京城来到

---

[1]　以上诸诗分别出自（清）彭定球等：《全唐诗》卷二四三——卷二四五，中华书局1960年版，第2728、2729、2738、2739、2740、2741、2744、2751、2753、2758页。本书以下所引《全唐诗》内容均出自该书，以下只标书名卷页之数。

[2]　丁福保辑：《历代诗话续编》（上），中华书局1983年版，第8页。

江南、见惯了京城繁华的韦应物依然忍不住感慨"吴中盛文史,群彦今汪洋。方知大蕃地,岂曰财赋强"。① 由此也可说明在历史的发展中,江南"财赋强"的特点已经成为当时国人的一种定论和常识,而让中原士子们惊异的则是以吴中地区为代表的江南一带在人文方面的繁盛。顾况在贞元十五年所作的《湖州刺史厅壁记》中提及江南的湖州时也感叹"江表大郡,吴兴为一",在简单介绍吴兴在历史中的地理沿革和丰富的物产之后,作者称扬其地"冠簪之盛,汉晋以来,敌天下三分之一",并详细列举了曾经在这个地方出现的风云人物:"其鸿名大德,在晋则顾府君祕、祕子众、陆玩、陆纳、谢安、谢万、王羲之、坦之、献之,在宋则谢庄、张永、褚彦回,在齐则王僧虔,在梁则柳恽、张谡,在陈则吴明徹,在隋则李德林。国朝则周择从,令闻也;颜鲁公,忠烈也;袁给事高,说正也;刘员外全白,文翰也。"② 湖州虽然只是江南之一隅,但却可以想见江南文化之盛况。权德舆在《与睦州杜给事书》中也说:"今江南多士所凑,埒于上国,力行修词,人人自励。月旦之评,或尤至公,众情所望,实在阁下。"③ 江南不仅成为文人的聚集地,而且文人在此有意识的修习、揣摩诗文,并且会定期举行"月旦之评"来对诗文作品进行吟赏、品评。这就极大地促进了文学的创作和交流,对诗人诗歌技巧的提升、流派的形成都有所影响。美丽曼妙的江南风土人情,以及在这样的地域及文化中逐渐生长起来的风流之士们,都让江南逐渐成为长安之外另一个让唐代文人瞩目的地方。

而这种瞩目有时正意味着变化的存在:"到了大历后期,江南一带作为一个相对独立的文化中心已存在了二十余年,南渡诗人自身的审美意趣也逐步磨合到江南文化之中,其诗风也带上江南文化色彩","与此同时,生长于江南的诗人也开始成熟并且进入了创作的高峰期。北方战乱不休,时局动荡不安,使得他们已不可能以取名京城诗坛作为人生的唯一选择。因此,其诗歌创作也不再以京城诗风为唯一的艺术范式。这一创作环境反而使得他们能够自由地发展自己的审美个性,并能表现出自身的江南文化

---

① (唐)韦应物:《郡斋雨中与诸文士燕集》,(唐)韦应物:《韦应物集校注》,陶敏、王友胜校注,上海古籍出版社1998年版,第55页。本书以下所引韦应物诗歌如果不作特别标注的话均出自该书,以下只标书名卷页之数。
② (唐)顾况:《湖州刺史厅壁记》,《全唐文》卷五二九,第5372页。
③ (唐)权德舆:《与睦州杜给事书》,《权德舆诗文集》卷四二,第638页。

气质"①。具体到德宗时代的话，以韦应物、皎然、顾况、灵澈为代表的诗人们或者长期或者有相当一段时间生活在江南，他们的创作也都受到了江南地域文化的影响，故均可将其纳入江南诗人群这一名目下予以研究。但细究这些人的生平遭际，就会发现他们与江南的关系、在江南时的诗歌创作倾向其实是有所不同的。

第二节 江南诗人群的不同划分

客观来说，江南诗人群作为由大历进入贞元的创作群体，其创作在大历时期均已开始或者已非常成熟，不仅其诗歌技巧在大历时期得到了锻炼，诗歌的风格在大历时期也已基本定型。如果没有特定的诱因，他们在贞元时期的创作也只不过是大历风格的延续而已。但显然，历史的发展自有它独特的节奏和步调，进入德宗朝后，随着新皇帝的继位整个王朝的政治、经济、文化环境开始发生了变化。这样的变化也许比较缓慢，但也不可避免地影响到生活在其中的作为个体的诗人们。而且，因为个体经历的不同，江南诗人们也表现出诗风新变的不同路径和结果。

对于那些在德宗朝因为仕宦的缘故才开始由北到南的诗人如韦应物、于頔来说（这些人可以统称为"江南仕宦诗人"），首先，他们生活的环境发生了变化，感受到的文化格调亦是和北方传统相异。其次，他们远离故土，在战乱频仍的时代背景下不能不惦念自己的家人和渴望早日回到中央政权，这就使他们的诗歌创作在内容上有了和前期不同的倾向性。

对于那些南方的本土诗人来说（这些人可以统称为"江南本土诗人"），他们又大致可以分为两类。一类是完全本土化的诗人，如顾况、秦系、皎然、陆羽诸人。他们生于斯长于斯，江南文化已经成为他们诗歌的底色。另一类是大历初期因为仕宦的缘故就已经来到南方的诗人，如刘长卿、李嘉祐、朱放等。在十余年的江南生活中，他们已经逐渐融入南方文化当中，也可以算作半本土化的江南诗人。这些本土化、半本土化的诗人对于江南文化虽然十分谙熟，但江南文化本身作为一个复杂的系统，其

---

① 查屏球：《由皎然与高仲武对江南诗人的评论看大历贞元诗风之变》，《复旦学报》（社会科学版）2003年第6期。文章稍作修改后，又以《江南诗人与大历贞元诗风之变》为题收入其著作《从游士到儒士——汉唐诗风与文风论稿》，复旦大学出版社2005年版，第483—507页。

内部也在不断融入新鲜血液的背景下发生变异。这种变异与新风的出现自然也会对生活于其中的诗人们的创作产生一定的影响。如皎然在《诗式》中曾严厉批评了以皇甫冉、严维、张继、刘长卿、李嘉祐、朱放为代表的大历诗人"窃占青山白云、春风芳草以为己有"后评价说："吾知诗道初丧正在于此，何得推过齐梁作者？迄今余波尚寖，后生相效，没溺者多。大历末年，诸公改辙，盖知前非也。"① 此论断非常重要，《诗式》一书完成于贞元五年，那么"迄今"二字表明在贞元初期，大历诗风对诗坛依然有着不容置疑的影响。但是，结合"大历末年，诸公改辙"一语又可知，在大历末年，这些诗人确实表现出和大历诗歌不同的风味与特色。②

总之，可以肯定的是，到了德宗时期，江南诗人群在不同的诱因下，表现出了和大历时期自我创作不同的格调和特质。这种变化一方面和他们所生活的文化环境有着密切的关系，另一方面和他们对当时诗坛风气的认知亦是密不可分。

第三节 江南诗人群所面临的诗坛现状

在贞元以前，整个诗坛大概存在着两种不同的创作倾向。一是以元结《箧中集》为代表的作家群，他们反对"拘限声病，喜尚形似，且以流易为辞"③ 的创作倾向，提倡诗歌要有风力与气骨，"极帝王理乱之道，系古人规讽之流"④。这原本是对诗歌风雅现实主义精神的提倡，自有其独特的价值和意义，但他们的实际创作却往往因为片面追摹汉魏而陷于质木无文之境，诗歌成了他们传递思想的工具而失去了应有的美感。与之相反的则是大历末年高仲武所编的《中兴间气集》中以"大历十才子"为代

---

① （唐）皎然：《诗式校注》，李壮鹰校注，人民文学出版社2003年版，第273—274页。

② 查屏球认为，此处的"大历末年"可能是大历十二年。因为在这一年，对代宗朝政治、文风都有巨大影响的元载、王缙集团至此结束，"整个政局发生了重大的变化，京城诗坛失去了像'大历十才子'那样的创作中心，整个士风也随之产生了很大变化，诗风也开始由天宝浮华余气中走出来。江南诗人创作更为活跃，与大历年间酬唱活动不同，他们个性化的创作与交流增多"。笔者认为是很有道理的。查屏球：《从游士到儒士——汉唐诗风与文风论稿》，复旦大学出版社2005年版，第489页。

③ （唐）元结：《箧中集序》，《全唐文》卷三八一，第3873页。

④ （唐）元结：《二风诗论》，《全唐文》卷三八二，第3877页。

表的作家群。他们标举"体状风雅,理致清新"①,自是对元结及《箧中集》创作风气的一种反拨。但因为片面强调诗歌的"理致"而不免使他们的创作偏于工秀巧丽而失去应有的风力。而且他们的作品普遍篇幅狭小,意象雷同,难免给人以"气骨顿衰"之感。皎然敏锐地注意到了诗坛中的这一现实情况,在《诗式》中做出了这样的评论:

> 顷作古诗者,不达其旨,效得庸音,竞壮其词,俾令虚大。或有所至,已在古人之后,意熟语旧,但见诗皮,淡而无味。……
> 律家之流,拘而多忌,失于自然,吾常所病也……句句区同,篇篇共辙……习俗师弱弊之过也。

在这段话之前,作者自注云:"古诗三等:正、偏、俗;律诗三等:古、正、俗。"② 细绎其文意,上面所描述的两种情况应该就是作者自注中的"古俗"与"律俗"。

那么如何改变上述的这种时俗呢?以韦应物、皎然等为代表的江南仕宦诗人和江南本土诗人以他们的诗歌实践自觉不自觉地试图去解决这一问题。事实证明,他们的努力是非常有价值和有意义的。只不过,因为个人经历的不同,他们在"矫俗"之路上所采取的路径也是不一样的。

---

① (唐)高仲武:《大唐中兴间气集序》,《全唐文》卷四五八,第4684页。
② [日]空海:《文镜秘府论》所引皎然《诗议》。《诗式校注》附录二,第374页。

第二章

江南诗人群的诗歌创作

　　由大历进入贞元的江南作家们大多处于其人生的中晚期，儒家所谓君子"三戒"中明确提及"及其老也，血气既衰，戒之在得"[1]，可见，意满自得、安于现状本是人老之时的常态。这些人的诗歌创作也难免受此心态的影响，如果没有求新的意志、人生的变故或者其他外因的刺激，这些人很可能就会延续他们在大历年间的风格和主题，继续在新的时代和环境中浅斟低唱着过去的旋律（这也正是大历诗人中虽然有颇多生活到德宗时代，但却无法将其归入贞元诗坛研究范围的原因）。幸运的是，如韦应物、顾况、江南诗僧们因为仕宦经历、生活环境、文化思潮的诸种变化与影响，进而使他们的诗歌创作在新的时代和地域中呈现出了不一样的风貌。

第一节　以韦应物为代表的江南仕宦诗人

　　江南仕宦诗人们因为自身际遇的缘故，他们或者由北到南如韦应物，或者由南到北如戎昱[2]、袁高[3]。这些人大多有南北飘零的经历，在仕宦的奔波动荡中，他们注目的眼光不能不随着生活环境的变化而变化。相较

---

[1] 杨伯峻：《论语译注》季氏第十六，中华书局1980年版，第176页。
[2] 据谭优学《戎昱行年考》的内容可知戎昱建中、贞元以前主要在各地方长官、幕府门下担任属吏。直到建中二年，才开始陆续担任殿中侍御史、辰州刺史。大约于贞元七年左右，又担任虔州刺史，大约贞元十四五年，担任和州刺史之职。谭优学：《唐诗人行年考》（续编），巴蜀书社1987年版，第77—101页。
[3] 据《全唐诗》作者小传可知，袁高字公颐，恕己之孙，擢进士第。建中中，拜京畿观察使。坐累，贬韶州刺史，复拜给事中。宪宗时，特赠礼部尚书。诗一首。《全唐诗》卷三一四，第3536页。

于大历诗人而言，表现出题材的丰富性和对时代民生的关注。兹以韦应物为代表加以说明。

一　韦应物在德宗时期的经历与创作

在以往的诗歌研究中，韦应物似乎是一个毋庸置疑的大历诗人，许多诗评家把他作为大历诗风的代表人物，蒋寅先生也把他作为大历诗风中江南地方官诗人中的代表加以论述①。但细究韦应物的仕宦履历就会发现，其江南地方官的身份是在德宗建中三年之后担任滁州刺史才得以实现的。如果从严格地把"大历"作为年号的含义出发来理解大历诗风的话，显然对韦应物大历诗人身份的认定是不太准确的。而且细究其作品就会发现，他的大部分诗歌其实是创作于德宗建中、贞元年间。以孙望先生编著的《韦应物诗集系年校笺》②为基础进行统计的话会发现，韦应物的诗歌近600首，除去80多首无法系年之外，其中近300首都是创作于德宗建中元年之后，占全部作品的一半以上。虽然诗歌数量不能代表一切，但也确实说明进入德宗朝以后的韦应物，诗歌创作并没有停滞或消歇，反而有愈加昌盛的势头，难怪韩驹也认为韦应物早年之所以诗名未著的原因就在于他的诗歌"晚乃工"③。而且，从诗歌的内容、风格、体式等角度来考察的话，韦应物的诗歌也确实表现出了和大历时期不同的风貌。日本学者土谷彰男先生敏锐地发现了这一点，将其称为"贞元诗人韦应物"，并提出其为"元和文学之嚆矢"④，惜其在文章中并未作具体阐述。

（一）由《自尚书郎出为滁州刺史》一诗看韦应物在德宗时期的创作心态

韦应物在德宗朝的生平履历还是非常清晰的，不同学者对这段经历也没有什么太大的疑义。这段经历其实从韦应物本身的诗注中也能得到一些较为清晰的线索。如《谢栎阳令归西郊赠别诸友生》中句下自注曰："大历十四年六月二十三日自鄠县制除栎阳令，以疾辞归善福精舍。七月二十

---

① 蒋寅：《大历诗人研究》，北京大学出版社2007年版，第74—94页。
② 孙望：《韦应物诗集系年校笺》，中华书局2002年版。
③ 《苕溪渔隐丛话》前集卷五十引韩驹曰："然天宝间不闻苏州诗，则其诗晚乃工，为无足怪。"（宋）胡仔：《苕溪渔隐丛话前后集》（第二册），中华书局1985年版，第98页。
④ ［日］土谷彰男：《中唐诗人秦系诗评考述——并论大历诗人刘长卿与贞元诗人韦应物的划分和对比》，《社会科学战线》2013年第11期。

日赋此诗。"①《始除尚书郎别善福精舍》题下注曰:"建中二年四月十九日,自前栎阳令除尚书比部员外郎。"② 建中三年夏天,出为滁州刺史,三年后在滁州闲居一段时间后,在贞元元年秋天,出为江州刺史,贞元三年,入朝为左司郎中,在贞元四年九月时,有《奉和圣制重阳日赐宴》诗,根据新出土的《韦应物墓志》的相关记载,陶敏先生考订其大约在贞元五年初出为苏州刺史,贞元六年末在苏州去世。③ 有了这样一个清晰的线索,考察韦应物在德宗朝的诗歌创作情况相对就比较容易了。

  应该说,出任滁州刺史是韦应物人生后期一个十分重大、关键的事件,这段时期的诗歌创作也格外丰富,大概有 130 首,占了他后期全部创作的近一半。而且,从任滁州刺史开始,韦应物三领外藩,除了任职左司郎中时身在长安,人生后期大部分的时光都是在江南一带度过。在这样特殊的时空环境中,韦应物到底是一种什么样的心态呢?这在他初任滁州刺史时所作的《自尚书郎出为滁州刺史(留别朋友兼示诸弟)》一诗中透露出了一些端倪,对于我们理解贞元时期韦应物的诗歌创作情况和复杂心态是大有助益的。该诗全文如下:

  少年不远仕,秉笏东西京。中岁守淮郡,奉命乃征行。素惭省阁姿,况忝符竹荣。效愚方此始,顾私岂获并。徘徊亲交恋,怆恨昆友情。日暮风雪起,我去子还城。登途建隼旟,勒驾望承明。云台焕中天,龙阙郁上征。晨兴奉早朝,玉露沾华缨。一朝从此去,服膺理庶甿。皇恩傥岁月,归复厕群英。④

  首四句点题,交代了他离开长安出为滁州刺史的事实,但还有一个关键的信息在于"少年不远仕,秉笏东西京"。韦应物本是京兆杜陵人,唐时有俗谚:"城南韦杜,去天尺五。"出身于显赫家族中的韦应物在玄宗时已经入仕。据《韦应物墓志》载其仕历云:"卯角之年,已有不易之操。以荫补右千牛,改□羽林仓曹,授高陵尉、廷评、洛阳丞、河南兵曹、京兆

---

① 《韦应物集校注》卷四,第 251 页。
② 同上书,第 254 页。
③ 本书关于韦应物生平、仕历的论述,主要参考陶敏、王友胜《韦应物简谱》,《韦应物集校注》(附录六),第 657—668 页;陶敏《韦应物生平再考》,《文学遗产》2010 年第 1 期。
④ 《韦应物集校注》卷四,第 263 页。

功曹。……除鄠县、栎阳二县令,迁比部郎。诏……领滁州刺史。"① 可见其在任滁州刺史之前,虽为官九任,但一直围绕着京兆府和河南府两地。从他所担任的官职来说,也一直不算太高。现在有机会为政一方,担任要员,这对于韦应物来说不啻于政治生涯中的"春天",不能不使他受到一些鼓舞。所以下文四句说自己"素惭省阁姿,况忝符竹荣。效愚方此始,顾私岂获并",他对于自己本来担任的尚书比部员外郎一职已经很惭愧了,觉得自己名不副实,现在居然要去担任滁州刺史,就更难免诚惶诚恐了。这固然是作者的自谦之词,但也确实说明他对担任滁州刺史一职有受宠若惊的感觉。但作者转念一想,既然担任了这一职位,就不能庸庸碌碌,既然有了这样难得的机会,就应该竭忠尽智,有所作为,"效愚方此始",真让人有一种信誓旦旦的感觉。但是,作者越是信誓旦旦,越让人从其中听到了几许言不由衷,几许畏难,几许矛盾,几许复杂。

这种心理的产生和韦应物的家庭出身、时代背景、个人经历均有关系。首先,京兆韦氏的出身一方面带给了韦应物他人没有的荣宠,另一方面,这样的家族必然某种程度上具有经世致用的家族氛围或者说家族文化基因。和先辈们的时代虽然已经不同,但有所为的思想是潜藏在韦应物的内心深处的。其次,出生于开元年间,又担任过玄宗右千牛一职的韦应物切身地见识过、经历过盛世的繁华,在那个时代恣意的生活享受过,他回忆这段时光时的诗风也曾经那样狂放不羁,带有盛唐格调,如《温泉行》《燕李录事》《逢杨开府》等均是如此。但时代的车轮不会因任何人而发生改变,安史之乱的时代变故一时之间"惊破霓裳羽衣曲",王朝的大厦就这样以迅雷不及掩耳之势崩塌在他的面前,他所承受的心理打击要远重于其他同龄人。最后,在任滁州刺史以前,韦应物一直在仕与隐中徘徊。从韦应物进入仕宦生涯开始,就像一条有规律的波浪线一样,一直在仕与隐中腾挪转换:担任玄宗侍卫时因安史之乱隐居武功宝意寺、代宗时任洛阳丞因惩办不法军士被讼去官后居于同德精舍、代宗时任河南府兵曹参军因病去官后复居于同德精舍、大历十四年因连坐京兆尹黎干由鄠县令改任栎阳令,旋即辞官寓居沣上善福精舍。当然,从上述经历来说,诗人虽然隐居的原因往往是因为战乱、罢免、疾病、获罪辞官等不得已的因素,但实际上隐居也一直以来像一个无法抵挡的诱惑一样吸引着诗人。这种吸引

---

① 转引自陶敏《韦应物生平再考》,《文学遗产》2010 年第 1 期。

既是中国古代文人功成身退、泛游五湖的心态使然，同时也是诗人一直以来沉沦下僚的仕宦经历对他经世致用心态的消磨作祟。他早期的《赠王侍御》一诗中说："自叹犹为折腰吏，可怜总马路傍行"①，昔日豪放不羁、任性妄为的豪门公子哥已经被这黑暗的官场磨去了棱角，更何况政治环境愈加恶劣呢，之后在《高陵书情寄三原卢少府》中，韦应物感慨"直方难为进，守此微贱班。开卷不及顾，沉埋案牍间。兵凶久相践，赋徭岂得闲。促戚下可哀，宽政身致患。日夕思自退，出门望故山。君心倘如此，携手相与还"。② 在宦海中沉浮数载的作者此时已经产生了"心有余而力不足"的无奈之感，难免发出"日夕思自退，出门望故山"的"循吏倦还"③之叹了。近藤元粹评价此诗曰："使高士有归与之叹，世自有任其责者"④，确为谛评。所以，在这样特殊的心境下，被任命为滁州刺史的韦应物无异于在政治上被打了一剂强心针，这让他似乎又燃起了一些斗志，但念及以往的遭遇，这又让他的政治热情在不自觉中大打折扣。这种种矛盾在韦应物的心中无异于一种煎熬，这样的煎熬及如何解决这种煎熬自然而然会成为其贞元时期诗歌的一个主题。

对于奉王命而不得不"中岁守淮郡"的韦应物来说，既然决定了要"效愚"，那么就没有办法"顾私"，也就是他私心中不愿离去的亲朋好友们——"徘徊亲交恋，怆恨昆友情。日暮风雪起，我去子还城"。韦应物本身就是一个极为重情的人，不管是对朋友、亲人还是对百姓、国家乃至对大自然的美丽景色和田园风光都充满了热爱之情。身在动荡社会环境中的人们在心理上本就易于重情，再加上韦应物本人性情之所在，所以，浓郁的情感是韦诗中极为重要的一个特质。以其对兄弟而言，韦诗中相关作品非常多，难怪黄彻感慨："尝观韦应物诗，及兄弟者十之二三。……余谓观此集者，虽逸阅交愈，当一变而怡怡也。"⑤ 况且以韦应物四十余岁的年龄，且没有爱妻（其妻已于大历十二年去世）相伴的情况下离开他

---

① 《韦应物集校注》卷二，第78页。
② 同上书，第66—67页。
③ （清）贺裳：《载酒园诗话·又编》："'促戚下可哀，宽政身致患。日夕思自退，出门望故山'自是循吏倦还之语。"郭绍虞编选，富寿荪校点《清诗话续编》，上海古籍出版社1983年版，第336页。
④ 孙望：《韦应物诗集系年校笺》（引），中华书局2002年版，第135页。
⑤ （南宋）黄彻：《䂬溪诗话》，汤新祥校注，人民文学出版社1998年版，第175页。

十分熟悉的环境和亲人,到一个陌生的地方去主政,多少会有些畏难之情。在这种心理下,对亲友的依恋更加强烈本也是人之常情。况且,从唐人观念来说,在仕宦上一直重内而轻外,因此,从韦应物本身的心理来说,他眷恋着朝廷和皇帝,渴望能够有机会早点回到长安,回到朝堂上来,这样的心态在这首诗的末尾得到了反复地抒写和强调:"云台焕中天,龙阙郁上征。晨兴奉早朝,玉露沾华缨。"在远去的道路上,诗人忍不住遥望长安城,此时的长安城中那高耸入云的台阁、观阙是那样的壮观而亲切,曾经的自己每天都会来到唐宫之中,得觐天颜,得商国事,到了明早,这样的场景却再也不会出现了,而只能是"一朝从此去,服膺理庶甿"。离去之后,对于百姓的治理是自己一直牢记心中的事情,"皇恩倘岁月,归服厕群英",假如皇恩浩荡,看到我这番勤勉的工作,也许能让我早些回来,得以厕身于朝堂群英之间吧。

(二) 韦应物在德宗时期创作的新倾向

之所以如此详细地分析这首诗歌,是因为在这首诗中所展现的复杂情思恰恰预示了韦应物在贞元时期创作的新质素。

1. 吏隐生活方式的选择与表达

在江南的仕宦生活中,韦应物最终选择了"吏隐"的生活方式解决了困扰他大半生的仕与隐的矛盾,而这一方式的获得和江南奇丽的风光密不可分。正因如此,山水景物的描写也成为他贞元时期诗歌创作的重要方面。因此从某种程度上而言,后人眼中韦应物山水诗人、隐逸诗人的身份及其典型的清雅闲淡的诗风实际上更多是通过他在建中、贞元时期的创作才得以实现的。

前文已经提到,韦应物在担任滁州刺史之前,其生活状态一直在仕与隐中转换。在以往仕、隐生活的交错中,作者内心的矛盾主要源于其"围城"的心理——为官之时渴望退隐,退隐之时又希望为官,既想要自由又想要权势,即所谓的"轩冕诚可慕,所忧在絷维"[1]。那么到底该如何解决这一困境呢?大历诗人们的偶像谢朓早就为后世的官僚文人们探索出了一条"既欢怀禄情,复协沧州趣"[2] 的"吏隐"之路,来到江南的

---

[1] (五代) 韦应物:《洛都游寓》,《韦应物集校注》卷七,第439页。
[2] (南朝) 谢朓:《之宣城出新林浦向板桥》,(梁) 萧统编,(唐) 李善注:《文选》,上海古籍出版社1986年版,第1259页。

韦应物在感受到了江南的奇丽风光后，也自觉地走上了这条道路，并在山水诗的创作中得到了充分的体现。

有学者曾专门研究韦应物在滁州的诗歌创作情况，并得出这样的结论："韦应物只在滁州生活了三年，但他的诗歌有将近五分之一是在滁州创作或与滁州有关的。特别值得重视的是，对韦应物诗歌思想艺术风貌产生深刻影响的'吏隐'思想是在滁州正式形成的。因此，是韦应物把闭塞荒芜的滁州古郡带入了中国文学史，而滁州这片土地又滋养了韦应物的诗歌。"① 虽然学者的研究只是立足于滁州，实际上，不仅仅是滁州，江州、苏州又何尝没有滋养韦应物的诗歌呢！笔者据陶敏、王胜友两先生的《韦应物集校注》统计，在韦集中，登眺之作共 15 首，创作于德宗朝的则有 10 首，占全部作品的 2/3；游览之作共 58 首，其中作年不详的 13 首，创作于德宗朝的共计 28 首，也是在大历时期创作的将近两倍。可见，相比大历时期，韦应物登山临水之作的数量在德宗朝有了很大的提升。之所以如此，一方面作者本是一个"所爱唯山水"②的性情中人，现在终于有机会来到秀丽的江南山水之中，自然会兴起一种别样的感慨。作为滁州刺史的韦应物曾写下《游琅琊山寺》：

> 受命恤人隐，兹游久未遑。鸣驺响幽涧，前旌耀崇冈。青冥台砌寒，绿缛草木香。填壑跻花界，叠石构云房。经制随岩转，缭绕岂定方。新泉泄阴壁，高萝荫绿塘。攀林一栖止，饮水得清凉。物累诚可遣，疲氓终未忘。还归坐郡阁，但见山苍苍。③

担负着"恤人隐"职责的诗人毕竟堪称循吏，所以郡内人事的处置不能不占据诗人绝大部分的时光。因此，"久未遑"的畅游一旦有机会得以实现，其喜悦的心情就真的是难以言表了。带着这样的兴致去游山玩水，难免让自然万物"皆著我之色彩"了。不仅如此，在游山玩水中，身心得到了愉悦，世事的牵累也终于得到了排遣，然后依旧能回到现实中，回到自己的职位上——"还归坐郡阁"，其中蕴含的精神实质和南朝小谢的吏

---

① 景刚：《韦应物与滁州》，《北京大学学报》（国内访问学者、进修教师论文专刊），2003 年。
② （五代）韦应物：《游西山》，《韦应物集校注》，第 451 页。
③ 同上书，第 472 页。

隐生活又有什么区别呢？除此之外，诗人在滁州所作的《再游西山》一诗中说："南谯古山郡，信是高人居。自叹乏弘量，终朝亲簿书。……出身厌名利，遇境即踌躇。守直虽多忤，视险方晏如。况将尘埃外，襟抱从此舒。"① 表达的也是在长时间的仕与隐的犹豫、徘徊中，诗人虽然仕途偃蹇，但自己宁愿得罪人也要坚守自己正直的品格，况且，现在自己来到了滁州这恍如尘外之境，一直以来自己抑郁的胸怀也能得以舒展了；《南园陪王卿游瞩》中也说自己"形迹虽拘检，世事澹无心。郡中多山水，日夕听幽禽"②，以郡中山水景色作为自己游览骋怀的媒介；《夏至避暑北池》中有"昼晷已云极，宵漏自此长。未及施政教，所忧变炎凉。公门日多暇，是月农稍忙。高居念田里，苦热安可当。亭午息群物，独游爱方塘。门闭阴寂寂，城高树苍苍。绿筠尚含粉，圆荷始散芳。于焉洒烦抱，可以对华觞"③。也很典型地体现了诗人在公事之余游赏景物的生活方式。这样一来，既能"专城宠"，亦能"逍遥池馆华"④，何乐而不为呢。

南宋葛立方曾经说过这样一段话：

> 烟霞泉石，隐遁者得之，宦游而癖此者鲜矣。谢灵运为永嘉，谢元晖为宣城，境中佳处，双旌五马，游历殆遍，诗章吟咏甚多，然终不若隐遁者藜杖芒鞋之为适也。元晖《敬亭山》诗云："我行虽纡组，兼得寻幽蹊。"《板桥》诗云："既欢怀禄情，复叶沧洲趣。"自谓两得之者。其后又有鼓吹登山之曲。且松下喝道，李商隐犹谓之"杀风景"，而况于鼓吹乎！韦应物、欧阳永叔皆作滁州太守，应物《游琅琊山》则曰："鸣驺响幽涧，前旌耀崇冈。"永叔则不然，《游石子涧》诗云："麏麚鱼鸟莫惊怪，太守不将车骑来。"又云："使君厌骑从，车马留山前。行歌招野叟，共步青林间。"游山当如是也。⑤

其中谈论的中心虽然是游山之道，但文中把韦应物和谢灵运、谢朓相提并论，并将他们都称为"宦游而癖""烟霞泉石"者，实际上正是注意到了

---

① （五代）韦应物：《游西山》，《韦应物集校注》，第 452 页。
② 同上书，第 450 页。
③ （五代）《韦应物集校注》，第 479 页。
④ （五代）韦应物：《春游南亭》，《韦应物集校注》，第 451 页。
⑤ （南宋）葛立方：《韵语阳秋》，上海古籍出版社 1984 年版，第 172—173 页。

三者在吏隐生活方式上的一致之处。这样的生活对于韦应物来说，正是他在德宗朝担任滁州、江州、苏州刺史后，所走过的从不自觉到自觉投身于山水美景的同时又无法彻底忘怀世事的复杂心路历程后，最终选择的结果。因此，研究德宗朝韦应物的创作情况从作家心灵史的角度来说就有了不可取代的价值和意义。那么，沉浸在山水风光中的韦应物始终不能忘怀的世事到底是什么呢？

2. 思亲恋阙之情的反复抒发

对于韦应物来说，始终徘徊在他心间令他无法忘怀的就是亲友和故乡长安。而且，长安对于诗人来说不仅仅是故乡之所在，它还是全国的政治文化中心，是在藩镇割据的背景下士人们实现政治理想和抱负的唯一的舞台。江南固然有它的魅力之所在，但所谓月是故乡明，江南美景也无法从根本上消除诗人对故乡长安的思念。如其《游灵岩寺》："吴岫分烟景，楚甸散林斤。方悟关塞眇，重轸故园愁。"① 《陪王卿郎中游南池》："鹓鸿俱失侣，同为此地游。……终忆秦川赏，端坐起离忧。"② 这些在江南所创作的诗歌无不透露着诗人对故园秦川的怀念和眷恋，以及自己无法回到政治中心的失落和抑郁。

初来江南的诗人已经年近半百了，再加上随着年龄的增长而带来的体弱多病，独在异乡为异客的诗人难免倍加思念亲朋，他集中大量的思亲念友诗都是创作于江南时期，以其集中的寄赠和怀思两类作品进行统计的话会发现，在145首作品中，去掉系年不明的3首怀思之作，其中92首（包括寄赠之作79首，怀思之作13首）均创作于德宗朝。这样的数字恰恰说明，在江南的韦应物往往习惯于将其对亲朋的种种情思通过诗歌的方式进行传达和展露，以排遣自己内心的孤独之情。

二　江南仕宦诗人创新的努力

韦应物的诗歌代表了"以古淡矫俗"[③]的一种努力。和元结诸人大多数作品在复古时往往得其形而失其实的情况相比，韦应物对"古"的追寻与实践则往往能得其神韵。这表现在两个方面：一是对陶渊明为代表的

---

① 《韦应物集校注》，第454页。
② 同上书，第449页。
③ 《顾况诗集》（前言），第3页。

汉魏诗风的推崇与学习，二是对社会现实的关注和思考。前者无论是在建中、贞元时期的诗歌创作本身还是学者对此的评论与研究，都已经十分充分和成熟。因此，笔者在这里重点论述第二个方面。

乔亿说："韦公多恤人之意，极近元次山。"① 确实，在"恤人"这一点上，韦应物和元结的确非常相似。但在艺术性及情感的融入上，韦应物的相关作品显然要高于元结的单纯拟古之作，这显然也是对《箧中集》诗人们创作之弊的一种改进。这一点在时论中亦可发现。韦应物自己的诗中很少直接涉及他对诗歌的看法，所以，对于其诗歌的倾向只能从时人和后人对其诗歌的评价以及他本人的具体创作中略窥一二。皎然、顾况是韦应物后期往来较为密切的诗友："应物性高洁，所在焚香扫地而坐，惟顾况、刘长卿、丘丹、秦系、皎然之俦，得厕宾列，与之酬唱。"② 皎然曾有《答苏州韦应物郎中》诗，其中有云："诗教殆沦缺，庸音互相倾。忽观风骚韵，会我夙昔情。荡漾学海资，郁为诗人英。格将寒松高，气与秋江清。何必邺中作，可为千载程。"③ 皎然认为韦诗具有风、骚的韵味和格高气清的特点，这样的诗风在"诗教殆沦缺，庸音互相倾"的时风之下显得非常独特。在皎然看来，甚至是可以和建安诗作相媲美——"可为千载程"的。其中的评价虽然带有诗人主观的揄扬色彩，但对韦诗古雅气格的把握还是比较准确的。在韦应物去世仅仅二十余年后，白居易在《与元九书》中对其亦有类似的评价："近岁韦苏州歌行，清丽之外，颇近兴讽，其五言诗又高雅闲澹，自成一家之体。"④ 可见，在韦诗清丽闲淡的风貌下实际上还隐藏着作者兴讽矫世的创作倾向。也许这种倾向非作者有意为之，但作为一个多情且性格刚毅的性情中人，现实社会的点滴总是自觉不自觉地显示于作者的笔端，这就让他的诗在淡泊之外具有了"金刚怒目"的一面。

验之于诗，如歌行体中的《棕榈蝇拂歌》《夏冰歌》《采玉行》均是如此。实际上，这种"颇近兴讽"的特点不仅在其歌行体的诗歌中存在，如其五古《杂体五首》或借镜之不明讽刺有司之藻鉴不精不能知人善任，或借鹰鹯不能驱逐妖鸟讽大臣面对国难时的无所作为，或同情民力反对奢

---

① （清）乔亿：《剑溪说诗·又编》，《清诗话续编》，第1121页。
② （宋）计有功：《唐诗纪事》卷二六，上海古籍出版社1965年版，第400页。
③ 《全唐诗》卷八一五，第9172—9173页。
④ （唐）白居易：《与元九书》，《白居易集笺校》卷四五，第2795页。

靡，或提倡人才任用上应不拘一格，或批判混乱黑暗的人才吸纳制度，这些内容无不具有现实的意义。其《拟古诗十二首》亦是如此，陈沆曾以此诗为契机对韦应物的思想有过精要的评述：

> 兹十二章，情词一贯，皆美人天末之思，蹇修媒劳之志也。或谓韦公冲怀物外，寄情吏隐，本非用世匡主之辈，未必江湖魏阙之思，此非知韦者也。读其集中，如曰"直方难为进，守此微贱班"，曰"坐感理乱迹，永怀经济言"，曰"相敦在勤事，海内方劳师"，又《滁城对雪》云："厕迹鸳行末，蹈舞丰年期，今朝覆山郡，寂寞复何为"，又《始建射侯》诗云："昔曾邹鲁学，亦陪鸳鹭翔。一朝愿投笔，世难结中肠"，则其情可略见矣。《拟古》《杂体》，性情寄焉，其壮少之年，沉沦县尉，忤时不合，感遇而作乎？可以意会，难尽言诠也。①

评论中明确指出《拟古诗十二首》中是有所寄托和讽喻的，并认为在世人眼中一向以"冲淡"闻名的诗人实际上也有他未尝忘怀世事的一面。陈沆因此举了五首诗句为例，除了后边两例中明确提及的《滁城对雪》②和《始建射侯》外，前三例分别出自《高陵书情寄三原卢少府》《登高望洛城作》《寄大梁诸友》。有意思的是，笔者据陶注韦集查验其创作时间时竟发现，这五首诗中除了《登高望洛城作》作于永泰年间，《高陵书情寄三原卢少府》作于大历十年京兆府高陵县令任上外，其他三首作品均作于建中、贞元时期。陈沆推测《拟古》《杂体》诸作是作者壮少之年忤时不合之际的感遇之作，笔者倒认为不可拘泥而言之。就这些诗歌创作的时间而言，一方面诗歌内容本身并不具有具体时间的暗示性，另一方面从陈沆所举的例子来看，对现实政治与民生的关注贯穿了韦应物的一生。他后期诗歌中的"仓廪无宿储，徭役犹未已。方惭不耕者，禄食出闾里"③

---

① （清）陈沆：《诗比兴笺》卷三，中华书局1959年版，第184页。
② 陶注韦集和《全唐诗》中《滁城对雪》诗中个别文字与引文亦有所不同，如"鸳行"作"鸳鹭"。具体可见《韦应物集校注》卷八，第515页。
③ （五代）韦应物：《观田家》，《韦应物集校注》卷七，第446页。

"物累诚可遣,疲氓终未忘"①"身多疾病思田里,邑有流亡愧俸钱"② 诸句就是他这种思想的集中体现。尽管韦应物在建中后的作品和思想行为确实如陈沆所说表现出"冲怀物外,寄情吏隐"的特质,但对现实的关注始终是他诗歌中不变的特质和底色,这和他循吏的身份意识是密不可分的。

不过,可能和韦应物个人创作力量过于薄弱以及时风过于强大有关,他的这种创作的努力在他生前似乎并没有引起太大的反响。白居易说"当苏州在时,人亦未甚爱重,必待身后,然后人贵之"。③ 可见是在韦应物去世之后,他的诗歌才开始广泛地被人接受和欣赏。尽管如此,这种关注民生和社会现实的诗歌风气在以江南诗人为代表的早期贞元诗坛中亦是不绝如缕。

戎昱在辰州(治所在沅陵,今湖南沅陵县)期间,适逢中原经历朱泚之乱,乘舆播迁,他对于这样的情况十分忧心,极为关心国家的兴衰存亡,一连写下《辰州闻大驾还宫》《辰州建中四年多怀》两诗。前诗云:"闻道銮舆归魏阙,望云西拜喜成悲。宁知陇水烟销日,再有园林秋荐时。渭水战添广虏血,秦人生睹旧朝仪。自惭出守辰州畔,不得亲随日月旗。"④ 抒发自己身在"荒徼"之地听闻"銮舆归魏阙"时悲喜交加的心情。后诗曰:"荒徼辰阳远,穷秋瘴雨深。主恩堪洒血,边宦更何心。海上红旗满,生前白发侵。竹寒宁改节,隼静早因禽。务退门多掩,愁来酒独斟。天涯忧国泪,无日不沾襟。"⑤ 面对国难,作者愿意"洒血"以报主隆恩,但现实中的他早已满头白发。虽然自己一心报国的素志没有丝毫的动摇与改变,但身在蛮荒之地以及不受重用的现实不却让诗人的一腔热血化作无边连绵的满襟怆泪。这实际上也代表了当时很多志士的心声。而且,当戎昱听闻他一直敬仰的府主颜真卿因为不屈于反贼李希烈而被杀害时,他又写下《闻颜尚书陷贼中》:"闻说征南没,那堪故吏闻。能持苏武节,不受马超勋。国破无家信,天秋有雁群。同荣不同辱,今日负将

---

① (五代)韦应物:《游琅琊山寺》,《韦应物集校注》卷七,第472页。
② (五代)韦应物:《寄李儋元锡》,《韦应物集校注》,第166页。
③ (唐)白居易:《与元九书》,《白居易集笺校》卷四五,第2795页。
④ 《全唐诗》卷二七〇,第3015页。
⑤ 同上书,第3015—3016页。

军。"① 表达了对颜真卿一以贯之的高风亮节的称扬,以及对自己和将军同荣而不能同辱的内疚和亏欠之感。诗中一片真情流露,很是感人。"多伤乱、述怀之作"② 虽然是戎昱在创作中一贯的特质,但上述创作于建中时期的作品因为和当时的时代、时事密切相关,所以也就具有了诗史的价值。另如袁高,他唯一留存的作品即是他在建中贞元时期被贬韶州刺史时所作的《茶山诗》,诗云:

> 禹贡通远俗,所图在安人。后王失其本,职吏不敢陈。亦有奸佞者,因兹欲求伸。动生千金费,日使万姓贫。我来顾渚源,得与茶事亲。氓辍耕农未,采采实苦辛。一夫旦当役,尽室皆同臻。扪葛上敧壁,蓬头入荒榛。终朝不盈掬,手足皆鳞皴。悲嗟遍空山,草木为不春。阴岭芽未吐,使者牒已频。心争造化功,走挺麋鹿均。选纳无昼夜,捣声昏继晨。众工何枯栌,俯视弥伤神。皇帝尚巡狩,东郊路多堙。周回绕天涯,所献愈艰勤。况减兵革困,重兹固疲民。未知供御余,谁合分此珍。顾省忝邦守,又惭复因循。茫茫沧海间,丹愤何由申。③

抒发了对战乱困顿之际官府只顾满足一己的私欲而"疲农"行为的愤慨,以及自己作为一邦之守却又无力改变这一现实的无奈之情。

虽然贞元诗坛早期的诗人们对现实政治关注的力量不是多么强大,但他们的相关作品作为对风雅传统的继承与坚持依然对贞元中后期乃至元和诗坛产生了深远的影响。如前文提到的韦应物的《采玉行》成为李贺《老夫采玉歌》的先导,其《杂体五首》其三亦为白居易的新乐府诗《缭绫》篇所敷衍。

第二节 以顾况、皎然等为代表的江南本土诗人

中唐以后,江南本土文人逐渐成为一个独立的群体,而且随着北方战

---

① 《全唐诗》卷二七〇,第3015页。

② 臧维熙说:"戎昱诗多伤乱、述怀之作","艺术风格以沉郁为主,兼有雄放、哀婉、清新的特色"。臧维熙注:《戎昱诗注》(前言),上海古籍出版社1982年版,第2、4页。

③ 《全唐诗》卷三一四,第3537页。

乱的升级和江南自身经济、文化的繁荣，也吸引了越来越多避乱江南的文人，这些文人和当地的文人、僧人多有交往，共同感受着、浸润着江南文化，并日益成为江南本土诗人的重要组成部分。尤其值得一提的是，江南的僧人们也乐于和世俗文人进行唱酬赠答，切磋诗歌，其世俗化的程度也越来越高，对诗歌的热情也愈加高涨。他们也不再是纯粹的僧人，而是融入了诗人的特质。这些江南本土诗人的诗歌创作因为有了江南文化的参与而发生了重要的变化。兹以顾况、皎然、灵澈为例对这些江南本土诗人的创作予以说明。

一 顾况

顾况[①]字通翁，晚号华阳山人。具体的生卒年不详，但大体能确定其生于唐玄宗开元年间，卒于唐宪宗元和初年前后（一说为元和十五前后），是一位极为长寿的诗人。关于其籍贯，有苏州人、海盐人、吴兴人、润州丹阳人等多种说法。顾况于唐肃宗至德二年（757）于江东侍郎李希言榜下登进士第，之后进入仕途，主要活动的区域在浙江温州永嘉一带，所担任的可能也是比较低级的一些职位。比较明确的是，从建中二年（781）至贞元二年（786），顾况应润州（治所在今江苏镇江）刺史、镇海军节度使韩滉之辟，在其幕中任节度判官。这一点在他本人的诗文和时人、后人的记载中都有所提及。贞元三年二月，韩滉去世之后，顾况曾经返乡山居，因好友柳浑辅政，故被推荐入朝任秘书郎，后又因友李泌为相，迁为著作（佐）郎。贞元五年初李泌去世之后，因为种种原因，顾况也于该年的三、四月份被贬饶州司户参军，并在途经苏州、信州时和时任两地刺史的韦应物、刘太真等人相互酬唱。在贞元的九年至十一年，顾况从饶州经过滁州归隐茅山，过着一种隐居的生活，《太平广记》卷二百二引《尚书故实》云："顾况志尚疏逸，近于方外，有时宰曾招致，将以

---

① 本书关于顾况生平、仕历的论述主要参考如下论著：傅璇琮主编《唐才子传校笺》（一），中华书局 1987 年版，第 633—651 页；傅璇琮《唐代诗人丛考·顾况考》，中华书局 1980 年版，第 406—407 页；赵昌平《关于顾况生平的几个问题——与傅璇琮先生商榷》，《苏州大学学报》（哲学社会科学版）1984 年第 1 期；顾易生《顾易生文史论集·顾况与顾况集》，复旦大学出版社 2002 年版，第 199—202 页；胡正武《顾况浙东行踪考略》，《台州学院学报》2005 年第 1 期；冯淑然《顾况及其诗歌研究》，博士学位论文，河北大学，2007 年。

好官命之。况以诗答之曰……后吴中皆言况得道解化去。"① 可见这种隐居的生活状态可能一直持续到他去世。值得一提的是，在贞元十六年，童子时期的皇甫湜曾在扬州孝感寺和顾况有一面之缘，此时的顾况"披黄衫，白绢鞶头，眸子瞭然，炯炯清立，望之真白圭振鹭也"②，其朗朗之丰神，潇洒之意态成为顾况留给世人最后的惊鸿一瞥。

  顾况一生历经玄、肃、代、德、顺、宪六朝，虽然学界对于顾况具体的生卒年、籍贯和生平仕历仍然没有一个最后的定论，但大体梳理顾况的生平就会发现，其主要的社会与创作活动则在大历贞元时期。而且，顾况除了贞元三年到贞元五年两年中曾经任职长安以及贞元五年至九年被贬饶州司户以外，他一生似乎都没有长时间离开过江南尤其是江浙一带。他的前辈诗人张继《送顾况泗上觐叔父》一诗中提及："吴乡岁贡足嘉宾，后进之中见此人。"③ 吴地的山水和土壤滋养了顾况的精神意脉。对于顾况来说，吴越闽浙都是他的故土，都是他牵系之处。他曾经在送朋友去越地时用饱含感情的笔触描写道："余常适越，东至剡，南登天姥，天姥而西即东阳，太末姑蔑之地。盘桓乎弋阳，其山霞锦，其水绀碧，其鸟好音，其草芳菲，夺人眼睛，犹未丽也。仙人城在其上，可以汰神，可以建文，可以栖□。"④ 他又有《从剡溪至赤城》《安仁港口望仙人城》《弋阳溪中望仙人城》之诗提及其中的美景，如"上界浮中流，光响洞明灭。晚禽曝霜羽，寒鱼依石发"，在这样的地方，确实会让人"自有无回心"⑤ 的。可见，江南作为顾况的故土在其心目中留下了极为深刻和美好的印象。正因如此，无论身在何处，他对故乡始终都充满了眷恋和情感。

  贞元三年顾况所作《酬柳相公》曰："天下如今已太平，相公何事唤狂生。个身恰似笼中鹤，东望沧溟叫数声。"⑥ 借物为喻，表现的就是对故乡的向往以及在仕宦之路上的不自由。这种不自由之感实际上和他的不得志之感息息相关，这种感受在顾况进入长安之时可能愈加强烈，在

---

  ① （宋）李昉等编：《太平广记》卷二〇二，中华书局1961年版，第1527页。
  ② （唐）皇甫湜：《唐故著作左郎顾况集序》，《全唐文》卷六八五，第7026页。
  ③ 《全唐诗》卷二四二，第2722页。
  ④ （唐）顾况：《送张鸣谦适越序》，《全唐文》卷五二九，第5370页。
  ⑤ （唐）顾况：《弋阳溪中望仙人城》，赵昌平：《顾况诗集》卷一，江西人民出版社1983年版，第16页。本书以下所引顾况诗歌均出自该书，以下只标书名及卷页之数。
  ⑥ 同上书，第101页。

《哭从兄苌》中,他悲慨自己远离家乡和亲人,本想实现自己的鸿鹄之志,但结果却是"身终一骑曹,高盖者为谁?从驾至梁汉,金根复京师。皇恩溢九垠,不记屠沽儿。立身有高节,满卷多好诗。赫赫承明庭,群公默无词"①,《海鸥咏》中亦借咏物来抒怀:"万里飞来为客鸟,曾蒙丹凤借枝柯。一朝凤去梧桐死,满目鸱鸢奈尔何!"② 这种名不副实的结局与满目鸱鸢的局面在顾况看来从根本上源于当时的现实政治:"自开元天宝以来,耳目所接,精经茂德,略有百人,不沾一命,非不欲出,无益所以不出,岂大国无人,而党舆之徒,未详菽麦,骤居清贵,此由权臣上负明主,下负苍生,中遏贤路耳。"③ 这样的现实让他不得不发出"天子事端拱,大臣行其权。……尽力答明主,犹自招罪愆"④ 的悲鸣之音与"旧国数千里,家人由未知。人生倏忽间,安用才士为"⑤ 的愤激之词。在这样的政治背景下,有志之士也难免感到对现实的厌倦与痛苦,而不得不发出归去之声:"长安道,人无衣,马无草。何不归来山中老"⑥,"不能经纶大经,甘作草莽闲臣。青琐应须长别,白云漫与相亲"⑦,只能寻找其他排遣的方式和途径了。

深受道家思想和文化影响的顾况不拘礼法,诙谐狷介,任真好奇。李肇在《国史补》中说他"吴人顾况,词句清绝,杂之以诙谐,尤多轻薄。为著作郎,傲毁朝列,贬死江南"⑧。李肇所说的"傲毁朝列"之为指的就是上文曾提及的《海鸥咏》一诗,《唐才子传》中也说他"及(李)泌卒,作《海鸥咏》嘲诮权贵,大为所嫉,被宪劾贬饶州司马"⑨。可见这首充满讽刺意味的咏物诗确实给顾况的政治生活带来了沉重的打击,但诗人本性"任真",其《别江南》中有"将底求名宦,平生但任真"⑩ 之

---

① (唐)顾况:《弋阳溪中望仙人城》,《顾况诗集》卷一,第29页。
② 同上书,第105页。
③ (唐)顾况:《上高祖受命造唐赋表》,《全唐文》卷五二八,第5365页。
④ (唐)顾况:《鄱阳萧寺有丁行者能修无生忍担水施僧况归命稽首作诗》,《顾况诗集》卷一,第31页。
⑤ (唐)顾况《哭从兄苌》,《顾况诗集》卷一,第29页。
⑥ (唐)顾况:《长安道》,《顾况诗集》卷二,第35页。
⑦ (唐)顾况《思归》,《顾况诗集》卷二,第91页。
⑧ 《唐国史补》卷中"顾况多轻薄"条,第34页。
⑨ 傅璇琮主编:《唐才子传校笺》(一),中华书局1987年版,第645页。
⑩ 《顾况诗集》卷三,第69页。

句清晰地说明了他的个性所在。所以，也许被贬江南反而是对诗人个性的一种成全。另外，他所作的《戴氏广异记序》也清楚地显现出他"好奇"的特点，他在文中不仅对戴孚的志怪传奇集《广异记》加以肯定，并且分析、梳理了志怪小说产生的原因和发展历史，可见其对这一主题是十分关注的。而且，顾况在文章的开头鲜明提出：

> 圣人所以示怪、力、乱、神，礼乐行政，著明圣道以纠之。故许氏之说天文垂象，盖以示人也。古文"示"字如今文"不"字，儒者不本其意，云"子不语"，此大破格言，非观象设教之本也。①

认为《论语》中的"子不语怪、力、乱、神"中之"不"当为"示"，后世的学者不知其意，也就不知道圣人之语不但不是反对"怪、力、乱、神"，而正是借之来"著明圣道以纠""礼乐行政"。这样大胆的解释真可视为石破天惊之语，而从这样的解释中不正是可以看出顾况要为志怪小说正名的愿望是多么强烈吗！

诙谐狷介、任真好奇的性格也就决定了顾况的审美理想不可能是平淡的。而这种审美倾向也就使得顾况在寻找和发现诗材的时候注定会去关注那些新奇的事物。如他在自己的诗中写杂技（《险竿歌》）、写洞庭边的孤橘树（《谅公洞庭孤橘歌》）、写粘贴着苔藓的假山山色中的奇险之势（《苔藓山歌》）、借一根小小竹鞭的遭际来展示人世的兴亡（《露青竹杖歌》）等等不一而足。

顾况的著作据《旧唐书·艺文志》载共有二十卷，在《宋史·艺文志》中作十五卷，可见原本是非常丰富的，但在流传的过程中由于不断散佚，现在留存下来的顾况的作品主要是收录于《全唐诗》的卷二六四至卷二六七，《全唐文》的卷五二八至卷五三〇，另外在《全唐文补编》卷六一中收入其文1篇。在这近220首诗和40篇文中，有大量贞元时期的作品，因此将顾况作为贞元时期江南诗人群体中的一个重要代表是没有疑义的。值得注意的是，从德宗建中年间到顾况入幕于韩滉，到其离开饶州隐居茅山的这段时间也正是顾况人生轨迹中比较清晰的一段，这一方面为我们据此考订其诗文的创作时间提供了一些依据，更重要的是经过这段

---

① （唐）顾况：《戴氏广异记序》，《全唐文》卷五二八，第5368页。

由入世到被贬以至出世的经历，我们看到了一个生命个体在出处上的矛盾和抉择。他关心现实，当他身处长安时又怀念着他的故土江南，而现实的黑暗和不苟和的个性终究使他被贬饶州，在被贬的途中他又和多位诗人酬唱往来，为后世读者留下了诗坛中的一个剪影，而当他真正归隐之后偶尔又会追忆起长安。在顾况的身上所呈现出的种种复杂层面，使他成为贞元初期创作群体中的代表，通过他我们看到的正是唐代士人在贞元初期的政治经历和感受。

从顾况的创作来说，他对韩孟诗派和元白诗派也都有一定的影响："顾况诗俗的一面影响了张籍、王建和元、白诗派，怪奇的一面影响了韩、孟诗派。"[1] 这样的创作特点在贞元时期的诗歌中都有所体现，因此，作为一位从大历到元和中承上启下式的人物，顾况应该受到更多的关注。

二 皎然

皎然是活跃于大历、贞元时期的著名诗僧，湖州长城人（今浙江长兴）。他自称是谢灵运的十世孙，如《述祖德赠湖上诸沈》中有"我祖文章有盛名……春发池塘得佳句……"[2] 的自述。关于他的生年没有明确的记载，在他向包佶推荐僧人灵澈所作的《赠包中丞书》一文中提到"有会稽沙门灵澈，年三十有六，知其有文十余年而未识之"，并说自己"年暮思蹇，多虑迷错"。[3] 灵澈生于天宝五年（746），下推三十六年为建中二年（781），可知此时皎然已届暮年。虽然如此，这样的年龄对于他进入贞元后诗歌创作的新变并没有产生太大的影响。具体如下。

贞元初，皎然居于吴兴杼山妙喜寺灵溪草堂，大约由于禅宗思想的影响，他自悔平时的吟诗作赋为"扰我真性"，因欲屏息诗道，追求一种"孤松片云，禅座相对，无言而道合，至静而性同"[4] 的精神境界。那么这是否就代表了皎然对于诗歌创作的定论呢？事实上并不是这样的，一方面，《诗式序》中明确提及在贞元五年的时候，由于受湖州长史李洪的影

---

[1] 袁行霈主编：《中国文学史》（第二册），高等教育出版社2005年版，第253页。
[2] （唐）皎然：《述祖德赠湖上诸沈》，《全唐诗》卷八一六，第9196页。
[3] （唐）皎然：《赠包中丞书》，《全唐文》卷九一七，第9553页。
[4] 《诗式校注》（诗式序），第1页。据注者的注释，《诗式序》"于原本中分为三，其第一段列于卷一之首；第二段列在卷一，并标有'中序'之目；第三段列在卷五。今合而为一，统列于卷首"（同书，第5页）本书通称之为《诗式序》。

响，他的想法已经有所改变。另一方面，经过学者的研究与考证，可知皎然对于诗歌的认识、诗风的变化与其佛学上宗尚的变化密切相关。他最初受戒于律宗名僧守真，并受其师不拘门户思想的影响，"对律宗、天台宗、密宗、南北禅宗等兼收并蓄，但他自中年以后，却日益倾心于南宗禅"①。尤其是他中晚年之后，随着南禅宗慧能再传弟子江西洪州马祖道一禅学（简称洪州马祖禅）的盛行，皎然日益受到了这种修行没有拘束的禅风影响，"建中四年的江西之行很可能是皎然彻底改变禅风的关捩"②。而思想上的变化自然也影响到他诗风的演变，在他的诗集中有以下诸诗：

> 少时不见山，便觉无奇趣。狂发从乱歌，情来任闲步。此心谁共证，笑看风吹树。——《出游》
> 乐禅心似荡，吾道不相妨。独悟歌还笑，谁言老更狂。——《偶然五首》其一
> 乞我百万金，封我异姓王。不如独悟时，大笑放清狂。——《戏作》
> 春信在河源，春风荡妾魂。春歌杂鹍鸠，春梦绕鞞辕。春絮愁偏满，春丝闷更繁。春期不可定，春曲懒新翻。——《拟长安春词》
> 每笑石崇无道情，轻身重色祸亦成。君有佳人当禅伴，于中不废学无生。——《观李中丞洪二美人唱歌轧筝歌（时量移湖州长史）》③

虽然这些诗歌在思想、艺术水平的高低上似乎还有值得商榷的地方，但整体而言，无论从其内容还是格调来说都是比较大胆艳冶、率直奔放、任情狂狷的。似乎很难和皎然这位深受律宗、南禅宗影响的诗僧画上等号，而这类诗歌的出现正是他在马祖禅风影响下肆口而出、任心直行、诗酒清狂的写照："皎然贞元后诗中于是清楚地显示出表现对象由客体转向主体、表现方式由写实转向写意的变化，体式更多地采用长短自如的古体，语言

---

① 贾晋华：《皎然出家的时间及佛门宗系考述》，《厦门大学学报》（哲学社会科学版）1990年第1期。
② 蒋寅：《大历诗人研究》，北京大学出版社2007年版，第324页。
③ 以上诸诗分别出自《全唐诗》第9204、9252、9253、9247、9262页。

率意而接近口语，令人想到王梵志、寒山子的诗风。"[①] 客观来说，通读皎然的作品，会发现其中真正高水平的作品并不多，艺术技巧上能垂范后世的也不多见，但其在贞元时期诗歌中所体现出的——在马祖禅影响下诗风的变化以及由此所带来的对诗坛风气的影响——是值得重视和肯定的。从小处说，皎然作为江南诗人群体的一员，其诗风的转化也代表了江南诗人群诗风变化的一种新的倾向。从大的方面说，江南作为贞元诗坛的重要组成部分，尤其是贞元早期诗坛的重镇，其"风吹草动"在合适的时机中很有可能由地方走向中央，引发整个诗坛风气的变化，即所谓"星星之火，可以燎原"。而文学史的发展显然也最终证明了这一点。在贞元八年，集贤殿御史院敕征皎然集子，皎然的好友于頔时为湖州长史，录其诗文546篇，分为十卷，并为之作序。皎然能在生前受到敕征文集的荣誉，这也可见当时他的影响及主流诗风对他的认可。因此，从上述的角度来反观皎然后期的诗歌创作，就会发现，它的诗史价值要远远大于这些诗歌本身的价值。

三 灵澈

灵澈（746—816），一作灵彻，俗姓汤，字源澄，会稽人。据刘禹锡的《澈上人文集纪》记载，他少时曾经跟随严维学诗，开始小有名气，严维去世之后，他于建中初来到了吴兴，与皎然往来密切。皎然时有《灵澈上人何山寺七贤石诗》《妙喜寺高房期灵澈上人不至，重招之一首》《山居示灵澈上人》《宿法华寺简灵澈上人》《送灵澈》等诗赠之。在交往中，皎然对他的才华大为赞赏，在贞元初年时向当时的文坛领袖包佶进行了推荐，包佶又将之推荐给李纾。灵澈在这两位名公的揄扬下得以顺利进入长安。此时的灵澈亦是一心求进，和当时的名公重臣、士子青年都有所交往，如其《东林寺赠包侍御》《九日和于使君思上京亲故》《奉和郎中题仙岩瀑布十四韵》就是他分别和包佶、湖州刺史于頔、温州刺史路应的交往唱和之作。有了这样的铺垫，灵澈在贞元中期再进长安时很快名震一时，作于这一时期的《元日观郭将军早朝》《送鉴供奉归蜀宁亲》典型地体现了他对权贵之士的阿谀及对世俗功名的向往。但所谓木秀于林风必摧之，灵澈的成名遭到了同类也就是其他僧人的不满与嫉恨，于是被污

[①] 蒋寅：《大历诗人研究》，北京大学出版社2007年版，第328—329页。

获罪,徙居于汀州,直到元和初年才遇赦归乡,并受到当地各路诸侯的礼遇。他之后曾居于庐山东林寺,宣州开元寺,最终于元和十一年在开元寺中去世。①

据刘禹锡的记载,在灵澈去世十七年后,他的门人秀峰叙及灵澈的创作情况时说:"尝在吴,赋诗仅二千首,今删去三百篇,勒为十卷。自大历至元和,凡五十年间,接词客闻人酬唱,别为十卷。"② 由文中所提及的诗歌数量来说可见他当日创作之勤及与当时"词客闻人"之间唱酬往来的频繁。另搜检《全唐诗》可知,大历、贞元诗坛的许多名家都有和其诗文往来的作品,如刘长卿有《送灵澈上人》《送灵澈上人还越中》《送灵澈上人归嵩阳兰若》《酬灵彻公相招》诸诗。卢纶有《酬灵澈上人》(一作口号戏赠灵澈上人时奉事入城),权德舆有《送灵澈上人庐山回归沃州序》文和《酬灵澈上人以诗代书见寄》诗,刘禹锡有《送僧仲剬东游兼寄呈灵澈上人》,吕温有《戏赠灵澈上人》,陈羽有《洛下赠彻公》。由此可见灵澈在当时诗坛名声之盛。不过可惜的是灵澈的绝大多数作品均已失佚,现存诗不到其原作的百分之一,只有16首及一些散句。虽然因此无法得见他诗文创作的原貌,但可能因为他的人生经历较普通僧人更加跌宕起伏,因此从他现存诗作中亦可窥见他诗歌创作的题材是比较丰富的,其诗歌也基本呈现了他不同人生阶段和不同环境中的不同心态。

从灵澈现存的作品来说,基本都创作于贞元、元和年间,且贞元时期的作品颇具特色。蒋寅先生曾把灵澈称之为"大历诗僧的殿军"③,从他具体的创作来看,他倒可被视为贞元诗僧的探花了。这样的地位与他贞元时期的人生经历密切相关。此一时期的他也曾经在诗坛群英中风云际会,也曾经畅享人世繁华,但这些却如同镜花水月一般已经一去不返,诗人面对的只是贬谪的凄苦与孤单。由盛而衰、遭嫉被贬的经历使他对世情有了更加透彻的理解,如其《听莺歌》:

新莺傍檐晓更悲,孤音清泠啭素枝。口边血出语未尽,岂是怨恨

---

① 本书对灵澈生平经历的梳理主要参考了傅璇琮主编《唐才子传校笺》(一),中华书局1987年版,第612—621页。
② (唐)刘禹锡:《澈上人文集纪》,《刘禹锡全集编年校注》卷一八,第1183页。
③ 蒋寅:《大历诗僧灵一、灵澈述评》,《宁波大学学报》1992年第1期。

人不知。不食枯桑葚，不衔苦李花。偶然弄枢机，婉转凌烟霞。众雏飞鸣何跼促，自觇游蜂啄枯木。玄猿何事朝夜啼，白鹭长在汀洲宿。黑雕黄鹤岂不高，金笼玉钩伤羽毛。三江七泽去不得，风烟日暮生波涛。飞去来，莫上高城头，莫下空园里。城头鸱乌拾膻腥，空园燕雀争泥滓。愿当结舌含白云，五月六月一声不可闻。①

这首诗明显是在诗人遭受非议甚至贬谪之后的自伤、自悔、自结之词。一心争鸣的新莺不断磨炼、修饰自己，终于有机会展翅高翔，凌云直上，但本想一展宏图的新莺看到的却是世道的黑暗，同类的困顿和局促，由此不免一改宿愿而宁愿"结舌含白云，五月六月一声不可闻"，其中似乎还暗含了诗人曾经因言而获罪的经历。整首诗借物喻人，明显有所隐喻，《唐才子传》中曾评价灵澈（彻）"虽结念云壑，而才名拘牵，罄息经微，吟讽无已"②，为"才名拘牵"而"罄息经微"的诗人多像诗里那最初一心争鸣的新莺。但现实的结果却如此惨痛，不能不让诗人有所反思，而反思的结果就是诗中所表现出的浓重的全身远害意识。

到了元和时期的诗人则由于淡泊世情的缘故，因而创作减少，潜心于佛学。张祜曾有《寄灵澈上人》诗，所描绘的就是晚年灵澈的生活状态："老僧何处寺，秋梦绕江滨。独树月中鹤，孤舟云外人。荣华长指幻，衰病久观身。应笑无成者，沧洲垂一轮。"③当诗人身历世俗的繁华和被贬的压抑后，身到晚年的他此时真的是已经把荣华视作幻梦一场，真正成为看透世情、"两耳不闻窗外事"的"云外人"，所以后期的诗作明显表现出佛家的空静与淡泊。相比较而言，贞元之作反而更集中地体现了他由空门进入世俗社会后心态的诸种变化，也因此成为当时僧人世俗化的一个典型代表，所以还是把他归入贞元江南诗僧的群体为恰。

《唐才子传》中说灵澈"诗多警句"，"性巧逸"④。不仅如此，当白居易无意中发现了镌刻于东林寺西廊下石片上的数首诗时，他的第一感觉

---

① 《全唐诗》卷八一〇，第9131页。
② 傅璇琮：《唐才子传校笺》（一），中华书局1987年版，第620页。
③ 《全唐诗》卷五一〇，第5802页。
④ 同上书，第618、619页。

竟是"言句怪来还校别","看名知是老汤师"。① 据《唐才子传》载,灵澈本汤氏子,这里的"老汤师"自然指的就是灵澈,如何来理解这种让白居易都觉得"言句怪"的诗歌特质呢? 综观灵澈遗留下来的作品,如:

  天台众峰外,华顶当寒空。有时半不见,崔嵬在云中。——《天姥岑望天台山》②
  湖边归鹤唤寥沉,僧房半倚秦峰缺。云生幽石何逍遥,泉去疏林几呜咽。天寒猛虎叫岩月,松下无人空有雪。千年像教人不闻,烧香独为鬼神说。——《云门寺》③
  松树有死枝,冢上唯莓苔。石门无人入,古木花不开。——《道边古坟》残句④

诸作确实有险怪的特质。尤其是第一首,往往被学者认为"绝唱"⑤,"极深、极广、极孤、极高,二十字抵一篇大游记"。⑥ 笔者认为,这一特质的形成和他"聪察嗜学,不肯为凡夫"⑦的个性有关,也和吴中文化及皎然诗风的影响都有关系。后者在权德舆的《送灵澈上人庐山回归沃洲序》中已经有所显示。该序是贞元四年灵澈由于皎然的推荐来拜谒身在江西的权德舆,在登历庐山后准备复归沃州时,权德舆于南昌送别灵澈时所作。⑧ 其中有云:

---

① (唐)白居易:《读灵澈诗》,谢思炜:《白居易诗集校注》卷一六,中华书局2006年版,第1330页。本书以下所引白居易诗歌均出自该书,以下只标书名卷页之数。
② 《全唐诗》卷八一〇,第9132页。
③ 本诗《全唐诗》卷八一〇收后四句,题作《宿东林寺(一作云门雪夜)》,且文字上略有差异。《全唐诗》卷八一〇,第9132页。《全唐诗》补编:《全唐诗》续拾卷二十二据《会稽掇英总集》卷七录诗题并补录前四句。亦可见于陈贻焮主编的《增订注释全唐诗》中。陈贻焮:《增订注释全唐诗》(第五册),文化艺术出版社2001年版,第429页。
④ 《全唐诗》卷八一〇,第9133页。
⑤ (明)杨慎:《升庵诗话》卷一四:"僧灵彻有诗名于中唐。……予独取《天台山》一绝,真绝唱也。"丁福保:《历代诗话续编》,中华书局1983年版,第933页。
⑥ (明)钟惺:《唐诗归》卷三二,周啸天选注:《百代千家绝句诗》(上册引),黄山书社2007年版,第232页。
⑦ (唐)刘禹锡:《澈上人文集纪》,《刘禹锡全集编年校注》卷十八,第1183页。
⑧ 参见蒋寅《大历诗人研究》,北京大学出版社2007年版,第565页。

吴兴长老昼公，掇六义之清英，首冠方外。入其室者，有沃洲灵澈上人。心冥空无，而迹寄文字，故语甚夷易，如不出常境，而诸生思虑，终不可至。其变也，如风松相韵，冰玉相叩，层峰千仞，下有金碧。耷鄙夫之目，初不敢视，三复则淡然天和，晦于其中。故睹其容，览其词者，知其心不待境静而静。况会稽山水，自古绝胜，东晋逸民，多遗身世于此。夏五月，上人自炉峰言旋，复于是邦。予知夫拂方袍，坐轻舟，溯沿镜中，静得佳句，然后深入空寂，万虑洗然，则向之境物，又其稊稗也。[①]

在权德舆看来，灵澈上人作为"方外首冠"之士皎然的得意门生，其诗歌造诣亦是颇深。其不出常境的平易之语已为他人所难到，更何况上人还精益求精，于诗中求新变呢。权德舆用形象的比喻来说明这种新变的具体内涵——"如风松相韵，冰玉相叩，层峰千仞，下有金碧"，前两句以松风和鸣、冰玉相击概指其在诗歌音韵上铿锵和谐、清润自然的新变化，后两句则以高耸入云的群峰之下突现金碧指其在诗歌风貌及构思上让人惊奇目骇，始料不及的新特点。在权德舆看来，这种新变可能会让一般人一时觉得难以接受，但如果细读其诗，就会发现其中"淡然天和"的性情隐藏其中。皎然曾在《诗式》中提倡为文应该"真于情性，尚于作用"[②]，"其作用也，放意须险"[③]，显然灵澈的作品深得其中三昧。权德舆最后还简要分析了灵澈这种诗风形成的原因。他认为主要和灵澈所生活的环境即"自古绝胜"的"会稽山水"和"东晋逸民"的文化遗产密不可分。最后，权德舆说，现在灵澈就要回去了，在这一路上，想必又能在这山水之间"静得佳句"，这沿途的"境物"经过诗人的深入思考与构思，一定也能最终转化成为诗人笔下奇异的诗歌世界吧。显示出了权氏对于灵澈独特诗风的欣赏和期待。在这篇简短的序文中，我们可以清楚地感受到，在贞元初期，灵澈的诗歌就已经显露出怪奇的特质，而这样的诗风也成为他贞元时代诗歌风貌的典型特征。

除了皎然和灵澈外，德宗朝的诗僧还包括拾得、庞蕴、法振、广宣、

---

① （唐）权德舆：《送灵澈上人庐山回归沃洲序》，《权德舆诗文集》卷三八，第574页。
② 李壮鹰校注：《诗式校注》卷一，人民文学出版社2003年版，第118页。
③ 同上书，第1页。

善生诸人。拾得是玄宗先天至德宗贞元年间人,与寒山为友,言行较为狂放,今存诗五十七首。庞蕴在德宗贞元初曾参谒石头希迁,丹霞天然,后谒马祖道一,遂为俗家弟子,《全唐诗》中收录其《杂诗》七首。法振亦是大历、贞元间僧,以诗闻名于江东,曾游越中、天长、丹阳等地,又曾居于长安大慈恩寺,又住无碍寺。与王昌龄、韩翃、李益等为友,现存诗16首。广宣曾于贞元中居于蜀地,与节度使韦皋、薛涛相唱和,元和年间以诗供奉内廷,一直生活到敬宗、文宗时代,其集中绝大部分为后期的应制之作,与刘、元、白相善。善生,贞元时僧,《唐诗纪事》中存其诗4首。唐代文人几乎都有和僧人来往的经历,贞元时代亦是如此。和文人相往来的这些僧人有的生平事迹不详,如惊鸿踏雪一般,只是在诗人笔下留下了名字,成为诗人抒发、交流情感的一个对象而已,事后则了无踪迹。如韦应物笔下那位"世有征战事,心将流水闲。扫林驱虎出,宴坐一林间"[①]的西山道深禅师,诗人寥寥几笔就描绘出了其内壮外清的风神,而这位禅师自然也成了韦应物的好友而不时引发诗人的思念——《怀琅琊深标二释子》,必然也会对韦应物多少产生一些影响。可以说,正是他们的存在才使得贞元诗坛更加丰富与多彩,所以这些人实际上也是贞元诗坛的隐形参与群体,也应该予以一定的关注。

四 江南本土诗人创新的诱因

在本书的绪论部分,笔者曾经提及,作为研究贞元时期江南诗人群的两篇代表性论文是赵昌平先生的《"吴中诗派"与中唐诗歌》和查屏球的《由皎然与高仲武对江南诗人的评论看大历贞元诗风之变》。两篇文章都集中探讨了在大历、贞元之交以皎然、顾况等为代表的江南本土诗人群的新变。其中提及这些诗人或者"在创作上效学吴中地区俗体诗,运用乡土性题材、清激的音节、怪以怒的风格以及俗体联句形成了自己的诗歌特色,他们上承鲍照、谢灵运创作中奇险深曲的笔意而着意开拓,效学吴体诗而化俗为奇"[②],或者"内容上多奇景怪事;在语言风格上,以口语素词洗脱前期精丽典雅的'时俗'之调"[③]。因为两位学者在文章中已经对

[①] (五代)韦应物:《诣西山深师》,《韦应物集校注》卷七,第474页。
[②] 赵昌平:《"吴中诗派"与中唐诗歌》,《中国社会科学》1984年第4期。
[③] 查屏球:《由皎然与高仲武对江南诗人的评论看大历贞元诗风之变》,《复旦大学学报》(社会科学版)2003年第6期。

这一群体尤其是皎然、顾况两人在诗歌内容、审美风格、语言风格上的新变都作了很详细的说明，笔者在这里主要就这一群体新变的动机和诱因来谈一下自己的看法。

以皎然、顾况为代表的江南诗人群选择了和韦应物相区别的道路，主要是从艺术构思上来矫正时俗之弊。所谓"若无新变，不能代雄"①，无论是要矫正时俗，还是想要闯出属于自己的一条新路，显然都必须要进行新变。皎然在《诗式》卷五中明论"复古通变体"，其下自注云"所谓通于变也"②，可见作者虽以"复古通变"为目，实际上仍是强调以"变"为主，而这显然也是江南本土诗人群的宗旨所在。皎然不仅提倡要"变"，要创新，而且也提供了"变"的路径和法门。他在《诗式》中曾明确提及"取境""跌宕格二品"（越俗、骇俗）、"淈没格一品"（淡俗）、"调笑格一品"（戏俗）③，从诗歌的艺术构思和审美风貌方面提出了诗歌创新的一些法门。这些法门最核心的要素就在于好奇逐异，皎然亦云："夫变若造微，不忌太过，苟不失正，亦何咎哉?"④ 也就是说，如果在"变"的道路上能够找到正确的方向而能使诗歌呈现出微妙的境界，那么何妨在变的程度上有所深入呢。

从唯物主义的角度来说，任何的创新都不会凭空产生，而是都有它特定的诱因。皎然诸人所提倡的新变理论显然也需要特定的条件和资源才能转化为真正的诗歌实践。在笔者看来，诗歌自身发展的规律性、对前代文学中相关因素的继承与吸纳，以及江南本土的奇丽风光都是这些诱因或条件中的重要因素。

前文已经提及，摆在贞元诗人面前的是诗坛中"气骨顿衰"的风气。无论是元结等人的片面复古还是大历诸子创作中情感的虚弱、偏狭而导致的意象雷同和圆熟，都让当时的诗坛呈现出死气沉沉的局面。而要打破死寂以及在最短的时间内取得功效的最好办法莫过于"标新立异"，有时虽不免"矫枉过正"，但这也是诗坛新变往往会采取的有效方式。已经发现时弊的江南本土诗人群既有要改变时风的动机，自然在诗歌创作过程中会去主动发现新异的因素并运用到自己的诗歌创作中去，而这种新异因素他

---

① （梁）萧子显：《南齐书》卷五二，中华书局1972年版，第908页。
② 《诗式校注》，第330页。
③ 同上书，第39、48—55页。
④ 同上书，第330页。

们主要瞄准了两个源头：一是前代和当代文学中新变的因素，二是他们所生活的现实环境。

前者即笔者上一段所提到的对前代文学中相关因素的继承与吸纳，从历史传统的角度而言，对谢灵运和鲍照的新发现就是他们的一大创获。大历十才子虽然也推崇大小谢，但他们主要继承的是二谢诗歌精工流丽的风貌，实际上在谢灵运的诗歌中，亦有奇险的一面。而后者显然为皎然等江南本土诗人所发现和继承："他们上承鲍照、谢灵运创作中奇险深曲的笔意而着意开拓"，"《诗式》五格十九体以谢灵运诗为'文章宗旨'，其中前二格录晋宋后诗又以鲍、谢为多。又三格四品中置鲍照诗于第一格第一品，可见其创新一二格之龟鉴所在。鲍诗跌宕，素称俊逸，又多取俗体……谢、鲍古诗造语奇险深曲，章法开阖纵横"[1]。除此之外，鲍防、颜真卿在大历时期统领浙东、浙西时所发起的浙东联唱、浙西诗会中，与会者在联唱时所呈现出来的游戏性质也越发明显。这一点在他们对诗歌联唱主题的选择上亦可略见一斑。如果说浙东联唱尚以写景状物、宴集登游为主，以"酒语"（《酒语联句各分一字》）[2] 这种俗事为联句的主题尚属一见。到了大历八年至十二年的浙西诗会中，他们就频繁地以"大言""小言""乐语""谗语""滑语""醉语"[3] 为主题进行联句创作。这些原本无法进入诗歌题材的内容开始频繁地出现在江南诗人的笔下，从另一个侧面来说，也展示了江南诗人在群体性创作的过程中集思广益对诗歌题材进行开拓的一种努力。皎然本身就是浙西诗会的重要参与者，诗会中这种求新求变的诗风自然会对他本人及他周围的诗人们产生一定的影响。如作为和皎然往来较为密切的韦应物，在其后期创作中亦有《难言》《易言》《调啸词二首》《三台词二首》诸作。前两者在形式上采用七言六句的歌行形式，内容上以具体事例极力描写"难"和"易"，和上文浙西诗会中的《七言大言联句》极为相似，只不过是变联句为独创，也说明了这种风气在当时南方诗坛的流行。后两首是韦应物现存作品中仅有的两首

---

[1] 赵昌平：《"吴中诗派"与中唐诗歌》，《中国社会科学》1984年第4期。
[2] 《全唐诗》卷七八九，第8888页。
[3] 《全唐诗》中分别题作《七言大言联句》《七言小言联句》《七言乐语联句》《七言谗语联句》《七言滑语联句》《七言醉语联句》。《全唐诗》卷七八八，第8885—8886页。

小词①，这两首词的创作和韦应物本身通晓音律有关②，但亦和浙西诗会中张志和等人对词的早期实践及江南的地域文化有关。这种地域文化的影响亦可见于韦应物的《同越琅琊山》（赵氏生辟疆）之作中，诗曰："石门有雪无行迹，松壑凝烟满众香。余食施庭寒鸟下，破衣挂树老僧亡。"③刘辰翁评价该诗云："不厌寒陋如此。"④确实，诗中表现出的枯寒之境确实和我们印象中韦应物的主体风格大为不同，倒是和顾况、皎然的一些作品有相似之处。由此亦可见地域文化对于诗人的巨大影响。

确实，江南地区特有的怪奇之景是导致这一时期诗风新变的重要因素。时间、空间、人物是历史事件的三大维度，诗歌的研究亦离不开这三大要素，任何要素的变化都可能导致最终结果的不同。其中空间地域因素相对其他因素而言显然变异性较小，因此在文学研究中承担着极为重要的方面：它既是诗人们外在活动的舞台、歌咏的对象，也是他们内在文化的基因、灵魂的密码。所谓"得江山之助"，大自然对诗人的惠赐不仅是素材，如恰逢其时，江山甚至有可能成为诗风演变的推手。皇甫湜在《唐故著作佐郎顾况集序》中云：

> 吴中山泉气状，英淑怪丽。太湖异石、洞庭朱实、华亭鹤唳与虎邱天竺诸佛寺，钧号秀绝。君出其中间，禀轻清以为性，结冷汰以为质，煦鲜荣以为词，偏于逸歌长句，骏发踔厉，往往若穿天心、出月胁，意外惊人语，非寻常所能及，最为快也。⑤

因为江南是顾况人生的底色，江南也以它特有的景观和文化孕育了顾况不

---

① （清）王奕清等：《历代词话·卷二·词话唐二》引《唐诗纪事》有"韦应物小词"："韦苏州性高洁，所在焚香扫地，惟顾况、皎然辈得与倡酬。其小词不多见，惟三台令、转应曲流传耳"。其中《三台令》或即为《三台词》，但不知《转应曲》何指。唐圭璋编：《词话丛编》，中华书局1986年版，第1099页。
② （清）王奕清等：《历代词话·卷二·词话唐二》引《乐府纪闻》有"韦应物晓音律"："韦应物晓音律，夜泊灵璧舟中，闻笛声，谓酷似天宝梨园法曲李謩所吹者。询之，乃謩外甥许云封也。韦授以李謩笛，许曰：'此非外祖所吹者，遇至音必裂。'强令试之，遂吹六州遍，一叠而裂。"唐圭璋编：《词话丛编》，中华书局1986年版，第1099页。
③ （五代）韦应物：《同越琅琊山》（赵氏生辟疆），《韦应物集校注》卷七，第473页。
④ 《韦应物集校注》卷七引，第474页。
⑤ （唐）皇甫湜：《唐故著作左郎顾况集序》，《全唐文》卷六八六，第7026页。

一样的文风。皇甫湜在评价中明确提及吴中山泉、太湖异石、洞庭朱实、华亭鹤唳、虎丘、天竺诸寺这些秀绝之景对于顾况"骏发踔厉""意外惊人语"的助力作用,由此也可见江南的奇丽风光对其情性与诗风的影响。而这不仅是他人对顾况的评价,也是顾况在评价时人时往往会关注的地方,如其在《信州刺史刘府君集序》中有云:

> 游名山而窥洞壑者,略举奇峰,纪胜境,至于鬼怪,不可纪焉。临终赋诗,意不忘本。凡古人所咏山水、游仙、田家之什,脱蔚罗走思以自适,其可得乎?①

又如其《右拾遗吴郡朱君集序》:

> 朱君能以烟霞风景,补缀藻绣,符于自然。山深月清中有猿啸。复如新安江水,文鱼彩石,历历可数,其杳攸倏飒,若有人衣薜荔而隐女萝,立意皆新,可创离声乐友之什。②

可见在顾况看来,刘太真、朱放诗文中的新意均和江南这些山水的助力直接相关。而江南诗人群诗歌的新变亦得江南山水的助力。在建中、贞元时代,"高奇古人遗"③的江南山水开始不断地出现在江南本土诗人的笔下。但除了那些在前代文人笔下已经被频繁描绘的明丽清秀之景外,之前未经发现的江南山川的奇丽之貌也开始进入诗人们的视野。这一点在之前的论述中虽然已经提及,但这里仍以一个贞元时期的创作活动来予以说明,以见这种影响的过程和普遍性。在贞元时担任温州刺史的路应及时人李缜、戴公怀、孟翔有以"仙岩四瀑布"为题的唱和之作,首唱之人路应其诗云:

> 绝境久蒙蔽,芝萝方迨兹。樵苏尚未及,冠冕谁能知。缘崖开径小,架木度空危。水激千雷发,珠联万贯垂。阴晴状非一,昏旦势多

---

① 《全唐文》卷五二八,第5367页。
② 同上。
③ (唐)皎然:《奉酬袁使君高春游鹁鸠峰兰若见怀》,《全唐诗》卷八一六,第9185页。

奇。井识轩辕迹，坛余汉武基。猿声响深洞，岩影倒澄池。想像虬龙去，依稀羽客随。玩奇目岂倦，寻异神忘疲。干云松作盖，积翠薜成帷。舍意攀丹桂，凝情顾紫芝。芸香蔼芳气，冰镜彻圆规。胥念沧波远，徒怀魏阙期。征黄应计日，莫鄙北山移。——《仙岩四瀑布即事寄上秘书包监侍郎七兄吏部李侍郎十七兄婺州赵中丞处州齐谏议明州李九郎十四韵》[①]

细读此诗，会发现该诗中传达的信息很多，对于了解贞元初的江南仕宦诗人群的心态很有意义。首先，仙岩四瀑布本是隐藏在温州仙岩山中不为外人所知的所在，甚至连经常上山砍柴的山民都不知道，但这位刺史却缘崖开小径，架木度危空，于险僻之地开出了一条道路，才终于得见瀑布美景。从这番作为中我们感受到的是他对幽奇之景的喜好，这一点在下文中也得到了说明："玩奇目岂倦，寻异神忘疲"，奇异的美景让诗人精神上获得了极大的享受，甚至让他忽略了身体的倦疲，而对这些奇异之景的描绘无疑让他的这篇作品呈现出和大历诗歌不一样的作风。其次，对于诗人来说，令人迷醉的奇景可能也会触动诗人的归隐之思，但是，作为官吏的他清楚地知道自己的路究竟在何方，那就是身在山林，心怀魏阙。对美景的吟赏在他看来并不和自己的仕宦之路相冲突，而且这种心理在他看来也不再像当年南朝隐士们由隐而仕时多少带有一点羞惭之意，而是认为这是名正言顺，理所应当的。最后，诗人将自己发现的美景和所思所想以诗歌的形式寄给五位同僚，其中虽不乏向朝中权臣表白心迹的情态，但诗中对仙岩瀑布美景的大量描绘暗示出作者对发现奇景的惊喜之情是超过其功利性目的的。

第三节　江南诗人群创作的地域性影响

　　李浩在提到文学古今演变的地域空间因素时曾论及其矛盾性："原创的作品天然地保留着地域性，作品的传播便是对地域性的一种突破；因迁徙流动所造成作家居住环境的改变，也使地域性不断弱化；古代作家为科举考试、应制奉和而对主流价值观念的认同、对流行形式与体裁的选择，

[①] 《全唐诗》卷八八七，第 10029 页。

也在不断解构地域性，追求统一性。"① 江南既为特定的地域空间，但同时也是大唐统一格局之下的一域而已，它自然要受大的时代环境变迁的影响。因为安史之乱，大批北方文人进入江南，他们的诗风不能不受江南特定文化的影响。但因为科举制度的成熟以及文人自身对荣名功业的渴望，江南文人也会受到京都诗风的影响而在创作中有意识地选择特定的诗体形式和风格。从这一角度而言，江南诗风和京都诗风不能不发生交互的影响。而这种相互影响的过程在特定时期有特定的倾向性，也就是说，在江南诗风和京都诗风力量的较量中，哪一种诗风占据强势的位置，哪一种诗风就会在该时期承担起主导性的位置而成为主流诗风的引导者。在贞元时期，这种交互影响的过程体现得尤为明显。

显然，在贞元初期，因为中原的战乱，当时的诗歌中心是在南方。相对和平的生活环境和相对独立的生存环境为江南诗人群的诗歌插上了个性化的、地域化的翅膀，并在这一过程中发展壮大甚至引起了京城诗坛的注目。另外还需要强调的是，在政治上，江南文士的会聚，也逐渐使得江南不仅成为经济文化的中心，甚至有成为政治中心的潜力。如贞元末期"永贞革新集团的形成，实际上是以东南文士为中心的政治集团的形成过程"。② 当然，因为当时的都城在长安，江南的这种政治中心地位更多是隐形的。在文坛上，之后即将成为贞元诗坛、元和诗坛主力的诗人如权德舆、李益、欧阳詹、张籍、李绅、孟郊、柳宗元、白居易、刘禹锡等几乎都有在江南生活的经历。权德舆的父辈因为安史战乱早已徙居润州，他自己也在丹阳读书游学，之后所入之幕也大都在江南，可以说，在他贞元八年进入中央之前，江南文化的影响已经深深地融入他的血液之中。李益在贞元中后期曾经到江淮一带漫游，也创作了诸如《江南曲》《春夜闻笛》《扬州送客》《扬州万里送客》《莲塘驿》《喜见外弟又言别》《水宿闻雁》等诸多带有江南气息的作品。泉州欧阳詹在德宗初年就有文名于江南，为当地名流常衮、薛播所礼重，之后才进京应试。韩愈在建中、贞元初也曾经"就食江南"③。孟郊贞元初年也曾旅居湖州、信州、苏州一带，和皎

---

① 李浩：《地域空间与文学的古今演变》，薛天纬、朱麒麟主编：《中国文学与地域风情》，学苑出版社2005年版，第4页。
② 胡可先：《唐代重大历史事件与文学研究》，浙江大学出版社2007年版，第259页。
③ （唐）韩愈：《欧阳生哀辞》，《韩昌黎文集校注》卷五，第302页。

然、陆羽、韦应物有所交往①。白居易从德宗建中三年开始避难越中将近十年，二十七岁又由宣州乡贡。刘禹锡、柳宗元和灵澈也有所交往，因此当灵澈在元和十一年去世后，刘禹锡有《闻彻上人亡》，柳宗元有《韩漳州书报彻上人亡因寄二绝》、《闻彻上人亡寄侍郎杨丈》（柳宗元集中作《闻彻上人亡寄杨侍郎丈》）诸诗，均表达了两位诗人对灵澈上人的怀念与哀悼之情。尤其灵澈于刘禹锡有启蒙之教，据刘禹锡回忆，"时予方以两髦执笔砚，陪其吟咏，皆曰孺子可教"②，八九岁的刘禹锡在"陪其吟咏"中得到的不仅仅是诗歌技巧的锻炼，皎然、灵澈两位诗僧的诗风倾向亦会作为一种早期的熏染植根于诗人创作的无意识中。而柳宗元亦是"早岁京华听越吟，闻君江海分逾深"③，在自己的少年时代亦曾感受过这位来自南方的诗人的风采。江南诗风在贞元初期的京城想来还是比较新鲜的，这种鲜活的气息不能不让少年时代的诗人们蠢蠢欲动。

江南士人或受过江南文化影响的士人逐渐成为京城政治、文坛的主角，他们怎么会不为京城带去江南的新变之风呢，这虽然是一个缓慢的过程，但变化毕竟开始了，变化毕竟传播了，当变化聚集到了一定的程度，这种地方性的新变必然会引发或带来全国性的改变。

---

① （唐）孟郊：《题陆鸿渐上饶新开山舍》《赠苏州韦郎中使君》等诗。
② （唐）刘禹锡：《澈上人文集纪》，《刘禹锡全集编年校注》卷一八，第 1183 页。
③ （唐）柳宗元：《韩漳州书报彻上人亡因寄二绝》其一，（唐）柳宗元：《柳宗元全集》，上海古籍出版社 1997 年版，第 302 页。

第四篇

由大历进入贞元的李益和卢纶

——兼谈德宗朝的边塞诗

纵观唐代边塞诗①的发展史，和时代的盛衰几乎呈现出同样的发展轨迹。在这一发展过程中，德宗朝的边塞诗实际上构成了这种转变的一个关节点。这一朝的边塞诗创作虽无法与初盛唐边塞诗的繁荣相媲美，但也出现了以李益、卢纶为代表的边塞诗名家以及张籍、王建、吕温诸人颇具特色的边塞诗作品。在此之后，边塞诗的创作基本上就开始一蹶不振，只有个别作家的零散作品了。因此，下文就由对德宗朝主要边塞诗人李益、卢纶边塞诗创作时间的考证和梳理入手，来分析作为贞元诗坛重要组成部分的边塞诗的创作情况。

---

① 对于边塞诗含义的严格界定，学界尚无定论。胡大浚先生认为："举凡从军出塞，保土卫边，民族交往，塞上风情；或抒报国壮志，或发反战呼声，或借咏史以寄意，或记现世之事件；上自军事、政治、经济、文化，下及朋友之情、夫妇之爱、生离之痛、死别之悲；只要与边塞生活相关的，统统都可以归入边塞诗之列。"胡大浚：《边塞诗之涵义与唐代边塞诗的繁荣》，西北师范学院学报编辑部等编：《唐代边塞诗研究论文选粹》，甘肃教育出版社1988年版，第44—45页。这样的界定实际上是比较合理的，也是当下研究边塞诗时普遍使用的一种界定范围。本书采取的亦是这种较为宽泛的界定方式。

第一章

李益、卢纶及德宗朝其他诗人边塞诗的创作概况

在传统的研究视野中，李益和卢纶一直是作为大历诗人的代表而出现的，但如果细究二人的仕宦生平情况，就会发现，在两人诗歌中最具有代表性的边塞诗歌均是创作于德宗时代。由于学界对此问题一直存在模糊不清之处，故下文重点对两人边塞诗的创作时间问题加以论列。除此之外，在德宗朝的其他诗人笔下，也存在不少与边塞题材相关的作品，在本章中也略作梳理。

第一节 李益

在古人有关李益的评论资料中，李益的时代归属问题大致有三种观点：中唐诗人、大历诗人、大历贞元间诗人。将其称为中唐诗人固然不错，但范围失之过大。而将其视为大历诗人，其中比较有代表性的是将其视为"大历十才子"中的一员，如《唐百家诗选评》、李慈铭《越缦堂读书记》、清代宋育仁《三唐诗品》在评论李益时均分别出现"在大历十才子中号为翘楚"[1]"冠冕十子"[2]"大历十人，固其杰也"[3]等语，虽然所评述的角度和内容不一，但显然都将李益视为十才子的成员之一。现代学者对此观点已经有所辨析，明确提出"李益非'大历十才子'成员"。[4]

---

[1] 陈伯海编：《唐诗汇评》（中册）引，浙江教育出版社1995年版，第1453页。
[2] （清）李慈铭：《越缦堂读书记》，上海书店出版社2000年版，第1247页。
[3] 陈伯海编：《唐诗汇评》（中册）引，浙江教育出版社1995年版，第1474页。
[4] 佘正松、王胜明：《李益生平及诗歌研究辨正》，《文学遗产》2004年第3期。

也有一些学者虽未将其视为"十才子"的成员，但也认为李益是大历诗人，如：

> 大历五古，以钱仲文为第一，得意处宛然右丞。次即李君虞，得太白一体。①
>
> 李尚书益久在军戎，故所为诗多风云之气，其视钱刘，犹岑参之于王孟、鲍照之于颜谢也。七绝尤高，在大历间无与颉颃者。②

这种观点被现代学者继承，在袁行霈主编的《中国文学史》和蒋寅的《大历诗人研究》中均将李益视为大历诗坛的代表人物。当然，这些学者也注意到了李益诗歌和大历主流诗风的不同，故在论说的时候往往将其作为大历诗风中的"别调"予以特殊处理。那么，究竟如何看待在大历诗坛身份"尴尬"的李益呢？值得注意的是，古人在评价李益时已经为我们提供了一些启示，如：

> 大历以后，吾所深取者，李长吉柳子厚刘言史权德舆李涉李益耳。③
>
> 李益、权德舆在大历之后，而其诗气格有类盛唐者，乃是其气质不同，非有意复古也。④
>
> 弇州先生曰："毋论李供奉、王龙标暨开元、天宝诸名家，即大历、贞元间如李君虞、韩君平诸人，蕴藉含蓄，意在言外，殆不可及。"⑤

在上述学者的评价中，明确将李益视为大历以后或者大历、贞元间的一位代表性作家。其实，认定一个诗人尤其是一个横跨多个朝代的诗人究竟属于哪一个时代，最关键的因素还是作品，也就是视其大多数的、最具代表

---

① （清）管世铭：《读雪山房唐诗序例·五古凡例》，郭绍虞编选，富寿荪校点：《清诗话续编》，上海古籍出版社1983年版，第1546页。
② 乔亿选编，雷恩海笺注：《大历诗略笺释辑评》，天津古籍出版社2008年版，第323页。
③ （宋）严羽：《沧浪诗话校释》，郭绍虞校释，人民文学出版社1983年版，第163页。
④ （明）许学夷：《诗源辩体》，杜维沫校点，人民文学出版社1998年版，第238页。
⑤ （清）王士禛：《带经堂诗话》，戴鸿森校点，人民文学出版社1963年版，第180页。

性的、评价最高的作品究竟创作于哪一个时期。而结合李益生平的有关资料和现存作品的具体创作情况来看，将其视为德宗朝诗人是没有疑义的。

李益是一位诗名早著又非常长寿的诗人，他身经数朝，韦应物在《送李侍御益赴幽州幕》中称他"二十挥篇墨，三十穷典坟。辟书五府至，名为四海闻"①，可能也正因如此，学界一直将其视为大历诗人。实际上，李益诗歌中最具代表性的、成就最高的作品毋庸置疑是边塞诗，这已是古今学者的共识。令狐楚在元和年间所编《御览诗》选李益诗36首，绝大部分也是其边塞诗的创作，说明他此类诗歌在当时就已经得到了社会的认可。这些数量众多，内容丰富的作品是李益二十年边塞生活的结晶，而这些作品实际上都是李益在德宗朝的产物。

得出这样的一个结论实际上是经过了学者们极为艰难的考索和研究。在以往的研究中，学者们考察李益的这段经历主要依据的就是相传为李益所作的《从军诗序》一文，该文最早见于刊刻于康熙年间的席启寓编辑的《唐诗百名家全集》中的《李君虞诗集二卷》，后又见于光绪时张澍编辑的《李尚书诗集》，其中提及李益"出身二十年，三受末秩；从事十八载，五在兵间"②一语，但由于对该文的不同理解及其他第一手材料过少，使得学者们对该问题的研究一直众说纷纭，歧见百出：

容肇祖先生的《唐诗人李益生平》认为其首次从军在建中初年，所入之幕不是韩游瑰就是邢君牙③。

谭优学先生的《李益行年考》一文认为其五次从军分别是大历九年入渭北节度使藏希让幕，建中二年入朔方节度使李怀光幕，贞元元年入灵州大都督、节度使杜希全幕，贞元六年入邠宁节度使张献甫幕，贞元十三年被幽州节度使刘济辟为从事④。

卞孝萱先生的《李益年谱稿》中则认为，其"五在兵间"的时间分别为：第一次为公元780年至781年（建中元年至二年）在朔方入崔宁幕，第二次为公元782年（建中三年）入幽州节度使朱滔幕，第三次为公元786年至787年（贞元二年至三年）入鄜坊节度使论惟明幕，第四

---

① 《韦应物集校注》卷四，第260页。
② 王勋成：《李益"三受末秩""五在兵间"说》，《文献》2004年第4期。《从军诗序》的相关内容均转引自此。
③ 容肇祖：《唐诗人李益生平》，《岭南学报》1931年第2期。
④ 谭优学：《唐诗人行年考·李益行年考》，四川人民出版社1981年版，第191—220页。

次为公元788年至796年（贞元四年到十二年）入邠宁节度使张献甫幕，第五次为约公元797年至799年（贞元十三年到十五年）入幽州刘济幕府。① 在其之后和乔长阜合撰的《中国历代著名文学家评传·李益》② 一文中也延续了此种观点。

王勋成《李益"三受末秩""五在兵间"说》一文则独处机杼，认为细绎《从军诗序》创作时间及整个文意，所谓"五在兵间"并不是如其他研究者一直以来所认为的五次，而是自建中初年至贞元四年，五载在兵间之意。即"李益自建中元年至二年，入崔宁幕府'巡行朔野'；又自贞元元年至四年，入唐朝臣鄜坊节度幕府和振武节度幕府，出入上郡、五原郡之地，共计五年"。③

而王胜明在《李益的仕历》一文中提出其"五在兵间"分别是指大历九年入凤翔节度使李抱玉幕，大历十二年至十四年入渭北节度使郭子瞫幕，建中元年秋至建中二年入朔方节度使崔宁幕，建中二年夏天入幽州节度使朱滔幕，贞元初至贞元六年入振武、绥、银节度使唐朝臣幕。除了上述五次出塞外，王胜明还认为李益还有两次入塞经历，即入邠宁节度使张献甫幕，和幽州节度使刘济幕。④

当然，除了上述学者外，也有其他人对该问题提出了不同的观点。学者们对李益第一次入幕的时间虽有不同的看法，但大体还是围绕着大历九年和建中元年而展开。那么究竟是哪一年呢？因为该问题是涉及李益本人时代属向的关键所在，所以明确具体的时间是非常重要的。实际上，学者们之间虽然免不了对这一问题相互驳难，但在笔者看来，面对有限的材料，论说者只要言之有理，持之有故，只要能自圆其说，就都有一定的道理。类似这种情况在文学史中不乏其例，要想真正解决问题，有时只能期待着新材料的发现。李益显然是幸运的，2008年在河南洛阳发现的崔郾的佚文《唐故银青光禄大夫守礼部尚书致仕上轻车都尉安城县开国伯食邑七百户赠太子少师陇西李府君墓志铭并序》

---

① 卞孝萱：《李益年谱稿》，朱东润主编：《中华文史论丛》（第八辑），上海古籍出版社1978年版，第379—397页。

② 吕慧鹃等编：《中国历代著名文学家评传》（第二卷），山东教育出版社1983年版，第359—377页。

③ 王勋成：《李益"三受末秩""五在兵间"说》，《文献》2004年第4期。

④ 王胜明：《李益研究》，巴蜀书社2004年版，第102—136页。

(下文简称为《李益墓志》)① 为学者厘清一直以来在李益生平研究中的困惑及出塞时间等相关问题提供了很大的帮助。由此又引发了对《从军诗序》是否是李益本人所作的质疑②，虽然尚不能肯定该文的作者是谁，但对于其创作时间和内容——创作于贞元四年且是对李益在这之前从军入塞经历的叙述——还是大体可以肯定的。所以，据上述两篇文章及李益其他相关传记资料我们就可来梳理一下李益的生平和入塞情况。需要说明的是，本书主要考察的是李益作为贞元诗坛创作主体的合理性，所以重点关注李益在元和之前的履历情况。为更好地说明这一问题，现将《李益墓志》中的相关内容摘录如下：

> 公讳益，字君虞，陇西狄道人，凉武昭王十二代孙。……
> 大历四年，年始弱冠，进士登第。其年，联中超绝科。间岁，天子坐明庭策贤俊，临轩试问，以主文谲谏为目。公词藻清丽，入第三等，授河南府参军。府司籍公盛名，命典贡士，抡次差等，所奖者八人。其年，皆擢太常第。精鉴朗试，退迩攸伏。转华州郑县主簿，郡守器仰，延于宾阶。秩满赴调，判入等第，为渭南县尉。考天官科选之务，弘圣代得人之盛，问望休洽，弓旌屡招。首为卢龙军观察支使，假霜棱，锡朱绂，以地非乐土，辞不就命。后山南东道洎鄜时郊郊皆以管记之任请焉，由监察殿中历侍御史，自书记参谋为节度判官，四擅郤诜之美，三领元瑜之任。周旋累祀，再丁家难，哀号孺慕，殆不终制，虽丧期有数，而茹毒无穷。
> 德宗皇帝统临万方，注意六义，诏征公制述，令词臣编录，阅览终夕，精微动天，遂以副本藏于天禄石渠之署。及制使马宇奉命东夷，又见公雅什为夷人所宝，则中华之内，断可知矣！复为幽州营田副使，检校吏部员外郎，迁检校考功郎中，加御史中丞，以金印紫绶副焉。始以幽燕气雄，蛇豕作固，虽大君有命，尚守正不行。后密旨敦谕，往践乃职，卒使逆流再顺，寒谷生和。元师推奉国之诚，列校有勤王之绩，繁是毗赞，致其功庸。……

---

① 王胜明：《新发现的崔郾佚文〈李益墓志铭〉及其文献价值》，《文学遗产》2009 年第 5 期。本书所引《李益墓志》即据此文。
② 王胜明：《由新发现的〈李益墓志铭〉质疑"〈从军诗序〉为李益自作"》，《文献》2013 年第 2 期。

星岁再换，光音遂沉，以大和三年八月廿一日全归于东都宣教里之私宅，享寿八十四。……

据上述内容可知李益生卒年是公元746（天宝五年）到829（大和三年），字君虞，陇西狄道人。在大历四年就进士及第，同年并中超绝科，大历六年，又中制科中的主文讽谏科，合乎《唐会要》卷七六《制举科》所记载的"（大历）六年，讽谏主文科，郑珣瑜、李益及第"①之内容。相比吏部常科铨选所授职官而言，参加制科考试容易获得较好的职位，李益此次便以入第三等的成绩被授予河南府参军一职，为自己的仕宦生涯开了一个好头。

河南府在当时国家政治中是仅次于京兆府的所在，清代罗士琳《旧唐书校勘记》中载："王都之号其来自久。宜以京兆府为上都，河南府为中都……"② 虽然只是担任参军一职，但也是一份不错的差事。据学者研究发现，唐代官制"州一级官员还有参军事……参军事若干员，秩九品，'无常职，有事则出使'，一般用作士人初仕起家之官"，"诸府亦设置尹及少尹，其余设官与诸州相同，仅名称稍有变化……规格略高而已"③。李益担任此职并不见于新、旧《唐书》的记载。通过其墓志，可知他在该任上颇有作为："府司籍公盛名，命典贡士，抡次差等，所奖者八人。其年，皆擢太常第。"赵宗儒即是他此时所推选的人才之一。《国史补》卷中有"赵太常精健"条载："长庆初，赵相宗儒为太常卿，赞郊庙之礼。时罢相二十余年，年七十六，众论伏其精健。右常侍李益笑曰：是仆东府试官所送进士也。"④ 东都在河南道的治域之中，据新、旧《唐书》《登科记考》可知赵宗儒是进士及第出身，而不能确定是哪一年。据《李益墓志》可知李益虽在元和时期担任过河南少尹的职位，也有推举赵宗儒的可能，但据《旧唐书·赵宗儒传》所载："宗儒举进士，初授弘文馆校书郎。满岁，又以书判入高等，补陆浑主簿。数月，征拜右拾遗，充翰林学士。……建中四年，转屯田员外郎，内职如故。"⑤ 可见其在元和时

---

① （宋）王溥：《唐会要》卷七十六《制举科》，上海古籍出版社2006年版，第1644页。
② （清）罗士琳：《旧唐书校勘记》卷五，清道光悞盈斋刻本。
③ 张国刚：《唐代官制》，三秦出版社1987年版，第124、125页。
④ 《唐国史补》，第45页。
⑤ 《旧唐书》卷一六七《赵宗儒传》，第4361页。

期再接受李益的推选是根本不可能的。而且按照唐制"凡居官必四考，四考中中，进年劳一阶叙"①的原则来说，宗儒恰于大历十年之前中进士，也大体符合李益大历六年至十年时任职河南府参军的情况。《新唐书·选举志上》亦云："每岁仲冬，州、县、馆、监举其成者送之尚书省。"② 另据《登科记考·凡例》云："乡贡进士由刺史送者为州试，由京兆、河南、太原、凤翔、成都、江陵诸府送者为府试，皆差当府、当州参军或属县主簿与尉为试官。"③ 可见李益做的就是这项工作。所以结合《李益墓志》所云来考察《国史补》中的相关记载，赵宗儒确实是李益任河南府参军时所推荐的人才之一。

之后李益的仕宦生涯似乎颇为不顺。在河南府参军任上颇有作为的李益没有得到更大的提拔，在大历十年转为华州郑县主簿，此职和河南府参军一职相较而言实在也不是什么太好的职位。造成这种结果的原因之一可能和当时的官场风气有关。据《新唐书·赵宗儒传》载："贞元六年，领考功事。自至德后考绩失实，内外悉考中上，殿最混淆，至宗儒，黜陟详当，无所回惮。"④ 这样的结果对于年少得志的李益来说确实是一种打击。

李益"秩满赴调"的时间是在大历十四年，为了参加吏部集选，李益回到了长安，一方面按照唐制"凡选授之制，每岁集于孟冬。去王城五百里之内以上旬，千里之内以中旬，千里之外以下旬"，"凡大选，终于季春之月"⑤；另一方面，大历十四年是一个特殊的时间点，在这一年的五月，代宗去世而德宗继位，并于本年六月下诏曰："天下有才艺尤著、高蹈邱园及直言极谏之士，所在具以名闻。诸色人中有孝悌力田、经学优深、文词清丽、军谋宏远、武艺殊伦者，亦具以名闻。能诣阙自陈者

---

① 《新唐书》卷四五《选举志下》，第1173页。需要注意的是，学者们在谈及李益在大历时期为官迁转的问题时，基本按照的是三考的原则，如王胜明：《由新发现的〈李益墓志铭〉质疑"〈从军诗序〉为李益自作"》；尹占华：《关于李益"五在兵间"的问题》，《中国典籍与文化》2012年第3期；但据《新唐书》卷四五《选举志下》："初，吏部常岁集人，其后三数岁一集，选人猥至，文簿纷杂，吏因得以为奸利，士至蹉跌，或十年不得官，而阙员亦累岁不补。"（《新唐书》，第1179页）之后德宗时的陆贽、宪宗时的李吉甫分别进行改革，陆贽"计阙集人"，而李吉甫则按照不同的职官设有三考、四考、五考之分。所以考察大历时期赵宗儒、李益等人的为官时间问题，应以"四考"为确。

② 《新唐书》卷四四《选举志上》，第1161页。
③ 《登科记考》（凡例），第5页。
④ 《新唐书》卷一五一，第4826页。
⑤ 《旧唐书》卷四三《职官二》，第1818、1819页。

亦听。仍限今年十二月内到,朕当亲试。"① 李益本身已经到了秩满之时,又适逢新君继位广纳人才举行制科,他又怎会放弃这一个机会呢,这次李益考试的成绩是"判入等第",他也因此被授予"渭南县尉"一职。

按照《从军诗序》的记载"自建中初,故府司空巡行朔野。洎贞元初,又忝今尚书之命,从此出上郡、五原四五年,荏苒从役其中,虽流落南北,亦多在军戎"。可见李益从建中初年已经开始了其边塞入幕的生涯。以往学者们虽然对于其何时入幕,入何人之幕有颇多争议,但对于其于建中之时已经入幕的事实还是均持认可态度的。而这样的结论显然又与上文提及的其于大历末年或建中初年被授予渭南县尉的记载是矛盾的,那么如何解决这一问题呢。笔者的观点是,李益虽然被授予此职,但他并未赴任,而是选择了入幕边塞,理由如下:

1. 从《李益墓志》本身来看,撰写者的叙述方式有李益做这种选择的可能。

崔郾于李益任河南府参军和郑县主簿时的作为都颇有赞誉,并作以具体的叙说和称扬,但在其任渭南县尉一职时未有任何评价,反而称扬李益在制科考试中的良好表现——"考天官科选之务,弘圣代得人之盛,问望休洽",并自然引起"弓旌屡招"的叙述。试想,如果李益真的赴任,即便没有什么具体的作为,说几句客套的评价也是应有之义的。

2. 从李益本身的性格和出身来说有做这种选择的动机。

《从军诗序》说他的边塞诗"率皆出于慷慨意气,武毅犷厉。本其凉国,则世将之后,乃西州之遗民欤?"李益性格刚毅,有武人之风,他的边塞诗中时常流露出来的雄迈豪放、开朗自信的格调和他身处安史之乱后的大时代背景明显不符。所以后世诗评家一方面说他的边塞诗有类盛唐,另一方面又独具眼光地指出这是"气质"使然。② 而且,从他的家世来说,据《李益墓志》可知,其为"陇西狄道人,凉武昭王十二代孙",凉武昭王指的就是谥号武昭王,私署凉王的李暠。在李暠之前,李氏家族曾经出现过名扬塞外,被匈奴人称为"飞将军"的李广、曾和几倍于自己的匈奴人勇敢交战的李陵等人物。李暠之子李歆也曾经"大破沮渠蒙逊

---

① 见于《册府元龟》,《登科记考》卷一一,大历十四年条下亦引。《登科记考》卷一一,第 399 页。

② 许学夷《诗源辩体》中曰:"李益、权德舆在大历之后,而其诗气格有类盛唐者,乃是其气质不同,非有意复古也。"《诗源辩体》,第 238 页。

于鲜支涧，获七千余级"①，李暠的孙子李宝"骁勇善抚接"②。可以说，尚武精神已成为这个家族不可割离的文化基因潜藏在了他们的血液中。这也是颇令李益自许的地方，所以在他的诗中，我们会不时听到他对自己"关西将家子"③"身承汉飞将"④身份的认可与自豪之感。祖辈虽然曾经如此辉煌，但对于李益来说，他感受更多的却是家族日益的衰落甚至是故园的沦丧。在唐代宗广德元年（764）凉州陷于吐蕃，据《资治通鉴》载："（广德元年）吐蕃入大震关，陷兰、廓、河、鄯、洮、岷、秦、成、渭等州，尽取河西、陇右之地。……数年间，西北数十州相继沦没，自凤翔以西，邠州以北，皆为左衽矣。"⑤而凉州就属于陇右道的范围。所以，《从军诗序》中才将李益称为"西州之遗民"。李益诗中称"只将诗思入凉州"⑥，又云"仆本居陇上，陇水断人肠"⑦，诸句都体现了他对故土的依恋之情。而《送常曾侍御使西蕃寄题西川》一诗曰："凉王宫殿尽，羌没陇云西。今日闻君使，雄心逐鼓鼙。行当收汉垒，直可取蒲泥。旧国无由到，烦君下马题。"⑧展现了他对故土的怀念以及渴望收复故土的愿望，是典型的遗民心态的表达，而要实现自己的夙愿无疑是要通过从军边塞才有可能。

3. 从李益仕途的具体情况来看他有做这一选择的需要。

对于李益本身来说，性格和身世中虽然已经潜藏了要从军边塞、"功名只向马上取"⑨的因素，但要真正付诸实践必然也需要考虑诸多的因素。尤其是在当时局部争端不断的情况下，从军边塞毕竟有许多不可预料、不可控制的因素，显然不如科举入仕来得安稳、保险。而从李益那份亮眼的考试成绩单来说，他也确实具有走后一条道路的能力。但显然，李益那"坎壈当世"的仕途似乎冥冥中已经注定这位"关西将家子"还是

---

① （北齐）魏收：《魏书》卷九九《私署凉王李暠传》，中华书局1974年版，第2202页。
② （北齐）魏收：《魏书》卷三九《李宝传》，中华书局1974年版，第885页。
③ （唐）李益：《边思》，《李益诗注》，第110页。
④ （唐）李益：《赴邠宁留别》，《李益诗注》，第72页。
⑤ 《资治通鉴》卷二二三，第7146—7147页。
⑥ （唐）李益：《边思》，《李益诗注》，第110页。
⑦ （唐）李益：《从军有苦乐行》，《李益诗注》，第1页。
⑧ 同上书，第60页。
⑨ （唐）岑参：《送李副使赴碛西官军》，（唐）岑参：《岑参集校注》，陈铁民、侯忠义校注，上海古籍出版社2004年版，第122页。

最终选择了从军边塞之路。

　　李益也算少年得志，第一次参加科举考试就进士登第并联中超绝科。在接下来的制科考试中又因词藻清丽，入第三等，并被授予河南府参军。在该任上颇有作为的李益内心一定对自己充满了信心和希望，但没料到在任满之后只是被转为华州郑县主簿，这是满腹才华的李益无法接受的，所以此时期的李益心情非常苦闷。据《元和郡县志》卷二《关内道二·华州》载，华州治下有三县：郑县、华阴县、下邽县，其中"少华山，在（郑）县东南十里""太华山，在（华阴）县南八里"。① 少华山、太华山都是华州境内名山，后者更是五岳之一的西岳华山。查阅李益诗集，会发现该时期的作品大多是其入华山寻仙访道吟赏美景之作，其中充满了身居官场而困顿失意的无奈和愤激。如《华山南庙》中的"自古害忠良，神其辅宗祐"② 抒发对忠良被害的愤慨，虽为怀古但其中很难说没有对现实的影射；《罢秩后入华山采茯苓逢道者》亦云"委绶来名山，观奇恣所停。……何事逐豪游，饮啄以膻腥。……乃悲世上人，求醒终不醒"③，抒发对世人沉醉物欲而失去清净之心的感慨，而这种感慨与其说是感叹世人不如说是对入仕途中自我心理的描摹；《入华山访隐者经仙人石坛》中的"三考西岳下，官曹少休沐。久负青山诺，今还获所欲。……何必若蜉蝣，然后为局促。鄙哉宦游子，身志俱降辱"④ 所展现出的沉沦下僚之时的拘束、困顿、失落、屈辱是那样的强烈。这种失意的心态愈到后期愈加强烈。大历十四年末，在他集选期间适逢德宗皇帝于次年元月在含元殿宣布改元建中，并在郊祭天地后亲临丹凤门宣布大赦。面对这一朝廷的盛事，李益作《大礼毕皇帝御丹凤门改元建中大赦》，对皇帝的歌功颂德本是这类题目中的应有之义或者说全部意义之所在，但失意的李益在诗中竟然忍不住发起了牢骚："小臣欲上封禅表，久而未就归文园。"⑤ 可见此时的他对自己的仕宦状态是多么的不满。《从军诗序》中说他的边塞诗是其"坎壈当世，发愤之所致也"，确实如此。而且，李益强烈的失意还来源

---

　　① （唐）李吉甫：《元和郡县图志》卷二《关内道二》，贺次君点校，中华书局1983年版，第34、35页。
　　② 《李益诗注》，第18页。
　　③ 同上书，第30—31页。
　　④ 同上书，第23页。
　　⑤ 《李益诗注》，第49页。

于和自己同辈的比较，据《旧唐书·李益传》载："以是久之不调，而流辈皆居显位"①，《新唐书·李益传》载："同辈行稍稍进显，益独不调，郁郁去"②，《唐才子传》中亦曰："同辈行稍进达，益久不升，郁郁去游燕、赵间。"③ 虽然新旧《唐书》将其"久（独）不调"的原因归结于性格上防忌妻妾过于苛严的妒痴问题，但和同辈人相比的强烈失落感毕竟是不可否认的事实。

4. 从唐史的记载来说，类似李益这种选择的情况并不是孤例，在其同时、之后也有同例。

就在同一年，也就是大历十四年，当时担任鄠县县令的韦应物被任命为栎阳令，而他的选择和李益如此类似，未去赴任，而是以疾辞归于善福精舍。这一选择通过其《谢栎阳令归西郊赠别诸友生》诗中自注明确标示了出来："大历十四年六月二十三日自鄠县制除栎阳令，以疾辞归善福精舍。七月二十日赋此诗。"④ 而近两年后，韦应物在其《始除尚书郎别善福精舍》题下注曰："建中二年四月十九日，自前栎阳令除尚书比部员外郎。"⑤ 可见韦应物虽未赴任栎阳令，但也将其当作自己仕宦中的一个履历。此种作为亦是唐人惯例。另外，据《新唐书·李绅传》载："元和初，（李绅）擢进士第，补国子助教，不乐，辄去。客金陵，李锜爱其才，辟掌书记"⑥，《旧唐书·卢携传》载："携，大中九年进士擢第，授集贤校理，出佐使府"⑦，上述材料均是十分有力的证据。可见，唐朝官员中确实存在于地方或朝廷任职未满而入幕府的情况，而李益弃官入幕的选择也就很有可能了。

另外，考虑中唐时期的社会背景，当时幕府对于文人来说相对条件比较优厚，李益因为"弓旌屡招"而做出这样一个决定也有其外在的诱因。他之前已经三中制科，且为官之时颇有作为，所以也有了一定的声名，可能就是在这次集选的过程中得到了边塞长官的青睐，所以有"弓旌屡招"

---

① 《旧唐书》卷一三七，第 3771 页。
② 《新唐书》卷二三〇《文艺下》，第 5785 页。
③ 傅璇琮主编：《唐才子传校笺》（二），中华书局 1989 年版，第 93 页。
④ 《韦应物集校注》卷四，第 251 页。
⑤ 同上书，第 254 页。
⑥ 《新唐书》卷一八一，第 5347 页。
⑦ 《旧唐书》卷一七八，第 4638 页。

之事。上文曾经提及的韦应物在《送李侍御益赴幽州幕》中的称赞也形象地说明了这一情况的真实性。①

由此，我们可以得出这样的一个结论：学识丰富、颇富文采的李益在大历时期一直沉沦下僚，三授河南府参军、华州郑县主簿、渭南县尉之"末秩"，特殊的时代、家世、性格使他最终作出了自己的抉择，从建中元年开始就踏上了长达二十余年的从军边塞之路。李益在这个过程中的艰辛也许不足为外人道，但千百年来，他之所以始终出现在人们的视野当中很大程度上却来自他在这段时期所创作的边塞诗歌。因此，从文学史的角度来说，一直以来将李益视为大历诗人的观点显然就要大打折扣了，将他纳入德宗朝诗人的考察范围显然更恰当一些。而且，李益因为在诗歌方面的创造力和影响力，在宪宗继位伊始便得到了召用。李益进入朝廷中央后，得到皇帝亲眷，仕途上一路畅通。但伴随着生活状况的优渥而来的却是创作高潮的衰落，所创作的作品大多以应制的唱和或者官场的往来应酬为主。所以，如果以创作的主要时代与成就的高低及影响来划分作家的时代属性的话，李益被划归到贞元似乎更符合事实。

既然李益首次入塞的时间已经得到了确认，因此可以判定，李益集中所有和从军入幕、异域风情、征人思妇等边塞生活有关的作品从时间上而言均为德宗朝所作，是他"五在兵间"的边塞入幕生涯的结晶。关于李益五次入幕的具体时间和幕主情况，前辈学者已经进行了非常深入的探讨，极具参考价值，因此，本书不再作过多的阐述。李益五次入幕的具体时间和地点本书主要取卞孝萱先生在《中国历代著名文学家评传·李益》中的相关观点。

可以说，边塞诗是李益作品中最有特色，也是最成功的一类。历代学者都对这类作品给予过很高的赞誉，甚至认为他的个别作品可以和王昌龄的创作相媲美。虽然这类作品在流传的过程中多有散佚，但据笔者统计，他的边塞之作仍现存50余首，占其全部诗作的近1/3。其中涉及边塞题材的多个方面，诸如塞上的风景民情、征人的辛甘苦辣，自我的复杂情感如遗民心态、对战争的厌恶、对和平的祈盼等。这其中既有对盛唐传统边塞主题的继承，也有作者的开拓和发展，在下文中将会结合德宗朝的其他

---

① 韦应物评价其"二十挥篇翰，三十穷典坟。辟书五府至，名为四海闻"。《韦应物集校注》卷四，第260页。

边塞作品具体进行论述。

第二节 卢纶

　　除李益外，卢纶的边塞诗创作也是贞元诗歌的重要组成部分。卢纶作为"大历十才子"的成员之一，似乎和贞元诗坛没有什么关系，但如果实际考察卢纶的生平遭际，其实可以清晰地发现卢纶作为贞元诗坛，尤其是贞元边塞诗创作主体的合理性。

　　卢纶出生于唐玄宗天宝七载，大历初年来京城应举，但几次都以落第而告终。后来，他和十才子的其他成员一样交结权贵，并最终以自己的文才得到了时任宰相的元载、王缙的提携。他开始陆续担任诸县县令的职位，并终于在大历九年进入中央，担任监察御史的职位。但所谓"成也萧何，败也萧何"，在大历十二年，元载、王缙二人一死一贬的遭际也影响到了卢纶的仕途，他也因此被拘系。虽然事件很快就得到了昭雪，但卢纶已然失去了他的官位，在德宗建中年间不得不流落京师，担任一些微官。适逢建中四年的泾原兵变，朱泚之乱，长安失守，浑瑊因平乱有功，被封为咸宁郡王，镇守河中一带。卢纶被征辟为元帅判官随之镇守河中，由此开始了他长达十余年的军幕生活。大概在贞元十四年前后，卢纶奉使入朝，经过母舅韦渠牟的推荐，得到德宗皇帝的赏识而超拜户部郎中，大约在贞元十五年，未及拜官即卒。[①]

　　由上述内容可知，卢纶有长期幕府征战生活的经历，对于当时的军事情况有直观的体认，而这也是他创作边塞征战诗歌的重要基础和直接来源。值得重视的是，这一经历发生的时间完全是在德宗贞元年间，那么又有什么理由不把卢纶纳入贞元边塞诗人的行列呢？不过遗憾的是，尽管卢纶有十余年的入幕经历，但他边塞诗的创作并不繁荣，据笔者统计，大概现存有14题19首，占其全部作品总数的不到十分之一。但即便如此，处于新的时代背景和特殊生活环境中的诗人，还是写出了自己在面对这一特定题材时的思考和见解，展现出诗坛风气转变的某些特质。而且，这些诗

[①] 本书对于卢纶生平的简要梳理主要参考了《旧唐书》卷一六三，第4268—4269页；《新唐书》卷二三〇《文艺下》，第5785页；傅璇琮主编：《唐才子传校笺》（二），中华书局1989年版，第1—12页；蒋寅：《大历诗人研究》，北京大学出版社2007年版，第234—239，692—694页。

歌经过历史的检验，也逐渐得到了当时主流社会的认可：在令狐楚编纂的《御览诗》中，共选其边塞诗9首，占其所收总诗32首的近三分之一，其代表作《塞下曲》6首亦是全部收入。

第三节　德宗朝其他诗人

毋庸置疑的是，盛唐乃唐朝边塞诗发展的高峰，我们现在耳熟能详的边塞作品绝大多数都创作于该时期。不过需要注意的是，作为边塞诗歌由盛转衰的关节点，德宗朝的边塞诗创作尤其值得重视。不仅上文提到的李益、卢纶都有颇具特色的边塞诗作，在这一时期，还有其他很多作家就这一题材创作了相关的作品。

如果说李益、卢纶因为从大历进入贞元的身份而成为德宗朝早期边塞诗的代表性作家，那么张籍、王建作为由贞元进入元和的诗人则集中代表了德宗中后期边塞诗的成就。出生于唐代宗大历元年（766）的张籍、王建最初都曾北上河北求学于"鹊山漳水"①一带，因此对于在安史之乱后日益失去控制的河北诸地有了进一步的了解。之后两人为了入仕或者生存，分别有过入幕和漫游的经历。王建在贞元后期曾入幽州节度使刘济幕，张籍亦曾于贞元十年、十一年间北游蓟北一带。在这一过程中，他们有感于西部和北部边塞的状况分别创作了大量的作品。如王建有《渡辽水》《辽东行》《远征归》《饮马长城窟》《凉州行》《垄头水》等诗，张籍有《征妇怨》《别离曲》《关山月》《陇头行》《渔阳将》《西州》《出塞》等19篇诗（与之形成对比的是他在元和时期同类题材仅有《凉州词》三首②）。这些也都是德宗朝边塞诗的重要组成部分。

除此之外，在贞元十四年进士及第的吕温在贞元二十年（804）曾随张荐出使吐蕃③，永贞元年（805）方回朝任职。在吕温滞留吐蕃近一年的时间里，他写下了大量的作品，亦可归入贞元时期边塞诗的创作范畴。

---

　　①　（唐）张籍：《逢王建有赠》，《张籍集系年校注》卷四，第479页。
　　②　张籍边塞诗的创作时间据《张籍集系年校注》一书统计。
　　③　《旧唐书》卷一三七，《新唐书》卷一六〇有传。《旧唐书》本传中载："二十年冬，副工部侍郎张荐为入吐蕃使……明年，德宗晏驾，顺宗即位，张荐卒于青海，吐蕃以中国丧祸，留温经年。"《旧唐书》，第3769页。吕温《祭陆给事文》中述及自蕃中归还的时间在永贞元年十月。

具体包括：《吐蕃别馆和周十一郎中杨七录事望白水山作》《青海西寄窦三端公》《蕃中拘留岁余回至陇石先寄城中亲故》《吐蕃别馆卧病寄朝中诸友》《吐蕃别馆中和日寄朝中僚旧》《吐蕃别馆月夜》《题河州赤岸桥》《吐蕃别馆送杨七录事先归》《临洮送袁七书记归朝（时袁生作僧，蕃人呼为袁师）》《蕃中答退浑词二首（退浑种落尽在，而为吐蕃所鞭挞。有译者诉请于予，故以此答之）》[①] 10题11首。其中述及了西域风光、西域民情、使臣心态（思亲念友、仕途不顺），甚至涉及了唐代边塞诗歌中不多见的遗民心态、少数民族内部矛盾和斗争的相关内容。

除了上述诗人较为集中的边塞题材创作之外，顾况的《从军行二首》《塞上曲》，皎然的《从军行五首》《陇头水二首》《塞下曲二首》，于鹄的《塞上曲（一作出塞曲）》，杨凭的《边情》，杨凝的《从军行》《送客往鄜州》《送客往夏州》，李约的《从军行三首》，权德舆的《赠老将》，孟郊的《杀气不在边》，薛涛的《罚赴边有怀上韦相公》，杨衡的《征人》《边思》，宋济的《塞上闻笛（一作和王七度玉门关上吹笛）》，欧阳詹的《塞上行》《送张骠骑邠宁行营》诸作，或是有感于当时的边塞时事，或是他们入幕或漫游后在军中边塞的亲见亲闻[②]，这些都是我们认识评价德宗朝边塞诗歌的重要依据。

到了元和时代，虽然有杨巨源、元稹、白居易等人继续进行边塞诗的创作，但数量已是不多。该题材在此之后便逐渐消歇、衰落，成为唐代边塞诗在出现、极盛之后的流响和余波而已。因此，贞元边塞诗歌既是盛唐边塞诗的继续发展，又可作为唐代边塞诗在终结之前的最后一次繁荣，尤其它又处在盛中唐之交的历史背景下，故大有研究的价值。

---

① 均见于《全唐诗》卷370—371。
② 如李约贞元十五年后尝佐浙西观察使李琦幕，于鹄从兴元元年至贞元十四年一直奔走于各幕府。参见陈贻焮《增订注释全唐诗》的作家小传内容。陈贻焮主编：《增订注释全唐诗》（第二册），文化艺术出版社2001年版，第1105、1106页。杨衡曾于贞元七年，入桂管观察使齐映幕。《增订注释全唐诗》（第三册），第701页。

第 二 章

德宗朝边塞诗的新变

　　边塞诗的产生和唐帝国与边境政权的关系有着极为紧密的联系。作为不同的政权主体，唐朝政府和周边少数民族政权（主要是北方和西北方游牧民族）都会为了自己国家、民族利益的最大化而选择或和或战的相处方式。在和平相处的时期，双方人员往来频繁，不仅进行商品的互换，同时也会伴随着文化的交流。但是，作为不同的政权力量，在实现自我国家利益的时候必不可少的会产生一些摩擦和争端，并由此而导致边塞的征战。此时，双方力量的对比往往就会成为唐代边塞战争胜败的关键。而作为反映边塞境况和局势的边塞诗，其格调自然也会受边塞战争成败得失的直接影响。这显然是边塞诗格调形成的一个背景和前提，自然也是边塞诗变化的渊源所在。在德宗朝，一些文人因为特定的际遇和原因而踏入了边塞幕府，以此经历为基础，他们创作了或多或少的边塞诗歌。虽然这些作品的数量和质量似乎都无法和盛唐边塞诗的名家、大家们相提并论，但所谓"时运交移，质文代变"，时风、士风的变化不能不影响边塞诗的发展。如若对这些作品深入挖掘，就会发现其中潜藏了一些新的内容和风貌。

第一节　内容上的新变

　　随着时代的变化，德宗朝的边塞诗人在创作视角上与初盛唐诗人相比，他们关注的焦点更加宽广，感情更加复杂，对现实的关注也更加深邃。具体而言，对于家国之恨、遗民心态、收复失地的诉说与渴望成为德宗朝边塞诗歌新的特质。

　　在初盛唐时期，稳定的政治、繁荣的经济带来的是国家实力的日益增强。唐王朝在一系列对外战争中不断取得胜利，甚至一度促使东北边境解除了边患的威胁，西域各国也因此纷纷内附，国威远扬。作为和综合国力有着直接联系的边塞诗，此时所表现的焦点就是对边塞奇丽风光的吟诵、对军容军威的陈述、对杀敌胜利的描写。即便其中亦有对恶劣的环境、士卒的思乡厌战、苦乐不均、战争的残酷等其他侧面的描写，但因为当时整个民族呈现出乐观昂扬的精神面貌，所以在初盛唐的边塞诗中也洋溢着积极向上的情调。于沙场建功立业的抱负与豪情充溢于诗人们的心胸，即所谓的"以身许国，我则当仁；论道匡君，子思报国"[1]。而当他们以这样的面貌和心胸去描绘边塞之时，原本苦寒的边塞生活、生死系于一线的战争、远离家乡的愁苦似乎都在这样的精神状态下得到了消解，给人一种即便痛苦依然豪迈，即便不满依然奋进的感觉。就像王昌龄的"黄沙百战穿金甲，不破楼兰终不还"[2]中虽然呈现出了苦与乐、艰辛与豪迈、困苦与激情的不同情态，但这两种看似矛盾的情态，实则又统一于诗人建功立业的慷慨豪情当中。事实上，这种精神状态在初盛唐边塞诗中是极为典型和普遍的。因此，边塞诗人们在寻找诗歌素材时，往往也会戴着自己在这种心态驱使下造就的"有色眼镜"，而把关注的焦点更多地集中在诸如大漠的孤烟、长河的落日，浩瀚的沙漠、八月的飞雪、肆虐的狂风等奇丽的边塞风光。所以，在他们的诗中，我们看到的或者是威武雄壮，气吞宇宙的军队——"丈夫鹊印摇边月，大将龙旗掣海云"[3]——边塞的月亮、瀚海的流云仿佛随着前进中的军队而摇动、牵引；或者是"连营去去无穷极，拥旆遥遥过绝国"[4]——绵延无尽的营垒，连绵不绝的旌旗如铺天盖地一般出现在边关，如此强大的军队又有谁可以触其锋芒；或者是胜利克敌的喜悦——"日落辕门鼓角鸣，千群面缚出蕃城"[5]等，整体上给人一种昂扬奋发的感觉。

安史之乱虽然在广德元年就已经平息，但它所带来的对于唐帝国的内

---

[1]（唐）陈子昂：《登蓟城西北楼送崔著作融入都》序，（唐）陈子昂：《陈子昂集》，徐鹏校，中华书局1960年版，第41页。

[2]（唐）王昌龄：《从军行》，《全唐诗》卷一四三，第1444页。

[3]（唐）岑参：《献封大夫破播仙凯歌六章》，（唐）岑参：《岑参集校注》，陈铁民、侯忠义校注，陈铁民修订，上海古籍出版社2004年版，第183—184页。

[4]（唐）骆宾王：《从军中行路难二首》其二，《全唐诗》卷七七，第833页。

[5]（唐）岑参：《献封大夫破播仙凯歌六章》，《岑参集校注》卷二，第184页。

政、外交上的影响却没有因此而结束，整个国家的国力从根本上受到了动摇。孟子所谓"国必自伐，而后人伐之"①，确实如此。陆贽在贞元九年曾明确论及当时边塞之况："国家自禄山构乱，肃宗中兴，撤边备以靖中邦，借外威以宁内难。于是吐蕃乘衅，吞噬无厌；回纥矜功，冯陵亦甚。中国不遑振旅，四十余年。使伤耗遗甿，竭力蚕织，西输贿币，北偿马资，尚不足塞其烦言，满其骄志。复又远征士马，列戍疆陲，犹不能遏其奔冲，止其侵侮。小入则驱略黎庶，深入则震惊邦畿。"②可见当时中原与吐蕃等国的力量和盛唐时期相比已经发生了显著的变化。吕思勉先生提到安史之乱前后边塞力量的变化时做了这样的描述："唐开、天时，兵力实以西北边为最厚。朔方、河西、陇右而外，安西、北庭，亦置节度；又有受降城、单于都护庭，为之藩卫。大军万人，小军千人，烽戍逻卒，万里相继。用能北捍回纥，西制吐蕃。及安、史难作，尽征河、陇、朔方之兵，入靖国难，而形势一变矣。吐蕃乘之，尽陷河西、陇右之地。"③一方面，国内藩镇割据的格局及其与中央的抗衡大大削弱和牵制了唐王朝在边塞上的力量，另一方面，异邦的力量在当时却日益强大。到了德宗时代，作为唐王朝在西北边境的劲敌吐蕃，逐渐成为当时边境安全的主要威胁："外患之亟，莫如吐蕃。"④他们不但屡屡惊扰京师，甚至一度攻陷唐境领土⑤，大批民众由此沦落异域，在异族的统治下过着痛苦的生活。国土的沦丧和外族的入侵所带来的苦难使诗人们充满义愤，他们往往会借由诗歌的形式表达他们报国的豪情和同仇敌忾的决心。

作为陇西狄道人的李益，他的故土就处在被吐蕃侵占的范围当中。所以，李益诗歌中所表现出的昂扬与悲愤之态和他自身的身世之感有着直接的关系。作为"关西将家子"⑥的诗人遇到了"旧国无由到"⑦的现实，

---

① 杨伯峻：《孟子译注》卷七，中华书局1960年版，第170页。
② （唐）陆贽：《论缘边守备事宜状》，（唐）陆贽：《陆贽集》，王素点校，中华书局2006年版，第609—611页。
③ 吕思勉：《隋唐五代史》（上），中华书局1959年版，第239页。
④ 同上书，第307页。
⑤ 建中二年，沙洲（今敦煌）失陷，贞元七年，西州又被攻陷。河陇诸州及安西、北庭辖地皆为吐蕃所吞并，自此，唐失掉对西域的控制。参见马大正《公元650—820年唐蕃关系述论》，《民族研究》1989年第6期，第73页。
⑥ （唐）李益：《边思》，《李益诗注》，第110页。
⑦ （唐）李益：《送常曾侍御使西蕃寄题西川》，《李益诗注》，第60页。

难免在诗中生发出驱除外敌、恢复故土的渴望与意志。这样的情思在其《从军有苦乐行（时从司空鱼公北征）》①一诗中有典型的体现："仆本居陇上，陇水断人肠。东过秦宫路，宫路入咸阳"的亲身经历，读来让人颇觉沉痛。年少的诗人本安居于家乡陇上，但因为吐蕃的占领却不得不流落咸阳。坎壈于世的生活和故园的沦落让他最终选择了"从军至朔方"。虽然"边地多阴风，草木自凄凉"，"剑文夜如水，马汗冻成霜"，生活环境是如此的苦寒、恶劣，甚至在战争中免不了"瞋眦死路傍"的结局，但为了保卫家园，"北逐驱猃狁，西临复旧疆"，早日够驱赶敌人，恢复故土，实现自己的壮志和渴求，个人的生死又何足道呢！对于李益来说，他的边塞诗中所充溢的对于国家前途命运的忧虑和关注，实际上和他自己的切肤之痛密不可分。诗人家国之情的水乳交融让他的边塞诗有了更为动人的力量！这一点在《从军夜次六胡北饮马磨剑石为祝殇辞》《登夏州城观送行人赋得六州胡儿歌》中都有典型的体现。

吐蕃对于占领地的劫掠与统治都是非常野蛮的。如《资治通鉴》贞元三年条载："戊申，吐蕃帅羌、浑之众寇陇州，连营数十里，京城震恐。……丁巳，吐蕃大掠汧阳、吴山、华亭，老弱者杀之，或断手凿目，弃之而去；驱丁壮万余悉送安化峡西，将分隶羌、浑，乃告之曰：'听尔东向哭辞乡国！'众大哭，赴崖谷死伤者千余人。"②在异域统治下百姓的生存状态由此可见一斑！吐蕃统治者有鉴于唐王朝因为任用胡将而导致战乱的事实，认为中原百姓"非我族类，其心必异"，所以对于沦陷区的士庶全部以奴婢待之，极为苛酷，沦陷区的人民由此亦是渴望唐军能够早日收复失地。当他们中间有人能有机会回到故国之时，往往"皆毛裘蓬首，窥觑墙隙，或捶心隐泣，或东向拜舞。及密通章疏，言蕃之虚实，望王师之至若岁焉"③。这样的渴盼在吕温的《题河州赤岸桥》中有典型的描写：

  左南桥上见河州，遗老相依赤岸头。匝塞歌钟受恩者，谁怜被发哭东流。④

---

① （唐）李益：《从军有苦乐行》，《李益诗注》，第1页。
② 《资治通鉴》卷二三三，第7501页。
③ （元）胡三省：《资治通鉴考异》，建中元年条引《建中实录》，上海古籍出版社1987年版，第1550页。
④ 《全唐诗》卷三七一，第4166页。

河州"治所在枹罕（今甘肃临夏东北）"①，亦在吐蕃占领的范围中。在赤岸桥头，遗民们以歌声传达自己的心志与渴盼，希望边关的将领们能够听到自己的悲鸣和渴盼，能够看到他们思念故国的眼泪，能够怜惜他们痛楚的境遇，早日解救他们于水火之中。

更为可贵的是，诗人们似乎也已经意识到早日收复失地对于遗民心理的重要性。如张籍的《陇头行》中写道：

陇头路断人不行，胡骑已入凉州城。汉兵处处格斗死，一朝尽没陇西地。驱我边人胡中去，散放牛羊食禾黍。去年中国养子孙，今著毡裘学胡语。谁能更使李轻车，收取凉州入汉家！②

白居易笔下的《缚戎人》自述其经历时说：

自云乡管本凉原，大历年中没落蕃。一落蕃中四十载，遣著皮裘系毛带。唯许正朝服汉仪③，敛衣擎巾潜泪垂。④

不同的民族必然有着不同的文化，领土的征服下往往还会伴随着文化的征服。这些遗民不能穿戴汉族的衣冠，而被迫穿毡裘、说胡语，正是被迫去熟悉、掌握胡地文化、胡地语言。如果不趁热打铁，于人心思唐的时候及早让边民回归中原的话，那么一旦他们甚至他们的子孙熟悉和认可了西域吐蕃文化的话，到时失去的就不仅仅只是领土，还有最重要的人心了。就像胡三省在读《资治通鉴》中边民思归的情节时所发的感慨一样："君子曰，惜乎，人心之可乘也。若逾代之后，斯人既没，后生安于所习，难乎哉！"⑤

当然，这种文化的影响是双向的，尤其从较为普遍的规律来说，往往

---

① 《增订注释全唐诗》（第二册），第1735页。
② （唐）张籍：《陇头行》，《张籍集系年校注》卷七，第803页。
③ （唐）元稹：《和李校书新题乐府十二首·缚戎人》诗中有自注云："蕃法惟正岁一日，许唐人没蕃者服衣冠。"《元稹集》卷二四，第333页。
④ （唐）白居易：《缚戎人》，此诗具体的创作时间是为元和初年，但其中反映的事情亦在贞元时期，所以，文中把此诗作为贞元诗歌的考察范围。《白居易诗集校注》卷三，第351页。
⑤ （元）胡三省：《资治通鉴考异》，建中元年条引《建中实录》。上海古籍出版社1987年版，第1550页。

是落后的民族虽然会从武力上征服先进的民族，但却为先进民族的文化所征服。在当时的边塞诗中实际上也有中原文化影响少数民族的描写。如王建的《凉州行》就反映了凉州吐蕃受汉族生产生活方式影响的状况："蕃人旧日不耕犁，相学如今种禾黍。驱羊亦著锦为衣，为惜毡裘防斗时。"①这也是诗人有了切身的见闻后所写下的带有"诗史"性质的篇章。

随着吐蕃对河西陇右一带的侵占，唐王朝的军事部署也发生了相应的变化，其中最值得一提的就是"防秋兵"的出现。陇右地区因为在地域上与京都所在的关中接壤，唇齿相依，对唐王朝军事、政治的稳定有着重要的影响。河湟的失陷，就让大唐的西南内陆地区彻底暴露于敌人的面前。为了防控危险局面的出现，唐王朝大量从河南、江淮诸镇调兵到边境布防。可能因为吐蕃多在秋高马肥的季节进攻唐朝边境，故称之为防秋。在《旧唐书·陆贽传》中就对这一状况有所记载："以河陇陷蕃已来，西北边常以重兵守备，谓之防秋，皆河南、江淮诸镇之军也，更番往来，疲于戍役。"②同书的《代宗本纪》中亦记载了当时诸道为了防秋应派的具体人数。③德宗朝的边塞诗中也记载了这一历史事件。如李益就曾经亲身参与其中："腰悬锦带佩吴钩，走马曾防玉塞秋"④，张籍的《征西将》和《送防秋将》二诗则集中描绘了防秋将士艰苦的征战生活以及勇武之风：

> 黄沙北风起，半夜又翻营。战马雪中宿，探人冰上行。深山旗未展，阴碛鼓无声。几道征西将，同收碎叶城。——《征西将》⑤
> 白首征西将，犹能射戟支。元戎选部曲，军吏换旌旗。逐虏招降远，开边旧垒移。重收陇外地，应似汉家时。——《送防秋将》⑥

---

① （唐）王建：《王建诗集校注》，尹占华校注，巴蜀书社2006年版，第1页。本书以下所引王建诗歌如非特别标注均出自该书，以下只标书名卷页之数。
② 《旧唐书》卷一三九，第3804页。
③ 《旧唐书》载："每道岁有防秋兵马，其淮南四千人，浙西三千人，魏博四千人，昭义二千人，成德三千人，山南东道三千人，荆南二千人，湖南三千人，山南西道二千人，剑南西川三千人，东川二千人，鄂岳一千五百人，宣歙三千人，福建一千五百人。其岭南、浙东、浙西，亦合准例。恐路远往来增费，各委本道每年取当使诸色杂钱及回易利润、赃赎钱等，每人计二十贯。每道据合配防秋人数多少，都计钱数，市轻货送纳上都，以备和粜，仍以秋收送毕。"《旧唐书》卷十一，第305页。
④ （唐）李益：《边思》，《李益诗注》，第110页。
⑤ 《张籍集系年校注》卷二，第187页。
⑥ 同上书，第190页。

正因为这件事本身就和河陇一带的失陷有关,所以在两首诗中也表达了作者对及早收复陇西失地的渴望:"几道征西将,同收碎叶城""重收陇外地,应似汉家时"。

在边塞诗中表现恢复旧河山的渴望与沦陷区人民的遗民之痛,这是在初盛唐边塞诗中听不到的声音,看不到的画面,如今却活生生地出现在德宗朝边塞诗人的笔下,这不能不激起诗人们的义愤。这也让德宗初期的边塞诗歌带上了昂扬的气质:"为报如今都护雄,匈奴且莫下云中。请书塞北阴山石,愿比燕然车骑功"① 中洋溢的爱国激情,"伏波惟愿裹尸还,定远何需生入关"② 中流露出的乐观主义精神都非常强烈。且从贞元元年起,韦皋担任剑南西川节度使,镇蜀二十一年,可以说和贞元一代相始终,一定程度上保证了唐王朝西南边境的稳定;贞元三年后期李泌"北和回纥,南通云南,西结大食、天竺"③ 以孤立吐蕃的建议最终也得到了德宗的采纳,一定程度上为维持边关的稳定发挥了重要作用。这样的局面让诗人们多少能看到一些光明,诗人甚至发出"当今圣天子,不战四夷平"④ 的感慨,这样的自信情怀让我们看到了盛唐精神的回荡。

但高昂的精神无法从根本上改变唐王朝边塞实力渐弱的事实,在此时的边塞战场上,整体上败多胜少的战况还是代替了初盛唐时期胜多败少的局面。德宗时期在备边问题上也有许多显著的问题⑤,这就使得当时的边塞政治环境变得更加险恶,士卒的生存境遇与之前相比也更加的恶劣。这不能不影响当时边塞诗歌的视角和底色。因此,对战场局面日益困顿、国势日蹙的忧虑以及在此背景之下对士卒们精神痛苦的描绘、对战争的厌倦以及对民众苦难的揭露逐渐成为当时边塞诗歌的主要内容。边塞诗人们纵有满腔的抱负与热情也不得不在时代的阴影中黯然神伤。这就如同在吕温

---

① (唐)李益:《塞下曲四首》其四,《李益诗注》,第 106 页。
② (唐)李益:《塞下曲》,《李益诗注》,第 135 页。
③ 《资治通鉴》卷二三三,第 7502 页。
④ (唐)李益:《登长城(一题作塞下曲)》,《李益诗注》,第 4 页。
⑤ 陆贽曾经在贞元八年上书反映边疆粮食储备问题,贞元九年又上书奏论备边六失,具体为:"措置乖方,课责亏度,财匮于兵众,力分于将多,怨生于不均,机失于遥制。"(陆贽《论缘边守备事宜状》)(唐)陆贽:《陆贽集》卷一九,王素点校,中华书局 2006 年版,第 613 页。其中谈论的问题深谙时弊,切中肯綮,是对德宗时代边塞政策及缺失的绝好说明。具体情况可参见该文的具体内容。《资治通鉴》卷二三四"贞元八年、贞元九年"条;《旧唐书》卷一三九,第 3804—3816 页也均有相关记载。

的诗中虽然表现出了诗人对沦陷区百姓境遇的同情，但也只能是"暂驻单车空下泪，有心无力复何言！"① 当边地苦寒、戍卒乡愁、战争苦难等传统内容在这一时期的边塞诗中大量出现并逐渐成为边塞诗的主流时，德宗朝边塞诗歌的风格与前代相比也随之发生了变化。

第二节　风格上的新变

如果将初盛唐边塞诗比作一幅色彩明艳、五彩斑斓的图画的话，我们就会发现，即便在这幅图卷中不免有一些灰色、黑色，但在画面主体所呈现出的明丽格调中，这些暗淡的色调反而成了一种陪衬和点缀。晚唐边塞诗则恰恰相反，尽管偶尔会有一些亮丽的色彩，但却改变不了图画已经黯淡无光的主色调。作为中唐边塞诗重要组成部分的德宗朝诗歌实际上就承担了这样一种过渡的作用。在这一时期的诗歌中，明丽的主色调开始向暗淡的画面过渡。面对满目疮痍的现实和国势日蹙的背景，人们开始更加冷静的思考，初盛唐的浪漫主义色彩逐渐消退，对边塞现实的具体描摹成为边塞诗的主流。诗歌的风格亦随之由昂扬雄阔转向衰飒凄清，沉郁苍凉。

边塞诗作为一种"整体的、多层次的认识"② 系统，其题材的特殊性决定了诗歌内容和情感的丰富性、复杂性。其中的情感因素似乎大体可以划分为以下两种：一是向往从军边疆以保土卫边、建功立业，高扬报国之志的慷慨激越的歌唱，二是对边将骄奢黩武、滥施杀伐的批判以及对士卒生存状态的同情、对战争灾难的倾诉和谴责。前者带有积极浪漫主义的因素，而后者显然更倾向于现实性的描写。如果我们对唐代边塞诗歌有一个基本了解的话，就会发现，在初盛唐的边塞诗中，这两种倾向虽然一直贯穿其中，但显然前者更占主流。如陈子昂的"勿使燕然上，惟留汉将功"③，李白的"愿将腰下剑，直为斩楼兰"④，王维的"忘身辞凤阙，报

---

① （唐）吕温：《经河源军汉村作》，《全唐诗》卷三七一，第4166页。

② 胡大浚：《边塞诗之涵义与唐代边塞诗的繁荣》，西北师范学院学报编辑部等编：《唐代边塞诗研究论文选粹》，甘肃教育出版社1988年版，第45页。

③ （唐）陈子昂：《送魏大从军》，（唐）陈子昂：《陈子昂集》卷二，徐鹏校，中华书局1960年版，第31页。

④ （唐）李白：《塞下曲六首》其一，（清）王琦注：《李太白全集》卷五，中华书局2011年版，第248页。

国取龙庭"①，王昌龄的"封侯取一战，岂复念闺阁"②诸诗句所表现出的情调均是如此。即便是以写实著称的边塞诗人高适的诗中也不乏浪漫之气。在他的诗中，既有对将军面对紧急军情出征之时意气风发的叹赏——"传有沙场千万骑，昨日边庭羽书至。城头画角三四声，匣里宝刀昼夜鸣。意气能甘万里去，辛勤判作一年行"③，亦有对将军取胜之时的赞颂——"铁骑横行铁岭头，西看逻逤取封侯。青海只今将饮马，黄河不用更防秋"④，都体现出了诗人积极昂扬、乐观豪迈的浪漫主义精神。而且，即便在初盛唐边塞诗人的笔下亦涉及的对战争的反思、厌倦、士卒的思乡等情绪的描写，却会给人以"思念是那样热切，表达得那样明快，读来毫无沉重之感，因为这偶尔的边愁已被奔放、奋发的边塞生活冲得淡淡的"⑤。本应压抑的感情在昂扬的时代精神面前，反而会让读者产生一份单纯明朗的感觉。

其实，上述复杂的情思在德宗朝的边塞诗中亦是如此。后人之所以称扬李益的诗歌中不乏盛唐之音，实际上就是因为在李益的边塞诗中还保留着这种昂扬向上的气概，如李益的"幸应边书募，横戈会取名"⑥"平生报国愤，日夜角弓鸣"⑦等。除李益外，卢纶亦有《塞下曲》6首（又作《和张仆射塞下曲》）中表现边塞将士出征、战斗、庆功的豪迈场景：

独立扬新令，千营共一呼。——《塞下曲》其一
欲将轻骑逐，大雪满弓刀。——《塞下曲》其三
醉和金甲舞，雷鼓动山川。——《塞下曲》其四⑧

---

① （唐）王维：《送赵都督赴代州得青字》，（清）赵殿成笺注：《王右丞集笺注》卷八，上海古籍出版社1998年版，第142页。
② （唐）王昌龄：《变行路难》，《全唐诗》卷一四〇，第1420页。
③ （唐）高适：《送浑将军出塞》，《全唐诗》卷二一三，第2219页。
④ （唐）高适：《九曲词三首》其三，《全唐诗》卷二一四，第2242页。
⑤ （唐）王昌猷、周小立：《试论中唐边塞诗》，西北师范学院学报编辑部等编：《唐代边塞诗研究论文选粹》，甘肃教育出版社1988年版，第279页。
⑥ （唐）李益：《赴邠宁留别》，《李益诗注》，第72页。
⑦ （唐）李益：《送辽阳使还军》，《李益诗注》，第7页。
⑧ 《全唐诗》卷二七八，第3153页。

在这些诗句中，我们看到了诗人和将士们昂扬的士气，给人的感觉似乎盛世依旧。但综观当时的历史环境，德宗朝的时世毕竟已经和初盛唐时期有了很大的区别。曾经在盛唐诗中频繁出现的冲锋陷阵、生擒敌魁的胜利场面更多让位于"万里无人收白骨，家家城下招魂葬"[1] 这种节节败退，将士阵亡的情景。这也就使得德宗朝的边塞诗即便会偶尔闪现上述激昂的音符，浪漫的色调，但也改变不了当时边塞诗整个曲调的日益低沉和对现实的无奈描摹。

具体而言，边塞景色、边塞生活作为唐代边塞诗歌的常见主题在德宗朝诗人的笔下已经有了不一样的描绘。边塞风物作为边塞生活的具体环境一直是边塞诗的重要表现部分，初盛唐早期诗人也会写边塞的酷寒、狂风，但他们"虽然有边塞生活的亲身体验，但却没有写出细腻的边塞风物，而是以一种高度概括的大场景来表达初盛唐之际的边塞情结"[2]。在德宗朝边塞诗人的笔下，边塞风光、边塞生活有了更为具体、细致、写实性的描绘。如卢纶的"衔杯吹急管，满眼起风砂。大漠山沉雪，长城草发花"[3] 之句，虽然大漠风沙依旧，但除此之外，读者还看到了长城边的草和花，在这样的对比中，边塞的苍茫与衰飒有机地融合到了一起。另如李益《度破讷沙二首》其一中的"眼见风来沙旋移，终年不省草生时"，"破讷沙头雁正飞，鸊鹈泉上战初归。平明日出东南地，满碛寒光生铁衣"[4]，则描绘出了破讷沙一带独特的风光：大风卷地，风沙弥漫，春色难到的背景下却有大雁展翅，泉水淙淙，战士们在朝阳的照耀下又开始了一天的劳作，景色极具写实性，让人有触目所见之感。张籍的《征西将》中曰："黄沙北风起，半夜又翻营。战马雪中宿，探人冰上行。深山旗未展，阴碛鼓无声。几道征西将，同收碎叶城。"[5] 清代李怀民在评价前四句时说："一读便如亲到其地，其情事气味皆是也。"[6] 之所以会产生这样的阅读效果，就是缘于诗中表现出了边塞生活的真实性和准确性。李怀民

---

[1] （唐）张籍：《征妇怨》，《张籍集系年校注》卷二，第 187 页。
[2] （唐）木斋：《论初盛唐边塞诗的演进和类型》，薛天纬、朱玉麒主编：《中国文学与地域风情》，学苑出版社 2005 年版，第 88 页。
[3] （唐）卢纶：《送刘判官赴丰州（一作赴天德军）》，《全唐诗》卷二七六，第 3136 页。
[4] 《李益诗注》，第 100 页。
[5] 《张籍集系年校注》卷二，第 187 页。
[6] 《张籍集系年校注》卷二引，第 189 页。

在评价五六句时则曰"惨淡",敏锐地察觉出了酷寒带来的不仅仅是"旗未展""鼓无声",更是传达出了士气的低迷和凄清。卢纶的《腊日观咸宁王部曲婆勒擒豹歌》则记述了咸宁王浑瑊狩猎遇豹、勇士领命的经过:"山头瞳瞳日将出,山下猎围照初日。前林有兽未识名,将军促骑无人声,潜形跧伏草不动,双雕旋转群鸦鸣。阴方质子才三十,译语受词蕃语揖",尤其细致地描绘了将军的部下白婆勒徒手擒豹的经过,生动刻画出了白婆勒的勇武之风:"舍鞍解甲疾如风,人忽虎蹲兽人立。欻然扼颡批其颐,爪牙委地涎淋漓。既苏复吼拗仍怒,果协英谋生致之。"①整首诗以叙事为主,以写实的手法展现了边塞生活的一个侧面。

面对战争中不可避免的伤亡,国势的日蹙让人们对于战场的结果有了更为悲观的意识:"汉家天子平四夷,护羌都尉裹尸归。念君此行为死别,对君裁缝泉下衣"②,"来时父母知隔生,重著衣裳如送死"③,现实的苦难和沉重让他们不免悲观绝望,深切意识到死亡的可怕和迫近。尤其是对于那些被留在后方的思妇们来说,士卒的死亡带来的灾难就更加深重,所以,她们发出"愿身莫著裹尸归,愿妾不死长送衣"④,"妇人依倚子与夫,同居贫贱心亦舒。夫死战场子在腹,妾身虽存如昼烛"⑤,均明确表达了对马革裹尸结局的反对。此时此刻,我们再也听不到如"孰知不向边廷苦,纵死犹闻侠骨香"⑥般的书生意气,而这正源于诗人们对现实认识的深化以及由此带来的边塞诗歌的写实化倾向。

与写实化倾向伴随而来的还有诗人们对于边塞题材的关注开始由外在的事功转入内在的情思,这也是整个社会风气由外扩走向内敛的一种反映。明代陆时雍在《诗镜总论》中说:"盛唐人工于缀景,惟杜子美长于言情。人情向外,见物而自见难也。"⑦ 中唐人则长于言情,对于人情世故有了更为深入的体认。所以,在这个阶段,对于思妇和将士内心复杂情

---

① 《全唐诗》卷二七七,第3150—3151页。
② (唐)张籍:《妾薄命》,《张籍集系年校注》卷一,第105页。
③ (唐)王建:《渡辽水》,《王建诗集校注》卷一,第35页。
④ (唐)王建:《送衣曲》,《王建诗集校注》卷二,第84页。
⑤ (唐)张籍:《征妇怨》,《张籍集系年校注》卷一,第15页。
⑥ (唐)王维:《少年行四首》其二,(清)赵殿成笺注:《王右丞集笺注》卷十四,上海古籍出版社1998年版,第258页。
⑦ (明)陆时雍:《诗镜总论》,丁福保辑:《历代诗话续编》,中华书局1983年版,第1419页。

思的深入挖掘亦成为当时边塞诗的一大亮点。

　　作为边塞生活中的一个庞大的隐形群体——思妇始终是边塞诗的重要参与者。初盛唐诗中虽不乏如金昌绪的《春怨（一作伊州歌）》、王昌龄的《闺怨》这类名作，但显然这个群体并不是他们重点关注的对象，即使去描写，也只是单纯写她们思念丈夫的愁怨而已。但到了德宗朝诗人的笔下，这类人逐渐成为边塞诗的另一个主角，对她们的描写也更加深刻。以张籍为例，他的边塞诗中以思妇、征妇为主题的作品有《征妇怨》《寄衣曲》《别离曲》《妾薄命》《思远人（一作寄远客）》《邻妇哭征夫》6首，占其全部边塞诗的近1/3。在他的这类诗歌中，对于思妇的描写更加细腻、深入、具有生活的气息，如其中的《寄衣曲》：

　　　　织素缝衣独苦辛，远因回使寄征人。官家亦自寄衣去，贵从妾手著君身。高堂姑老无侍子，不得自到边城里。殷勤为看初著时，征夫身上宜不宜。①

以寄衣这一生活中的细节小事入手，委婉曲折地表达了思妇对丈夫的牵挂之情。思妇不辞劳苦的织素缝衣，就是想托边使尽快送到丈夫手里，虽然官府也会为丈夫他们配备衣物，但是毕竟不能和妻子一针一线，细细缝纳、充满情意的冬衣相媲美。转眼之间，丈夫已经离开她很久了，她不知丈夫有没有什么大的变化，因为要侍奉公婆，思妇根本没办法赶赴边城去探望丈夫，也不知道自己亲手缝制的衣服是否合身，那么就只能恳求边使代为察看自己所缝制的衣服是否合夫之身了。整首诗在风格上比较质朴平易，但却往往会激发读者的共鸣与同情，就是因为诗中对于人情、人性的挖掘非常真切、细腻，充满强烈的情感色彩。所谓"酸苦殷勤，理极情极"②，因而也就使整首诗颇具感染力，而这也是德宗时期边塞诗的写实、日益内敛化的典型体现。

　　对于边塞的将士们来说，思乡之情恐怕是他们复杂情思中最重要的组成部分，在德宗时期的边塞诗中，思乡主题尤其鲜明，如：

---

① （唐）张籍：《寄衣曲》，《张籍集系年校注》卷一，第24—25页。
② （明）周珽辑：《删补唐诗选脉笺释会通评林》卷二四引顾璘语。《张籍集系年校注》卷一引，第26页。

苏武节旄尽，李陵音信稀。梅当陇上发，人向陇头归。——杨衡《边思》①

胡儿吹笛戍楼间，楼上萧条海月闲。借问梅花何处落，风吹一夜满关山。——宋济《塞上闻笛（一作和王七度玉门关上吹笛）》②

袅袅汉宫柳，青青胡地桑。琵琶出塞曲，横笛断君肠。——于鹄《塞上曲（一作出塞曲）》③

百战一身在，相逢白发生。何时得乡信，每日算归程。走马登寒垅，驱羊入废城。羌笳三两曲，人醉海西营。——王建《塞上逢故人》④

值得说明的是，宋济现存只有两首诗，而其中一首即为边塞诗，即为思乡主题，愈可见这一题材和主题在当时的兴盛。在当时的诗人中，李益这类诗的创作是最多的，如《军次阳城峰舍北流泉》《夜上受降城闻笛》《登夏州城观送行人赋得六州胡儿歌》《听晓角》《夜上受降城闻笛》《从军北征》等篇均或隐或显地传达了这一思想。这种现象的产生实际与当时边塞环境的日益恶化，士卒们生存条件的极为恶劣密切相关。当时的士兵们身处"穷边之地，千里萧条，寒风裂肤，惊沙惨目，与豺狼为邻伍，以战斗为嬉游，昼则荷戈而耕，夜则倚烽而觇，日有剽害之虑，永无休暇之娱，地恶人勤，于斯为甚"⑤，这样的环境和人类"人穷则反本，故劳苦倦极，未尝不呼天也；疾痛惨怛，未尝不呼父母也"⑥的天性相融合，就酿造出了边塞思乡这杯醇香而又苦涩的美酒。当然，在这类诗中最能体现诗风的变化。以王昌龄的《从军行七首》：

烽火城西百尺楼，黄昏独上海风秋。更吹羌笛关山月，无那金闺万里愁。——其一

---

① 《全唐诗》卷四六五，第5289页。
② 《全唐诗》卷四七二，第5354页。
③ 《全唐诗》卷三一〇，第3510页。
④ 《王建诗集校注》卷五，第184页。
⑤ （唐）陆贽：《论缘边守备事宜状》，（唐）陆贽：《陆贽集》卷一九，王素点校，中华书局2006年版，第614页。
⑥ （汉）司马迁：《史记》卷八四《屈原贾生列传》，中华书局2011年版，第2184页。

琵琶起舞换新声，总是关山旧别情。撩乱边愁听不尽，高高秋月照长城。——其二①

和李益的：

边霜昨夜堕关榆，吹角当城汉月孤。无限塞鸿飞不度，秋风卷入小单于。——《听晓角》

天山雪后海风寒，横笛偏吹行路难。碛里征人三十万，一时回向月明看。——《从军北征》②

相比的话就会发现两者之间明显的异同：都是写边愁乡思，都有音乐的烘托和描写，意境上都有浑成悠远的意味，都采用了七绝的形式；但王昌龄是以壮阔之景写情思，虽有愁绪，但在愁思、悲凉之中有一种雄阔的气象，而李益之诗虽然被认为犹有盛唐余响，最得昌龄神髓，却是以凄寂之景诉哀怨，在愁思、悲凉中带有更多衰飒凄清、凄凉感伤、沉重哀怨的况味和气氛："在李益诗中，声情凄凉的音乐声是在秋霜、关塞、孤月、飞鸿这样萧瑟冷寂的背景中荡漾回旋。这背景与百尺高楼、万里遥程，力度不同，情调不同，音乐效果也不同。"③ 而这种韵味的不同，其实正代表了盛中唐的变化以及德宗朝边塞诗的新风格。

---

① 《全唐诗》卷一四三，第 1444 页。
② 《李益诗注》，第 113 页。
③ 罗时进：《唐诗演化论》，江苏古籍出版社 2001 年版，第 76 页。

第五篇

创作期主要在贞元的台阁诗人群及孟郊等人

唐诗的创作主体是极为丰富的，除了那些典型的文人外，皇帝、朝廷要员们往往也会成为诗歌创作的重要参与者。身份的特殊性必然会带来诗歌内容、诗歌模式的独特性，这种情况在贞元诗坛也不例外。而这些进行诗歌创作的皇帝、朝臣们自然也就成为贞元诗坛创作主体中的一个重要组成部分，联系他们的特殊身份，我们可以将这群人称之为台阁诗人群。另外，挖掘诗人的生平遭际就会发现，传统意义上被认为是元和诗人代表的孟郊、欧阳詹等人，其主要创作期均是在德宗贞元时期。他们诗歌的主要题材取向、艺术特质在贞元时期已经基本定型，因此，将这些诗人称为贞元诗坛的代表人物也是没有疑义的。本篇主要探讨的就是上述创作期主要在贞元的作家群体在这一时期的具体创作情况。

第 一 章

以唐德宗为中心的台阁诗人群

《古代汉语词典》中对"台阁"的解释共有三种：一为"尚书"，二为"指尚书台等官府"，三为"亭台楼阁"。① 笔者文中对"台阁"的解释取第二义而有所扩充，也就是说，本书所谓的"台阁诗人群"是指以德宗皇帝和当时中央三省六部的行政人员为代表，所谓"台阁诗"指的就是以上述人员为创作主体而创作的诗歌。这类作品在内容上主要包括两大部分：一是君臣之间的应制往来之作，二是台臣之间展现其台阁生活的应酬往来之作及个人化情感的表达类作品。在后一类诗歌中，考虑到贞元时期台阁类群体创作的实际，本书在论述时主要以权德舆和武元衡为主而兼及他人。下面在简要了解德宗朝台阁诗人群创作概况的基础上分别对这两类作品予以解析。

第一节 唐德宗的诗歌理念及创作

作为对台阁类作品影响最大的因素自然是身处其中的皇帝本人。因此，我们首先要提到的就是贞元时代的皇帝——唐德宗李适。在以往的史料中学者曾反复提及德宗皇帝对诗歌创作的热爱、浓厚的兴趣和所取得的成就，如：

> 天才秀茂，文思雕华。洒翰金銮，无愧淮南之作；属词铅椠，何惭陇坻之书。文雅中兴，夐高前代，《二南》三祖，岂盛于兹。——

---

① 《古代汉语词典》编写组编：《古代汉语词典》（大字本），商务印书馆2002年版，第1511页。

《旧唐书》本传①

　　唐人尤重德宗诗,有"闻说德宗曾到此,吟诗不见凭阑干"之句。……唐诸帝中,当以帝诗为第一。——刘克庄《后村诗话》②

　　唐诸帝能诗者甚多,如太宗、玄宗、文宗、宣宗,皆有御制流传于后,而尤以德宗为最。——赵翼《廿二史札记》③

考察德宗现存诗歌共计 17 首零 1 联（其中《全唐诗》收 15 首,《全唐诗诗逸》两句,《全唐诗续补遗》卷四 1 首,《全唐诗续拾》卷一九 1 首）。前人既然给了德宗皇帝的诗歌以如此高的评价,可见其必有过人之处,那么他的过人之处究竟表现在什么地方呢？在《全唐诗》所收录的唐能诗诸帝中,除了德宗外,还有太宗、玄宗、文宗、宣宗诸帝,从《新唐书·艺文志》的著录来看,太宗、高宗、中宗之集分别为 40 卷,86 卷,40 卷,德宗之集虽早已佚失无从查证,但估计很难超过高宗之所著 86 卷的卷数④。且从现存诗歌的创作情况来看,德宗亦不及其祖上太宗、玄宗诗歌的数量和成就。这种情况让人似乎很难理解古代文人推崇他诗歌的原因到底何在。那么如何看待他的诗歌创作与文人评价之间的这种矛盾呢？似乎只能从他的作为和诗歌创作本身才能找到一些线索。

一　唐德宗对诗歌创作的浓厚兴趣

司马光曾经评价德宗说其"多僻"⑤,这种多癖的表现除了嗜财之外,对于诗歌的浓厚兴趣恐怕也是其中之一。后者表现在,德宗不仅本人以极大的热情投入诗歌创作中去,而且还把这种热情推及周围僚属的身上,要求群臣的参与和讨论,鼓励臣下作诗。如《旧唐书·刘太真传》中提及他"文思俊拔,每有御制,即命朝臣毕和"⑥,《全唐诗话》中亦载其作

---

①　《旧唐书》卷一三《德宗下》,第 401 页。
②　(宋)刘克庄:《后村诗话》卷六,王秀梅点校,中华书局 1983 年版,第 248 页。
③　(清)赵翼:《廿二史札记》卷一九"德宗好为诗"条,中华书局 1984 年版,第 249 页。
④　就诗歌而言,笔者根据《旧唐书·德宗本纪》的记载再对照《全唐诗》中对其诗作的著录,可知他在贞元年间的绝大部分诗作保存了下来,虽然有一定的佚失情况,但应该也是很少的一部分。
⑤　《资治通鉴》卷二三三,第 7510 页。
⑥　《旧唐书》卷一三七,第 3762 页。

诗后兴致勃勃地将自己的诗歌传示于生病在家的大臣韦绥,等韦绥以奉和之作相呈时,德宗似乎才意识到自己行为的不妥,而让其安心养病,不需再奉和诗作。① 由此也似可感受到德宗对诗歌的兴趣之浓。从其遗留下来的诗作和大臣们的创作情况也能够证明这一点的真实性。而且,这种奉和往往还会通过正式的诏书形式往来于君臣之间,更可见德宗本人及朝廷上下对这一事件的重视程度。从贞元中后期长期执掌制诰拟定的权德舆的文集中,我们随处可以看到这些文字:

贞元十年九月十八日:《中书门下谢御制九月十八日赐百官追赏因示所怀诗状》

贞元十年九月二十四日:《中书门下进奉和御制九月十八日赐百官追赏因示所怀诗状》

贞元十一年九月九日:《中书门下谢御制九日言怀赐中书门下及百寮诗状》

贞元十一年九月十五日:《中书门下奉和圣制九日言怀诗赐中书门下及百官诗进状》

贞元十三年九月九日:《中书门下谢御制重阳日中外同欢以诗言怀因示群官一首状》

贞元十三年九月十六日:《中书门下进奉和圣制重阳日中外同欢以诗言志因示群官状》

贞元十四年二月十二日:《中书门下贺新制中和乐状》

贞元十四年二月十三日:《中书门下进奉和圣制中春麟德殿会百寮观新乐诗状》(此次进诗后有皇帝的敕批)

贞元十七年二月一日:《中书门下谢御制中和节赐百官宴集因示所怀诗状》

贞元十七年二月九日:《中书门下进奉和圣制中和节赐百官宴集因示所怀诗状》

贞元十七年九月九日:《中书门下谢圣制重阳日即事六韵状》

---

① (宋)尤袤《全唐诗话》卷一载:"韦绥以内相感心疾,罢还第。帝九日作《黄菊歌》,顾左右曰:'安可不示韦绥?'遣使持往。绥遂奉和附使进,帝曰:'为文不已,岂颐养邪!'敕曰:'自今勿复尔'。"(清)何文焕辑:《历代诗话》,中华书局1981年版,第58页。

贞元十七年九月十九日:《中书门下进奉和御制九月十八日赐百官追赏因示所怀诗状》①

这显然已经不是君臣之间在节庆之时单纯的游宴吟赏,而是已经上升为一种政治行为,一种君臣之间惯性的行为模式:君主赐宴赋诗,臣子谢宴进诗,在彼此的唱和中,政治的理念不断被重复,升平的社会不断被肯定,皇帝的英明善文不断被歌颂,给人一种形势一片大好的感觉。这一切显然与德宗本人对这一行为的兴趣有关。

德宗皇帝不仅赐诗于中央的朝官与近臣,而且还会把自己所作之诗作为一种荣耀的象征物赐予地方官员。贞元五年中和节初置之时,"御制诗,朝臣奉和,诏写本赐戴叔伦于容州,天下荣之"②。甚至还延及藩镇武将:"贞元已后,藩帅入朝及还镇,如马燧、浑瑊、刘玄佐、李抱真、曲环之崇秩鸿勋,未有获御制诗以送者。建封将还镇,特赐诗曰:……"③

德宗不仅让臣下进献自己的诗歌,对于地方上有文名的诗人似乎也颇为关注,如皎然在当时江南地区颇有文名,他去世后,德宗也专门派使者取其遗文。④ 不仅如此,德宗对于那些有文才的文士无论男女都极为赏识,《唐诗纪事》中"德宗"条记其"善为文,尤长于篇什,每与学士言诗于浴堂殿,夜分不寐。贞元中,昭义节度李抱真荐贝州宋廷芬之女若昭,召入禁中试文,帝咨美。帝每与侍臣赓和,若昭姊若莘等五人皆预,呼学士"⑤。也许,对于诗歌的过度关注和极强的参与意识就是他和其他唐朝能诗诸帝们最大的不同。但是,他毕竟是一个皇帝,对于诗歌的过度热情使他几乎有主次不分之嫌,难怪《旧唐书》本传的史赞中称其"御历三九,适逢天幸。赐宴之辰,徒矜篇咏"⑥。

二 唐德宗品评诗歌的标准

作为帝王来说,德宗对诗歌创作的好坏和诗人水平的高低有着自己的

---

① 具体内容可参看《权德舆诗文集》卷四五,第 689—696 页。
② 《唐国史补》卷下"诗赐戴叔伦"条,第 55 页。
③ 《旧唐书》卷一四〇,第 3831—3832 页。
④ 《唐国史补》卷下"二文僧首出"条,第 55 页。
⑤ (宋)计有功:《唐诗纪事》卷二,上海古籍出版社 1965 年版,第 17 页。《旧唐书》卷五二《后妃下》有《女学士尚宫宋氏传》,第 2198—2199 页。
⑥ 《旧唐书》卷一三《德宗下》,第 401 页。

判断原则和标准。在节庆之日，他不仅自己赋诗书怀，还要求群臣们加入这项活动中来，并且亲自品评这些作品水平的高下。贞元四年九月，德宗在作《重阳日赐宴曲江亭赋六韵诗用清字》后，"诏曰：'今日重阳卿等游赏，朕遥想欢洽，欣慰良多。情发于衷，因制诗序，今赐卿等一本，仍令中书门下简定文士三五十人应制，同用清字，明日内于延英门进。其文武百寮及文士欲和者听。'翌日百僚毕和。帝考其诗，以刘太真、李纾等四人为上等，鲍防、于顾等四人为次等，张濛、刘滋等二十二人为平等，李晟、马燧、李泌三人宰相，不加考第"①。《旧唐书·德宗本纪》对这一事件也有比较简略的记载。面对众多用韵统一，主题相近的诗作，如何裁汰优劣，品评高下其实非常考验一个人的艺术鉴赏水平，而德宗皇帝似乎非常游刃有余地就完成了这项工作。

德宗不仅评出臣下诗歌的品第，还主动对诗歌风格予以引导，那么对于诗歌的创作，德宗究竟有着什么样的标准呢？从他以下的言行中我们似乎可以略窥一二：德宗在贞元十一年九月退朝后，专门下令召百官于延英殿集合，并令中使宣谕曰："昨九日聊示所怀，文非工也，卿等属和雅丽，深所加之"②；在贞元十四年《中书门下进奉和圣制中春麟德殿会百寮观新乐诗状》的敕批中亦曾明言："卿等各抒清词，咸推藻丽，再三省览，良用嘉焉。所献，知。"③他对"雅丽""藻丽"之风大加赞赏，可见其很重视诗歌的文采。这一点在德宗赐予权德舆的诏书中也有所体现："非不知卿劳苦，以卿文雅，尚未得如卿等比者，所以久难其人"④，可见德宗对于权德舆的看重与其创作上"文雅"的特点密不可分。这种诗风好尚的倾向性有时竟成为德宗选汰政治人才的标准，如他曾经亲自钦点《寒食》的作者韩翃为官，因为《寒食》中所呈现的含而不露，典雅含蓄之美正是他所钟爱的格调。而对于"质直轻俍，无威仪，于上前时发俚语"的兵部侍郎同平章事柳浑就非常厌恶，甚至到了"苟得罢之，无不可者"⑤的程度，可见德宗比较倾向于文雅蕴藉的风格。所谓"风俗好

---

① （北宋）王钦若等编：《册府元龟》卷四〇《帝王部·文学》，中华书局1960年版，第455页。
② 同上书，第456页。
③ 《权德舆诗文集》卷四十五，第694页。
④ （唐）德宗：《报权德舆诏》，《全唐文》附唐文拾遗卷五，第10420页。
⑤ 《资治通鉴》卷二三三，第7497页。

尚，系在时王，不在人臣"①，帝王这种原本个人化的好恶，因其身份的特殊性不可避免的发展成为贞元台阁诗坛或者说贞元官方提倡、喜好的主导诗风。

三 德宗诗歌的特点

德宗在诗歌创作方面，与之前唐代诸帝相比，表现出题材的集中性和表达方式的模式化。翻检《全唐诗》会发现，太宗和玄宗两位帝王在诗歌题材方面较为充实丰富，除了作为皇帝必不可免的宴飨欢会诗之外，送别书怀、怀古咏史、写景咏物、思亲念友、征战生涯在他们的诗中都有所体现。而在德宗现存的诗歌中，除了《七月十五日题章敬寺》《送徐州张建封还镇》两首诗之外，节庆宴飨诗几乎成为他其余诗歌创作的唯一题材。这一点从下列诗歌的题目中就可略见一斑：《中和节日宴百僚赐诗》《中和节赐百官燕集因示所怀》《重阳日赐宴曲江亭赋六韵诗用清字》《九月十八赐百僚追赏因书所怀》《麟德殿宴百僚》《中和节赐群臣宴赋七韵》《三日书怀因示百僚》《重阳日中外同欢以诗言志因示群官》《重阳日即事》《丰年多庆九日示怀》《中春麟德殿会百僚观新乐诗一章，章十六句》《九日绝句》《元日退朝观军仗归营》《贞元六年春三月庚子百寮宴于曲江亭上赋诗以赐之》。无一例外的是，这些作品全部作于贞元年间，这和德宗统治心态的变化有着密切的关系，这一点在第二篇中已经有所提及。从这类作品的大量出现中也可以感受到贞元时期社会相对安定的局面。

出于一人之手的同一题材在创作上难免有雷同之感，而德宗在诗歌表达上明显存在着模式化的倾向，试举下列三首诗歌为例：

> 雨霁霜气肃，天高云日明。繁林已坠叶，寒菊仍舒荣。懿此秋节时，更延追赏情。池台列广宴，丝竹传新声。至乐非外奖，浃欢同中诚。庶敦朝野意，永使风化清。——《九月十八赐百僚追赏因书所怀》
> 东风变梅柳，万汇生春光。中和纪月令，方与天地长。耽乐岂予尚，懿兹时景良。庶遂亭育恩，同致寰海康。君臣永终始，交泰符阴阳。曲沼水新碧，华林桃稍芳。胜赏信多欢，戒之在无荒。——《中和节赐群臣宴赋七韵》

---

① （唐）柳冕：《谢杜相公论房杜二相书》，《全唐文》卷五二七，第5354页。

佳节上元巳,芳时属暮春。流觞想兰亭,捧剑得金人。风轻水初绿,日晴花更新。天文信昭回,皇道颇敷陈。恭己每从俭,清心常保真。戒兹游衍乐,书以示群臣。——《三日书怀因示百僚》

在上述诗歌中,作者采取的统一套路是:先采用或写景或用典的方式直接或间接地点题说明节日特点,然后抒发在这样美好的节日中整个国家、君臣上下、朝廷内外国泰民安、一片祥和的大好局面,最后作以总结,面对如此盛况和美景,作为臣子的你们应该如何做呢,诗中直言不讳甚至是不厌其烦地重复着——"庶敦朝野意,永使风化清""胜赏信多欢,戒之在无荒""恭己每从俭,清心常保真。戒兹游衍乐,书以示群臣"。那么为什么在本来应该以抒写个人情志为出发点的诗歌中出现这样带有明显说教性质的内容呢,这显然和德宗本人对诗歌作用、价值的认识有关。

四 以诗为教的理念

德宗把诗歌作为教化臣民的工具。作为皇帝来说,他主要面对的对象便是朝廷中的群臣们,而在中唐这个有着几分动乱的年代里边,臣子是否能够做到对君主忠贞不贰,对国事勤勤恳恳,一心为公无论对于一个皇帝还是对于一个国家来说都是非常关键的问题。而且,德宗统治初期便历经泾原兵变,九死一生的经历给予了这个王朝和皇帝本人以极为沉重的打击和心理上的冲击。所谓刚强易折,进入贞元时代的德宗皇帝早已不是当年那个雄心勃勃的兵马大元帅,他在实际权势上其实已经很难拥有对所有臣僚的绝对控制力,尤其是面对藩镇势力时,德宗对他们的专横跋扈也只能是睁一只眼闭一只眼,视而不见听而不闻。在这种局面之下,德宗皇帝只能在自己可控的范围中,通过行政和文教两种方式不断强化他对群臣的控制和要求。

唐代赵元一的《奉天录》中曾载,在泾原兵变之际,"时有风情女子李季兰,上(朱)泚诗,言多悖逆,故阙而不录。皇帝再剋京师,召季兰而责之曰:'汝何不学严巨川有诗曰:手持礼器空垂泪,心忆明君不敢言?'遂令扑杀之"[1]。实际上,在乱世中,皇帝尚且不能保全自己和子女,一个弱女子想要在叛军统治下保全自己,其艰难程度可想而知。但作

---

[1] (唐)赵元一:《奉天录》卷一,熊礼汇、闵泽平:《中国文学编年史·隋唐五代卷》(中)引,湖南人民出版社2006年版,第167页。

为统治者的皇帝此时却不会去回忆自己当时逃难时的仓皇，而是重点抓住了李季兰对于自己和朝廷的"不忠"，而这"不忠"的证据显然就是她所上朱泚之诗。可见在德宗皇帝的心目中，诗能言志的功能是非常显著的。这种观念其实是对传统诗教观的传承，所谓治世之音安以乐，其政和；乱世之音怨以怒，其政乖。诗乐本为一体，它们既是对社会状态的一种再现，按照作用力和反作用力的原则，那它们自然也会对社会人心有所影响。而德宗正是认识到或者说领会到了诗歌的这种实用属性，所以才会频繁的在诗歌中展现他对时政的认识和对群臣的教导。

德宗在对群臣进献诗歌的批复中曾明确提到"朕思以中和，被于风俗，既传令节，载序乐章，因会群寮，用申欢宴，斐然成韵，有愧非工"。[①] 在德宗看来，序乐章、会群僚、申欢宴、成诗韵的最终目的只不过在于"思以中和，被于风俗"而已。对于德宗的这一宗旨，围绕在他身边的臣子们更是认识的透彻而清晰：不同于汉武帝、魏文帝作诗时单纯的"属词类事"而已，德宗作诗于节庆宴飨之时的目的在于"宴乐以示慈惠，咏歌以昭教化"[②]。这样的认识在中书门下所上表状中不断得到强调，可以说是深谙帝王心理，如：

> 因令节以宴乐，发睿慈于歌咏。焕然丽藻，丕变时风。庆属有秋，化覃无外，凡百臣庶，一其欢心。——《中书门下谢御制重阳日中外同欢以诗言怀因示群官一首状》

> 伏惟陛下端拱穆清，虑必周于皇极；锡宴重九，恩每覃於百寮。焕发睿词，化成天下。——《中书门下进奉和圣制重阳日中外同欢以诗言志因示群官状》

> 况锡宴之际，极其宠光；求理之深，播其《雅》、《颂》。乐以发德，文以化成。——《中书门下谢御制九月十八日赐百官追赏因示所怀诗状》

> 中宴之际，俯降睿词，犹元气之涵煦，比庆霄之纷郁。载有六义，昭示万方。湛恩自天，具物知感。况陛下以诚信施教，以慈爱缘

[①] （唐）德宗：《答中书门下进奉和春麟德殿会百寮观新乐诗状批》，《全唐文》卷五四，第584页。

[②] （唐）权德舆：《中书门下奉和圣制九日言怀诗赐中书门下及百官诗进状》，《权德舆诗文集》卷四五，第691页。

情，形于咏歌，系在风化。——《中书门下进奉和御制九月十八日赐百官追赏因示所怀诗状》①

时刻不忘教化之用而不是抒发性情之真，这必然会限制德宗朝应制类诗歌创作的水平和感染力，使诗歌成为干巴巴诗教的传声筒而已。

第二节　德宗朝其他台阁诗人

作为整个封建王朝的统治者，皇帝这一特定身份的一言一行往往会成为社会风气的风向标，《唐才子传》中在评价唐代六帝作诗时说："以万机之暇，特驻吟情，奎璧腾辉，衮龙浮彩，宠延臣下，每锡赠酬。故上有好者，下必有甚焉者矣。"② 确实如此。在德宗皇帝的带动下，贞元统治上层也形成了人人为诗，人人写诗的局面。也许对于有些人来说，写诗是不得已而为之，但在当时，诗歌在入仕、为官之路上的重要作用是不言而喻的，尤其又遇到这样一个动不动就赐诗要求奉和应制的皇帝，没点诗才还真是痛苦，而这一局面在客观上也就造成了贞元诗坛台阁诗歌创作在人员和数量上的相对繁荣③。其中比较有代表性的诗人有权德舆、武元衡、崔元翰、包佶等。

贞元时期长期身居高位又颇有文才的权德舆是与德宗唱和之作比较多的一个诗人。他和其他台阁同僚的往来唱和也非常频繁，并且创作了大量关于帝后、君王、公主的挽歌词，其台阁诗人的身份是毋庸置疑的。另外，进入中央政权较晚的武元衡也不乏台阁之作，主要有《德宗皇帝挽歌词三首》《顺宗至德大圣皇帝挽歌词三首》《昭德皇后挽歌词》《奉和圣制丰年多庆九日示怀》《奉和圣制重阳日即事》《夏日陪冯许二侍郎与严秘书游昊天观览旧题寄同里杨华州中丞》《秋日台中寄怀简诸僚》《冬日汉江南行将赴夏口途次江陵界寄裴尚书》《台中题壁》等多首作品。但除了上述作品之外，二人早期的诗作和台阁生活之外的作品也颇具特色，在下文将专门予以论述。

---

① 分别见于《权德舆诗文集》卷四五，第692、692、689、690页。
② 傅璇琮主编：《唐才子传校笺》（一），中华书局1987年版，第3页。
③ 因为从整个唐朝诗歌史的流变来说，台阁诗创作的高峰应该是在初盛唐的太宗、高宗、中宗、武后时期，不管是人员、诗歌的数量还是质量都是德宗朝无法比拟的，但就中晚唐诗坛的范围而言，德宗朝此类诗歌创作又堪称首屈一指，所以说是相对繁荣。

崔元翰名鹏，字以行，博陵人，是历史上为数不多的连登三元的文人之一。只不过崔元翰亦属大器晚成，他在建中二年（781）进士科状元及第时已经年近五十，可能因为科考的良好表现，他之后的仕途比较顺利，历仕太常博士、礼部员外郎之职。在贞元五年窦参为相时，崔元翰亦曾负责制诰诸事务，后因其刚直的性格被罢为比部郎中，去世时七十余岁。由其履历可知其仕宦生涯全部在德宗时期，也是贞元时期比较典型的台阁诗人。《全唐诗》卷三一三存其诗 7 首（其中 1 首为德宗作品，实为 6 首），其中 4 首为奉和应制之作。另外两首一为与同僚往来之作，另一为对景抒情之作。

于贞元八年（792）去世的包佶本为天宝六年的进士，之后一直沉浮于宦海之中，至德宗时被刘晏推荐为汴东两税使。后来，刘晏被罢免后，包佶又被委任以"诸道盐铁轻货钱物使"①，"大历诗家，包佶最有功名。德宗西狩日，佶领租庸盐铁，间道遣贡行在，王室赖以纾难"②。正因如此，在贞元元年时包佶得以迁刑部侍郎，并很快改授国子祭酒，并于贞元二年知礼部贡举，于六年转秘书监，封丹阳郡公。由于包佶在大历时期已经蜚声文坛，进入贞元后已是当时的文坛元老，更重要的是，他在贞元年间历任清要之职，并曾主管教育，负责科举考试诸事务，《唐才子传》又称他于建中、贞元初年与李纾"以文章风韵为世宗"③。可以说，贞元初期包佶确实承担了引领文坛风气的文坛盟主的角色。身在台阁的包佶也创作了颇多反映其时生活和思想的作品如《昭德皇后挽歌词》《元日观百僚朝会》《朝拜元陵》《奉和柳相公中书言怀》《同李吏部伏日口号，呈元庶子路中丞》《酬兵部李侍郎晚过东厅之作（时自刑部侍郎拜祭酒）》《立春后休沐》《奉和常阁老晚秋集贤院即事，寄赠徐、薛二侍郎》等等。另外，由包佶在贞元六年④撰辞所作的 10 首《祀风师乐章》《祀雨师乐章》属于郊庙歌辞。作为朝廷郊祀和庙祭礼仪活动中所使用的乐章，郊庙歌辞是国家祭祀活动中的重要组成部分，具有鲜明的政治性。包佶此时所担任的从三品的秘书监主要负责"邦国经籍图书之事"⑤，如果没有相当的学识是无法担此大任

---

① 《新唐书》卷一四九《刘晏传》，第 4799 页。
② （明）胡震亨：《唐音癸签》卷二五，上海古籍出版社 1981 年版，第 267 页。
③ 傅璇琮：《唐才子传校笺》（一），中华书局 1987 年版，第 614 页。
④ 《唐会要》卷二二《祀风师雨师雷师及寿星等》中云："至贞元六年五月十四日，诏秘书监包佶补之，雨师亦准此。"（宋）王溥：《唐会要》，上海古籍出版社 2006 年版，第 495—496 页。
⑤ 《旧唐书》卷四三《职官二》，第 1855 页。

的，包佶补撰郊庙歌辞的行为既是对其学识能力的一种说明，亦是他身居台阁之时工作情况的一个侧影，所以也应该给予一定的关注。

除了上述诸人较为集中的台阁类创作外，韦应物、张建封、窦氏三兄弟（窦常、窦牟、窦群）、鲍防、杨凝等人在贞元时期也有相应的作品。顾况、灵澈、李益、卢纶虽然算不上台阁诗人，但他们也有一些反映台阁生活的作品，但都相对比较零星。按照史书的记载，如李纾、刘太真等台阁中人本也有大量相关作品的创作，但惜其在历史的流逝中大部分佚失，只遗留下来个别的篇目，这不能不说是德宗朝台阁诗研究中的一种遗憾。

第三节　德宗朝的应制诗

据《中国诗学大辞典》，应制诗是指"应帝王之命而作的诗歌。应帝王曰应制，应太子曰应令，应诸王曰应教，名虽不同，其体则一。内容多为歌功颂德，形式为五七言律诗。唐宋诗人，多有应制之作"[1]。唐朝毋庸置疑是应制诗发展的高峰期，研究者们对此已经有所注意。就唐代应制诗的具体研究状况而言，研究者们或从宏观角度立论，研究整个中古时期或有唐一代或创作比较繁荣的初盛唐时期应制诗的发展情况；或从微观上关注唐代一些比较有代表性的应制诗诗人如张九龄、王维等人的相关创作。[2] 对德宗朝应制诗的挖掘就研究现状来说还是比较薄弱的。[3] 其实，客观来说，德宗朝的该类作品还是有其特定的研究价值的。它们既是对前

---

[1]　傅璇琮、许逸民等主编：《中国诗学大辞典》，浙江教育出版社1999年版，第1166页。
[2]　代表性的作品如程建虎：《中古应制诗的双重观照》，人民出版社2010年版；李玲：《唐代应制诗研究》，硕士学位论文，陕西师范大学，2008；鞠丹风：《初盛唐代应制诗研究》，硕士学位论文，东北师范大学，2007；谢凤杨：《初盛唐应制诗研究》，硕士学位论文，暨南大学，2008；王思浩：《盛中唐应制诗研究》，硕士学位论文，陕西理工学院，2014；顾建国：《论张九龄应制、酬赠诗的因变特征与启示意义》，《南京师大学报》（社会科学版）2005年第2期；陈建森：《从张九龄应制诗看唐诗由初唐之渐盛》，《学术研究》2009年第1期；[日]入谷仙介：《论王维的应制诗》，李寅生译，《钦州师范高等专科学校学报》2003年第4期。
[3]　这一点也可以从唐代一些研究宫廷文学的论著中得到证明。学者们在这一主题下的研究往往关注的也只是初盛唐的宫廷文学而不及中唐，更遑论德宗一代。如宇文所安的《初唐诗》和《盛唐诗》，杜晓勤的《初盛唐诗歌的文化阐释》，聂永华的《初唐宫廷诗风流变考论》等均是如此。目前笔者仅见到方丽萍的《贞元京城文学群落研究》中对此内容有较为详细的论略，但其研究的重点也仅在德宗一人身上而略及旁人应制之作，可见该内容还有值得深入探讨和挖掘的地方。

代该类作品的继承，同时也带有一些德宗朝本身的特质，而得出这样的结论，是建立在笔者对德宗朝应制诗的具体统计上的①，如表1。

表1

创作人＼创作时间	唐德宗	权德舆	崔元翰	武元衡	李泌	韦应物	卢纶	张建封	宋若昭	宋若宪	鲍君徽②	其他
兴元元年	曾幸梨园制词③											窦常记此事
贞元元年——三年			1④									
贞元四年	三月初六《麟德殿宴百僚》九月初九《重阳日赐宴曲江亭赋六韵诗用清字》并序				1	1		1	1	1		群臣属和百僚皆和
贞元五年	《中和节日宴百僚赐诗》				1							

---

① 除了有特别说明的篇目之外，笔者对这些作品创作时间的界定均参见了陈贻焮主编：《增订注释全唐诗》（第一、二册），文化艺术出版社2001年版。

② 据《全唐诗》诗人小传："鲍氏君徽，字文姬，鲍徵君女。善诗，与尚宫五宋齐名。德宗尝召入宫，与侍臣赓和，赏赉甚厚。存诗四首。"《全唐诗》卷七，第68页。

③ 据窦常《还京乐歌词》："百战初休十万师，国人西望翠华时。家家尽唱升平曲，帝幸梨园亲制词。"可知有此事。《全唐诗》卷二七一，第3034页。

④ 崔元翰有《奉和登玄武楼观射即事书怀赐孟涉应制》之作（《全唐诗》卷三一三，第3522页），但德宗原诗不存，故不知该诗到底作于何年。笔者之所以系之于此，主要是根据诗题中所透露的相关信息。按照应制诗创作的一般规律而言，德宗原作之题即为《登玄武楼观射即事书怀赐孟涉》，以一个皇帝的身份而专门赐诗于人，可见其人必有大的功绩。但查新旧《唐书》，并无孟涉的专传，只在《旧唐书》的《德宗本纪》（卷一二）、《李怀光传》（卷一二一）和《李晟传》（卷一三三）及《新唐书》的《李晟传》（卷一五四）、《叛臣上·李怀光传》（卷二二四上）中有所涉及。据史传可知孟涉原为邠宁、朔方节度使李怀光的神策将，兴元元年李怀光谋反后，孟涉等人拥兵数千投奔神策行营节度使李晟，且随李晟于当年五月破朱泚而收复京师。之所以定于贞元初年，是因该诗既在玄武楼所作，说明此时德宗已经回到长安且能从容登宫门而"观射"。且正因大乱刚过，德宗此时对于孟涉这种"投诚"的忠义之士自然是持肯定、褒奖、感怀不已的态度，因此才会有专门赐诗于他的行为，并借此向朝廷的文臣及武将们传达自己的价值倾向性。

第五篇　创作期主要在贞元的台阁诗人群及孟郊等人　/　143

续表

创作时间 \ 创作人	唐德宗	权德舆	崔元翰	武元衡	李泌	韦应物	卢纶	张建封	宋若昭	宋若宪	鲍君徽	其他
贞元六年	二月《中和节赐群臣宴赋七韵》 三月初三《三日书怀因示百僚》											
贞元七年	《七月十五日题章敬寺》		1									皇太子及群臣毕和
贞元九年	《元日退朝观军仗归营》											
贞元十年	《九月十八赐百僚追赏因书所怀》	1										
贞元十一年	《重阳日中外同欢以诗言志因示群官》	1										
贞元十二年	正月"制《贞元广利药方》五百八十六首，颁降天下" 十二月"著《刑政箴》一首"①											
贞元十三年	《九日绝句》	1						来朝，献《朝天行》				
贞元十四年	二月《中春麟德殿会百僚观新乐诗一章章十六句》并序 三月《送徐州张建封还镇》	1					1②	献诗一首（已佚）				

---

① 《旧唐书》卷一三《德宗下》，第385页。
② 《奉和圣制麟德殿宴百僚》又作常衮诗，《增订注释全唐诗》中注者认为当为卢纶诗，只不过注者以为是贞元四年所作（《增订注释全唐诗》第二册，第589页），但据卢纶生平可知其在贞元时期已经入浑瑊幕中，在贞元十四年前后才回朝，所以系之于此为恰。

144 / 贞元诗坛研究

续表

创作人 / 创作时间	唐德宗	权德舆	崔元翰	武元衡	李泌	韦应物	卢纶	张建封	宋若昭	宋若宪	鲍君徽	其他
贞元十七年	二月初一《中和节赐百官燕集因示所怀》 三月三《贞元六年春三月庚子百僚宴于曲江亭上赋诗以赐之》① 九月《重阳日即事》	1 1	1									
贞元十八年	二月 赐宴麟德殿 九月《丰年多庆九日示怀》	1	1									
贞元十九年	九月 赐宴麟德殿											
贞元二十年	九月 赐宴麟德殿											
其他			2②									
个人总计	16余首	7	4	2	2	1	1	1	1	1	1	

据表1可知：

第一，以贞元四年为界，德宗朝的应制活动泾渭分明。在贞元四年前，德宗君臣之间诗歌应制的活动很少，表中系于兴元元年和贞元初年的作品均为笔者根据时人的诗歌推测言之，其内容也多关时政而少逸乐，这和德宗朝当时具体的政治形势有关。德宗继位初期本想有所作为，故精力均放在军国之事上，之后又逢泾原兵变而仓皇西逃，好不容易回到长安，又逢雪灾、蝗灾、旱灾接踵而至，在这天灾人祸交相踵至的时节，君臣之间自是没有吟诗作颂的闲情逸致。从贞元四年开始，德宗赐宴赋诗的活动

---

① 《增订注释全唐诗》中注者认为据该诗中"岁闰节华晚"句意及《旧唐书》《册府元龟》的相关记载，疑该诗当作于贞元十七年三月三日。笔者认为是可信的，故系于此年。《增订注释全唐诗》第一册，第46页。

② 崔元翰有《奉和圣制重阳旦日百寮曲江宴示怀》《杂言奉和圣制至承光院见自生藤感其得地因以成咏应制》，为贞元时期奉和应制之作，但德宗原诗已佚失，不知何年，姑系于后。《全唐诗》卷三一三，第3522—3523页。

不断，如无特别的原因而能坚持数年不休①，从侧面透露出了德宗朝的政治状态由是年开始逐步趋于稳定。而德宗本人在统治的中后期对这一行为的热衷和兴趣也展现出了和他本人统治初期截然不同的政治心态。

第二，从现存德宗朝应制诗的数量来看，君臣之作共计不足 40 首。在贞元二十年，仅仅遗留下来如此数量的作品，虽然要考虑到他们的作品在后世流传中不免存在佚失的因素，但这一数字也确实显现出了宫廷文学在安史之乱后的衰落态势。

第三，从表中奉和应制活动的参与主体来说，除了这一行为的固定发起者——君主外，德宗朝应制活动的涉及面相对来说是比较广的。除了台阁重臣如崔元翰、李泌、权德舆等人外，当时朝中的一些中下层官吏如韦应物、卢纶及一些女性也得以参与其事。细究其因，韦应物等人得以参与这项活动和当时要求"群臣毕和"的因素有关，而宋氏姊妹、鲍君徽则与她们以文才见长有关。但在这些参与者及相关创作中，我们既看不到一流的作家，也看不到一流的作品，这似乎也暗示了当时文坛中心的外移与下移。应制诗成为上层贵族集团传达政治主张和歌功颂德的工具而已，其政治性的象征意义要远远高于它的文学意义，这也必然导致这类诗歌最终走向衰败的结局。

第四，从创作的具体背景而言，这些诗歌中除了个别诗篇外，基本都和节庆宴赏活动有关。这些节庆往往集中于二月初一的中和节、三月初三、七月十五中元节、九月初九的重阳节，这显然源于德宗皇帝对节宴活动的重视。上有所好，下必甚焉，由此也可一窥当时的社会情态。另外，笔者特意根据《旧唐书》的相关记载，把没有赋诗活动而单纯进行赐宴的年份也列入表格，如贞元十八年的二月、贞元十九年、贞元二十年。笔者发现它们都集中于贞元末年。晚年的德宗皇帝似乎对于宴会逸乐的兴趣不减，而诗兴却有所削弱，这也许和他诗歌主题的过于重复有关。关于德宗诗歌在题材上的雷同感和表达上的模式化的相关内容在上文中已经有所论列，兹不赘述。

---

① 在表中，从贞元四年后，只有贞元八年、十五年、十六年无赐宴赋诗类活动。查《旧唐书·德宗本纪》可知，贞元八年二月吏部尚书李纾、曹王皋、平章事刘玄佐相继去世，贞元十五年"二月，罢中和节宴会，年凶故也""癸卯，罢三月群臣宴赏，岁饥也"。《旧唐书》卷一三《德宗下》，第 389—390 页。贞元十六年正月与叛军吴少诚交战接连失利，这几年概因此而无赐宴唱和之行。

实际上，题材上的雷同感和表达上的模式化不仅是德宗自己在诗歌创作上的特点，这一状况也普遍存在于当时朝臣们该类诗的创作中。试举权德舆、武元衡作于贞元十七年曲江宴会上①有关重阳节的两首诗为例：

权德舆《奉和圣制重阳日即事六韵》

嘉节在阳数，至欢朝野同。恩随千钟洽，庆属五稼丰。
时菊洗露华，秋池涵霁空。金丝响仙乐，剑舄罗宗公。
天道光下济，睿词敷大中。多惭《击壤曲》，何以答尧聪。②

武元衡《奉和圣制重阳日即事》

玉烛降寒露，我皇歌古风。重阳德泽展，万国欢娱同。
绮陌拥行骑，香尘凝晓空。神都自蔼蔼，佳气助葱葱。
律吕阴阳畅，景光天地通。徒然被鸿霈，无以报玄功。③

在这两首不同诗人的作品中，我们看到的是类似的结构模式：前四句点题，中间四句写景，末尾四句抒怀。具体而言，两诗分别以"嘉节在阳数""玉烛降寒露"开篇，一直接点题，一先点明秋季的季节而下文随之以"重阳德泽展"来点题，并顺势分别出之以"至欢朝野同""万国欢娱同"，来说明朝野内外一片欢愉的局面。中间四句虽然具体的写法稍有不同，但均以写景为主并融入诗人之情，如权氏先具体写秋天的景色再叙写其中的人物：露珠在盛开菊花的映衬下显得更加明亮，秋日的曲江池水绵延不断似乎把整个晴朗的天空都涵括其中，在这微妙阔大的景象中，朝廷重臣们享受着美妙的如同仙乐一般的乐曲，真是心旷神怡；而武氏则先写参与宴会的人再写景：去曲江池赴宴的队伍浩浩荡荡，激起的尘土似乎都被浸染了浓浓的香气，整个帝都上下被佳气所笼罩，呈现一派繁盛的局面。最后四句均为抒怀，两人都歌颂了普天下一片承平的气象，在此基础上，权氏既称扬了皇帝文辞颇得中正之妙，又表达了在这时代的承平之下，自己才能有限无以报答皇帝的自愧之情，而武氏则主要抒发了自己有

---

① 《旧唐书》载十七年"戊辰，群臣宴曲江，上赋《九日赐宴曲江亭诗》六韵赐之"。《旧唐书》卷一三《德宗下》，第395页。
② 《权德舆诗文集》卷一，第7页。
③ 《全唐诗》卷三一七，第3564页。

幸参与宴会并能奉和圣制的诚惶诚恐之心态。两首诗都以歌功颂德为主,且文辞典雅富丽,是比较典型的庙堂文学。

形成上述局面的原因和应制诗本身的体制特点、风格特点以及德宗自身的喜好有关。作为宫廷诗的一种,应制诗在历史的发展中已经形成了几乎固定的表达模式,宇文所安将其概括为"三部式":"各种结构惯例在宫廷诗的创作中起着重要的作用。我们将其基本模式叫作'三部式',由主题、描写式的展开和反应三部分构成"①,具体而言,"首先是开头部分,通常用两句诗介绍事件。接着是可延伸的中间部分,由描写对偶句组成。最后部分是诗篇的'旨意',或是个人愿望、感情的插入,或是巧妙的主意,或是某种使前面的描写顿生光彩的结论。有时结尾两句仅描写事件的结束"②。这种"三部式"的模式因其便于操作在初唐的宫廷诗中得到了进一步的发展,经过沈、宋诸人的实践逐步成为宫廷诗中最主要的、最保险的固定表达模式。到了德宗时期,已经熟练掌握律诗技巧的朝臣们对这一模式自然更为谙熟,在创作同类题材时也就会自觉不自觉地把它运用到诗歌结构的构思中,进而也就形成了一种在德宗朝应制类诗歌中的普遍模式。

这种固定化的表达模式和创作主体、欣赏对象的特定性也导致了应制诗风格的趋同化。宋代的葛立方曾说:"应制诗非他诗比,自是一家句法,大抵不出于典实富艳尔。夏英公《和上元观灯诗》云……王岐公诗云……二公虽不同时,而二诗如出一人之手,盖格律当如是也。丁晋公《赏花钓鱼诗》云……皆典实富艳有余。若作清癯平淡之语,终不近尔。"③ 笔者认为,"典实"指的是应制诗在形式上用典繁密而具有高华典重之风,"富艳"指的是其在语言风格上讲究雕琢修饰而具有富丽精工之貌。当然,这种以"典实富艳"之风为特点的应制类作品之所以"非他诗比,自是一家句法",它的名称其实就已经暗示了原因。应制诗的创作和欣赏主体是特定的,即以皇帝和其周围的台阁群臣为核心的小众而非大众化的普通文士,这些人有他们生活的特定环境和审美取向,"清癯平淡之语"即便精彩也终会因为它的不合时宜而称不上是台阁正体。在贞元

---

① [美]宇文所安:《初唐诗》,贾晋华译,生活·读书·新知三联书店2004年版,第8页。
② 同上书,第183—184页。
③ (南宋)葛立方:《韵语阳秋》卷二,上海古籍出版社1984年版,第28页。

君臣应制诗的具体创作中,读者可以对此有鲜明的感知。而《唐国史补》中记载的如下故事似乎也可从反面印证这一点:"张建封自徐州入觐,为《朝天行》,末句云:'赖有双旌在手中,镆铘昨夜新磨了'。德宗不悦。"① 故事是讲,在贞元十三年,张建封来朝觐见皇帝时作《朝天行》,因此诗为呈献皇帝而作,所以也可在一定程度上算作一首应制之作。"双旌"一词的含义据《新唐书·百官志四下》载:"节度使掌总军旅,颛诛杀。初授,具帑抹兵仗诣兵部辞见,观察使亦如之。辞日,赐双旌双节"②,可知是节度使身份的象征。因为该诗只遗留下来这两句,猜度诗意的话应该是张建封在此诗的末尾向皇帝表达忠心——身为徐泗濠节度使的自己手持锋利的宝剑,可以为皇帝冲锋陷阵,英勇报国。这两句无论是从意义的表达还是应制诗结尾抒怀的结构上来说都没有任何问题,也十分切合张建封节度使的身份和地位,甚至权德舆在张建封去世后为其文集所写的序文中也提到了这一点:"其入觐也,献《朝天行》一篇,因喜气以抒肝膈,览其词者,见公之心焉。"③但张建封赋此诗的结果却是"德宗不悦"。结合德宗十四年春赐宴之时令张建封与宰相同座而食,在张建封辞行之时有送别之作并赐以自己平时所用之马鞭的行为来看④,德宗对张建封是非常赏识和器重的,那么这里的"不悦"显然就不是针对其诗意了。再看张建封诗句中的用词就会发现它所呈现的是口语化的表达方式及过于朴素乃至随意的风格,这既不符合应制诗"典实富艳"的文体风格,亦是深爱雅丽之风的德宗所无法接受的。有意思的是,权德舆为张建封送行时还感概说:"独奉新恩来谒帝,感深更见歌诗丽"⑤,也许受了刺激的张建封因此在诗风上有意做了些许的改变?

况且,以德宗的为人来说,真的是只愿意听顺耳之音而不愿意听逆耳之调。在《资治通鉴》贞元四年条中记载了德宗和李泌论即位以来宰相之事,对于奸臣卢杞,德宗却评价甚高,说他"忠清强介,人言杞奸邪,朕殊不觉其然",而德宗之所以有这样的印象和卢杞"小心,朕所言无不

---

① 《唐国史补》卷上"徐州朝天行"条,第28页。
② 《新唐书》卷四九下《百官志四下》,第1309页。
③ (唐)权德舆:《唐故徐泗濠节度观察处置等史……张公集序》,《权德舆诗文集》卷三十四,第521页。
④ 可参见《旧唐书》卷一四〇《张建封传》,第3832页。
⑤ (唐)权德舆:《送张仆射朝见毕归镇》,《权德舆诗文集》卷四,第67页。

从；又无学，不能与朕往复，故朕所怀常不尽也"①的处事方式有关。之后德宗对类似小人裴延龄亦是宠信有加，以至于裴延龄死后"中外相贺，上独悼惜之"②，由此也可看出德宗的好恶所在。在应制类的作品中又面对着这样的一位皇帝，就难怪在贞元朝的这类诗作中弥漫着整齐划一的颂扬之声了。

虽然德宗朝的应制诗在结构和风格上有如此模式化的特点，但如果加以细读的话，还是能看出其中稍有个人化的差别。仍以上文中所引述的权德舆和武元衡的两首诗为例。既然是应制之作，必然对德宗本人的原作是非常熟悉的，在德宗的作品中，曾吟及"未知康衢咏，所仰惟年丰"③，表达了作为一个帝王对于丰年的期盼。联系贞元时期曾经不断发生的饥荒，这样的抒怀还是有一定的现实意义的，也是比较真诚的。权德舆显然对此心领神会，所以在诗中的第四句以"庆属五稼丰"予以明确的回应和肯定——我们的宴会就是在这样一个丰收的季节展开的。但武元衡的诗中就没有涉及这一点。而且，在结尾部分，两人强调的侧重点也是不一样的：一是称扬皇帝的诗才并表达自己能力有限而不能回报皇帝的惭愧，照应的非常全面；一是重点表达自己参与赋诗活动的诚惶诚恐，由此也可见出两人不同的心态。对于从贞元十年就开始参与其事的权德舆来说，他不仅深谙皇帝心理，而且对于此类诗歌的规则已经十分熟悉并运用得如鱼得水，堪称"老手"，这也许是他之所以成为德宗朝应制诗作最多之臣的重要因素。而作为初与其事的武元衡来说，作为一个"新手"表现得有些稚嫩也就可以理解了。

我们似乎还可以看看韦应物、卢纶这两位非典型宫廷文人的此类创作，他们的诗具体如下：

韦应物《奉和圣制重阳日赐宴》

圣心忧万国，端居在穆清。玄功致海晏，锡宴表文明。
恩属重阳节，雨应此时晴。寒菊生池苑，高树出宫城。
捧藻千官处，垂戒百王程。复睹开元日，臣愚献颂声。④

---

① 《资治通鉴》卷二三三，第7512页。
② 《资治通鉴》卷二三五，第7575页。
③ （唐）德宗：《重阳日即事》，《全唐诗》卷四，第46页。
④ 《韦应物集校注》卷五，第344页。

卢纶《奉和圣制麟德殿宴百僚》

云辟御筵张,山呼圣寿长。玉栏丰瑞草,金陛立神羊。
台鼎资庖膳,天星奉酒浆。蛮夷陪作位,犀象舞成行。
网已祛三面,歌因守四方。千秋不可极,花发满宫香。①

这两首诗虽然均为六韵而非典型的八句律诗,但大体上亦符合上文所说的"三部式"结构。前四句点题,介绍所要写的主题和事件,中间四句在上述主题下展开叙述和描写,最后四句写诗人参加此次宴会的感受。从内容来看,二诗都是对德宗统治的颂扬之声。但值得注意的是,韦应物的诗歌创作于贞元四年大乱初平的时期,贞元三年曾因为大丰收的缘故米价一度下降②,整个王朝和德宗朝贞元之前的混乱的局面相比确实已经好了很多。所以,韦应物以一个开元盛世的亲历者来抒发"复睹开元日"的感慨,虽不免溢美之嫌,但多少还是有一些真诚的兴奋之感融入其中。而卢纶诗中"花发满宫香"的结尾则显得余音袅袅,也是对直接抒怀的固定模式的一种突破,让人读来有一种意想不到的美感。

如果说这种细节上的真诚与突破还可以让我们看到非典型性宫廷文人在此类创作上的新鲜感,那么在其他大臣们遗留的十几首作品中,确实给人一种如上文葛立方所说的"虽不同时,而……如出一人之手"的感觉。从前文中所引当时中书门下谢表和进表的时间来看,这些诗人和初唐时宫廷文人的即时作诗方式已经不同,而是有六至十天的准备时间。但在这些本应该说是精心雕琢的诗作中,我们却很难看到诗人的真情实感和个性化的表达(张建封的表达倒是有点个性,但结局却是显而易见的)。这样的局面也让人确实感到了应制文学的局限所在,没有新鲜血液的融入而只是同一声调的不断重复,这也必然会导致此类题材日益衰败的结局。

总的来说,相比较初盛唐台阁应制诗创作的繁荣而言,德宗朝的此类诗歌创作还是随着时世的变化而不可避免地衰退了。在这样一个特定的时期,真正的文人已经不在台阁,而是远在地方。一些颇具文人情怀的诗人即便在朝中为官,但从其遗留下来的作品来看,反映这一特定生活的诗作

---

① 《全唐诗》卷二七六,第3138页。
② 《资治通鉴》贞元三年条载:"自兴元以来,是岁最为丰稔,米斗直钱百五十、粟八十,诏所在和籴。"《资治通鉴》卷二三三,第7508页。

则比较少。集中的大多数作品往往是在其失意之时的抒发感慨、思亲念友之作，或者和朋友唱酬往来、吟赏烟霞、游览纪胜之类。这一现象可能和台阁中人往往身居要职有关，他们在忙于各种具体事务的同时可能没有太多的时间和精力去从事诗歌的写作，也就是韩愈所说的"王公贵人气满志得，非性能而好之，则不暇以为"①。并且，从诗歌"穷而后工"的一般规律来说，对于大多数身致通显的台阁中人来说，诗歌在日常生活中的存在也就可有可无了。这样一来，就尤其发现始终坚持创作的权德舆和武元衡两人在德宗朝的价值之所在了。

第四节　德宗朝台臣的应酬往来之作及个人化情感的表达
——以权德舆和武元衡为例

　　权德舆和武元衡都是德宗、顺宗、宪宗朝著名的政治家、文学家，且生卒年相差无几：权氏出生于唐肃宗乾元二年（759），卒于宪宗元和十三年（818）；武氏则出生于唐肃宗乾元元年（758），卒于宪宗元和十年（815），生活的时代、背景、经历都非常相似。他们的诗文创作也比较多，且绝大部分作于德宗贞元时代②。考察他们在德宗朝的仕宦履历、人生际遇情况对于其作品的时间界定及探讨相关作品内容、思想的时代性、阶段性甚至是两人的差异性显然都是十分必要的。就目前的研究情况来看，学者们对权德舆作为贞元时期台阁诗人、文坛盟主这一身份的研究是非常充分的，对于武元衡的贞元诗人属性也没有什么太多的质疑。但显然，在时人眼中声名赫赫的权相国、武相国的身份并不是二人生来就具备的，他们也需要在各自的人生道路中通过一步又一步的努力才得以实现从

---

　　①　（唐）韩愈：《荆潭唱和诗序》，《韩昌黎文集校注》卷四，第263页。
　　②　就诗歌而言，据笔者统计，权德舆有150余篇作品从时间上明确创作于德宗朝，占了他全部诗歌（笔者据霍旭东点校的《权德舆诗集》目录统计，计有337篇）的近二分之一，如果把一些时间界定较为模糊的作品亦划入德宗朝的话，在德宗朝诗歌创作的数量显然占据了他全部诗作的绝大部分。而且，他虽然在元和十三年才去世，但后期长期高官显宦的生活经历必然使其诗歌作品在题材及成就上有所限制；武元衡在《新唐书·艺文志》中著录有《武元衡集》卷十，《新唐书》卷六十《艺文四》，第1606页。但大部分已经佚失，其诗作在《全唐诗》卷三一六至三一七中共收录191篇，而在德宗朝的作品据笔者统计近120篇，可见其大部分诗歌也创作于贞元。所以，无论是从数量还是从质量上而言，将他们视为德宗朝的代表诗人是没有问题的。

布衣到低级属吏再到朝廷官员身份的转换。而这样一个在事业中不断奋进的过程只存在于两人人生的早期，一个是在贞元八年之前，另一个是在建中四年到贞元十六年①。这成为考察他们在贞元时期台阁诗创作之外的另一个重要的也是颇具典型性的层面。

一 权德舆和武元衡在贞元的生平与创作

权德舆的祖父权倕、父亲权皋都是当时颇有作为的人物，和当时的著名文人们也都有所往来，这样的家庭氛围自然对权德舆影响颇大。他少有文名，不仅4岁赋诗，而且15岁时就著《童蒙集》行于世，名声日益显著。所谓"学而优则仕"，权德舆作为传统知识分子在人生道路的选择上亦是如此。他在德宗建中元年（780）被黜陟淮西、淮南的韩洄辟为从事，由此便正式开始了他的仕宦生涯。在以后的岁月中他凭借着自己的能力和才华一步步由地方走向中央，由下级属吏走向当朝宰辅。

以建中元年为界，权德舆的人生可分为读书和入仕两大阶段。前期他主要定居于丹阳，其间还曾经漫游嘉兴，主要从书本和实践中获得知识和经验。他文名早著，并和当地文人和官员多有往来，也正是这样的才华和声名，让他在21岁就获得了入幕的机会，开始正式步入仕途。权德舆的仕途也大体分为两个阶段：第一个时期是从21岁到34岁，即从建中元年一直到贞元八年初他在长安被任命为太常博士前的地方入幕时期。在这一阶段，他先后出入于韩洄、杜佑、包佶、李兼诸幕，为了生计和抱负辗转各地。羁旅行役于各地之间时，虽免不了奔波劳累之苦，但在这一过程中他却认识了大量的师友，为以后入仕中央和统领文坛打下了良好的基础。第二个时期是指权德舆从34岁到60岁为官中央时期（一直到他去世前两年即元和十一年出为山南西道节度使方离开中央）。贞元八年权德舆进入中央担任太常博士一职，第二年改任左补阙，"章奏不绝，讥排奸佞"②，对裴延龄等奸佞小人予以抨击，对时事亦是积极的建言献策，颇具实干精神。这种实干精神显然也获得了德宗皇帝的认可，从贞元十年起一直到贞元十八年十月，他陆续担任起居舍人、

---

① 比部员外郎一职是武元衡进入中央政权的开始，但相关史料中对武元衡任比部员外郎的时间，俱无明确记载。据赵目珍考证，应在贞元十六年，此处取其说。赵目珍：《〈诗人主客图〉"瑰奇美丽主"武元衡年谱》，《中国韵文学刊》2013年第2期。

② （唐）韩愈：《唐故相权公墓碑》，《韩昌黎文集校注》卷七，第471页。

驾部员外郎、司勋郎中、中书舍人之职，并在此期间一直知制诰。《旧唐书》本传中提及他"居西掖八年，其间独掌者数岁"①，杨嗣复在《权载之文集序》中也提及他在此期间："凡四任九年，专掌诏诰。大则发德音，修典册，洒朝廷之利泽，增盛德之形容。小则褒才能，叙官业，区分流品，申明诫劝。无诞词，无巧语，诚直温润，真王者之言。"② 在贞元中后期近十年的人生中，他一直身处王朝的政治中心负责诰命的起草和制定，作为近臣侍奉于皇帝的周围，这不能不影响他文学创作的题材和风格。这样的情况在贞元末年乃至元和期间并没有什么显著的变化，如果说在初入中央的权德舆身上还能看到他作为青年的锋芒和锐利，那么随着他仕途的逐步高升我们看到的却是一个官僚的圆滑和世故。作为一个成熟的政治家这样的转变无可厚非，可是，如果从文学创作、诗歌创作的角度来说，作为文学家本应该具备的创作激情和对世间万物的敏感却大打折扣了。身居台阁的政治家围绕着的是皇帝、是同僚，是机械僵硬的政治机器，虽然仍在进行文字的创作，却免不了内容的局限和思想的贫瘠。

值得注意的是，在权德舆 60 年的人生中，他从政时间长达 40 年，且长期身居要职，这在唐朝的文人中是不多见的。政治家和文学家的身份有机统一于权德舆的诗文当中，正如杨嗣复所说："唐有天下二百二十载，用文章显于时，代有其人。然而自成童就傅，以及考终命，解巾筮仕，以及钧衡师保，造次必于文，视听必于文，采章皆正色，而无驳杂，调韵皆正声而无奇邪，滔滔然如河东注，不知其极，而又处命书纶綍之任，专考覈品藻之柄。参化成辅翊之勋，初中终全而有之，得之于相国文公矣。"③诗文成为他人生最直接、最全面也是最生动的说明，这也就为后世读者了解他、走近他提供了第一手的材料。

相比较而言，武元衡进入中央政权的时间比权德舆晚了近十年。武元衡字伯苍，河南缑氏人。德宗建中四年登进士第，最初累辟使府，官至检校监察御史，后改任华原县令。华原县属于京兆府的管辖范围，因当时京城地区的镇军督将依仗恩宠，骚扰吏民，为非作歹，元衡不堪其苦而称病

---

① 《旧唐书》卷一四八《权德舆传》，第 4003 页。
② （唐）杨嗣复：《丞相礼部尚书文公权德舆文集序》，《全唐文》卷六一一，第 6176 页。
③ 同上。

去官，在很长的一段时间里只是任情纵性，宴饮酬唱而已。大概到了贞元十六年，德宗知其才，召授其为比部员外郎。后三迁至左司郎中，贞元二十年又被擢任为御史中丞。宪宗时期元衡官运亨通，于元和二年正月拜门下侍郎、平章事，在当年十月又被委任以剑南西川节度使，在西川颇有作为。元和八年重拜为门下侍郎、平章事，本应大有作为的年纪，但仅仅两年后却不幸被藩镇所派贼人击杀于去早朝的路上，享年仅58岁。客观来说，武元衡典型台阁诗人的身份是在贞元末期、宪宗元和时期才得以充分实现的，但这位被德宗评价为有"宰相器"[1]的政治家其"瑰奇美丽"[2]的诗风在贞元期间已经大体定型。而且，对于以不惑之龄方平步青云的诗人来说，颇具干才的他在元和十余年的时间里主要将精力用于军政事务之上也在情理之中。因此，笔者认为将武元衡视为德宗时期的代表文人也是可以的。

二 权德舆、武元衡等人的应酬之作

《中国诗学大辞典》中对应酬诗的界定是："举凡题赠、送别、庆贺、哀挽之作，都属于人际关系间的应酬诗。"[3] 作为朝廷要员的台阁之臣们，在他们的政治生活中，除了要应对皇帝、处理政事之外，和其他朝臣的人际关系也是他们时刻面临的一门重要的功课，彼此之间的应酬往来自是不可避免。在诗歌极度发达的唐朝，这种文体自然就成为他们传情达意、交际往来的重要工具。检校《全唐诗》中的相关人物和作品就会发现，在贞元初期，可能和当时混乱的政治形势相关，德宗朝官员反映其台阁生活方面的诗作是比较零星的。而贞元八年才进入中央朝廷的权德舆在贞元时期个人相关诗作的创作数量几乎可以超过之前德宗朝所有官员的总和。贞元后期进入中央的武元衡也相对来说有一些此类题材的诗作。因此，无论是从身份上还是从创作数量上而言，权、武二人都成为这类诗歌在德宗朝的典型代表。

据笔者统计，权德舆在贞元时期的该类作品有70余首，内容上主要以酬和、送别、哀挽为主。在同僚出使、归镇、赴职、辞官时他均有送别

---

[1] 《旧唐书》卷一五八《武元衡传》，第4159页。
[2] （唐）张为：《诗人主客图序》，《全唐文》卷八一七，第8604页。
[3] 傅璇琮、许逸民等主编：《中国诗学大辞典》，浙江教育出版社1999年版，第1166页。

之作，如《送袁中丞持节册南诏五韵净字》：同僚袁中丞就要出使到南诏去了，权德舆在送别诗中没有大历以来一贯的晦暗与伤感，而是怀着一种振奋的心情想象着袁中丞虽然免不了道途的辛苦，但当袁中丞想到此行可以一展国威，自然就会觉得沿途的景色似乎都可喜、可爱了很多："烟雨棘道深，麾幢汉仪盛。途轻五尺险，水爱双流净"①；《送张阁老中丞持节册吊回鹘》则以七律的形式颂扬张荐在外交和内政方面不俗的才行，展现依依惜别之情；《送韦中丞奉使新罗·往字》《送韦行军员外赴河阳》《送张仆射朝见毕归镇》《送崔谕德致政东归》诸诗亦都各有侧重，且均能结合所送之人的具体特点来立意，所以尽管都为送别之作但读来自觉其面目不同。有意思的是，在权德舆的文集中亦收有其《送袁中丞持节册回鹘序》《送张阁老中丞持节册吊新罗序》《奉送韦中丞使新罗序》《送张仆射朝觐毕归徐州序》《奉送崔二十三丈谕德承恩致仕东归旧山序》诸文，与相关诗歌相参看，往往能更深入地了解诗歌的创作背景和当时的具体史实与情状。皇帝、皇后、诸王、公主等人去世时，台臣往往需要作挽歌词来表达自己的哀挽之情。权德舆有为德宗皇帝、顺宗皇帝、德宗的昭德皇后王氏、顺宗的儿子文敬太子、德宗的女儿郑国庄穆公主、魏国宪穆公主、西平郡王李晟、北平郡王马燧等人所作的该类作品，这些创作往往既能严守规范又能抒情真挚。权德舆的奉和酬答类作品从数量上而言是其台阁类诗作中数量最多的一部分，在内容上主要记载了权德舆和他的台阁同僚们在公事之余诗酒往来、吟赏风物的闲暇生活。

相比权德舆而言，较晚进入中央政权的武元衡这类作品的数量相对要少很多。即便如此，在他贞元时期的台阁类作品中除了为德宗、顺宗、昭德王皇后所作的挽歌词外，亦有如《酬元十二》《酬陆三与邹十八侍御》《夏日陪冯许二侍郎与严秘书游昊天观览旧题寄同里杨华州中丞》《秋日台中寄怀简诸僚》《酬陆员外歙州许员外郢州二使君》等诸多和同僚往来应酬的作品。在这类作品中，作者或追怀友人，或写与同僚们的赏游之乐，或发独处之叹，或叙及自己的作为及心绪，内容是比较丰富的。辞藻大多典雅工丽，是比较典型的台阁应酬交际之作。

和以往台阁类诗歌主要以政事为中心，以典雅华丽的辞藻抒写他们高雅恬淡的生活情趣不同的是，权德舆和他的同僚们在这类诗作中更关注生

---

① 《权德舆诗文集》卷四，第62页。

活中的一些小事、细节，也更加注重诗歌的娱乐消遣功能。如权德舆有《奉和陈阁老寒食初假当直从东省往集贤因过史馆看木兰花寄张蒋二阁老》：

> 昼漏沉沉倦琐闱，西垣东观阅芳菲。繁花满树似留客，应为主人休浣归。①

陈阁老陈京的原作已经佚失，但从题目中推测其事，当为在寒食这一天，朝中官员们都去享受自己的假期了，可权德舆的这位同僚陈阁老还要在单位值班。在他从门下省（即题目中的东省）去集贤殿的路上，无意中发现了开在史馆院里的木兰花，于是作诗寄给了自己的两个同事。权德舆的这首奉和之作写得不仅别出心裁又不乏情趣，第一句中的"倦"字写出了主人公陈京独自值班时的百无聊赖之情，正是在这样的心情下，诗人才会发现"芳菲"之景。而这满树的木兰花也似乎别有一番心思：它想用自己最美丽的风景吸引住这位驻足的客人，一起等待自己的主人们休假归来。最后两句用拟人化的手法把木兰花写得知人情、懂人意，也使诗歌变得活泼生动起来。整首诗正是从生活中的细节出发来展现台阁生活中的一些侧面。在这些台阁诗人的笔下，诗歌不仅是传达生活情趣的工具，而且亦成为他们娱乐的媒介。权德舆有《离合诗赠张监阁老（一作以离合诗赠秘书监张荐）》，以此为契机，他的同僚张荐、崔邠、杨於陵、许孟容、冯伉、潘孟阳、武少仪等均以此题为中心进行酬答奉和②。无独有偶，潘孟阳又以"春日雪以回文绝句呈张荐权德舆"为题赠给同僚，张荐也有和诗。可见这种类似文字游戏般的诗歌创作在当时台阁诗人中是非常流行的，虽然这些诗歌艺术性并不高，但这种创作毕竟是对诗歌体式的一种补充和丰富。而且，联系张荐曾经参与过颜真卿主办的浙西诗会以及权德舆深受江南诗风影响的背景，江南诗风中的一些因素通过这些诗人传入宫廷，亦是在情理之中。

形成这样的倾向一方面源于上文提及的江南诗坛风气的影响，另一方面和德宗朝的政治形势亦有关联。德宗皇帝为人猜忌，尤其是身经建中、

---

① 《权德舆诗文集》卷七，第118页。
② 均见于《全唐诗》卷三三〇，第3685—3690页。

兴元之乱后，对于政治大权有着极强的控制欲："上自陆贽贬官，尤不任宰相，自御史、刺史、县令以上皆自选用，中书行文书而已"①，"德宗不务大体，以察为明"②。而某些朝臣深谙帝意，为了得到皇帝的恩宠，密切监视同僚之间的往来情况："金吾大将军李翰好伺察城中细事，加诸闻奏，冀求恩宠，人畏而恶之。"③ 德宗皇帝对此亦是处之泰然，直到贞元十四年因张建封的奏议，才稍有松懈，明确于是年正月甲午敕曰："比来朝官或相过从，金吾皆上闻。其间如是亲故，或尝同僚，伏腊岁时，须有还往，亦人伦常礼，今后不须奏闻。"④ 这样的政治局面也造成了德宗朝的台臣们私下往来时往往也只是"止可谈风月，不宜及公事"⑤，台阁应酬诗也就日益消遣化、娱乐化、文人化了。

当然，在个别的篇章中也透露了德宗朝其他朝臣如何处理公事和为公事烦恼的心情，这样零星的内容却为我们了解当时朝臣的作为及心态提供了重要的资料。卢群的《淮西席上醉歌》就是一首以巧妙的方式化解藩镇危机的妙作。在《旧唐书·卢群传》中详细记载了这件事情：贞元十三年，淮西节度使吴少诚擅开司、洎等水漕运溉田，在数次遣派使者无效的情况下，时任兵部员外郎中的卢群奉使前往劝阻后终于得以停工。在吴少诚提及自己因为违抗朝命，而感觉常常被隔绝于皇恩之外时，卢群在筵席上乘醉而歌曰：

> 祥瑞不在凤凰麒麟，太平须得边将忠臣。卫霍真诚奉主，貔虎十万一身。江河潜注息浪，蛮貊款塞无尘。但得百僚师长肝胆，不用三军罗绮金银。⑥

单纯从诗歌艺术的角度来说，这首诗实在算不上是什么精品。但之所以取得"少诚大感悦"⑦的效果就是因为这首诗在诗意上具有入情入理、打动人心的效果（或者说打动特定对象吴少诚的效果）。诗歌大意为一个国家

---

① 《资治通鉴》卷二三五，第7575页。
② 《旧唐书》卷一三七《赵涓传》，第3762页。
③ 《旧唐书》卷一四〇《张建封传》，第3831页。
④ 《旧唐书》卷一三《德宗下》，第387页。
⑤ （唐）李延寿：《南史》卷六〇《徐勉传》，中华书局1975年版，第1478页。
⑥ （唐）卢群：《淮西席上醉歌》，《全唐诗》卷三一四，第3534页。
⑦ 《旧唐书》卷一四〇，第3834页。

的吉祥、平安靠的不是像凤凰、麒麟这些祥瑞之物，国家的太平从来依赖的都是那些守边的将领、忠诚的辅臣（但显然此处的重心在"边将"，从下文中所举例子即可见出）。像汉代的卫青、霍去病都是真诚侍奉主上的武臣（此处以汉代名将卫、霍来比喻吴少诚，难怪吴会心花怒放了），要知道勇将一人是可以超过十万大军的（此处又极大地满足了吴少诚的虚荣心）。长江、黄河的暗流可以平息大浪，蛮貊归附才能边境无警（你看你吴少诚的作用多重要啊）。只要得到百官师长的归心，就不需要给三军罗绮金银（你吴少诚对朝廷的忠心是历历可见的，不需要通过赏赐金钱来予以收买的，朝廷是非常信任你的）。诗中虽不免夸大不实之语，但在特定的环境下，也不失是一个稳定将心的妙计。从之后的史实来看，虽然这样的示好对于吴少诚日益滋长的反叛行为实际上没有起到任何实质性的遏制作用，但我们从这首诗中至少看到了卢群作为朝廷要员所作所为的一个侧面，并生动感知了其中所透露出来的卢氏的机敏与才干。另外，在《全唐诗》中著录了刘太真和吕渭的两首诗，虽然题目和个别字词有所不同，但基本上可以断定为一首诗，具体如下：

　　独坐贡闱里，愁心芳草生。山公昨夜事，应见此时情。——刘太真《贡院寄前主司萧尚书听（一作吕渭诗）》①
　　独坐贡闱里，愁多芳草生。仙翁昨日事，应见此时情。——吕渭《贞元十一年知贡举挠阁不能定去留寄诗前主司》②

如果不执着于考证这首诗的作者到底是谁，我们就会发现一个有意思的事实：刘太真、吕渭在贞元年间都曾经掌贡举，且多取之不公，如刘太真"及转礼部侍郎，掌贡举，宰执姻族，方镇子弟，先收擢之"③，吕渭"结附裴延龄之子操，举进士，文词非工，渭擢之登第，为正人嗤鄙"④，可见两人都是在科考之事中颇受非议的人物。科考之事本身就因为事关重大，牵扯方面过多而头绪繁杂，如果再加上过重的主观因素的话显然就会更加难以决断。如果在科闱之中，能够秉持公平公正的原则，以考生的实

---

① 《全唐诗》卷二五二，第2841页。
② 《全唐诗》卷三〇七，第3488页。
③ 《旧唐书》卷一三七《刘太真传》，第3762页。
④ 《旧唐书》卷一三七《吕渭传》，第3768页。

力来决定一切的话，相对来说反而容易把握相应的原则和标准；但如果主考官并不依赖考试本身的结果，而是以人情、权势作为评判的标准，那在考生的去留问题上就不得不周详考虑各种人际关系，一个不当，可能就因为得罪了不该得罪的人而丢官丧命。这一切确实会让身为主考的两人烦"愁"不已，以至于忍不住在贡闱中寄诗前辈，想从对方那里获得一种共鸣和安慰。所以，从这两首诗（或者说是作者不定的一首诗）中，我们看到的是身为科考主考官的台阁之臣——刘太真、吕渭们的复杂心态。

三 权德舆、武元衡等人个人化情感的表达

相比较权、武等台阁诸人在应制诗、应酬诗中诗作题材较为单一的情况而言，他们在表现个人化情感时的诗作则较为丰富，内容也比较充实，个别的题材也非常有特色。这和他们对于诗歌功能的认识有一定的关系，如权德舆认为诗歌就作用而言可分两类："其大则扬鸿烈而章缉熙，其细则咏情性以舒愤懑。"[1] 而且认为这种不同和文人所处的位置不同有关："君子消长之道，直乎其时，而文亦随之。得其时则彰明事业，以宣利泽；不得其时则放言寄陈，以抒志气。"[2] 可见，在权德舆看来，这种"咏情性""抒志气"之作亦是诗歌价值的重要体现。这种观点其实和古人"发愤著书"的观念一脉相承，而且因为这类诗歌往往作于诗人"不得时"之际，而难免带有强烈的情感色彩和个性化气息。

确实如此。检校权、武二人的诗作，对个人化情感的表达绝大多数创作于他们进入中央朝廷之前。以权德舆为例，我们可以感受到青年时期的他在入仕之初所面临的困顿如《丙寅岁苦贫戏题》；对于家庭和新婚妻子的眷恋如《祗役江西路上以诗代书寄内》；入朝之际和入朝后的复杂心理和思亲之情《祗命赴京途次淮口因书所怀》《待漏假寐梦归江东旧居》《省中春晚忽忆江南旧居戏书所怀因寄两浙亲故杂言》。在这一时期的诗中还有他渴望实现理想与抱负的豪情与壮志，面对社会不公和百姓困顿现状的愤慨与不平，以及和新、老朋友相交时的快乐、分别的悲伤、分别后的惦念、再见时的激动，等等。总之，读者在他这一阶段的诗歌中看到的是一个鲜活

---

[1] （唐）权德舆：《唐故通议大夫梓州诸军事梓州刺史上柱国权公文集序》，《权德舆诗文集》卷三四，第 517 页。

[2] （唐）权德舆：《唐故银青光禄大夫守中书侍郎同平章事赠太傅常山文贞崔公集序》，《权德舆诗文集》卷三三，第 498 页。

的、充满生机和丰富情感的士子形象,而在其后期作为政治家的诗歌当中,除了个别篇章,我们看到的则更多是一个面目模糊的封建官僚形象。

武元衡亦是如此,所谓"文人不幸诗家幸",与元和相比较为不得志的诗人其实在贞元时期的诗歌内容相当丰富。除了传统的应酬往来、思亲念友之作外,其他诸如题寄感兴、咏物伤时、怀古咏史、旅次记景、思乡言情、边塞入幕之篇也都有所涉及,且不乏佳作。如《寒食下第》中"如何憔悴人,对此芳菲节"① 两句运用景和人的对比,仅用十字就简练而又传神地表达了自己在落第后失意的状态。他在贞元二十年担任御史中丞时所作的《台中题壁》:

> 柏台年未老,蓬鬓忽苍苍。无事裨明主,何心弄宪章。雀声愁霰雪,鸿思恨关梁。会脱簪缨去,故山瑶草芳。②

诗中感慨的是已经鬓发苍苍的自己现在一事无成,这不禁让诗人失意不已,内心充满了无法排遣的愁怀,由此自然生发出古代官僚常见的辞官归山之志。联系诗人之后在政治上的所作所为,我们会发现诗中的归去之志只是作者的一时失意之语,而不是真正灰心绝望之词。虽然其中所表现的愁绪和排遣方式在古代士大夫中间是极为常见的心态,但诗篇开头的"年未老"却让我们在武元衡身上发现了他的个性和时代的风气:担任御史中丞之职时,武元衡已经 47 岁,在这样一个快要知天命的年龄,作者却认为自己依然"年未老",可见其鸿鹄之志和老骥伏枥之心态,也能从侧面感受到贞元末年士人关注现实、积极作为的风气。

贞元中后期的权德舆除了政治家身份带来的诗歌创作的应酬性、交际性之外,他还是一个丈夫、一个父亲、一个高级的知识分子,对家庭生活的描绘、对日常生活的吟咏也成为他在该阶段诗歌创作的一个重要方面③。就像杨嗣复所言:"千名万状,随意所属,牢笼今古,穷极微细。

---

① 《全唐诗》卷三一七,第 3570 页。
② 《全唐诗》卷三一六,第 3549 页。
③ 鉴于学者们对权德舆亲情诗、赠内诗、描写日常生活类诗歌的相关论述已经较为充分,兹不赘述。具体可参见严国荣:《权德舆研究》,中国社会科学出版社 2006 年版;徐敏:《权德舆亲情诗研究》,硕士学位论文,湖南大学,2011;蒋寅:《权德舆与唐代的寄内诗》,《唐代文学研究》(第七辑),广西师范大学出版社 1998 年版。

周流于亲爱情理之间,磅礴于勋贤久大之业,不为利疚,不以菲废。本乎道以行乎文,故能独步当时,人人心伏,非以德爵齿挟而致之。"① 其中虽不乏溢美之词,但对权德舆诗文内容"周流于亲爱情理之间,磅礴于勋贤久大之业"特点的概括确为灼见。权德舆除了以文坛盟主的地位引导贞元中后期的诗文风貌外②,就具体创作而言,他在贞元时期将生活化的内容利用诗歌的形式展现出来,进而在一定程度上引导了诗歌题材日常化、世俗化的趋向。武元衡则主要是在诗歌艺术手法上强调求奇求工。武元衡诗歌的体裁除了当时流行的五、七言律诗之外,绝句、乐府之作也颇多。其诗歌"往往被于管弦"③"被于丝竹"④,可见颇有音乐美的特质。"瑰奇美丽"⑤ 是对他诗风的典型概括,也是对他诗坛地位的精当点评:他诗中绚丽的色彩、清丽的景物中所呈现的"美丽"之态如果说是对大历诗风的继承的话,那么雕琢字句,求奇求工的"瑰奇"之势则是对元和诗风的开拓。所以,武元衡以他的创作无形中担当了从大历到元和这一过渡时期的贞元诗风的体现者。

　　通过上文的论述我们似乎可以得出这样的结论:对于权德舆、武元衡这样拥有政治家和文学家双重身份的高级政客而言,他们的诗歌创作不可避免会沾染政治的因素,并且会随着政治因素或者说社会角色的变化而发生相应的变化。当他们远离政治中心时,其诗歌表现出来的是更加丰富的内容、情感和风格;反之,当他们身处政治中心时,其诗歌创作受面对皇帝时奉和应制之需及面对同僚时迎来送往之限,往往呈现较为单一的内容和风格。当然,人毕竟是社会动物,他们除了政客、官僚的身份之外还兼具文人之精神和情性,所以也会把日常生活、人生经历中的点滴感悟发之于诗。如果说台阁诗作因为主要是诗人们在承担政治性的社会角色时不得不进行的功利性创作而显得面目模糊,为文造情的话,那么诗歌中日常情感的抒发则因为是他们的性情之需而显得更加真挚和动人。

---

① (唐)杨嗣复:《丞相礼部尚书文公权德舆文集序》,《全唐文》卷六一一,第6176页。
② 具体论述可参见蒋寅《权德舆与贞元后期诗风》,《唐代文学研究》(第五辑),广西师范大学出版社1994年版。
③ 《旧唐书》卷一五八《武元衡传》,第4161页。
④ 傅璇琮主编:《唐才子传校笺》(二),中华书局1989年版,第209页。
⑤ (唐)张为:《诗人主客图序》,《全唐文》卷八一七,第8604页。

第 二 章

孟郊、欧阳詹在贞元时期的诗歌创作

第一节 孟郊

历来文学史在谈及孟郊的时候，都是把他和韩愈放在一起，作为韩孟诗派的代表人物放在元和诗坛来谈。近年来，随着研究的细化，研究者们也开始注意到孟郊作为"元和诗人"这一说法的不严密性，而逐渐把他划入贞元诗坛的研究范围当中。在笔者看来，这样的转变是符合孟郊的生平和创作实际的。认清一个作家真正的时代属性显然更有利于把握其作品的真正价值和历史定位，这一点在孟郊身上体现得尤为明显。

据新旧《唐书·孟郊传》[①]和华忱之编次的《孟郊年谱》[②]可知，出生于唐玄宗天宝十年（751）的孟郊少时曾隐居嵩山，并和皎然、陆羽等有所交往。从他现存可以系年的诗歌来说，直到德宗建中元年（780），已经到了而立之年的孟郊才开始真正进入社会，了解社会。他最初旅居于中原河阳一带，而此地当时正是藩镇联合对抗唐廷的主战场，即所谓"河中又起兵，清浊俱鑠流"（《杀气不在边》）[③]。对于年轻的孟郊来说，他进入社会的第一课就是被迫直面最黑暗的现实。这也让此时充满热血的诗人对动乱的社会有了最直观的了解和体验，因此，对现实的关注在无形中成为孟郊诗歌的底色。

贞元七年，一直寓居在江南信州上饶、苏州一带的孟郊怀揣着"欲

[①]《旧唐书》卷一六〇，第4204—4205页；《新唐书》卷一七六，第5265页。

[②] 华忱之、喻学才：《孟郊诗集校注》（附录：孟郊年谱），人民文学出版社1995年版，第520—590页。本书所引孟郊诗歌如果不作特别标注的话均出自该书，以下只标书名卷页之数。

[③]《孟郊诗集校注》卷一，第28页。

和熏风琴"① 的豪情和壮志，"以尊夫人之命"② 和不惑之龄来到长安参加了进士科的考试，却以落第而结束。他的生活一直是比较贫困的，他在《叹命》中说："三十年来命，唯藏一卦中……本望文字达，今因文字穷。影孤别离月，衣破道路风。"③ 对于一个文人来说，想要改变自己的命运在当时来说最好的办法莫过于参加进士科的科举考试。关于这一点，在李肇的《国史补》中有明确的记载：

> 李建为吏部郎中，常言于同列曰："方今俊秀，皆举进士。使仆得志，当令登第之岁，集于吏部，使尉紧县，既罢又集，乃尉两畿，而升于朝。大凡中人，三十成名，四十乃至清列，迟速为宜。既登第，遂食禄，既食禄，必登朝，谁不欲也！无淹翔以守常限，无纷竞以求再捷，下曹得其修举，上位得其历试。就而言之，其利甚博"。议者多之。④

显然在时人看来，高中了进士，也就意味着走上了一条人生的康庄大道，获得了显宦仕途的通行证。时代风气既是如此，对于有着青云之志的孟郊个人来说，科举自然就成为他实现自己理想与抱负的首选之途；何况孟郊对自我的能力和才华十分自信，他认为自己是那种不鸣则已，一鸣则要惊人的白鹤："白鹤未轻举，众鸟争浮沉"⑤；再加上已经成家立业的孟郊还有养家糊口、奉养母亲的责任，他贫困的生活状态也急需要这样的考试来予以改变；同时作为孝子的孟郊又是怀揣着母亲的期望来到了长安，一切的一切都让孟郊对这场考试寄托了太多的期望，所以在面对落第的打击时也就有着异于常人的苦闷。第一次来到长安参加科举考试的孟郊对于大都市有着明显的不适应感，对于世道人心也有了更深刻的体认。但即便如此，第一次落第的孟郊还没有到绝望的程度，所以第二年，他又来到了长

---

① （唐）韩愈：《孟生诗》，《韩昌黎诗系年集释》卷一，第12页。
② （唐）韩愈：《贞曜先生墓志铭》，《韩昌黎文集校注》卷六，第446页。
③ 《孟郊诗集校注》卷三，第147页。
④ 《唐国史补》卷下"李建论选集"条，第51页。白居易有《除李建吏部员外郎制》，《白居易集笺校》卷五五，第3162—3163页。文中李建当为此。可知其为吏部郎中一职当在元和时期。但科举制度在德宗时代已经发展到兴盛的阶段，在贞元时应该也会有这样的风气。
⑤ （唐）孟郊：《湖州取解述情》，《孟郊诗集校注》卷三，第138页。

安参加科考，却再一次以失败而告终。这一次的失败显然让孟郊从心理上更加无法接受，他甚至说"死辱片时痛，生辱长年羞"①，屡次落第的结果让诗人甚至产生了生不如死的痛苦和难堪，所以在此前后写了大量和落第、人情世态、现实生活相关的作品。

　　幸运的是，早在贞元八年初来长安之时，孟郊就结识了同样来参加考试的韩愈、李观诸人，并和比自己小14岁的韩愈订交——"韩愈一见，为忘形交"②，成为终生的挚友。朋友的陪伴和称扬多少让孟郊感到几许宽慰，他也开始漫游以排解忧愁。孟郊先是访张建封于徐州，东归时途经苏州小住，后又经长安去朔方，远游巫峡、襄阳、京山、云梦等四川、湖楚一带，此时的他早已失去了来长安前的那种昂扬，已经变成"有鹤冰在翅，寒严力难飞"③ 了，但广泛的游历生活也让孟郊对社会现实和各地的奇丽风光有了更直观的体验。贞元十二年，46岁的孟郊终于登进士第，同年七月，东归过洛阳，于汴州遇韩愈，经和州而和张籍同游。在孟郊的介绍下，张籍和韩愈相交为友，"在（贞元）十二至十四年间，韩愈、孟郊、张籍、李翱等会聚汴州，是韩愈文学集团形成时期，也是韩孟诗派开始享誉诗坛之时"④。贞元十六年（800），50岁的孟郊又按母亲的安排和自己对帝都的向往即"终然恋皇邑，誓以结吾庐"⑤ 到洛阳应铨选，并于次年被授予溧阳县尉一职。但孟郊实在算不上是一个能吏，他"性介，少谐合"⑥ 的个性禀赋也与官场格格不入，所以他在溧阳县尉任上时并不管庶务，而是周游、流连于溧阳周边的景物中，沉浸在自己的世界中赋诗苦吟。大约在贞元二十年，54岁的孟郊最终辞去了溧阳县尉一职。在元和元年又来到长安和韩愈、张籍诸人诗酒唱和，争奇斗胜，并创作了很多长篇联句，瑰怪奇崛的诗风已经十分显著和成熟。

　　据韩愈的《贞曜先生墓志铭》记载，孟郊在辞去溧阳县尉两年后，也就是在元和元年，孟郊被郑余庆奏为河南水陆运从事，试协律郎，并随其赴任于东都洛阳，一直到他去世前夕始终定居于此。这也许是自孟郊进

---

① （唐）孟郊：《夜感自遣》，《孟郊诗集校注》卷三，第142页。
② 孟郊传在《新唐书》中附于韩愈传后，也可见宋初史家对韩孟关系问题的认识。
③ （唐）孟郊：《寄卢虔使君》，《孟郊诗集校注》卷七，第312页。
④ 张清华：《韩愈大传·韩愈四友传》，中州古籍出版社2003年版，第403页。
⑤ （唐）孟郊：《初于洛中选》，《孟郊诗集校注》卷三，第155页。
⑥ 《新唐书》卷一七六《孟郊传》，第5265页。

入社会以来生活最为安定的一个时期，虽然生活依旧贫苦，但定居的生活让他不再漂泊无依。这段时间中令孟郊比较痛苦的是元和三年和四年，在此期间，他的三个儿子和母亲相继去世，给这位本已经垂垂老矣的诗人以更加沉重的打击。到了元和九年，出任山南西道节度使的郑余庆想起了这位曾经的幕僚，于是奏请其为兴元军参谋，试大理评事，而孟郊就在自洛阳赴兴元的路上暴病而卒，结束了他苦难的一生。

综观孟郊的一生及相关创作，不难发现其于贞元时代所创作的诗歌无论就题材还是艺术手法而言，对于孟郊个人及整个唐诗史来说都有着重要的价值和意义，具体如下。

一 现实主义精神的确立

孟郊诗歌中的现实主义底色是在贞元时期确立的。孟郊所生活的时代正是唐朝社会由盛转衰的时期，到了德宗朝虽然状况有了很大的改变，但藩镇割据的局面已经形成。当孟郊第一次走出嵩山的隐居生活时所遭遇的就是藩镇割据势力和唐廷的对抗，疮痍满身的国家现状不能不触动诗人的内心；诗人自己亦是一世坎壈、沦落不偶，命运悲惨，所以对于民众的苦难不能不兴起一股感同身受的切肤之痛；再加上诗人自己刚直、不甘屈服、与世不相苟合的个性，这些因素交融在一起就造就了一个积极用世、身体力行、关注现实的高贵灵魂。读他的诗，我们常常可以感受到诗人对国运民瘼的关切和忧虑、对命运的抗争、对世道人心的愤愤不平。而这一切，正是那个时代中普通民众曾经真实的经历和感触。这本是一个时代的现实，而这种现实却通过诗歌的方式在孟郊的笔下留下了深深的印记。

孟郊称扬张碧的诗歌"下笔证兴亡，陈词备风骨"[1]，他自己的诗歌何尝不是如此。孟郊在德宗朝坎坷的经历和四处漂泊的生活状态使他对社会的现实民生有了深刻而又直观的体认。他的《征妇怨四首》《织妇辞》《长安早春》中充满了对于思妇、织妇等普通百姓的同情，对于上层社会和平民生活的差异表达了极大的愤慨与讽刺。尤其是《织妇辞》中对织妇"筋力日已疲，不息窗下机。如何织纨素，自著蓝缕衣"[2]生活状态的描绘实在是对现实生活活生生地写照，当为白居易《缭绫》篇的先声。

---

[1] （唐）孟郊：《读张碧集》，《孟郊诗集校注》卷九，第420页。
[2] 《孟郊诗集校注》卷二，第60页。

另外，孟郊亦写了大量的言穷叹贫之作，如《叹命》《赠李观》《借车》《答友人赠炭》等篇。他在这类诗中虽然只是对自我的困顿不遇、贫困的生活、苦闷的心理进行着不厌其烦的叙述和描绘，但这些内容何尝不是当时乃至千百年来无数贫士以及普通民众们真实而又悲惨生活的写照呢！

闻一多对孟郊诗歌中的现实主义精神给予了极高的赞扬，他甚至认为孟郊在对现实的揭露和表现程度上要远远超过元和初年以写实著称的白居易：

> 拿白居易的《秦中吟》、《新乐府》诸作和孟诗相比，那无非是士人在朝居官任内写的一些宣扬政教的政治文献而已，一朝去职外迁，便又写他的《琵琶行》而不是其他。不像孟郊是以毕生精力和亲身的感受用诗向封建社会提出血泪的控诉，它动人的力量当然要远超过那些代人哭丧式的纯客观描写，它是那么紧紧扣人心弦，即使让人读了感到不快，但谁也不能否认它展开的是一个充满不平而又是活生生地有血有肉的真实世界，使人读了想到自己该怎么办。所以，从中国诗的整个发展过程来看，我认为最能结合自己生活实践继承发扬杜甫写实精神，为写实诗歌继续向前发展开出一条新路的，似乎应该是终生苦吟的孟东野，而不是知足保和的白乐天。[①]

在闻一多先生看来，与白居易的《秦中吟》《新乐府》诸诗相比，无论是从创作的动机、对现实的挖掘程度、体现程度还是创作中自我情感的融入等方面来说，孟郊的这类作品都要比白居易略高一筹。确实如此。从白居易在这类诗歌中所秉持的创作原则来说，他明确倡导"文章合为时而著，歌诗合为事而作"[②] 及"为君、为臣、为民、为物、为事而作"[③]，显然十分重视这类作品的政治功利目的。因此，一旦这种功利性的目的不能奏效或者说失去发展的空间，他就不再将精力投注于此。因此，对于白居易来说，他创作这类诗歌的最终目的就在于其可资利用的政治价值，虽然其中有些篇章也写得尖锐而又深刻，且不乏诗人对苦难的同情感，对丑恶的

[①] 郑临川记录，徐希平整理：《笳吹弦诵传薪录：闻一多、罗庸论中国古典文学》，上海古籍出版社2002年版，第140页。

[②] （唐）白居易：《与元九书》，《白居易集笺校》卷四五，第2792页。

[③] （唐）白居易：《新乐府序》，《白居易诗集校注》卷三，第267页。

批判感，但因为诗中的所言所写毕竟不是诗人亲身的经历，总难免给人一种隔靴搔痒的感觉。闻一多先生将白居易的这类创作称为"宣扬政教的政治文献而已"，虽不免评价过低，但对于其中存在的缺陷还是总结得一针见血。而对于孟郊来说，自我艰难的生计使他拥有了最深刻也最直观的入世经历。在他的这类作品中，对于国事的关怀、对于下层百姓生活的同情、对于社会险恶人心的揭露、对于封建社会中种种不合理现象的控诉与批判等内容，并不是某种功利目的下的产物，而是融入了诗人自我经历的结晶，是他真实情感的自然流露，故作品中自有白居易的诗歌所欠缺的真诚与细腻。所以，读孟郊的诗歌，我们所触摸到的不仅仅是单纯的文字，还有诗人自己的深情与血泪，这样的特质就让孟郊这类反映现实的作品具有了打动人心的力量。

二 以名场事入诗

孟郊诗中最具代表性的对于科场生活的描写主要反映的就是他在贞元时期的亲身经历和亲身感受。德宗朝正是科举制度尤其是进士科考试得以充分发展的时代。科举制度可以相对公平地选拔人才，这就给庶族提供了一个相对来说最快捷的改变自己命运的途径，所以让很多中下层的士人们都趋之若鹜。但从整个科举制度的发展史来说，科举在唐朝毕竟还是一个新生事物，在制度层面还会有这样那样不完善的地方。本书在绪论中也曾提及，在德宗朝时，举子能否高中和其考试之前的请托、名人的揄扬都有极大关系，对于那些无权无势、不善人际的士子们来说，在这样的社会规则面前，自己的满腹才华就无用武之地了。而孟郊就是这类士人中的一个典型。

出于对种种因素的考虑，孟郊本来于科举怀有着极高的期待，但最终的结果却是接连落第。在一次次的碰壁中，孟郊对科场现实有了极为深切的感触，对于科考对于士子身心的折磨也有了直观的体验，他把这些感触和体验一遍遍的，从各种不同的角度予以描写、呈现。长歌当哭，对于孟郊来说，一首首的落第诗就是他为自己发出的悲鸣。进一步说，孟郊对科场心态的呈现不仅仅是在描写个人，在那个科举繁盛的时代，有多少和孟郊有着相似经历的举子一次次在科考的这扇门前摔得头破血流，所以，某种程度而言，孟郊是通过诗歌的方式表现了他所处的时代，表现了他自己以及同时代士人的心路历程，因而成为这一特定时代的歌手。胡震亨曾说："以名场事入诗，自孟东野始。"①确实，就对科场之事的描写来说，孟郊显然堪称唐诗中最成功的作家和代表。随着科举在士人们生活中所发挥作用的日益加重，对名场事的描写也越来越成为士人笔下常见的题材，历来作品不断，《儒林外史》显然就是这一题材的集大成之作。

三 独到风格的出现和成熟

历来在评价孟郊诗歌风格时经常会用到的评语就是"注重造语炼字，追求构思的奇特超常……诗境仄狭，风格峭硬……以丑为美、意象险怪"②。这种奇崛硬峭的风格在孟郊元和居洛时期固然典型，但仔细研读其诗歌亦会发现，这种对元和诗坛产生重要影响的诗歌手法、诗歌风格在德宗贞元时期已经出现和成熟。

如赵昌平先生就认为："贞元七年孟郊应进士试，韩、孟初会，……当时东野诗作甚富，峤激奇险之风格业已成熟。"③ 就他在贞元时期的具体创作而言，如在构思超常方面，他初来长安，漫游终南山时便写下了"南山塞天地，日月石上生"（《游终南山》）④。一"塞"字，就将终南山的挺拔、雄伟、日月之行若出其中的壮阔景色展现了出来，一"生"字又让整幅画面极具动感，好似日月真的是出没于终南山的石峰之上，给人以雄伟而又奇特的感受。《北江诗话》中评价说："他若昌黎《南山诗》，可云奇警极矣，而东野以二语敌之曰：'南山塞天地，日月石上生'，宜昌黎一生低首也。"⑤ 孟郊于贞元九年北游朔方之时所作的《石淙十首》其八有"屑珠泻潺湲，裂玉何威瑰。若调千瑟弦，未果一曲谐"，其九有"物色多瘦削，吟笑还孤永。日月冻有棱，雪霜空无影"⑥诸句，均想象奇幻。前四句写流水的声音或如珠屑般细微，或如玉石碎裂般奇伟瑰丽，响声震天，而当山野中这些高高低低的水声交融在一起时，就像有千弦的锦瑟被胡乱拨弄一般，嘈嘈杂杂，曲不成曲，调不成调，虽是以声写声，但石淙一带溪水众多，形态不一的特点却得以形象地展现出来。后四句描

---

① （明）胡震亨：《唐音癸签》，上海古籍出版社1981年版，第275页。
② 袁行霈主编：《中国文学史》（第二册），高等教育出版社2005年版，第262—263页。
③ 赵昌平：《"吴中诗派"与中唐诗歌》，《中国社会科学》1984年第4期，第210页。
④ 《孟郊诗集校注》卷四，第179页。
⑤ （清）洪亮吉：《北江诗话》卷六，陈迩冬校点，人民文学出版社1983年版，第102页。
⑥ 《孟郊诗集校注》卷四，第186、187页。

写天气的酷寒，以至于日月都被冻出了冰凌，想象更是奇特。另外，贞元时孟郊出游楚湘一带后所作的《怀南岳隐士二首》其一中有"藏千寻布水，出十八高僧"①，这两句明显改变了传统诗歌的节奏和结构而吸取了散文的章法，带有以文为诗的特色，也是他诗歌带有峭硬之风的重要表现。韩愈在元和元年所作的《荐士》中称扬孟郊"横空盘硬语，妥帖力排奡"②，即孟郊在作诗时能把精心结撰的奇词硬语平熨妥帖地运用于作品中，可以说是对贞元时期孟郊诗歌风貌很好的总结。另外，如其《怀南岳隐士二首》其二中有"枫杞楂酒瓮，鹤虱落琴床"③；贞元落第期间所作的《偷诗》中的"饿犬龁枯骨，自吃馋饥涎"④；贞元九年去往复州时所作的《京山行》中的"众虻聚病马，流血不得行"⑤ 则带有以丑为美、丑中寻美的特色，亦是元和尚怪诗风的前身。

四　苦吟方式的确立

杜甫虽曾经自称"为人性僻耽佳句，语不惊人死不休"⑥，但这样的倾向是建立在关注现实的基础上对文字、诗句锤炼的严谨、爱好和重视，似乎还不能称之为真正的苦吟。真正的苦吟诗人往往带有一种强迫性的快感。在晚唐的诗作中，人们对苦吟式的写诗状态已经有了较为清晰的认识，如：

> 莫话诗中事，诗中难更无。吟安一个字，撚断数茎须。——卢延让《苦吟》
> 朝吟复暮吟，只此望知音。——崔涂《苦吟》
> 志业不得力，到今犹苦吟。吟成五字句，用破一生心。——方干《贻钱塘县路明府》

---

① 《孟郊诗集校注》卷七，第307页。
② （唐）韩愈：《荐士》，《韩昌黎诗系年集释》卷五，第528页。
③ 《孟郊诗集校注》卷七，第307页。
④ 《孟郊诗集校注》卷三，第132页。
⑤ 《孟郊诗集校注》卷六，第251页。
⑥ （唐）杜甫：《江上值水如海势聊短述》，（清）仇兆鳌注：《杜诗详注》，中华书局1979年版，第810页。

> 二句三年得，一吟双泪流。——贾岛《题诗后》①

因此，所谓苦吟，指的往往是那些不得志的诗人在作诗的过程中投入极大的气力和心血，对字句、篇章、气格、意象、用韵等诗歌的每一个部分和细节都苦心斟酌、一丝不苟、严加推敲、精加锤炼。孟郊应该是较早确立这种写作方式的诗人，而确立的时间就是在贞元时期。

如孟郊在落第之时所作的《夜感自遣》中有言："夜学晓不休，苦吟神鬼愁。如何不自闲，心与身为仇"②，还有他在中举前后所写的《送别崔寅亮下第》中亦言："天地唯一气，用之自偏颇。忧人成苦吟，达士为高歌。"③ 显然，他认为苦吟还是高歌是和每个人的禀赋、个性有关，自己既为"忧人"，就很难如"达士"那般高歌，或者说唯有苦吟才能充分表达自己之"忧"，可见此时的他对于自己苦吟的状态已经有了清醒的认识。而且，韩愈初识孟郊时就见识到了这位挚友写诗的秉性。孟郊第一次下第后，韩愈在推荐他去谒见徐州张建封时所作的《孟生诗》中曾提及两人交往时的情形："清宵静相对，发白聆苦吟"④，"朱熹云：'聆'，或作'耻'或作'怜'"⑤。不同的用字自然表达了不同的思想倾向，但"苦吟"二字清晰地显示了此时的孟郊已然成型的诗歌创作方式。这种方式到他担任溧阳尉期间发展到高潮，晚唐陆龟蒙曾在儿时，闻溧阳白头书佐言及孟郊在溧阳尉上的情况并总结了诗人之所以穷愁的原因：

> 孟东野贞元中以前秀才家贫受溧阳尉。溧阳昔为平陵县，南五里有投金濑。濑南八里许，道东有故平陵城，周千余步，基趾坡陁，裁高三四尺，而草木势甚盛，率多大栎，合数十抱，丛篠蒙翳，如坞如洞。地洼下积水沮洳，深处可活鱼鳖辈。大抵幽邃岑寂，气候古澹可喜，除里民樵罩外无入者。东野得之忘归，或比日，或间日，乘驴领小吏，经蓦投金渚一往。至则荫大栎，隐丛篠，坐于积水之傍，苦吟

---

① 分别见于《全唐诗》卷八三六，第9423页；《全唐诗》卷七一五，第8212页；《全唐诗》卷六七九，第7771页；《全唐诗》卷六四八，第7444页；《全唐诗》卷五七四，第6692页。
② 《孟郊诗集校注》卷三，第142页。
③ 《孟郊诗集校注》卷七，第343页。
④ 《韩昌黎诗系年集释》卷一，第12页。
⑤ 屈守元、常思春主编：《韩愈全集校注》，四川大学出版社1996年版，第10页。

到日西而还。……吾闻淫畋渔者谓之暴天物,天物既不可暴,又可抉摘刻削露其情状乎!使自萌卵至于槁死,不能隐伏,天能不致罚耶?长吉夭,东野穷,玉溪生官不挂朝籍而死,正坐是哉!正坐是哉![1]

陆龟蒙详细叙述了孟郊在溧阳人迹罕至、幽邃岑寂、奇丽恬淡的景色中苦吟赋诗的情况。并且,他的独到之处在于,他把孟郊、李贺、李商隐归为同一类的诗人,认为他们的不得志就是缘于对景物巨细无遗、抉摘刻削的描述。大自然的一切在这样的诗人面前无所遁形,无所孑遗,所以他们的不得志就源于大自然对于他们这种行为的惩罚。这样的解释实际上是陆氏对三位同道中人悲惨命运的同情和愤慨,但也从侧面显示了三人在写作方式上的一致之处,即他们都把全部的身心沉浸在诗歌的世界中。他们不仅仅是在用文字来写诗,而是用他们的心血和全部的精力来营造属于自己的诗歌王国。诗歌既是他们苦闷的寄托,也成为他们苦闷的艺术呈现。孟郊作为三人之中的先辈,其开创之功正是建立在德宗朝。

第二节 欧阳詹

作为韩孟诗派的重要成员和中唐古文运动的参与者,和欧阳詹特定的人生经历有关,他可以说是一个比较纯粹的贞元诗人。欧阳詹[2](757—801),福建泉州人,是该地区最早的一批进士之一[3],在当时及之后都声名颇著,但其科举入仕的过程也是极为坎坷的。欧阳詹青少年时期一直读书隐居,因文辞卓异而逐渐著称乡里。建中初年,故相常衮始任福州观察

---

[1] (唐)陆龟蒙:《书李贺小传后》,《全唐文》卷八〇一,第8418页。

[2] 本书对欧阳詹生平履历的梳理主要参考了韩愈《欧阳生哀辞》《题哀辞后》(《韩昌黎文集校注》第五卷,第301—305页);李贻孙《故四门助教欧阳詹文集序》(《全唐文》卷五四四,第5514页);《新唐书》卷二三〇《文艺下》,第5786—5787页;张伟民《欧阳詹年谱及作品系年》,硕士学位论文,华中科技大学,2005;杨遗旗《欧阳行周研究》,博士学位论文,华中科技大学,2010。

[3] 韩愈在《欧阳生哀辞》中称"闽越之人举进士繇詹始"(《韩昌黎文集校注》第五卷,第301页);《新唐书》中也称"闽人第进士,自詹始"(《新唐书》卷二三〇《文艺下》,5787页);《全唐诗》作者小传也继承了这一观点:"闽人擢第自詹始"(《全唐诗》卷三四九,第3898页)。但据有关资料的记载可知在欧阳詹之前已有福建人进士及第,所以欧阳詹的准确身份应该是"唐代第三个进士及第的福建人,也是经科举进入朝廷任职的第二个福建人"。黄新宪:《欧阳詹与科举》,《徐州师范大学学报》2005年第6期。

使,对欧阳詹大加称扬,称其为"芝英,每有一作,屡加赏进。游娱燕飨,必召同席",在常衮的揄扬之下,欧阳詹之名不仅"瓯闽之乡,不知有他人也",而且"渐腾于江淮,且达于京师"①。当地甚至有"欧阳独步,藻蕴横行"②之俗谚流行于时,其中的"欧阳"指的就是欧阳詹。在这种背景下,欧阳詹于贞元二年离开泉州只身赴长安参加科举考试。不过和韩孟诗派的其他诗人一样,欧阳詹虽有满腹才华,却也免不了"五升词场,四遭掎摭"③,直到贞元八年才和韩愈等人进士及第,成为"龙虎榜"中的一员。在简短的回乡觐亲之后,欧阳詹又回到长安参加制举和吏部主持的关试,但和进士科的考试一样,过程也是极为曲折。从贞元十年开始,欧阳詹陆陆续续参加了五次制举和关试,直到贞元十五年才在吏部科目选考试中中第并被授予四门助教之职。欧阳詹曾沉痛地诉说了自己从贞元初年以来的科举仕进之路:"五试于礼部,方售乡贡进士;四试于吏部,始授四门助教"④,其中的艰辛和折磨真是不足为外人道也。所以,在欧阳詹的诗文作品中有很多反映上述遭际的作品。在贞元年间偃蹇的科场生涯外,欧阳詹也会到各地游历以寻找干谒入仕的机会,在此期间也写下了大量的诗歌记录了他在不同时期的不同经历和感情,因为有真情实感充盈其中,所以其诗歌的可读性极强。可命运似乎特别不眷顾这位多情的才子,在他担任四门助教仅仅两年左右之后,也就是贞元十七年冬天之前,这位年仅45岁的诗人就永远地离开了他的亲人和朋友。

　　欧阳詹虽然享年不永,但著述颇丰。《新唐书·艺文志》中著录有"《欧阳詹集》十卷"⑤,现存文62篇,诗79首,共计诗文作品141篇。值得注意的是,除了无法系年的作品以外,这些作品绝大部分是欧阳詹贞元时期的创作,所以将其定位为贞元作家是没有疑义的。就其诗歌创作而言,它们既是贞元中后期诗坛不可或缺的组成部分,也是我们考察欧阳詹在特定时代和境遇中思想情感的第一手材料,也是了解贞元时期和欧阳詹有着类似遭遇的士子们思想情感的一种有效途径。且其诗歌数量虽然有限,但内容丰富,诗体多样,风格独特。尤为可贵的是在欧阳詹的这些诗

---

① (唐)李贻孙:《故四门助教欧阳詹文集序》,《全唐文》卷五四四,第5514页。
② 《全唐诗》卷八七六,第9929页。
③ (唐)欧阳詹:《送洪儒卿赴乡举序》,《全唐文》卷五九七,第6033页。
④ (唐)欧阳詹:《上郑相公书》,《全唐文》卷五九六,第6025页。
⑤ 《新唐书》卷六〇《艺文四》,第1605页

歌中始终贯穿了诗人充实而又浓郁的情感，真诚而又感人，以下详论之。

一　欧阳詹诗歌的情感内涵

（一）思乡念亲之情尤为真挚浓烈

离开故土的欧阳詹感受到的并不是外在景物和人事的新奇和惊喜，而是强烈的陌生化和压迫感。诗人世代居于闽越，当他离开这种熟悉的环境，他发现的竟然是"自闽至于吴，则绝同乡之人矣；自吴至于楚，则绝同方之人矣。过宋由郑，逾周到秦，朝无一命之亲，路无回眸之旧"，这一切让诗人产生了"犹孤根寄不食之田，人人耘耨所不及，家家溉灌所不沾"[1]的孤独感和压迫感。而这种孤独感似乎始终弥漫在诗人贞元时期的诗作中，所以，思乡念亲之情在他诗中就成为一个频繁出现的主题。据笔者统计，在他79首作品中，直接或间接表达思乡之情的作品有19首，占据其全部作品的四分之一。在这些数量可观的作品中，我们确实感受到了诗人无时无刻的思乡之情。

始离泉州，诗人对于家乡和亲人的眷恋就开始不可抑制地流露出来，而这种眷恋和他孤独无依的境遇和对亲长家人的留恋密切相关："天长地阔多歧路，身即飞蓬共水萍。匹马将驱岂容易，弟兄亲故满离亭。"（《泉州赴上都留别舍弟及故人》）[2] 一边是诗人自己在地阔天长的苍茫宇宙中，单枪匹马踽踽独行，于纷繁歧路之中面对不可知的未来，一边是兄弟亲故的温情脉脉和熟悉的生长环境，在强烈的对比中，诗人的孤独感也就充溢于诗歌的字里行间了。在其《与王式书》中，作者也曾对其时分别的景象有详细的描绘："当发之日，大人及慈亲亲祭行于东郊，公范（即王式）与群公亦共饯神余于野席。离觞既辍，大人诚勖数言，言可切骨铭心。征车云动，慈亲呜咽数声，声堪断肠裭魄。"[3] 此情此景，真是让人悲不能抑。途经梨岭，弟兄亲故早已望而不见，浓烈的思乡之情在行进途中早已郁积于胸，到了此时似乎再也不可抑制而自然喷薄而出："哀猿咽水偏高处，谁不沾衣望故乡"（《题梨岭》）[4]。离乡愈久，思乡愈浓，其《春日途中寄故园所亲》云："客路度年华，故园云未返。悠悠去源水，

---

[1] （唐）欧阳詹：《上郑相公书》，《全唐文》卷五九六，第6026页。
[2] 《全唐诗》卷三四九，第3911页。
[3] 《全唐文》卷五九六，第6023页。
[4] 《全唐诗》卷三四九，第3912页。

日日只有远。始叹秋叶零,又看春草晚。寄书南飞鸿,相忆剧乡县。"①在年复一年的离家岁月中,诗人也只能寄情于南飞的鸿雁,思而不得的苦楚在经年的累积中也难免"相忆剧乡县"了。这种对乡县思念程度的加深自然也就导致了诗人的睹物思乡,所谓"林间啼鸟野中芳,有似故园皆断肠"(《许州途中》)②。在离开故土之后,怀揣着对故土深刻记忆的诗人面对异乡的草木山川时,往往会因为发现其中与故土的相似而无意中多了几分惊喜,这样的惊喜竟让诗人忍不住写诗赠友来与之分享这种难得的幸运,如其《与林蕴同之蜀途次嘉陵江认得越鸟声呈林林亦闽中人也》《蜀门与林蕴分路后屡有山川似闽中因寄林蕴蕴亦闽人也》《与洪孺卿自梁州回途中经骆谷见野果有闽中悬壶子即同采摘因呈之洪亦闽人》都表现了相似的情感,在对这些不经意细节的描绘、刻画与分享中,我们由衷感到了诗人浓郁的思乡之情。另如《蜀中将归留辞韩相公贯之》中有云:"宁体即云构,方前恒玉食。贫居岂及此,要自怀归忆"③,面对富足在外与贫困居乡的两种生活,作者似乎更倾向于后者。这一点在其《将归赋》中亦有所体现,所谓"居惟苦饥,行加相思。加相思兮宁苦饥"④,在作者看来,故乡所带给人的精神的愉悦与满足是外在的物质生活无法媲美的,因此,故乡对于欧阳詹来说更意味着一种精神的力量。除了上述诗篇外,其他如《出蜀门》《闻邻舍唱凉州有所思》《陪太原郑行军中丞登汾上阁中丞诗曰汾楼……辄书即事上答》《九日广陵登高怀邵二先辈》《宿建溪中宵即事》《旅次舟中对月寄姜公(此公,丁泉州门客)》《早秋登慈恩寺塔》《九日广陵同陈十五先辈登高怀林十二先辈》《及第后酬故园亲故》《题秦岭》《除夜侍酒呈诸兄示舍弟》中亦都流露出了作者的思乡怀亲之情。

  欧阳詹这份独特沉挚的情感给时人也留下了深刻的印象。与之相交甚深的韩愈在他去世之后所作的《欧阳生哀辞》中有云:"读其书,知其于慈孝最隆也。"⑤ 同时代的牟融在《赠欧阳詹》中亦云:"为客囊无季子金,半生踪迹任浮沉。服勤因念劬劳重,思养徒怀感慨深。岛外断云凝远

---

① 《全唐诗》卷三四九,第 3902 页。
② 同上书,第 3904 页。
③ 同上书,第 3903 页。
④ (唐)欧阳詹:《将归赋》,《全唐文》卷五九五,第 6015 页。
⑤ (唐)韩愈:《欧阳生哀辞》,《韩昌黎文集校注》第五卷,第 303 页。

日，天涯芳草动愁心。家林千里遥相忆，几度停车一怅吟"①，对其思亲之意也进行了很好的描写与呈现。

(二) 于朋友义以诚

重情的特质不仅体现在欧阳詹的乡梓之怀上，在与朋友的交往中，他也是极重道义，待人以诚。具体表现如下：

首先，对友人的不幸饱含同情与抚慰。

在贞元近20年的人生中，欧阳詹浮沉于世，遭际多有困顿。所以，对于那些和自己有着相似经历的友人，对于他们的不幸和挫折，欧阳詹往往能够感同身受，多加抚慰，甚至从行动上也能尽己所能帮助友人。其《答韩十八驽骥吟》本是对韩愈《驽骥赠欧阳詹》的酬答之作，韩愈原作借骐骥和驽骀的不同境遇，抒发自己的怀才不遇之感，在该诗的末尾自言："寄诗同心子，为我商声讴"②，其中的"同心子"指的就是欧阳詹。两人自贞元八年同榜高中后，相交日深，所谓"离率不历岁，移时则必合，合必两忘其所趋，久然后去"③，可以说是相知甚深的好友，所以欧阳詹对于韩愈的才华有很深的了解，其诗云：

  故人舒其愤，昨示驽骥篇。驽以易售陈，骥以难知言。委曲感既深，咨嗟词亦殷。伊情有远澜，余志逊本源。室在周孔堂，道通尧舜门。调雅声寡同，途遐势难翻。顾兹万恨来，假彼二物云。贱贵而贵贱，世人良共然。巴蕉一叶妖，茇葵一花妍。毕无才实资，手植阶墀前。楩楠十围瑰，松柏百尺坚。固念梁栋功，野长丘墟边。伤哉昌黎韩，焉得不迍邅。上帝本厚生，大君方建元。宝将庇群甿，庶此规崇轩。班尔图永安，抡择期精专。君看广厦中，岂有树庭萱。④

在诗中，诗人没有泛泛地给朋友以安慰，而是展开了极具层次性的抚慰：首先立足于朋友诗歌中驽、骥不同的遭际，对朋友的感慨深表认同，这就让朋友满腔的不平首先得到了一定的纾解。其次充分肯定朋友"室在周孔堂，道通尧舜门"的才华和能力，只不过所谓曲高和寡，时风浇薄，

---

① (唐) 牟融：《赠欧阳詹》，《全唐诗》卷四六七，第5312页。
② 《韩昌黎诗系年集释》卷一，第115页。
③ (唐) 韩愈：《欧阳生哀辞》，《韩昌黎文集校注》卷五，第302页。
④ (唐) 欧阳詹：《答韩十八驽骥吟》，《全唐诗》卷三四九，第3900页。

就像芭蕉、莀葵，虽然虚有其表但深受喜爱，满植于阶墀之前，而堪称栋梁的梗楠、松柏却被废弃于荒野之中，在这样"贱贵而贵贱"的风气之下，朋友的这种迍邅不已的遭际也就可以想见了。但面对这样的风气和现象诗人并没有绝望，并且也安慰自己的朋友不要绝望，在诗人看来所谓"班尔图永安，抡择期精专。君看广厦中，岂有树庭萱"，就如同构建一座大厦一样，真正在其中发挥作用的最终还是那些坚固牢靠的梗楠、松柏，而不是柔弱无依、徒有其表的庭前萱草，用形象的比喻劝慰朋友不要气馁，只要不断修炼提高自己，终究会迎来属于自己的春天。而且，尤其值得一提的是，诗人当时虽然只是担任四门助教之微职，但怀揣着一心为公选贤任能的志愿和对友人的了解，本打算率太学之徒来举荐韩愈担任博士之职，但碍于当时特殊的形势，最终并没有成功。尽管如此，其义薄云天的行为已经让韩愈感喟不已："观其心，有益于余，将忘其身之贱而为之也。"① 我们也由此可以感受到欧阳詹与朋友相交之义。

实际上，欧阳詹的这份热心不仅施之于自己的至交好友，对于交情尚浅的后进之友，诗人亦待之以诚。如其《徐十八晦落第》：

嘉谷不夏熟，大器当晚成。徐生异凡鸟，安得非时鸣。汲汲有所为，驱驱无本情。懿哉苍梧凤，终见排云征。②

诗以嘉谷晚熟、大器晚成起兴，充分肯定徐生的才华，相信其绝非平庸之辈，而是如同栖息于梧桐树上的凤凰一样，不鸣则已一鸣惊人。因此在欧阳詹看来，徐生只要通过自己不懈的努力，终会破云展翅、高翔无羁。人在失意之际往往最容易对自己的能力产生怀疑，失去自信，而欧阳詹的这番热情洋溢、饱含肯定的话语自然会让刚刚落第的徐晦重拾信心，来年再战于科场之中。从心理角度而言，这可以说是对科场失意之人最好的安慰。《新唐书·欧阳詹传》中也记载了这件事："初，徐晦举进士不中，詹数称之，明年高第，仕为福建观察使。语及詹，必流涕。"③ 所谓知音难得，知遇难报，欧阳詹的肯定与鼓励既是对徐晦的知人之言亦是作为科

---

① （唐）韩愈：《欧阳生哀辞》，《韩昌黎文集校注》第五卷，第 303 页。
② 《全唐诗》卷三四九，第 3902 页。
③ 《新唐书》卷二三〇《文艺下》，第 5787 页。

场前辈对于后来者的揄扬之词,必然在徐晦的人生中起到了非常重要的作用。《送袁秀才下第归毗陵》中亦流露出诗人相似的情感态度。但在《送高士安下第归岷南宁觐》中,虽然送别的对象与前诗一样同为落第之人,但欧阳詹却就题中高士安"归岷南宁觐"之事落笔,认为高士安和其父母一样,本有栖云之志,其京城赴考,只不过是"观国暂同尘"① 罢了,现在能够隐遁归去,回到故土和自己熟悉的生活环境中得以继续侍奉父母,颐养天年,未尝不是一件好事。这也见出欧阳詹在对落第之人的安慰中并不敷衍的态度,往往能根据不同人的不同情况予以有针对性的劝慰。

其次,与友人交往中宽以待人,严以律己。

在与友人的交往中,他不仅诚恳真挚,而且对于自己与朋友相处时的行为深自检责,表现出高贵的人格品质。他有四言诗《有所恨二章(并序)》,叙及的就是他对好友马绅的愧疚遗憾之情,具体如下:

>相思君子,吁嗟万里。亦既至止,曷不觏止。本不信巫,谓巫言是履。在门五日,如待之死。有所恨兮。
>
>相思遗衣,为忆以贻。亦既受止,曷不保持。本不欺友,谓友情是违。隔生之赠,造次亡之。有所恨兮。②

在其诗前的序言中作者比较详细地叙述了诗中的情事。欧阳詹来到京城之后和马绅相识相知,情意深重,即便当他进士及第得以归觐家园之时,对于身在长安的友人也一直怀念不已。当欧阳詹终于回到长安时,马生已经患病在床,而治病的巫医以见之不祥而阻止了两人的见面。五天之后,马生去世,天人永隔,欧阳詹也为自己终究未能亲见友面而深自懊悔,这便是他的"一恨"。所谓"二恨"是指诗人离开京城之际,马生曾赠之以紫罗半袖之衣,诗人因为生活的贫困一直穿戴在身,后终因破弊不堪而随手丢弃。现在朋友已然逝去,而因为自己的轻率最终没有留下这唯一可资怀念的信物,这也同样让诗人自责颇深。四言的诗体形式让整首诗歌显得庄重而又典雅,用来叙及友朋之情似乎过于严肃,但在诗人心目中,似乎唯有通过这种带有仪式化的诗体才能表达出自己的内疚和自责。诗歌中没有

---

① 《全唐诗》卷三四九,第3907页。

② 同上书,第3899页。

华丽的辞藻，而是采用直抒胸臆的手法叙事抒情，虽乏蕴藉之味但诗人那强烈深沉的情感却直露无疑，如"在门五日，如待之死""隔生之赠，造次亡之"的描写真是让人感同身受。整首诗在带给读者以强大的冲击力和感染力的同时，诗人对于友人的诚挚之怀也就历历在目了。而从作者对自己的苛责中，我们也能感受到诗人与友人相处中严于律己的高贵品质。

除了上述内容外，在欧阳詹其他的诗歌中也表达了他与朋友之间的丰富情怀：与朋友同乡相处的愉悦与恣意如《玩月并序》，对朋友文才的称扬与肯定如《李评事公进示文集因赠之》，和同心之友离别之际的恋恋不舍之状如《江夏留别华二（一作别辛三十）》，重阳佳节之际对于友朋的思念之意如《九日广陵同陈十五先辈登高怀林十二先辈》《九日广陵登高怀邵二先辈》，物是人非中对于亡友的深切悼念之情如《睹亡友题诗处》。从作者对这些情事的描绘中，我们分明感受到了一个至情至性、有情有义的仁者形象。

二 欧阳詹诗歌情感浓郁的形成因素

那么，究竟是什么样的因素才造就了诗人如此个性的品质呢？除了研究者已经指出的缘于闽地的自然人文环境之外[①]，笔者认为还应该包括以下诸种因素。

（一）至情的个性

欧阳詹与太原妓之间凄美动人的爱情故事最能体现他的这种个性特征。两人之间的相关事迹最早记载于时人孟简的《咏欧阳行周事（并序）》中，具体如下：

> 生于单贫，以徇名故，心专勤俭，不识声色。及兹筮仕，未知洞房纤腰之为蛊惑。初抵太原，居大将军宴。席上有妓，北方之尤者，屡目于生，生感悦之。留赏累月，以为燕婉之乐，尽在是矣。既而南辕，妓请同行。生曰："十目所视，不可不畏。"辞焉。请待至都而来迎。许之，乃去。生竟以蹇连不克如约，过期，命甲遣乘，密往迎

[①] 如有学者认为其乡土亲情观念缘于"闽地自然环境优越、适于农居生活，以此使闽人产生浓烈的爱乡眷乡之情关系至深"。吴在庆：《漫议欧阳詹的情感》，《固原师专学报》2003年第4期，第18页。

妓。妓因积望成疾，不可为也。先死之夕，剪其云髻，谓侍儿曰："所欢应访我，当以髻为贶。"甲至，得之，以乘空归。授髻于生，生为之恸怨，涉旬而生亦殁。①

从上文相关的情节可知，二人最初的结合颇有声色流连的成分，如果没有下文的叙述，也只不过是一段才子的风流韵事而已。但事件的戏剧性变化在于男女主人公都在这件情事中投注了极强烈的情感，以至于在分别后，先是太原妓积望成疾，不幸离世，随之欧阳生又恸怨不已，涉旬而殁，颇有几分"情不知所起，一往而深。生者可以死，死可以生"②的至情之性。从同时代唐传奇中所记叙的男女情事来看，如欧阳詹这般选择是绝无仅有的，更普遍的观念似乎是"万花丛中过，片叶不沾身"的放荡不羁。而正因如此，才愈可见出欧阳詹至情至性的个性。

（二）对自我道德修养的重视

韩愈称欧阳詹"事父母尽孝道，仁于妻子，于朋友义以诚"③，可谓是知人之言。这实际上和欧阳詹本人对自我品德修养的重视有着极大的关系。个体在孝道、友道中所呈现的特质既和个人的情性有关，亦与其内在的道德修养密切相连。欧阳詹本性既已重情守礼，又深受儒家文化的影响。儒家文化对孝悌、交友之道本就十分重视，在《论语》中多有相关的内容。欧阳詹在《与王式书》中曾叙及自己读书乡里时就"恂恂自勉"于"事亲敬长之道，睦友与人之义"④，当众人都称扬他的才华而鼓励他入仕观国时，他却以自己在德行上有所欠缺而断然拒绝，并且深自砥砺，可见其对自身的德行修养有着极高的要求。他亦曾自叙云："况禀羔羊鸿

---

① 《全唐诗》卷四七三，第5369—5370页。欧阳詹和太原妓的故事本是欧阳詹研究中的一段公案，古今学者众说纷纭，或以为实有其事，或以为不过小说家言，《四库全书总目提要》在对以往观点进行概括介绍的同时，也给出了自己的评价："盖唐、宋官妓，士大夫往往狎游，不以为讶。见于诸家诗集者甚多，亦其时风气使然。固不必奖其风流，亦不必讳为瑕垢也。"（清）永瑢等著，王云五主编：《四库全书总目提要》第29册，上海商务印书馆1931年版，第62页。是为公允之论。现代学者在梳理相关内容后，大多认为此事是真实可信的。可参看王春庭《读〈欧阳詹集〉札记》，《泉州师范学院学报》（社会科学版）2006年第3期。

② （明）汤显祖：《牡丹亭》（作者题辞），徐朔方、杨笑梅校注，人民文学出版社1998年版，第1页。

③ （唐）韩愈：《欧阳生哀辞》，《韩昌黎文集校注》第五卷，第303页。

④ （唐）欧阳詹：《与王式书》，《全唐文》卷五九六，第6022页。

雁之性，未资训导，而敬顺和合乎教者，十或四五。洁身畏人，直拙自守，始亦以孝弟忠信，约礼从义，人生合尔，博闻游艺，行义修词，人生固然，殊不以有为而为也。"① 在他看来，"孝弟忠信，约礼从义"的品质本是"人生固然"的追求，而不应是为了达到什么目的的手段和途径而已。可见他已经把儒家提倡的道德修养内化为自己人格的一种内在追求，这自然也会影响到他行为处事的方式。

（三）偃蹇坎坷的人生经历

如果说上述因素主要是从主观角度立论的话，那么欧阳詹在贞元时期坎壈不遇的经历则是造成他重视亲情友情的客观原因。和其他科考士子稍有不同的是，作为早期进入科场之路的闽南之士，这样的身份注定了欧阳詹在科考之路上缺少来自同乡的慰藉和陪伴、来自乡情的抚慰与支持。长安与泉州之间遥远的空间距离在"独在异乡为异客"的孤独情绪中被进一步放大，身在长安的诗人很难找到自己的归属感，科场偃蹇的经历又让这种归属感的缺失更加强烈。按照"人穷则反本"② 之常情，诗人对于自己本源的怀恋和对知交的渴望自然而然就会流露出来。

欧阳詹的乡土之情虽然非常浓重，但其经世致用之心亦很强烈，在他看来，解决忠孝两者矛盾最好的方法在于："慰上下之望，在乎早成名，早归宁。予必不惜伎能，而有所绝坠，以深上下之念，汲汲摇摇，如旌如翘"③，在这样的心境之下，其科举入仕之急迫可想而知。虽然道路艰辛"昨东今又西，冉冉长路岐。……旅人恒苦辛，冥寞天何知"（《自淮中却赴洛途中作》）④，但诗人从未轻言放弃，"岂无偃息心，所务前有程"（《晨装行》）⑤。但从前文对其经历的叙述中可知，其中的过程真可谓"一把辛酸泪"。在年复一年的奔波和不得志的境遇中，面对如水岁月的不断流逝，诗人的思乡之情自然更加浓厚，"望家思献寿，算甲恨长年。……谁应问穷辙，泣尽更潸然"（《除夜长安客舍》）⑥。家乡已经遥不可及，能够暂慰心曲的也只有寄希望于知交好友了："西日愁饥肠，北

---

① （唐）欧阳詹：《上郑相公书》，《全唐文》卷五九六，第6025页。
② 《史记》卷八四《屈原贾生列传》，第2184页。
③ （唐）欧阳詹：《与王式书》，《全唐文》卷五九六，第6023页。
④ 《全唐诗》卷三四九，第3901页。
⑤ 同上。
⑥ 同上书，第3906页。

风疾絺裾。升堂有知音，此意当何如"（《太原旅怀呈薛十八侍御齐十二奉礼》）①，可友人们也都在为自己的前途奔波不已，良辰美景也只能斯人独赏："情人共惆怅，良久不同游"（《九日广陵同陈十五先辈登高怀林十二先辈》）②。因此，乡情、亲情、友情甚至爱情就在孤独的心境中愈积愈浓，最终形诸于真情充溢的文字。

  欧阳詹的诗歌之所以能够达到以情动人的效果，一方面与其不事雕琢，直写性情，且能独抒己怀，不落窠臼有关，即李贻孙所说的"其言秀而多思，率人所未言者，君道之甚易"③。另一方面也与他在诗中所采用的切实而周详，叙事往复的手法有所关联，即韩愈所说的"其文章切深喜往复，善自道"④，这一点李贻孙文中亦有所提及："精于理故言多周详；切于情故叙事重复。"⑤ 上述艺术特点在其《初发太原途中寄太原所思》中体现得尤为显著：

  驱马觉渐远，回头长路尘。高城已不见，况复城中人。去意自未甘，居情谅犹辛。五原东北晋，千里西南秦。一屦不出门，一车无停轮。流萍与系匏，早晚期相亲。⑥

此诗普遍被认为是欧阳詹写给爱人太原妓的诗歌，背景与主题在题目中已经交代得非常清晰：初发太原，途中寄太原所思。离别之际的不舍和别后的思念本是人间常态，所谓"黯然销魂者，唯别而已矣"⑦，但传统的主题因为有了诗人真情的注入和非程式化的表达方式而给人以耳目一新之感。同时，经过作者多角度的铺排渲染，反复叙述，使作品呈现一种缠绵悱恻之感。行人渐行渐远，回头远望之际，城中高楼已不可望，何况身居其中的爱人，陪伴行人的，也唯有满路风尘而已。在前四句的叙述中，诗人的离别悲伤之情、不舍之意已是显露，但诗人又宕开一笔，中间六句从

---

  ① 《全唐诗》卷三四九，第3902页。
  ② 同上书，第3906—3907页。
  ③ （唐）李贻孙：《故四门助教欧阳詹文集序》，《全唐文》卷五四四，第5514页。
  ④ （唐）韩愈：《欧阳生哀辞》，《韩昌黎文集校注》卷五，第303页。
  ⑤ （唐）李贻孙：《故四门助教欧阳詹文集序》，《全唐文》卷五四四，第5514页。
  ⑥ 《全唐诗》卷三四九，第3903页。
  ⑦ （南朝梁）江淹：《别赋》，（梁）萧统编、（唐）李善注：《文选》，上海古籍出版社1986年版，第750页。

行人和居者两方着笔，如两个看似独立但实际上共为一体的镜头显现出不同视角下行者、居者离别之际，在彼此之间不断增大的空间距离中见而不能、思而不得的痛苦。这实际上本缘于诗人一己的相思之情，但从对方写起的手法显然对于情感的深化展示更具效果。最后两句表达了诗人的期待："流萍与系匏，早晚期相亲"，人生的漂泊和无依本已无奈，只能盼望终有一天的团聚来抚慰曾经孤苦的心灵。这原本是诗人美好的希望和自我支撑的力量，但其中的"早晚"一词本就是一个不确定的时间概念，又恰恰流露出诗人心底自感前途茫茫，聚日不定的迷茫和彷徨，所以最终的期待也大抵只能流于空文而已。

第六篇

由贞元即将走向元和的青年士子群

蒋寅在《大历诗人研究》的导论中曾说过这样一段话："这一代人（指韩愈、柳宗元、刘禹锡等人）虽育于乱中，但在渐次太平的建中贞元年间长成，他们的心理素质终究与前辈不同。昔日的繁华留下了一个令人神往却又永远只能想象的梦，而现实则是那么空虚，他们反思历史，思索前途，渴望改变现状，使积贫积弱的社会肌体强壮起来，使人文精神重新振作。主体意识的高扬，使他们无论在政治上还是在文学上都不会像大历那一代人一般无所建树，一个新的时代于是展现在我们面前。"①蒋先生用精要的语言展示了元和文学的创作主体们在特定背景下的独特心态以及这种心态对未来政治、文学发展的重要意义，不仅如此，蒋先生在这段话中其实提到了很重要的一点，即这一代人"虽育于乱中，但在渐次太平的建中贞元年间长成"，也就是说，贞元时代正是他们奠定人生和事业基础的青少年时期，而正是贞元时代这一特定的成长环境，才最终导致了"他们的心理素质终究与前辈不同"的结果。但以往学者往往会跳过他们在德宗时期成长的这一段经历，直接关注或考察他们在元和时期最终呈现出来的风格和成就，所谓九尺之台起于垒土，读者不能只是欣赏高台建成后的壮观和辉煌，而不去关注和思考高台的底座到底是什么样子，又是怎样搭建起来的。所以，关注这些所谓元和诗人们在建中、贞元、永贞时期的经历和创作既是非常重要也是非常有意义的。考虑到这一时期正是这些诗人的青少年时代，其诗歌大多反映的也是他们在这一特定人生阶段学习、科考的经历和感悟，所以笔者将这一诗人群称之为"青年士子群"。

---

① 蒋寅：《大历诗人研究》导论，北京大学出版社2007年版，第14—15页。

第 一 章

贞元青年士子群

从传统研究观念而言，元和文学主要包括三大创作群体，即韩孟诗派、元白诗派和游离于两大诗派而独具特色的刘禹锡和柳宗元。考虑到元、白、柳、刘诸人在贞元时期经历的相似性和作品的客观数量问题，笔者将这两类人合并在一起进行分析。而作为元白诗派先导的张籍和王建在贞元时期的创作其实不容小觑，仔细分析的话，会发现他们在诗歌创作的某些方面充分体现了作为过渡性时代中的过渡性诗人的重要价值。有鉴于在以往研究中，学者们对这些作家在贞元时期的创作往往采取忽略的态度，因此，本章在梳理相关诗人在贞元时期履历的基础上，主要考察的是贞元时期对于韩孟诗派相关成员，张籍、王建，元、白、刘、柳等这三个群体诗歌创作的价值和意义，并以此为基础，在第二章中进一步分析他们作为青年士子群在贞元诗坛中的具体创作趋向和特色。

第一节　韩愈等人

韩孟诗派虽然是元和诗坛代表性的作家群体，但经过学者的梳理和考证则发现其形成与成熟则在贞元时期："德宗建中年间到贞元初年，是韩孟诗派的酝酿期；从贞元八年到贞元十四年，是韩孟诗派的形成期；从贞元十四年到元和元年，是韩孟诗派的成熟发展期；从元和元年到元和九年是韩孟诗派的高峰期；元和九年后韩孟诗派开始衰微，到穆宗长庆四年，以韩愈辞世为标志，这一诗派的活动基本上结束。如果从贞元八年韩孟诗派的结盟算起，到韩愈去世为止，韩孟诗派的活动时间在三十年左右，这便是韩孟诗派形成和发展的大体轨迹。"① 可见，对于韩孟诗派的代表人物尤其是韩愈和孟郊的考察确确实实离不开贞元这一阶段，忽视了这一时期，实际上就没有办法深刻地了解韩孟诗派思想形成的根源和过程。孟郊的诗歌创作如上章所述在贞元时期已经成熟和定型，所以下文重点关注的是韩愈和该派其他代表性作家在贞元时期的诗歌创作情况。

韩愈有一首带有自传性质的长篇五律——《县斋有怀》，这首诗创作的时间非常有意思，在《全唐诗》中有一个简短的注："阳山县斋作，时贞元二十一年，顺宗新即位"②，也就是说，在德宗刚刚去世、贞元王朝刚刚结束的时间点上，韩愈写了这样一首总结前半段人生思想、人生经历的作品。这对于我们来说无疑是提供了最直观、最真实、最生动地了解韩愈在贞元时期生平经历、思想创作情况的第一手资料。所以，下文将以此诗为契机，结合相关传记材料简单介绍一下韩愈在贞元时期的相关情况。

《县斋有怀》③首联以"少小尚奇伟，平生足悲吒"十字提纲挈领，笼罩全篇。崇尚和喜好新鲜奇异、雄奇壮美的事物、景色和情感，渴望建立伟大的功业既是韩愈的天性，亦是他在生活的不断磨砺下所焕发出的激荡不平的气质使然。韩愈出生在唐代宗大历三年（768），据新旧《唐书》本传④的记载，韩愈3岁丧父，寄养于兄长韩会家中，后来童年时又因为韩会的被贬而随之颠沛流离，建中、贞元年间"就食于江南"⑤。韩会去世之后，是他的嫂子郑氏将其抚养长大。这样的早期经历无疑让韩愈更加早熟，相较他人而言也就更容易形成强烈的忧患意识和耿介孤傲的品格。他非常好学，也有远大的志向："事业窥皋稷，文章蔑曹谢。"为了实现自己的抱负，他于贞元二年（786）从江南北上长安，开始了自己的漫漫科举之路："初随计吏贡，屡入泽宫射。虽免十上劳，何能一战霸"，但显然，他的科举之路并不顺利，直到贞元八年（792）才考中进士。此后两次应博学宏词科试，皆不中，又曾经三上宰相书寻求干谒，亦是无果而

---

① 毕宝魁：《论韩孟诗派的形成与发展》，傅璇琮主编：《唐代文学研究》第九辑，广西师范大学出版社2002年版，第449页。
② 《全唐诗》卷三三七，第3776页。
③ 本段中的诗句如果不作特别标注的话，均出自该诗。《韩昌黎诗系年集释》卷二，第229—230页。
④ 《旧唐书》卷一六〇《韩愈传》，第4195—4204页；《新唐书》卷一七六《韩愈传》，第5255—5265页。
⑤ （唐）韩愈：《欧阳生哀辞》，《韩昌黎文集校注》卷五，第302页。

终。在这样一个"人情忌殊异,世路多权诈"的世道当中,曾经"自许连城价"的诗人也免不了"蹉跎颜遂低,摧折气愈下"。在不得已的情况下,韩愈于贞元十一年(795)离开长安,东归河阳:"怀书出皇都,衔泪渡清灞。"科场的坎坷免不了让韩愈觉得备受打击,他曾经的积极用世之心也受到了不小的挫折,他的生活也一度非常困窘:"朝食不盈肠,冬衣才掩骼。"但人毕竟还要活下去,适逢有幕府征辟,所以在贞元十三年到贞元十六年,韩愈先后入汴州董晋、徐州张建封之幕:"大梁从相公,彭城赴仆射",过了一段轻松惬意的射猎饮宴的生活:"弓箭围狐兔,丝竹罗酒炙。"但不幸似乎和诗人总是如影随形,在贞元十五、十六年,董晋、张建封相继离世"两府变荒凉",作者也因此无枝可依,"三年就休假",有近三年的时光一直闲居在家。在此期间,他也曾经两次赴长安寻找做官的机会:"求官去东洛,犯雪过西华",终于在贞元十八年的春天得到了四门博士的职位,之后又在朋友的称誉推荐下于贞元十九年调任监察御史。作为言官,韩愈自觉有一种为生民请命的责任感,当年冬天就上书言关中旱饥一事,因而触怒权贵被贬阳山令(今广东阳山县):"捐躯辰在丁,铩翮时方蜡。"阳山作为当时官员被贬谪的蛮荒之地,生存环境极为恶劣,韩愈说其"气象杳难测,声音吁可怕",当地的自然环境既变幻莫测,让人很难适应,更重要的是在语言沟通上亦是困难重重,这不能不让韩愈觉得痛苦不堪。在顺宗继位的时刻,失意的诗人所渴望的也只不过是"惟思涤瑕垢,长去事桑柘",离开险恶的官场,归隐田园。韩愈甚至在下文中对这样的生活做了极为细致的描绘以表达自己的向往之情:"劚嵩开云扃,压颍抗风榭。禾麦种满地,梨枣栽绕舍。儿童稍长成,雀鼠得驱吓。官租日输纳,村酒时邀迓。闲爱老农愚,归弄小女姹。"实际上,在韩愈贞元十七年所作的《山石》中已经透露出类似的思想:"人生如此自可乐,岂必局束为人鞿。嗟哉吾党二三子,安得至老不更归。"[1]但如果了解古人心态的话就会发现,实际上这只是大多数古人在不得志时会生发退隐心理的一种常态而已,一旦有机会入仕,归隐的生活也就自然抛诸脑后了。尤其对于韩愈这样一个用世之心极强的文人来说,此处的心态就像何焯一针见血的评论:"公岂有乐乎此哉"[2]!确实,韩愈此时对归

---

[1] 《韩昌黎诗系年集释》卷二,第145页。
[2] 《韩昌黎诗系年集释》卷二《县斋有怀》诗注引,第237页。

隐田园的描绘与期待只是仕途困顿之际的一时失意之语，应该放在当时特定的语境下予以分析。

韩愈于穆宗长庆四年（824）去世，享年57岁，贞元时期占据了他全部人生的三分之一，全部文学创作时间的二分之一。据钱仲联先生的《韩昌黎诗系年集释》统计，韩愈贞元、永贞年间的诗歌创作共95题105首，占其全部诗歌的近三分之一，虽数量不多，但已经表现出他即将在元和诗坛大放异彩的诸如议论化、散文笔法、奇崛瑰怪、喜好嘲谑等特点。如其贞元十四年的《远游联句》、贞元十五年的《此日足可惜一首赠张籍》《雉带箭》、贞元十七年的《赠侯喜》《山石》、贞元十九年的《苦寒》《落齿》《利剑》等。因为在下文的论述中对这些诗歌都会有所涉及，这里不做过多的阐述。

因此，结合韩愈在贞元时期的经历和创作情况，笔者认为有以下几点需要注意。

第一，幼年的早孤、童年的颠沛、青壮年时的困顿科场，这一系列坎坷的经历既让韩愈对当时的社会现实有了深切的了解，也促使韩愈在心态上形成了一种抑郁不平之气，这样的心态见之于文学就是他所提倡的不平则鸣。影响所及，在韩愈的诗歌中始终贯穿着一种勇敢、坦率、执着的精神，这也就使得韩愈的大多数作品具有了打动人心的力量。这样的心态见之于人际，就使韩愈往往将和他有着类似遭遇的士人引为同调，并尽自己的力量予以推引，这也就促成了韩孟诗派的形成和发展，而这样的创作原则及诗歌流派的确立显然都是发生在贞元时期。

第二，韩愈和孟郊初次订交是在贞元八年，韩愈对孟郊一见倾心，终生引为知己并始终对孟郊感佩不已。在这样的心态下，对于学习能力一直非常强的韩愈来说，孟郊怪奇的诗风不能不成为韩愈学习的对象。赵翼说："盖昌黎本好为奇崛乔皇，而东野盘空硬语，妥帖排奡，趣尚略同，才力又相等；一旦相遇，遂不觉胶之投漆，相得无间，宜其倾倒之至也。今观诸联句诗，凡昌黎与东野联句，必字字争胜，不肯稍让；与他人联句，则平易近人。可知昌黎之于东野，实有资其相长之功。"[①] 有鉴于韩愈在创作中的具体情况，可知这样的一个学习过程显然主要发生在贞元年

[①] （清）赵翼：《瓯北诗话》卷三，霍松林、胡主佑校点，人民文学出版社1963年版，第29页。

间。到了元和元年韩、孟二人齐聚长安创作大量联句的时候，两人的创作已经不相上下，韩愈甚至已经由以往两人关系中的学习者变成了现在的引领者，这一点从两人此时的联句创作多收录于韩集中就可以体会到。钱仲联也说："韩、孟联句见韩正集者不入孟集，见孟集者韩正集亦未收。其载于韩正集者，体格纯是韩，见孟集者，体格亦纯是孟。"[1] 韩愈在贞元时期对孟郊诗风的学习和模仿不仅对于他个人的成长有着重要的意义，而且对于元和诗歌的发展显然也是至为重要的："孟郊将江南诗坛的尚奇之风带到了京城，用自己的创作发挥了顾况的自我表现倾向和奇肆而粗粝的语言风格，强烈地刺激了韩愈及其周围的一批诗人，群起而扫荡大历诗风的余波，开辟元和诗坛争奇斗异的新局面。"[2]

第三，贞元十九年阳山之贬是韩愈人生中非常重要的一个事件，尤其阳山一带"湖波翻日车，岭石坼天罅。毒雾恒熏昼，炎风每烧夏。雷威固已加，飓势仍相借。气象杳难测，声音吁可怕"的环境和韩愈本人"少小尚奇伟"[3] 的个性相融合，最终促成了韩愈诗风的转变："一方面是巨大的政治压力极大地加剧了韩愈的心理冲突，另一方面是将荒僻险怪的南国景观推到诗人面前，二者交相作用，乃是造成韩愈诗风大变的重要条件"[4]，这个转折点显然是发生在贞元末年。

第四，贞元时期也是韩愈古文创作的成熟期和高峰期，在他本人诗文创作并行不悖的情况下，作为古文大家的韩愈很容易把文的笔法运用到诗歌的创作中去。因此，后世认为对宋代诗坛产生深远影响的以文为诗的手法实际上和韩愈在贞元时期的古文创作以及由此带来的影响及于诗歌的创作实践密不可分。

通过以上的论述可以肯定地说，韩愈在贞元时期的经历是他诗歌创作的重要基础，韩愈在贞元时期创作的诗歌也是他全部创作中的重要组成部分，韩愈的经历和创作使他自然成为贞元诗坛的重要创作主体。

韩孟诗派除了韩愈、孟郊之外，一般认为还包括"欧阳詹、李贺、贾岛、皇甫湜、卢仝、马异、刘叉、刘言史等人"[5]。不过，这些人中除

---

[1] 《韩昌黎诗系年集释》卷五，第 615 页。
[2] 蒋寅：《孟郊创作的诗歌史意义》，《华南师范大学学报》2005 年第 2 期。
[3] （唐）韩愈：《县斋有怀》，《韩昌黎诗系年集释》卷二，第 229 页。
[4] 袁行霈：《中国文学史》第二册，高等教育出版社 2005 年版，第 261 页。
[5] 肖占鹏：《韩孟诗派研究》，南开大学出版社 1999 年版，第 7 页。

了欧阳詹之外其他如李贺、贾岛基本上是元和时期才出现在诗坛之上；皇甫湜、马异、刘叉的诗歌留存下来的比较少，且只有个别作品能确定为贞元时期所作；刘言史的诗歌70余首，卢仝诗歌近百首，虽数量较多，但大部分亦无法明确系年。所以，本书在论述时不把这些诗人作为贞元诗坛论述的重点，但也会在探讨相关问题时涉及他们在贞元时期创作的诗歌，兹不赘述。

第二节　张籍与王建

文学史在提及张籍和王建时，主要关注的是两人的乐府诗创作及其对元白诗派的先导性意义，这一点确实无可否认，更明确的来说，正是他们在乐府诗歌创作过程中承前启后的功绩才奠定了他们在文学史中的地位和价值。但如果仔细考察二人的生平遭际，就会发现这样一个不可否认的事实：张、王二人的乐府诗绝大部分创作于贞元时期（这一点其实在张籍身上体现得尤为明显），乐府诗中所体现的现实性思考的背景也都来自他们在贞元时期的所见所闻。除此之外，他们之间屡屡被人称道的友谊建立于贞元，他们诗歌观念的建立和成熟、诗歌技巧的训练与完善都发生在贞元。因此，考察张、王二人在贞元时期的经历和诗歌创作的具体情况，并以此为基础厘清他们在贞元诗风转变过程中的作用和价值对于更好地评估他们的历史地位有着重要的意义。

张籍、王建二人一直并称，一方面缘于两人在乐府诗歌创作中不相上下的成绩，另一方面和两人密切的关系有关。两人"年状皆齐"[①]，张籍（766—830?），郡望吴郡（今江苏苏州），少时起侨寓和州乌江县（今安徽和县乌江镇）；王建（766—832?），郡望颍川（河南许昌），生长于关辅（今陕西西安一带）。可见两人实际上一个是南方人，一个是北方人。但在建中四年（783）前后，二人同在邢州（治所在今河北邢台）刻苦学习，同窗近十载，两人也因此建立了极为深厚的友谊，并在之后的诗歌中屡屡提及。学成之后的两人秉承儒家"学而优则仕"的原则，于贞元八九年间来到长安干谒求荐，但结果却都不如人意、无功而返，两人便由此走上了不同的人生道路。

[①]（唐）张籍：《逢王建有赠》，《张籍集系年校注》卷四，第479页。

张籍继续奔波于各地以拜谒政要，寻求入仕的机会——"失意未还家，马蹄尽四方"①。他先是由长安到了咸阳，又由咸阳回到邢州，重会王建之后又去江南，"南游鄂、湘、赣、岭南，再北游蓟北；贞元十二年（796）返苏州，随即又南游湖州、杭州、剡豁，最后经宣州归和州"②。贞元十三年对于张籍来说是极为不寻常的一年，就在这年的十月，张籍北游汴州的过程中结识了韩愈，并在韩愈的激赏和推荐下于贞元十五年进士及第。和韩愈的相识、相知对于张籍来说不仅是在科举及仕途上多得其助力，更重要的是在诗歌风格和古文创作上也颇受其影响。进士及第后的张籍并没有立刻进入官场，因为亲人的去世，他不得不在家乡和州守丧三年，这也让他漂泊多年的心灵得以稍作休息。在贞元十八年服除之后他大概就进入了泾州刘昌之幕，第二年刘昌去世后他随即来到长安伺机参加铨选，并终于于元和元年调补正九品上的太常寺太祝一职，由此开始了他长达25年的仕宦生涯。

和张籍不同的，王建在长安干谒失意后，可能因为曾经怀揣的希望过大，所以失败后的失望、打击和刺激也就更加强烈，所谓"有川不得涉，有路不得行。沉沉百忧中，一日如一生"的现实让他甚至因此而产生了"错来干诸侯，石田废春耕。……我今归故山，誓与草木并"③的誓愿与行为。所以，从贞元九年开始，王建开始隐居于邢州鹤渡岭④，其间虽然曾至洛阳一带漫游，但大部分时间还是山居于此。直到贞元十六年，才为生活所迫，不得不选择从军入幕："爱仙无药住溪贫，脱却山衣事汉臣。夜半听鸡梳白发，天明走马入红尘"，由此也就开始了他"弓箭不离身"⑤，"从军走马十三年"⑥的戎幕生涯。王建先入幽州刘济幕，后于贞元二十年前后入魏博田季安幕，并曾于入幕之初出使淮南，经年而返。大概在元和七年，因为田季安的去世，魏博军乱，王建携家眷离开魏博还乡入京候官，并于元和八九年间得授昭应丞一职，由此也开始了他后期近

---

① （唐）王建：《送张籍归江东》，《王建诗集校注》卷四，第139页。
② 《张籍集系年校注》前言，第2页。
③ （唐）王建：《将归故山留别杜侍御》，《王建诗集校注》卷四，第155页。
④ 张籍当时有诗寄王建云："闻君鹤岭住，西望日依依"（《登城寄王建》），据《太平寰宇记·邢州·龙冈县》卷五九："鹊山，《水经注》……云：'其南有龙腾溪、鹤渡岭'。"《张籍集系年校注》卷二，第245—246页。
⑤ （唐）王建：《从军后寄山中友人》，《王建诗集校注》卷六，第263页。
⑥ （唐）王建：《别杨校书》，《王建诗集校注》卷九，第395页。

20 年的仕宦生涯。①

统观二人在贞元时期的生平和创作，有以下方面需要注意。

第一，邢州十年的学习生活对于二人的成长和诗歌创作来说有着极为重要的价值："此十年是张籍也是王建人生中最为重要的时期之一。一方面，二人寄居道观、僧舍、'门馆'，转益多师，'孜孜日以求，犹恐业未博'（王建《励学》），为后来的诗歌创作与入仕打下了坚实的基础。另一方面，当时国家内忧外患频仍（吐蕃侵占陇西，频繁寇扰关陇；山东军阀割据，内战连绵不息），给广大人民和社会造成了深重的灾难，而河北又是藩镇割据之地，遭安史兵燹后的洛阳也不再有盛世陪都的繁华，这些使年轻的诗人切身地感受到战争的罪恶、军阀割据的黑暗与人民的痛苦，激发起安邦定国、兴利除弊的理想和抱负，因此，二人十年间创作了大量的积极干预现实的乐府诗，从而奠定了其在文学史上的显著地位。同时，频繁的诗艺交流与切磋，形成了共同的审美志趣，对二人的诗风也产生了深远的影响。"②

第二，在张、王二人贞元时期南北漫游和入幕的过程中，诗人们长途跋涉，历尽艰辛，深入战场、蓬飘萍转的生活经历让他们在这一时期对于生活的体验更为深入，并创作了大量的羁旅行役、思亲怀家、边塞从军的作品。其漫游的足迹遍布我国朔方及南方各地，让他们可以广泛接触到征人戍卒、商妇樵夫、贾客孝女、水夫曹吏、胡奚蛮妓等各色人物，对其生活状态有了直观的体认。他们又得以亲身领略了塞北雄浑、江南秀丽的景物和南北迥异的风土民情，极大地开阔了视野，丰富了他们诗歌创作的题材。而在漫游中不断出现的新奇体验也成为他们诗风形成中的重要质素。

第三，张、王二人在贞元时期主要创作了一些乐府诗，这些乐府诗不仅数量多，而且本身有着较高的社会和艺术价值。从历时的角度而言，对于元白乐府诗的创作有一定的引导意义，因为从时间上来说，"张王乐府的创作时间大体在贞元中期至元和初，恰好在元、白开始《新乐府》创

---

① 因为张、王二人的生活多有交叉，所以对两人生平经历的叙述放在了一起。本书关于二人在贞元时期的生平和创作情况主要参考了《张籍集系年校注》附录三，第 1051—1069 页；《王建诗集校注》附录三《王建系年考》，第 597—611 页；王宗堂：《王建诗集校注》附录二《王建年表》，中州古籍出版社 2006 年版，第 665—685 页。

② 《张籍集系年校注》前言，第 2 页。

作之前"①。在二人的集子中，乐府诗也占据了较高的一个比例：今存张籍诗473首，乐府诗87首，占18%，王建诗526首，乐府诗共206首，占39%。② 尤其是张籍的乐府诗歌，几乎全部创作于贞元时期，并且影响巨大："《乐府诗集》中选编了他的作品56首，在唐代诗人中，如果从选编数量上来说，是仅次于李白、白居易，名列第三位的。"③ 而且，张垍也曾经评价张籍的诗歌说："贞元已前，作者间出，大抵互相祖尚，居于常态，迨公一变，而章句之妙，冠于流品矣"④，也侧面说明了张籍在贞元诗坛的重要地位和价值。

第四，虽然在张籍和王建后期漫长的仕宦生涯中两人也创作了大量的诗歌，但因为两人后期生活相对比较平静，且主要的交际生活、交际环境都局限在官场当中，这也影响到他们后期诗歌的创作倾向。如张籍后期之诗"多写自己贫病清静的生活及这种生活的感受，缺乏入仕前诗歌开阔的胸襟和深广的社会内容；以近体为主，较少入仕前的古体尤其是乐府歌行；更讲求精思苦炼和新奇平淡"⑤。可见，张籍人生中最重要的求学、漫游阶段都是发生在贞元时期，而这一时期也正是他诗歌创作最活跃、最具有个性化、质量最高的时期。而王建那些极富现实性的乐府诗也大多创作于贞元时期，后期因为生活环境的变化，因而交际性的诗歌占据了大部分。

综上所述，张籍、王建二人在贞元时期的创作显然是非常重要，也极具考察价值的。他们的诗歌不仅是贞元诗坛的重要组成部分，同时，他们在诗歌中对于现实的充分描绘和抒写，对于通俗化诗风的青睐和实践也成为元和诗坛中重写实、尚通俗的元白诗派的先导。学界因为对贞元诗坛的忽略，也就很少注意到他们二人在贞元这样一个特殊的时间背景中的创作情况和创作价值，这显然是非常令人遗憾的。

---

① 谢思炜：《从张王乐府诗体看元白的"新乐府"概念》，《北京师范大学学报》1999年第5期。
② 参见陈才智《元白诗派研究》，社会科学文献出版社2007年版，第152—153页。
③ [日]丸山茂：《唐代文化与诗人之心》，张剑译，中华书局2014年版，第106—107页。
④ （唐）张垍：《张司业诗集序》，《全唐文》卷八七二，第9123页。
⑤ 《张籍集系年校注》前言，第4页。

第三节　元、白、刘、柳等人

胡震亨在《唐音癸签》中曾引方勺云："韩退之多悲，诗三百六十，言哭泣者三十首；白乐天多乐，诗二千八百，言饮酒者九百首。"① 这是一个很有意思的发现和对比，形成这种局面的因素当然是多种多样的，但其中很重要的一点就是两人早年经历的不同。其实，这种不同又何尝只是韩、白之间的差异呢，广而言之，这是韩孟诗派的人们和元、白、刘、柳等人两种不同人生际遇的体现。和韩孟诸人在贞元时期的科场偃蹇形成鲜明对比的是，元、白、刘、柳诸人此时则是科场的幸运儿，是命运的宠儿：贞元九年，15 岁的元稹（779—831）明经及第；21 岁的柳宗元（773—819）；22 岁的刘禹锡（772—842）进士及第；贞元十四年，27 岁的吕温（772—811）进士及第；贞元十六年，29 岁的白居易（772—846）进士及第。且在之后的关试中这些人即使小有曲折但最终也都如愿以偿：

元稹"二十四（贞元十八年）调判入第四等，授秘书省校书"②，"元和元年举制科，对策第一，拜左拾遗"③；

白居易"贞元十九年春，居易以拔萃选及第，授校书郎"④。在元和元年，白居易又应"才识兼茂、明于体用科，策入第四等"，与元稹等人同登科，"授盩厔县尉、集贤校理"⑤；

吕温考中进士的第二年即贞元十五年就中博学宏辞科，授集贤殿校书郎，由德宗皇帝亲擢为左拾遗；⑥

柳宗元贞元十二年登博学宏辞科，贞元十四年担任集贤殿正字，贞元十七年调蓝田尉，贞元十九年调任监察御史里行；⑦

刘禹锡贞元九年中进士后，贞元十一年登博学宏辞科，授太子校书，贞元十六年，任徐泗节度使掌书记，后改为扬州掌书记，贞元十八年，调

---

① （明）胡震亨：《唐音癸签》卷二六，上海古籍出版社 1981 年版，第 275 页。
② 《旧唐书》卷一六六《元稹传》，第 4327 页。
③ 《新唐书》卷一七四《元稹传》，第 5223 页。
④ （唐）白居易：《养竹记》，《白居易集笺校》卷四三，第 2744 页。
⑤ 《旧唐书》卷一六六《白居易传》，第 4340 页。
⑥ 参见傅璇琮主编《唐才子传校笺》（二），中华书局 1989 年版，第 540—541 页。
⑦ 同上书，第 462—465 页。

补京兆渭南县主簿，贞元十九年擢升为监察御史①，并和柳宗元一起参与了贞元二十一年的"永贞革新"。

先不说元稹在贞元时期的少年得志，其他人物在那时看来也是前途一片光明。韩愈曾云："闻吏部有以博学宏辞选者，人尤谓之才，且得美仕"②，且通常来说，"由进士出身授校书、正字，然后任畿县尉，再登台、省做郎官，这是唐代知识分子理想的仕宦途径"③。这些人就是循着这样的路线走上了他们的仕途。

对于上述诸人，贞元时期从各个方面涵养了他们的人生与创作，具体如下。

一 关注现实

特定的经历和感受造就了元、白诸人对现实的关注以及由此带来的一定时期内对诗歌创作题材的特定倾向性。这些人基本上都出生于大历中后期，建中、贞元时期的社会状况开始作为他们少年时的成长背景印刻在他们的记忆当中。作为青年人，他们对社会的状态有着自己的感受，这种感受以及所带来的影响在元稹的《叙诗寄乐天书》中有清晰的表达：

> 稹九岁学赋诗，长者往往惊其可教。年十五六，粗识声病。时贞元十年已后，德宗皇帝春秋高，理务因人，最不欲文法吏生天下罪过。外闻节将动十余年不许朝觐，死于其地不易者十八九。而又将豪卒愎之处，因丧负众，横相贼杀，告变络绎，使者迭窥。旋以状闻天子曰："某邑将某能遏乱，乱众宁附，愿为帅。"名为众情，其实逼诈，因而可之者又十八九。前置介倅因缘交授者亦十四五。由是诸侯敢自为旨意，有罗列儿孙以自固者，有开导蛮夷以自重者。省寺符篆固几阁，甚者拟诏旨，视一境如一室，刑杀其下，不啻仆畜。厚加剥夺，名为进奉，其实贡入之数百一焉。京城之中，亭第邸店以曲巷断，侯甸之内，水陆腴沃以乡里计，其余奴婢资财，生生之备称之。朝廷大臣以谨慎不言为朴雅，以时进见者，不过一二亲信。直臣义

---

① 参见（唐）刘禹锡《子刘子自传》，《刘禹锡全集编年校注》卷一九，第1288—1294页；《唐才子传校笺》（二），第483—485页。
② （唐）韩愈：《答崔立之书》，《韩昌黎文集校注》卷三，第166页。
③ 孙昌武：《柳宗元传论》，人民文学出版社1982年版，第43页。

士，往往抑塞。禁省之间，时或缮完隳坠。豪家大帅，乘声相扇，延及老佛，土木妖炽，习俗不怪。上不欲令有司备官阈中小碎颁求，往往持币帛以易饼饵，吏缘其端，剽夺百货，势不可禁。仆时孩駭，不惯闻见，独于书传中初习，理乱萌渐，心体悸震，若不可活，思欲发之久矣。适有人以陈子昂《感遇》诗相示，吟玩激烈，即日为《寄思玄子》诗二十首。……又久之，得杜甫诗数百首，爱其浩荡津涯，处处臻到，始病沈、宋之不存寄兴，而讶子昂之未暇旁备矣。①

人们对白居易的《与元九书》是比较熟悉的，认为其中体现了白居易的诗学主张以及新乐府运动的主旨纲领，实际上，元稹在元和十年所创作的《叙诗寄乐天书》一文亦是我们了解贞元中后期的社会背景，以及元、白诸人在此背景之下思想状态的重要文献。文中详细地回顾了元稹在贞元十年以后对于社会和政治的所见所闻和所感：

年过半百的德宗皇帝因为奉天之乱而深自惩艾，遂行姑息之政，因此导致朝廷益加贫弱，而方镇更加强势。地方上担任军职、节制军队的将领，往往十多年不许朝见皇帝，不调动职务。在朝廷的姑息下，他们私自沿袭和授予官职，将子孙分到各地做官以巩固自己的地位，劝导边境少数民族归顺自己以增强自己的势力。中央政府的文书、命令不被理会和执行，对待域内的百姓跟奴仆、牲畜没什么区别，打着给皇帝进奉的幌子大加搜罗、盘剥，实际上交给皇帝的只不过百分之一而已。他们在京城中的亭第占据了整条巷子，在他们管辖的区域之内，肥沃的水田、旱地要以整乡整村来计算，不断聚敛大量的物资。在外的藩镇是如此的骄纵不堪，而在朝廷内部，大臣们谨小慎微，胆怯不语，能够亲近皇帝的不过一二亲信而已，正直的大臣往往受到打压。豪家大户往往利用宫廷之内的一些异况，相互煽动，蔓延到道教和佛教，人们往往将很多自然的状况视为凶兆，而习俗也不以为怪。一些官吏打着皇帝的名义在宫廷外抢夺各种货物，根本无法禁止（也就是所谓的"宫市"）。通过书本已经了解了国家治乱演变之迹的少年元稹，面对此情此景，觉得特别的痛苦，总希望有所作为。无意中他发现了陈子昂的《感遇》诗，吟诵欣赏之余，他的情绪也受到了很强的感染，后来又读到了杜甫的诗歌，更加青睐，就是因为其

---

① （唐）元稹：《叙诗寄乐天书》，《元稹集》卷三〇，第405—406页。

中有兴寄,有时事,涉及社会生活的方方面面。

这里之所以详细叙述了元稹这封信的内容,其主要目的就是想要说明,以元稹为代表的这批元和诗人群在贞元时期所形成的这种直面现实,务实求为的心态,对于唐朝政治史、文学史发展的重要价值和意义。

从政治的角度而言,在元和政坛上发挥了巨大作用的政治家们大多是在贞元时期通过科举、入幕的方式进入政权当中的士子们。其中最有代表性的自然是贞元八年的"龙虎榜",元和名臣李绛、崔群皆出此榜。对于"龙虎榜"于中唐政治、文学、文化的重要意义,学者们已经有比较充分的论述,正是有鉴于此,有学者甚至把其称为"元和文化起点"①。不仅如此,元和名臣裴度也是于贞元五年进士及第,裴垍于贞元十年高中贤良方正、能直言极谏科榜首等等。可以说,于贞元科场中成长起来的这一代人对于社会的黑暗和混乱有着切身的感受和改变现状的渴望,最重要的是他们也能够将这种渴望付诸行动。如史载裴度考中进士登宏辞科后"应制举贤良方正、能直言极谏科,对策高等,授河阴县尉。迁监察御史,密疏论权倖,语切忤旨,出为河南府功曹"②。当他们初入仕途之时,考虑的并不是个人的祸福得失,而是将满腔的热情投入政治改革的热情当中去。元、白二人在元和初年步入仕途时以监察御史的身份干预时政本就为大家所熟知。如白居易"论王锷以赂谋宰相,论裴均不当违制进奉,论李师道不当掠美以私财代赎魏徵宅,论吐突承璀不当以中使统兵,论元稹不当以中使谪官,皆侃侃不挠,冀以裨益时政"③,这也是他"常憎持禄位,不拟保妻儿。养勇期除恶,输忠在灭私"④ 心志的最好注脚。柳、刘、吕等人亦是如此,他们在贞元时期就和当时的改革派领袖王叔文有着密切的关系,柳、刘二人更是直接参与了永贞革新。在此次改革中,他们采取的措施如"打击弄权的宦官和跋扈的强藩……政治上打击贪暴,进用贤能……减免赋税、革除弊政"⑤,都是当时政治中的赘疣和痼疾,极

---

① 如查屏球《唐学与唐诗——中晚唐诗风的一种文化考察》,商务印书馆 2000 年版,第 105—121 页;田恩铭《"龙虎榜"与中唐文体文风改革的演进》,《殷都学刊》2008 年第 3 期;杜光熙《"龙虎榜"与中唐文学新变》,硕士学位论文,河北师范大学,2013。

② 《旧唐书》卷一七〇《裴度传》,第 4413 页。

③ (清)赵翼:《瓯北诗话》卷四,霍松林、胡主佑校点,人民文学出版社 1963 年版,第 49 页。

④ (唐)白居易:《代书诗一百韵寄微之》,《白居易诗集校注》卷十三,第 978—979 页。

⑤ 孙昌武:《柳宗元传论》,人民文学出版社 1982 年版,第 123—124 页。

富现实意义。虽然永贞革新最后以失败而告终，但通过这样一场改革，毕竟让人们感受到了整个社会渴望改变的欲望和勇气，看到了可以改变的方向和目标，而显然改革的中坚力量就是贞元时期开始逐渐登上仕途的这些年轻士子们。

从文学的角度而言，元和年间的新乐府运动实际上就是在这样的背景和心境下酝酿出来的。新乐府运动虽发生于元和年间，但其感受，实源于贞元末年的社会政治状况："信中叙述唐德宗晚年的政治形势，实际上正是叙述了新乐府诗歌革新运动的社会政治背景。白居易的讽喻诗创作的高潮在元和初年，但新乐府运动实际上是发轫于贞元末年，白居易、元稹对社会政治现实的感受主要形成于德宗晚年。"① 白居易反映社会现实的《新乐府》五十首和《秦中吟》十首虽然分别创作于元和四年、五年，但其中所描写的内容正如他在《秦中吟》十首的序言中所云："贞元、元和之际，予在长安，闻见之间，有足悲者。因直歌其事，命为《秦中吟》。"② 在《新乐府》五十首的作者自注中也时常会见到"贞元"的影子：如《上阳白发人》作者自注为："天宝五载已后，杨贵妃专宠，后宫人无复进幸矣。六宫有美色者，辄置别所，上阳是其一也。贞元中尚存焉"③；《昆明春水满》作者自注："贞元中始涨之"④；《驯犀》作者自注："贞元丙子岁，南海进驯犀，诏纳苑中。至十三年冬，大寒，驯犀死矣"⑤；《骠国乐》作者自注："贞元十七年来献之"⑥。

总之，通过简要的分析我们有理由认为，元和的中兴，包括政治的中兴和文学的中兴，都是建立在贞元时代的基础上，没有贞元的铺垫和酝酿，就不会有元和的兴盛和繁荣。

二 诗歌技巧的锤炼、培养及实践

对于这些人来说，贞元前期是他们学习奋斗的时期，生活中的重心就是备考，在这一过程中，他们的为文技巧得到了锻炼和提升。这一结果的

---

① 唐晓敏：《中华古文论释林》（隋唐五代卷），北京大学出版社2011年版，第331页。
② 《白居易诗集校注》卷二，第154页。
③ 《白居易诗集校注》卷三，第298页。
④ 同上书，第324页。
⑤ 同上书，第335页。
⑥ 同上书，第347页。

形成和时人对进士科的看重有关,当时有所谓"三十老明经,五十少进士"之言,可见进士科的难考。这群人中除了元稹以外,都是考的进士科,而元稹本人也似乎对自己明经出身的背景心有遗憾。进士科中很重要的一个考察内容就是诗赋,所以他们在准备考试的过程中实际上也锻炼了自己的诗歌技巧,为以后的诗歌创作打下了良好的基础。

不仅如此,他们在贞元时期也创作了一些诗歌作品,笔者在前辈为其作品系年的基础上做了以下的统计:刘禹锡诗歌共计801首,贞元、永贞时作品共计49首,去除无法系年的63首,贞元时期作品占其诗歌总数的7%;[①] 元稹诗歌共570题800首,贞元、永贞时作品共计54首,去除无法系年的110篇,贞元时期作品占诗歌总数的8%;[②] 白居易诗歌共计2830篇,贞元、永贞时期作品共计103首,占诗歌总数的4%;[③] 吕温诗歌共计107首,贞元、永贞时作品共计25首,去除无法系年的10首,贞元时期作品占诗歌总数的26%[④]。柳宗元的诗歌虽然创作于贞元时期的很少,大部分作于被贬谪的永州、柳州时期,但显然其思想的根源和永贞革新的政治遭际密切相关,大量展现其思想的作品亦创作于贞元时期。

虽然从数量和质量上而言,上述作家的这些作品与其贞元后的创作相比并不占有多大的优势,但是就像一个孩子一样,不经过蹒跚学步的阶段,就希冀欣赏到他昂扬奔跑的矫健,那几乎是不可能的。况且,时光的无法逆转性决定了人生的不可复制,蹒跚学步时亦自有彼时别样的风采和独到之处。如元稹的诗风此时还颇为古朴,一些艳诗已经流露出他作为风流才子的特质,吕温在贞元二十年出使吐蕃,在这一过程中写下了大量的作品,对于我们了解西域文化、边疆风貌和使臣心态都大有裨益,所以亦是不可轻忽。

---

① 本数字据《刘禹锡全集编年校注》一书统计。
② 本数字据(唐)元稹:《元稹集编年笺注》(诗歌卷),杨军笺注,三秦出版社2002年版,统计。
③ 本数字参见陈才智:《元白诗派研究》(附表:白居易诗歌创作分年系表),社会科学文献出版社2007年版,第382—384页。
④ 笔者据陈贻焮主编:《增订注释全唐诗》(第二册),文化艺术出版社2001年版,第1725—1745页统计。

三 社会关系网的初步奠定

贞元时期还是这些年轻的士子们开始交际往来的时刻,元、白、刘、柳诸人或为同年,或为同僚,其订交的时间均在贞元时期。与之前的时代相比,他们交往的对象更具有特定性,这和他们科举入仕的人生道路密切相关:"中晚唐时期士人群体的组合与科举考试关系极大。从主试者与入试者的师生关系到同试者间同学同年关系,形成了士人生活中重要的社会关系网。这一关系网不仅决定了士人的政治分野与文化个性,而且也是士人学术及诗歌风格形成的一个原因。"①

以白居易为例,在贞元十五年白居易参加宣州乡试时,便得到了宣歙观察使崔衍的赏识,并于此年认识了和他以后的政治生活、个人人生都有密切关联的杨虞卿。贞元十六年在长安参加进士科考的白居易又得以认识座主高郢以及同时及第的诸人,并与其中的诸如吴丹、郑俞、杜元颖、崔玄亮等开始了比较密切的交游②。贞元十九年,白居易又高中是年的书判拔萃科考试,当时的主考官是吏部侍郎郑珣瑜,和他同样高中的共6人,其中除了上文提及的崔玄亮外,还有以后成为他挚友的元稹,两人由此开始了交往。在这一过程中,两人逐渐相知相惜,成为金兰之交:"忆在贞元岁,初登典校司。身名同日授,心事一言知。肺腑都无隔,形骸两不羁。……分定金兰契,言通药石规。交贤方汲汲,友直每偲偲。"在"有月多同赏,无杯不共持"的恣意生活中,两人并没有满足于此前考试的成功,而是选择了在永崇坊华阳观闭门备考,两人相互竞争,相互鼓励,为即将到来的制举而努力:"攻文朝矻矻,讲学夜孜孜。策目穿如札,锋毫锐若锥"③,并最终成为终生的好友。当时一同学习的还有之后贵为丞相的牛僧孺:"每来故事堂中宿,共忆华阳观里时",当时的生活虽然特别困苦"日暮独归愁米尽,泥深同出借驴骑"④,但并不妨碍曾经的经历

---

① 查屏球:《唐学与唐诗——中晚唐诗风的一种文化考察》,商务印书馆2000年版,第105页。
② 白居易的《与诸同年贺座主侍郎新拜太常同宴萧尚书亭子》《东都冬日会诸同声宴郑家林亭(得先字)》二诗记载了他和座主高郢及同年相交往的情况。《白居易诗集校注》卷一三,第995、996页。
③ (唐)白居易:《代书诗一百韵寄微之》,《白居易诗集校注》卷一三,第977—978页。
④ (唐)白居易:《酬寄牛相公同宿话旧劝酒见赠》,《白居易诗集校注》卷三七,第2795页。

成为二人之间珍贵的回忆。贞元二十年，白居易通过元稹又认识了李绅，并成为共同创作讽喻诗、以文辅政的同道。白居易有诗《常乐里闲居偶题十六韵，兼寄刘十五公舆、王十一起、吕二炅、吕四颖、崔十八玄亮、元九稹、刘三十二敦质、张十五仲元，时为校书郎》，在上述八人中，王起、吕炅、吕颖、崔玄亮、元稹五人是白居易的同年，诗中叙及和这群"同学们"往来时的情景说："勿言无知己，躁静各有徒。兰台七八人，出处与之俱。旬时阻谈笑，旦夕望轩车。谁能雠校闲，解带卧吾庐。窗前有竹玩，门处有酒酤。何以待君子，数竿对一壶。"① 在"数竿对一壶"的待客之道中，我们也可以真切地感受到诗人和众多的朋友之间诗歌往来之际其乐融融的场面和真挚的感情。

在以后的仕宦生涯中，白居易自然也会认识其他的朋友和同事，但显然，在贞元时期相交往的这些人物因为曾经相似的"同甘共苦"的经历而让诗人多了一份惺惺相惜的感情。这就像我们在工作以后交的朋友始终没有办法和高中、大学同学之间的感情相媲美一样，也就是元稹曾经感慨过的"岂无新知者，不及小相得"②。当然，有了这样深厚的感情前提，这就为他们以后诗歌的往来唱和奠定了基础。元和文学的高潮和这些文人间频繁的诗歌唱和密切相关，在相互酬唱中，他们交流了感情，提高了诗艺，而这一切都源于他们在贞元年间确立的良好的人际关系。

总之，元、白、柳、刘等人既在贞元时期创作了一定数量的诗歌，贞元时期的经历和思想也为他们在元和时期诗歌风格的形成奠定了生活的底蕴和变化的渊薮，所以无论如何，都应该把他们作为贞元诗坛的一分子来看待。

---

① 《白居易诗集校注》卷五，第 447 页。
② （唐）元稹：《寄吴士矩端公五十韵（此后并江陵士曹时作）》，《元稹集》卷六，第 72 页。

第 二 章

青年士子群在贞元时期的
诗歌创作倾向

贞元时代是已经在走下坡路的唐王朝在困顿中逐渐有所振兴的特殊时期，而创造"元和中兴"的中坚力量大多是在贞元时期度过自己青少年时代的士子们，显然，上文中提到的韩愈以及元、白、柳、刘等人就是其中的佼佼者和代表人物。因此，在这样一个特定的背景下去考察上述诸人在贞元时期的诗歌创作情况，就会发现他们在诗歌内容上往往带有强烈的现实主义色彩和个人奋斗的痕迹，在诗歌思想和艺术手法上也往往能形成自己的想法和特色。

第一节 对现实与自我人生的关注

一 对现实的描写与思考

和大历诗人往往选择蜷缩在自己的世界中描写一己的离合不同的是，贞元的青年士子群们拥有的是一颗颗新鲜的、好奇的、易感的心灵，他们将眼光放得很辽阔，古今的成败兴衰、民众的苦难悲欢、个人的贫困不遇、现实的人事变化、世态的炎凉不平都会成为他们关注的对象。当多情的心灵遭遇复杂的世态，颇富文才的他们"造形而有感，因感而有词"[1]，往往通过诗歌的方式将他们对现实的感受予以传达和展示。

（一）社会现实的生动再现

出生于大历十四年的元稹虽然无缘得见玄宗时代的盛世风光，但当他偶遇曲江边的一位老者时，那段已经逝去的历史时光在年仅16岁的元稹

---

[1] （唐）刘禹锡：《因论七篇》序，《刘禹锡全集编年校注》卷一三，第818页。

笔下得到了浓墨重彩的重现：整个社会无论是政治、经济、军事、外交、文化都得到了极大的发展，整个长安城洋溢着盛世狂欢的气息[1]。很明显的是，和初唐时期卢照邻、骆宾王在描绘长安城时所呈现的批判意识以及大历诗人对盛世追忆中往往呈现的伤感与无奈不同的是，元稹笔下的长安城在追忆的想象中成为盛世景象的象征。虽然元稹的诗中也有对盛衰变化的感叹与惋惜，但诗中用三分之二的篇幅呈现了对盛世生活的铺排，更多地显现出作者对曾经的盛世的艳羡和歆慕的心态。这种心态的变化也展示出时世的不同。在贞元这个困顿而带有希望的时代中，青年士子们以一种初生牛犊不怕虎的昂扬情怀注目着这已经带有几分凋敝的人世，以文人的浪漫和激情渴望能通过自己的力量对社会的政治有所改变。在这样的心态下，他们对时世现状的关注也就更加全面和深刻。

"感于哀乐、缘事而发"本就是乐府诗的精神实质，张籍、王建、李绅、白居易、元稹或者在贞元时期创作了多首乐府诗，或者在元和时代创作了很多反映贞元社会的乐府诗，这些作品继承了汉乐府的现实主义精神，共同构成了贞元时代社会的一面棱镜，折射出当时社会的各个角落。如张籍的《征妇怨》（九月匈奴杀边将）、《别离曲》（行人结束出门去）、《邻妇哭征夫》（双鬟初合便分离），王建的《渡辽水》（渡辽水，此去咸阳五千里）、《辽东行》（辽东万里辽水曲）或者通过思妇之口，或者透过征夫之言，均深切表达了战争带给普通民众的苦难和痛苦。而百姓的苦楚不止于此，张籍的《山头鹿》描写因为战争的缘故，来自官方的赋税不断加重，贫穷的农家又遭遇干旱无力交租以致"贫儿多租输不足，夫死未葬儿在狱"[2]。其《猛虎行》（南山北山树冥冥）和王建的《射虎行》（自去射虎得虎归）以"虎"喻民众遭受的荼毒与苦难，而本应为民做主的官府却只能"五陵年少不敢射，空来林下看行迹"[3]，更有甚者，为了自己眼前的利益而养虎以谋"惜留猛虎着深山，射杀恐畏终身闲"[4]。诗人们也没有将关注的眼光仅仅局限于普通的民众，他们也注目于宫廷或宫廷中不幸的女子：张籍的《楚宫行》（章华宫中九月时）自创新题，借对

---

[1] 具体内容可见元稹《代曲江老人百韵（年十六时作）》，《元稹集》卷一〇，第125—127页。
[2] 《张籍集系年校注》卷七，第836页。
[3] （唐）张籍：《猛虎行》（南山北山树冥冥），《张籍集系年校注》卷一，第34页。
[4] （唐）王建：《射虎行》（自去射虎得虎归），《王建诗集校注》卷二，第78页。

耽于田猎与酒色的楚王的描绘，借古讽今，抨击帝王的荒淫奢靡；王建的《乌栖曲》（章华宫人夜上楼）写章华宫人之失宠，白居易的《上阳白发人》主旨在于"愍怨旷"，则由一个上阳白发人入宫便失宠的经历升华到对于古今以来后宫失宠女子们的同情。与张籍、王建相比，白居易、元稹对贞元时事的关注更具有深广的力量，如白居易的《昆明春》主旨在于"思王泽之先被"，《驯犀》主旨在于"感为政之难终"，《骠国乐》主旨在于"欲王化之先迩后远"，都是借当时的一些时事来抒发自己对现实政治的感慨。可以说，贞元时代诸如吐蕃入侵、藩镇叛乱、佛道昌炽、土地兼并、宫市之祸、统治者的腐朽奢靡、广大民众的灾难和痛苦都在他们的乐府诗歌中有所反映，由此亦可见诗人们对于国家前途命运的关注之意。

除了采取乐府诗的形式外，青年士子们也采取其他多种形式抒发自己对现实的感受。

或直接写时事。羊士谔的《乱后曲江》写因为泾原兵变以致"游春人静空地在，直至春深不似春"①，昔日游人不断、车水马龙的曲江池边已是门可罗雀。吕温的《贞元十四年旱甚见权门移芍药花》：

绿原青垄渐成尘，汲井开园日日新。四月带花移芍药，不知忧国是何人。②

据《新唐书》记载，贞元"十四年春，旱，无麦"③。所谓"朱门酒肉臭，路有冻死骨"，当民众在天灾中水深火热，度日如年，当国家在天灾中窘迫不已，捉襟见肘，权贵之门却忙着为自己的芍药花汲井开园，这鲜明的对比怎能不让人们对权贵的冷漠而愤慨不已！韩愈的《汴州乱二首》：

汴州城门朝不开，天狗堕地声如雷。健儿争夸杀留后，连屋累栋烧成灰。诸侯咫尺不能救，孤士何者自兴哀？

母从子走者为谁？大夫夫人留后儿。昨日乘车骑大马，坐者起趋乘者下。庙堂不肯用干戈，呜呼奈汝母子何！④

---

① 《全唐诗》卷三三二，第3712页。
② 《全唐诗》卷三七一，第4175页。
③ 《新唐书》卷三五《五行二》，第917页。
④ 《韩昌黎诗系年集释》卷一，第72—73页。

描写贞元十五年的汴州军乱。《旧唐书·德宗纪》载："（十五年二月）丁丑，宣武军节度使、检校左仆射、平章事、汴州刺史董晋卒。乙酉，以行军司马陆长源检校礼部尚书、汴州刺史、御史大夫、宣武军节度度支营田、汴宋亳颍观察等使。以常州刺史李锜为润州刺史、浙西观察使及诸道盐铁转运使。是日，汴州军乱，杀陆长源及节度判官孟叔度、丘颖，军人脔而食之。"① 汴州军乱带来的不仅仅是汴州城的生灵涂炭和陆长源等诸大夫的身首异处，生活在其中的普通民众也深受其害。时过境迁，韩愈再回忆此事的时候依然痛心不已："夜闻汴州乱，绕壁行彷徨。我时留妻子，仓卒不及将。相见不复期，零落甘所丁。骄女未绝乳，念之不能忘。忽如在我所，耳若闻啼声。中途安得返，一日不可更。"② 写出了个人在时代动乱中痛苦的境遇，其中记载汴州离乱之经过，琐细生动，与杜甫《北征》中的情节相仿佛。

或者借古讽今。如刘禹锡的《古调二首》：

> 轩后初冠冕，前旒为蔽明。安知从复道，然后见人情？
> 簿领乃俗士，清谈信古风。吾观苏令绰，朱墨一何工！③

借古讽今，第一首讽帝王蔽于眼前之人与物，不能明察世情；第二首则讽时俗不重实务，以清谈为高，可以说均系有为而作。韩愈的《古风》：

> 今日曷不乐？幸时不用兵。无曰既蹙矣，乃尚可以生。彼州之赋，去汝不顾；此州之役，去我奚适？一邑之水，可走而违；天下汤汤，曷其而归？好我衣服，甘我饮食。无念百年，聊乐一日。④

德宗自从泾原兵变回到京城后，"常恐生事，一郡一镇，有兵必姑息之"⑤，了解了这一背景，所谓"幸时不用兵"就透露出几丝反讽的意味。虽然不用兵，但赋役繁苛并没有因此而减少，不过总算与建中、兴元之时

---

① 《旧唐书》卷一三《德宗下》，第389页。
② （唐）韩愈：《此日足可惜一首赠张籍》，《韩昌黎诗系年集释》卷一，第84—85页。
③ （唐）刘禹锡：《古调二首》，《刘禹锡全集编年校注》卷一，第42—43页。
④ 《韩昌黎诗系年集释》卷一，第24页。
⑤ 《唐国史补》卷中"浑令喜不疑"条，第32页。

的动乱相比,则尚有可生之望。虽然如此,但繁重的苛捐杂税依然让当时之民众疲于应对,无以聊生。联系贞元时代上自君王、藩镇,下自县官属吏的贪敛,民众的赋役之重可想而知。《诗经·硕鼠》中的"乐土"或许可寻,但此诗中民众同样的渴望注定成为奢想,因为天下汤汤,皆是如此,又何处可逃呢?百姓愤激之余不免自暴自弃,好衣甘食,以求得一日的苟安与享乐。《史记》中曾记载和诗中相似的情节:"农夫莫不辍耕释耒,褕衣甘食。"① 司马贞的《索隐》注曰:"恐灭亡不久,故废止作业而事美衣甘食。日偷苟且也,虑不图久故也。"② 四言的句式,反讽的语气下透露出的是"长歌之哀,深于痛哭"的情怀。又有《烽火》诗歌,流露出相似的意思,且"我歌宁自戚,乃独泪沾衣"③ 表达了作者所忧乃在君国,而非为一己之私情。

总之,他们或者直抒胸臆,或者借古讽今,或者描写民众的苦难,或者描写一己的悲欢,不管他们选择何种方式,都传达出了他们对于所生活时代的热情和关注,虽然此时的他们人微言轻,而正是此时这种感情的不断积淀赋予了这个社会在元和时代得以有所改变的力量。

(二) 贫困不遇的生活状态

当顾况看到前来干谒的青年白居易的名字后,说了句很耐人寻味的话:"米价方贵,居亦弗易。"④ 从客观情况来说,确实如此。如果说,贞元时代频繁的旱灾、水灾、风灾、震灾⑤尚属天灾而无法避免的话,建中之乱、地方藩镇的动荡不平乃至对外战争的失利之类的人祸在德宗朝更是接踵而至,天灾人祸的交相作用带来的是国家经济的整体凋敝。社会的治乱兴衰、衰敝不振不能不影响生活在其中的个体,贞元时代的青年士子们大多来自寒门,除了柳宗元、刘禹锡、吕温等人有着较好的家庭经济条件外,大多数士子家境一般。在这种境况下,他们很难坐而论道,而是把科举入仕当成是改变自己生存状况的一条捷径。"有亲而贫,旨养不充,侨

---

① 《史记》卷九二《淮阴侯列传》,第 2296 页。
② 同上书,第 2297 页。
③ 《韩昌黎诗系年集释》卷一,第 6 页。
④ 唐张固《幽闲鼓吹》,五代王定保《唐摭言》卷七《知己》,宋王谠的《唐语林》,新旧《唐书》本传对白居易见顾况事均有所记载,该句也是俗谚"长安居大不易"的来源。
⑤ 《新唐书》对相关内容有详细的记载。《新唐书》卷三五《五行二》,第 896、908、917 页。

处江介，无素基业"① 的李观选择了科场之路。"率兄弟操耒耜而耕于野，地薄而赋多，不足以养其亲"的侯喜则"以其耕之暇，读书而为文，以干于有位者而取足焉"②。十六七岁的韩愈本来一心只读圣贤书，"以为人之仕者，皆为人耳，非有利乎己也"，但当他20多岁的时候，家庭的贫困、衣食不足的窘境让他很快意识到"仕之不唯为人耳"，所以他很快修正了自己的人生目标："故凡仆之汲汲于进者，其小得盖欲以具裘葛、养穷孤，其大得盖欲以同吾之所乐于人耳。"③ "养无晨昏膳，隐无伏腊资"的白居易亦是"遂求及亲禄，僶俛来京师"④。当他们为了自己的前途命运奔走于长安这座"名利场"中的时候，就强烈地感受到了来自经济和生存的压力，尤其当他们遭遇科场不遇的境况时，这份压力就变得更加深重，这样独特而具有相对普遍性的心境也反映到了他们的诗歌当中。

韩愈作于贞元十一年的《马厌谷》云：

马厌谷兮，士不厌糠籺。土被文绣兮，士无短褐。彼其得志兮不我虞，一朝失志兮其何如？已焉哉，嗟嗟乎鄙夫！⑤

这就是血淋淋的现实，特立独行、志存高远、砥砺名节的"士"在不被人需要时，最低微的生活需要也无法得到满足，其境遇尚不如权贵之家的马一般能够吃得饱、盖得暖。这其实并不是韩愈一时的感叹之言，而是他在长期贫困的生活中所升发的愤激之词。贞元初年初至京师的他已经"穷不自存"⑥，乃至"甚贫，衣食于人"⑦，到了贞元九年，依旧处于"所病者在于穷约，无僦屋赁仆之资，无缊袍粝食之给。驱马出门，不知所之"⑧ 的状态当中，虽不欲干谒而不能。先辈杜甫曾经"平明跨驴出，

---

① （唐）李观：《与吏部奚员外书》，《全唐文》卷五三二，第5406页。
② （唐）韩愈：《与祠部陆员外书》，《韩昌黎文集校注》卷三，第199页。
③ （唐）韩愈：《答崔立之书》，《韩昌黎文集校注》卷三，第167页。
④ （唐）白居易：《思归（时初为校书郎）》，《白居易诗集校注》卷九，第757页。
⑤ 《韩昌黎诗系年集释》卷一，第38页。
⑥ （唐）韩愈：《殿中少监马君墓志》，《韩昌黎文集校注》卷七，第538页。
⑦ （唐）韩愈：《与卫中行书》，《韩昌黎文集校注》卷三，第193页。
⑧ （唐）韩愈：《上考功崔虞部书》，《韩昌黎文集校注》外集上卷，第693页。

未知适谁门"① "朝扣富儿门,暮随肥马尘。残杯与冷炙,到处潜悲辛"②的生活已经成为以韩愈为代表的贞元士子们生活的常态。而且,即便他们低下了曾经高昂的头颅,得到的依然是"遑遑乎四海无所归;恤恤乎饥不得食,寒不得衣;濒于死而益固,得其所者争笑之"③的结局。面对这样的困局,韩愈甚至生发出不如离去的冲动:"忽忽乎余未知生之为乐也,愿脱去而无因。安得长翮大翼如云生我身,乘风振奋出六合,绝浮尘。死生哀乐两相弃,是非得失付闲人。"④现实如此痛苦,只能在想象的世界中寻得一丝安慰和自由了。到了贞元十七年的时候,韩愈作《将归赠孟东野房蜀客》,做出了准备离开的决定:

君门不可入,势利互相推。借问读书客,胡为在京师?举头未能对,闭眼聊自思。倏忽十六年,终朝苦寒饥。宦途竟寥落,鬓发坐差池。颖水清且寂,箕山坦而夷,如今便当去,咄咄无自疑。⑤

十六年"终朝苦寒饥"的事实以及高门难入、屡屡碰壁的生活状态让韩愈感到了几丝绝望和煎熬,他不知道自己这么多年在京师的奋斗到底换来了什么,所以面对他人类似的疑问,一向以能言善辩著称的韩愈一时之间竟无言以对。细细品味,自己确实官宦无成、年华不在,而想象中的隐居避世的生活却是那样的美好和惬意,既然这样,离去似乎是一个更好的选择了。但真的是如此吗,如果去意真的很坚决的话,又何必"自疑"徘徊呢?

张籍《羁旅行》流露出同样的徘徊,但说得就比较直白,其最终的决定也清晰可见,诗曰:

远客出门行路难,停车敛策在门端。荒城无人霜满路,野火烧桥不得度。寒虫入窟鸟归巢,僮仆问我谁家去?行寻田头暝未息,双毂

---

① (唐)杜甫:《示从孙济》,(清)仇兆鳌注:《杜诗详注》,中华书局1979年版,第206页。
② (唐)杜甫:《奉赠韦左丞丈二十二韵》,同上书,第75页。
③ (唐)韩愈:《上宰相书》,《韩昌黎文集校注》卷三,第155页。
④ (唐)韩愈:《忽忽》,《韩昌黎诗系年集释》卷一,第107页。
⑤ 《韩昌黎诗系年集释》卷一,第139页。

长辕碍荆棘。缘冈入涧投田家,主人舂米为夜食。晨鸡喔喔茅屋傍,行人起扫车上霜。旧山已别行已远,身计未成难复返。长安陌上相识稀,遥望天门白日晚。谁能听我《辛苦行》,为向君前歌一声。①

离开自己熟悉的"旧山",风尘仆仆、千辛万苦地来到都城长安,看到的、遇到的只是满城的陌生人而已。这个世界如此冰冷,尚不如"田家主人"曾经给予的那份温暖,寒虫和鸟儿尚能按时回归到自己的巢窟,白日西落,年华老大,而自己却"身计未成",又有什么颜面归去呢?

很小就失去父亲的元稹少年时代主要依恃舅族,虽然之后的科举之路颇为顺利,但在长安也度过一段相对贫困不遇的生活。其悼亡诗《三遣悲怀》其一在回忆和妻子韦丛的生活经历时曾说:"谢公最小偏怜女,嫁与黔娄百事乖。顾我无衣搜画箧,泥他沽酒拔金钗。野蔬充膳甘长藿,落叶添薪仰古槐。今日俸钱过十万,与君营奠复营斋"②,可见其在未入仕之前的生活状态还是比较拮据的,乃至要妻子典卖一些东西来维持生计。这一点在其贞元时所作的《陪韦尚书丈归履信宅因赠韦氏兄弟》中已经有所流露:"紫垣驺骑入华居,公子文衣护锦舆。眠阁书生复何事,也骑羸马从尚书?"③骑着羸马的女婿跟在鲜衣怒马的丈人、妻兄后面,虽然以玩笑口吻出之,但细品这一画面,还是会发现作者的几分窘迫之意。其《靖安穷居》中云:"喧静不由居远近,大都车马就权门。野人住处无名利,草满空阶树满园。"④得志与不得志时的社会生活状态是截然不同的,门可罗雀与门庭如市并不是由其地理位置的远近决定的,而是由门中之人的地位决定的,青年元稹在靖安里居住的时候就很深刻的体会到了这一点。

贫苦的生活锻炼了士子们的意志,也影响了他们的性格,白居易就是很明显的一个例子。他的青少年时代亦是"家贫多故"⑤,贞元十四年,白居易从徐州动身去饶州浮梁,因为他的长兄白幼文正于此处任浮梁主簿,也正是兄长以微薄的俸禄赡养身在远方的母弟诸人,其《将之饶州

---

① (唐)张籍:《羁旅行》,《张籍集系年校注》卷一,第98页。
② 《元稹集》卷九,第112页。
③ 《元稹集》卷一七,第219页。
④ 同上书,第221页。
⑤ (唐)白居易:《与元九书》,《白居易集笺校》卷四五,第2792页。

江浦夜泊》中有言："苦乏衣食资，远为江海游。光阴坐迟暮，乡国行阻修。身病向鄱阳，家贫寄徐州。前事与后事，岂堪心并忧？……故园迷处所，一念堪白头。"① 到了贞元十五年，白居易还需要跨越2500里的长途从兄长这里"负米而还乡"②，回到家乡他面对的依然不是家人的团聚，而是骨肉流离，这一点从他此时所作诗歌的题目中即可略见一斑——《自河南经乱关内阻饥兄弟离散各在一处因望月有感聊书所怀寄上浮梁大兄于潜七兄乌江十五兄兼示符离及下邽弟妹》。即便在他于贞元十六年及第后，境况也并没有太大的好转："霄汉程虽在，风尘迹尚卑。敝衣羞布素，败屋厌茅茨。养乏晨昏膳，居无伏腊资。"③ 曾经的困苦给白居易留下了深刻的印象，也影响到他的性格："香山出身贫寒，故易于知足。少年时《西归》一首云：'马瘦衣裳破，别家来二年。忆归复愁归，归无一囊钱！'《朱陈村》诗云：'忆昨旅游初，迨今十五春。孤舟三入楚，羸马四经秦。昼行有饥色，夜寝无安魂。'可见其少时奔走衣食之苦矣。故自登科第，入仕途，所至安之，无不足之意。……可见其苟合苟完，所志有限，实由于食贫居贱之有素；汔可小康，即处之泰然，不复求多也。然其知足安分在此；而贫儒骤富，露出措大本色，亦在此。"④ 同时，贫困的生活让他们希望及早实现科举入仕的目标，但科举之路并非一蹴而就，不仅需要频繁的参加考试，而且在当时请托成风、行卷成气的社会环境中，金钱上的需要自然必不可少。因此，这就形成了一个怪圈：为了谋生而来参加科举，科举之路又大量消耗本已困乏的生存资料，为了解决困乏就要及早实现科举入仕的成功。这种情况造成了士子们普遍对于科举入仕有着特别急迫的心理，在实现这一目标的过程中，他们对世态炎凉也就有了更直观的体会。

（三）世风浇薄的深刻揭露

对于贞元时代的大多数士子来说，他们往往没有显赫的门第来作为依恃，而只能通过自己的政能与文才来求举觅官，寻找进身之阶。进士科作

---

① （唐）白居易：《将之饶州江浦夜泊》，《白居易诗集校注》卷九，第755—756页。

② （唐）白居易：《伤远行赋》，《白居易集笺校》卷三八，第2594页。

③ （唐）白居易：《叙德书情四十韵上宣歙翟中丞》，《白居易诗集校注》卷一三，第998页。

④ （清）赵翼：《瓯北诗话》卷四，霍松林、胡主佑校点，人民文学出版社1963年版，第47—48页。

为当时最显耀的出身往往成为很多士子的首选。但进士科之难考也是众所周知的一个事实:"举人大率二十人中方收一人,故没齿而不登科者甚众。"① 如何在这个没有硝烟的战场上取得决定性的胜利,这需要的绝不仅仅是个人的才学而已。并且,对于考中进士的士子来说,他的战斗也没有结束,或者更准确地说,他只是得到了入仕的资格而已,要想真正获得一官半职的话,还要去奔波:"唐进士登第者尚未释褐,或为人论荐,或再应皆中,或藩方辟举,然后释褐。"② 而且,即便通过不懈的努力最终获得了职位,也免不了沉沦下僚,如吕思勉所言:"且唐制登第未即释褐,即释褐亦不过得八九品官。则其取之者虽非而任之者犹未甚重也。"③ 在这一过程中,士子们为了每一步的成功都要拼搏不止,奋斗不息,而且为了达成最后的目标难免在行事上有所偏颇:"收入既少,则争第急切。交驰公卿,以求汲引。毁誉同类,用以争先。故业因儒雅,行成险薄。非受性如此,势使然也。"④ 得势的固然春风得意,失意的也不免满腹辛酸怨天尤人,人世间从来都是锦上添花的多而雪中送炭的少,在这一过程中,士子们难免感受到世态的炎凉和人心的险恶。

就像上文中所提到的,对于这些士子来说,他们所能依赖的只有自己的才能,而这种才能如果长久得不到来自主考官或者社会的认可,他们往往怀疑的并不是自己的才能确实有所不足,而是主考官的识人不明。他们之所以会有这样的认识,和当时考场上的不正之风盛行有关。在唐穆宗长庆元年前,"贡举猥滥,势门子弟,交相酬酢,寒门俊造,十弃六七"⑤,这样的现实常常会让他们产生生不逢时以致遭遇鱼目混珠、良莠不分、目珠玞为宝玉,认骐骥作驽骀的局面。韩愈的《驽骥赠欧阳詹》感慨的就是自己的现实遭遇,自己虽然如骐骥一般"自矜无匹俦","视九州"为"咫尺",并且"饥食玉山禾,渴饮醴泉流",不断磨炼修饰自己的才能和人格,但所遭遇的结局却并不是"有能必见用,有德必见收",而是"人皆劣骐骥,共以驽骀优",这不能不让作者兴叹自己"才命不同谋",只

---

① (唐)赵匡:《举选议》,《全唐文》卷三五五,第 3602 页。
② 《通考·选举考·辟召门》引吕东莱说。吕思勉:《隋唐五代史》(下)引,中华书局 1959 年版,第 1135 页。
③ 同上书,第 1135 页。
④ (唐)赵匡:《举选议》,《全唐文》卷三五五,第 3602 页。
⑤ 《旧唐书》卷一六四《王播传》,第 4278 页。

能寄希望于"同心子""为我商声讴"①,寻得一丝精神的安慰。

现实的遭遇让他们对社会的丑陋有了进一步的认识。王建的《将归故山留别杜侍御》:"日月俱照辉,山川异阴晴。如何百里间,开目不见明"②,以日月俱照而阴晴有别为喻,实写世态炎凉,人间差等。现实是如此的黑暗以致让诗人觉得看不到光明之所在。韩愈的《答孟郊》感慨朋友"人皆余酒肉,子独不得饱"的境遇后,得出这样的结论:"古心虽自鞭,世路终难拗。弱拒喜张臂,猛拿闲缩爪。见倒谁肯扶?从嗔我须咬。"③ 不管外界如何欺"我","我"只要咬牙坚持住就可以了。在这种类似催眠式的自我鼓励中,我们实际上感受到的正是诗人对社会炎凉的无奈之感。既然无法改变,自然要去适应,不同性格的人在这样的环境中适应度也不一样:"稍奸黠"的韩愈显然要比"白首夸龙钟"④ 的东野境遇稍好一些。但有人最终也无法适应,只能远走他乡——在"时之人夫妻相虐兄弟为仇,食君之禄,而令父母愁"的环境中,"孝且慈"的董邵南虽然"无与俦",其现状却是"人不识,惟有天翁知"⑤,所以只能远走河北藩镇,寻找出路。

这样的生存环境很容易让士子们产生一种孤独感,所谓"长安百万家,出门无所之。岂敢尚幽独,与世实参差"⑥。现实的空间是如此的寥廓,而能让自己感到温暖的心理空间却是如此的逼仄,与世参差的境遇很容易让人产生"出门即有碍,谁谓天地宽"⑦ 的心理压抑感。"喧喧车骑帝王州,羁病无心逐胜游。明月春风三五夜,万人行乐一人愁"⑧,"轩车歌吹喧都邑,中有一人向隅立。夜深明月卷帘愁,日暮青山望乡泣"⑨,热闹和喧哗都是别人的,自己是被隔绝于这片繁华之外的,仰望明月,似乎只有故乡才能给自己以安慰和同情。那么是不是回到熟悉的故乡这些问题就能迎刃而解呢?贞元时的进士周弘亮有《故乡除夜》,在他看来,虽

---

① (唐)韩愈:《驽骥》,《韩昌黎诗系年集释》卷一,第 115 页。
② 《王建诗集校注》卷四,第 155 页。
③ (唐)韩愈:《答孟郊》,《韩昌黎诗系年集释》卷一,第 56 页。
④ (唐)韩愈:《醉留东野》,《韩昌黎诗系年集释》卷一,第 59 页。
⑤ (唐)韩愈:《嗟哉董生行》,《韩昌黎诗系年集释》卷一,第 80 页。
⑥ (唐)韩愈:《出门》,《韩昌黎诗系年集释》卷一,第 4 页。
⑦ (唐)孟郊:《赠崔纯亮》,《孟郊诗集校注》卷六,第 267 页。
⑧ (唐)白居易:《长安正月十五日》,《白居易诗集校注》卷一三,第 1045 页。
⑨ (唐)白居易:《长安早春旅怀》,《白居易诗集校注》卷一三,第 1056 页。

然同为除夕，但依然是几家欢乐几家愁，"何处夜歌销腊酒，谁家高烛候春风"，不遇的遭际让他产生"三百六十日云终，故乡还与异乡同"[1]的感觉。在这个"唯功名"的时代里，家乡带给士子的安慰到底能有多少呢？所以依旧要回到利禄场中拼搏、挣扎，继续与世态的炎凉和人心的险恶搏斗、抗争，在此过程中，抒发个人的身世之感成为他们这一时期诗歌创作的重要内容。

二 抒发个人的身世之感

现实如此复杂，身处其中的贞元士子们为了自己的梦想和目标而不断奋斗、努力，尽管其中免不了有失败的痛苦，但他们却不轻言放弃，展示出强烈的功名意识、进取精神以及不同流俗的人格追求。在这样一个人才辈出的时代中，他们同声相应、同气相求，在共同的奋斗中建立了深厚的友谊。这份友谊是如此的沉挚，以至于它不会在时间的流逝中消磨，不会在误会中终止，而往往能延及终生。在贞元末期的时候，这些士子大多能够得偿夙愿，任职于中央朝廷，就在他们要一展抱负有所作为的时候，政治生活的险恶与不测开始在他们身上得到验证。因为种种原因，他们中的个别人物遭受了贬谪的命运，抒发贬谪前后的复杂感受也成为这一时期诗歌的重要组成部分。

（一）功名意识和进取精神

尽管物质上的生活是如此窘迫，尽管世道是如此的险恶，但贞元时代的青年士子们依旧前赴后继的赶赴京城参加科考。除了上文提到的借此以改善自己和家人的生存境遇外，很大程度上也是为了实现自我致君尧舜、拯救生民的志向。所谓"骑驴到京国，欲和薰风琴"[2]可为一代优秀贞元青年士子的真实写照。

贞元八年，刘禹锡在入京的路上途经"峻拔在寥廓"的华山时，就有一种"一见换神骨"的感觉。华山向来以险峻著称，刘禹锡有感于其"凡木不敢生，神仙聿来托"的神峻，生发出"高山固无限，如此方为岳。丈夫无特达，虽贵犹碌碌"[3]的感慨。虽然人世间高山众多，但华山

---

[1] 《全唐诗》卷四六六，第5299页。
[2] （唐）韩愈：《孟生诗》，《韩昌黎诗系年集释》卷一，第6页。
[3] （唐）刘禹锡：《华山歌》，《刘禹锡全集编年校注》卷一，第1页。

却以它的独特魅力堪称五岳之一,做人亦当如此,如果没有特别的、不同于流俗的才能和品格,即便身居高位,和庸碌之辈又有什么区别呢?该诗生动展现了青年刘禹锡积极有为的用世精神和不同流俗的傲岸骨力。早期,他曾作《因论七篇》,就现实生活中的所见所闻抒发自己的感受:或者以药为鉴,说明为政之道当宽猛相济(《鉴药》);或者记载其与徐州流民的谈话,说明为政当先声后实(《讯甿》);或者以牛力尽被售卖于宰夫为喻,说明处世之法当"执不匮之用而应夫无方,使时宜之"(《叹牛》)①;或者以覆舟为比,说明祸乱常积于忽微(《儆舟》);或者通过"用于形"之力和"用于心"之力②的不同,讽刺朝廷重力不重德(《原力》);或者以相马之事说明识别人才之困难(《说骥》);或者以病之痊愈先后为切入点,说明利钝相长,不才者能以不才全身的道理(《述病》)。其中或涉为政之道,或涉人才选拔,或涉处世之法,均有其现实意义。刘禹锡一直相信"居安白社贫,志傲玄纁辟。功名希自取,簪组俟扬历"③,要想实现自己的抱负,就要首先具有功名,只有这样,才能去解决现实的问题。所以,当他进入朝廷中,"常谓尽诚可以绝嫌猜,徇公可以弭逸愬,谓慎独防微为近隘,谓艰贞用晦为废忠"④,怀抱着报国尽忠的一腔热血在政治的舞台上举旗呐喊,这在以沉默为金,以审慎为明哲保身之道的贞元后期政局中是十分难得,也是十分可贵的。其《春日退朝》和《路傍曲》诸诗也都展现了此时的刘禹锡乐观进取的精神面貌。

如刘禹锡、柳宗元本就是贞元时代的幸运儿,因此能有机会较早的进入中央朝廷,在自己的岗位上有所作为。但大多数青年士子们在贞元的大部分时光是在考场的不断失意中度过的,即便如此,他们依旧怀揣着强烈的功名意识和进取精神在京师内外挣扎拼搏,其中以韩愈最为显著。

韩愈在开始读书时就怀抱着"志欲干霸王"的志向,并且经过长时间的刻苦学习,在学业上也已经颇有一番造诣:"屠龙破千金,为艺亦云亢"⑤。他自认为和世间的那些沉溺于一己得失与个人利益的凡庸之辈截

---

① (唐)刘禹锡:《因论七篇·叹牛》,《刘禹锡全集编年校注》卷一三,第823页。
② (唐)刘禹锡:《因论七篇·原力》,《刘禹锡全集编年校注》卷一三,第828页。
③ (唐)刘禹锡:《游桃源一百韵》,《刘禹锡全集编年校注》卷三,第170页。
④ (唐)刘禹锡:《上杜司徒书》,《刘禹锡全集编年校注》卷一四,第886页。
⑤ (唐)韩愈:《岳阳楼别窦司直》,《韩昌黎诗系年集释》卷一,第317页。

然不同:"龊龊当世士,所忧在饥寒。但见贱者悲,不闻贵者叹。大贤事业异,远抱非俗观。报国心皎洁,念时涕汍澜",而是以贤者自期,满腔忧时报国之意。王元启读到此八句时评论说:"襟期宏远,气厚辞严,见公悯恻当世之诚发于中,所不能自已。"①他觉得当今社会早已失去往日的盛世风貌:"谁谓我有耳,不闻凤凰鸣",所能看到的只有日暮的惊鸿而已,整个国家一片衰败。要知道盛德之世才会有凤凰和鸣,周公已经不在,凤鸣之声千载难闻,他因此寄希望于自己的君主有所作为,再现盛世风采:"自从公旦死,千载阒其光。吾君亦勤理,迟尔一来翔"②,而自己显然就是那个能辅佐君王实现盛世梦想的对象。尽管此后的韩愈生活窘迫,长时间挣扎于仕进的道路之上,但他那颗强烈的用世之心从来没有消歇过。他说自己"致君岂无术,自进诚独难",所以韩愈希望"愿辱太守荐,得充谏诤官。排云叫阊阖,披腹呈琅玕"③,能够得到机会进入朝廷,实现自己的报国之志。相比前辈李白当年以管、葛自许,杜甫的"窃比稷与契"④,如果不考虑其中所展现出来的时势气运的变化,只期望做一个"谏诤官"的韩愈与前辈相比其实此时的目标更切实,也更具有实干精神。

韩愈不仅自己用世之心极强,并且对于周围的朋友,也时常鼓励他们当有所作为。如韩愈鼓励张籍:"男儿不再壮,百岁如风狂。高爵尚可求,无为守一乡"⑤,应该抓紧有限的人生时光,有所作为,没有必要因为一时的得失而困守一方。即便是在韩愈自己失意之际,依然以仕进之路鼓励他人,如他贞元十七年曾以钓鱼之生活琐事为切入点,劝慰侯喜"君欲钓鱼须远去,大鱼岂肯居沮洳",就如同在"深如车辙阔容辀"⑥的狭小河流中只能钓起一寸之小鱼一样,如果想要实现远大的抱负,还是需要走出偏隅之地,寻找更好、更大的平台。

---

① (清)王元启:《读韩记疑》卷一,转引自孙昌武:《韩愈选集》,上海古籍出版社2013年版,第17页。
② (唐)韩愈:《岐山下二首》,《韩昌黎诗系年集释》卷一,第19页。
③ (唐)韩愈:《龊龊》,《韩昌黎诗系年集释》卷一,第100页。
④ (唐)杜甫:《自京赴奉先县咏怀五百字》,(清)仇兆鳌注:《杜诗详注》,中华书局1979年版,第264页。
⑤ (唐)韩愈:《此日足可惜一首赠张籍》,《韩昌黎诗系年集释》卷一,第85页。
⑥ (唐)韩愈:《赠侯喜》,《韩昌黎诗系年集释》卷一,第141—142页。

（二）不同流俗的人格追求

贞元士子中的一些代表性人物，如韩愈、刘禹锡等人之所以在文学、政治上都颇有作为，和他们青年时代就已经显露出来的不同流俗的人格追求有着密切的关系。所谓"言为心声"，他们该时期的诗歌作品也展现出了这一点。

如韩愈在其《北极一首赠李观》中以鲲鹏比拟自己与友人："北极有羁羽，南溟有沉鳞。"正因如此，两人更应保持自己高洁的操守和品格，虽处于乱世而不能与世浮沉——"方为金石姿，万世无缁磷"，也不能为了一时的贫困如小儿女一般悲啼哭泣，沉溺其中——"无为儿女态，憔悴悲贱贫"①。他在其后所作的《应科目时与人书》中对于上述追求再次进行了申说："天池之滨，大江之濆，曰有怪物焉；盖非常鳞凡介之品汇匹俦也！"作者以不同于常品的"怪物"自比，对自己的才华拥有绝对的自信，认为一旦得到施展的机会，必然能够"变化风雨上下于天不难也"。虽然如此，"然是物也，负其异于众也，且曰：'烂死于沙泥，吾宁乐之；若俛首帖耳摇尾而乞怜者，非我之志也'"②，却不会为了得到援引的机会而做出摇尾乞怜的卑琐之态。该文虽为干谒之作，却写得不卑不亢，态度昂然。当然，需要说明的一点是，后代文人往往对韩愈在《送汴州监军俱文珍诗序并诗》《与于襄阳书》中不恰当的揄扬之声和三《上宰相书》中寻求援引的急切心态表示非议，司马光更是因此而讽刺其为人"汲汲于富贵，戚戚于贫贱如此"③，笔者觉得对此不应过分苛求，或以此作为否定其人格魅力的污点。一方面此番作为本是"唐人风气使然"④。另一方面，对其言行应作实际的分析，如《送汴州监军俱文珍序并诗》本是应董晋之要求所作——"相国陇西公饮饯于青门之外，谓功德皆可歌之也，命其属咸作诗以铺绎之"⑤。求助的急切也是和当时困窘

---

① （唐）韩愈：《北极一首赠李观》，《韩昌黎诗系年集释》卷一，第8页。
② （唐）韩愈：《应科目时与人书》，《韩昌黎文集校注》卷三，第205—206页。
③ （宋）司马光：《颜乐亭颂》（并序），（宋）司马光：《司马温公集编年笺注》，李之亮笺注，巴蜀书社2009年版，第239页。
④ （清）潘德舆：《李杜诗话》引王应麟语。郭绍虞编选：《清诗话续编》，富寿荪校点，上海古籍出版社1983年版，第2212页。
⑤ （清）韩愈：《送汴州监军俱文珍》，《韩昌黎诗系年集释》卷一，第42页。

的生活实际密切相关:"饥不得食,寒不得衣"①,"朝夕刍米仆赁之资是急"②。韩愈之作为实有其现实的无奈之处,读者当予以"了解之同情"③。

刘禹锡亦是如此,其杂言咏物诗《白鹭儿》云:

> 白鹭儿,最高格。毛衣新成雪不敌,众禽喧呼独凝寂。孤眠芊芊草,久立潺潺石。前山正无云,飞去入遥碧。④

"白鹭儿"有洁白的羽毛,不同流俗的品质让它与众不同,但在"独凝寂""孤眠"的生活状态中,它坚持着自我的选择。正是这份独特让它觉得有些许的寂寞,但是,没有关系,坚持自己的理想,努力向更高的目标努力就可以了。此诗借物言志,传达的就是青年刘禹锡的所思所感。正因为有这样的品质和坚持,所以他才能"世道剧颓波,我心如砥柱"⑤,在世风日下、物欲横流的环境中依然坚持自己的原则和品格。当然,幸运的是,这些品格高洁的人物在当时其实并不是踽踽独行的,他们在人生的奋斗期中结识了很多志同道合的朋友,为他们当时并不算如意的人生增添了一些温暖和亮色。

(三)深厚友谊的诚挚描写

贞元时代,来自四面八方的士子齐聚长安,为了同一个目标而挣扎、奋斗在异乡,《唐才子传》中评论张籍时说其"时朝野名士皆与游……情爱深厚",并分析其中的原因曰:"皆别家千里,游宦四方,瘦马羸童,青衫乌帽,故每邂逅于风尘,必多殷勤之思。衔杯命素,又况于同志者乎?"⑥确实如此,相似的人生轨迹和心理基础让这些青年士子之间有很多的共鸣。而且,联系当时的社会环境,可知"寒门之士要对抗门阀世族,必然团结在'文'这一共同志向下,作为'命运共同体'互相帮助互相合作。这样的时代背景,让他们相逢相交,说到底是利害关系把他们

---

① (唐)韩愈:《上宰相书》,《韩昌黎文集校注》卷三,第155页。
② (唐)韩愈:《与于襄阳书》,《韩昌黎文集校注》卷三,第185页。
③ 陈寅恪:《金明馆丛稿二编》,生活·读书·新知三联书店2001年版,第279页。
④ (唐)刘禹锡:《白鹭儿》,《刘禹锡全集编年校注》卷一,第8页。
⑤ (唐)刘禹锡:《咏史二首》其一,《刘禹锡全集编年校注》卷一,第50页。
⑥ 《唐才子传校笺》,第564页。

联在一起。可是，纯粹的友爱也会超越利害关系"①。可见"同门"是当时一种重要的人际关系，就像当年陈涉对同伴"苟富贵，无相忘"②的期许一样，所谓"他日升沉者，无忘共此筵"③，互助的利益往来何尝不是联系彼此关系的重要途径呢。所以，不管是相似的命运还是一定时期内一致利益上的结合，他们之间都因此有了密切的交往，并在这一过程中表现出对友谊的珍视。这样的内容在诗歌中往往多有表现。

实际上，在贞元时期，韩孟、张王、元白、韩柳，这些后世读者熟悉的人物之间都已经有所往来。他们或者诗歌唱和、彼此鼓励，或者同题创作、在诗歌技艺中相互切磋琢磨，或者一起寒窗苦读、在仕进的道路上取长补短，或者相似的命运和经历让两人引为同调。而且，这种彼此之间的友情往往会持续终生，某种程度而言，他们在文学史上往往并称并提的结果和他们彼此之间深挚友谊下所结出的相似的文学硕果是密切相关的。正因为读者对上述诸人之间的关系已经如此耳熟能详，且在上文中对韩孟、张王、元白在贞元时期的交往情况已经有所介绍，笔者这里不做过多的饶舌，而是将关注的视角转移到可能不太为大众所熟知的一些贞元文人间的交往情况。

如韩愈和柳宗元、刘禹锡。韩愈和二人的相识相交发生在贞元后期他进入朝廷担任监察御史之时。韩愈当时已经与柳宗元、刘禹锡颇为交好："同官尽才俊，偏善柳与刘"，但可能因为彼此之间的政见并不相同，所以，韩愈贞元十九年被贬阳山之际甚至一度怀疑过是柳、刘二人将自己曾经的言行透露给当政者如王伾、王叔文等以致自己遭此祸端："或虑言语泄，传之落冤雠。二子不宜尔，将疑断还不。"④但以韩愈自己往日对二人的了解来说，他又觉得两人必不至于此。所以，当他永贞元年写下《岳阳楼别窦司直》时，尽管诗中表达了对造成自己被贬结果的"逸谤"⑤者的不满，但还特意嘱咐刘禹锡酬和该诗，可见其心地之坦荡。刘

---

① [日]丸山茂：《唐代文化与诗人之心》，张剑译，中华书局2014年版，第46页。
② 《史记》卷四八《陈涉世家》，第1743页。
③ （唐）白居易：《东都冬日会诸同声宴郑家林亭（得先字）》，《白居易诗集校注》卷一三，第996页。
④ （唐）韩愈：《赴江陵途中寄赠王二十补阙李十一拾遗……员外翰林三学士》，《韩昌黎诗系年集释》卷三，第288页。
⑤ （唐）韩愈：《岳阳楼别窦司直》："爱才不择行，触事得逸谤。"《韩昌黎诗系年集释》卷三，第317页。

禹锡也因此作《韩十八侍御见示岳阳楼别窦司直诗因令属和重以自述故足成六十二韵》，并在诗中追述往日彼此间的情谊。但细究两人此时的关系，仍不免略有嫌隙的尴尬。但是，当"永贞革新"失败，柳、刘二人相继被贬，风水轮流转之后，韩愈对二人的态度就又发生了相应的变化，《永贞行》中对此有比较详细的描写：

> 四门肃穆贤俊登，数君匪亲岂其朋。郎官清要为世称，荒郡迫野嗟可矜。湖波连天日相腾，蛮俗生梗瘴疠烝。江氛岭祲昏若凝，一蛇两头见未曾。怪鸟鸣唤令人憎，蛊虫群飞夜扑灯。雄虺毒螫堕股肱，食中置药肝心崩。左右使令诈难凭，慎勿浪信常兢兢。吾尝同僚情可胜？具书目见非妄征，嗟尔既往宜为惩。①

诗中虽然以"数君"为叙述对象，但联系韩愈和永贞被贬诸人的关系，应该可以确定其中实指柳、刘二人。韩愈首先认为以柳、刘的职位而言，不可能和当时的执政者如二王之辈有多么亲密的关系。当然，这只是韩愈以朋友的身份强为辩解之词，但在当时那个风声鹤唳、草木皆兵、人人自危的环境中，韩愈还能仗义执言，其胆量和与朋友相交的义气沛然可见。并且，韩愈认为以柳、刘二人曾经清要的身份而言，南迁的结果实在过于惨痛，因为他刚刚经历了被贬，所以，对被贬之地恶劣环境的描写更为详细，读来不由得令人心生恐惧。最后，他又说，他自己曾经和二人做过同僚，所以对他们有比较深入的了解，这简直就是拿自己作保证，来力证朋友的清白了，这又是需要多么大的勇气和多深厚的情谊呀！此时的韩愈早就忘却了昔日对二人的怀疑，无丝毫幸灾乐祸之语，而只是惓惓于旧日交情，同情他们不幸的遭际，忧惧他们无法适应贬谪之地恶劣的环境。古人说韩愈"其于友谊亦最笃"②，确实如此。到了元和年间，他们彼此之间的交往进一步加强，对彼此之间正直不阿的品格和高尚的人格也有了进一步的体认，三人之间的友谊也更加深厚。当柳宗元去世之后，韩愈作《祭柳子厚文》《唐柳州刺史柳子厚墓志铭》，韩愈去世后，刘禹锡作《祭

---

① （唐）韩愈：《永贞行》，《韩昌黎诗系年集释》卷三，第333页。
② （清）赵翼：《瓯北诗话》卷三，霍松林、胡主佑校点，人民文学出版社1963年版，第34页。

吏部韩侍郎文》，文中所流露出的真情实感正是三人诚挚友谊的真实注脚和写照。

另如元稹和朋友之间亦是如此。虽然元稹早期的诗作中已经显示出少年才子的风流倜傥，但和朋友之间的往来亦是非常密切。他除了和白居易交往以外，早期诗作中有反映其和姨兄胡灵之交往的《忆云之》《清都春霁寄胡三吴十一》《酬胡三凭人问牡丹》；与杨巨源交往的《春晚寄杨十二兼呈赵八》《与杨十二李三早入永寿寺看牡丹》《与杨十二巨源、卢十九经济同游大安亭各赋二物合为五韵探得松石》；与吴士矩交往的《开元观闲居酬吴士矩侍御三十韵（中间有问行藏求药物之意，十八时作）》《与吴侍御春游》，其他与刘太白如《与太白同之东洛至栎阳太白染疾驻行予九月二十五日至华岳寺雪后望山》《送刘太白》，与林蕴（字复梦）如《送林复梦赴韦令辟》《送复梦赴韦令幕》，与李建（李十一）有《题李十一修行里居壁》，与哥舒恒有《酬哥舒大少府寄同年科第》。诗中或述与朋友吟赏烟霞，流连风景，或叙和朋友的惜别之情及思念之意，或记和朋友悠游自在的生活状态，读者从这些诗中可以想见贞元士子相交往时的别样风貌。其中如《清都春霁寄胡三吴十一》：

> 蕊珠宫殿经微雨，草树无尘耀眼光。白日当空天气暖，好风飘树柳阴凉。蜂怜宿露攒芳久，燕得新泥拂户忙。时节催年春不住，武陵花谢忆诸郎。①

用细腻的笔触描写春日的雨后时光，在美景中抒发对亲友的怀念之情，读来只觉情趣盎然。

另有与李顾言（李三）的送别之作——《别李三》：

> 阶蓂附瑶砌，丛兰偶芳荃。高位良有依，幽姿亦相托。鲍叔知我贫，烹葵不为薄。半面契始终，千金比然诺。人生系时命，安得无苦乐？但感游子颜，又值余英落。苍苍秦树云，去去缑山鹤。日暮分手归，杨花满城郭。②

---

① 《元稹集》卷一六，第208页。
② 《元稹集》卷五，第59—60页。

叙李三不以己之贫贱，与自己订交，结下友谊，正因如此，诗人对这份难得的友情充满了感激之意。

所谓"长安交游者，贫富各有徒"[1]，贞元诸子虽然经济条件不一样，在彼此的生命中有时也只不过是"邂逅暂相依"[2]，但在最值得留恋的青春年华中，即使是最简单的相识都会成为日后最美好的回忆，更何况他们在贞元时代所结下的友谊之花会延及一生呢。当他们年迈之时，回忆青春的时光，忆及的往往是当日朋友之间心心相印的友谊而不是曾经身经的苦难，这就是情感的力量！

（四）贬谪之际的复杂心态

当这些士子在个人的奔波奋斗史中逐渐对社会现实有了更深的了解后，深受儒家文化影响的他们自然选择在其位，谋其政。而当他们或者为民谋利的行为触动了权贵们的既得利益，或者其政治改革的行为遭受失败的时候，理想和抱负固然不免落空，他们个人也免不了遭受被废黜、贬谪的结局。一心为公的心曲却遭受如此不公的命运，对于奸邪小人的痛恨、自己心志不能被君主理解的痛苦、贬谪之地恶劣的生存环境所触发的恋阙思家的苦楚往往就成为此时他们内心最集中的情怀。

永贞革新的失败以及随之而来的长期贬谪的遭际在刘禹锡的生命中留下了极为深刻的印记。从事件发生伊始一直到他去世之前，他都对这件事情耿耿于怀。从他早期的诗歌中，我们也能感受到他在政治环境日益恶化的情况下心情的急遽变化。在事件发生的初期，刘禹锡已经有感于当时政局的险恶，虽然对当时各种谣言的散布者充满了痛恨，但是他依然怀揣着希望，认为种种于己不利的谣言只是一时的，自己的所作所为既然是一心为公的，又有何惧呢？有识的君子和流逝的时间终将能证明自己的清白。但随着事态的发展，他的这种自信受到了动摇。他借用新题乐府的形式在贬谪之前连续写下了《百舌吟》《聚蚊谣》《飞鸢操》《秋萤引》四首诗歌，集中反映了上述复杂的心态及变化情况。最初的时候，他仅仅将流言的制造者视为饶舌却无害的百舌鸟，虽然这些鸟儿也免不了以自己看似动听的声音谄媚于人使得黄鹂、燕雀无声："笙簧百啭音韵多，黄鹂吞声燕无语"，但毕竟不能长久："天生羽族尔何微，舌端万变乘春晖。南方朱

---

[1] （唐）韩愈：《长安交游者一首赠孟郊》，《韩昌黎诗系年集释》卷一，第10页。
[2] 同上书，第7页。

鸟一朝见，索漠无言蒿下飞。"① 但是，事情的发展逐渐让刘禹锡意识到，这些流言并非像自己曾经想象的那般无害，所谓众口铄金，积毁销骨，它们不是无害的百舌，而是聚在一起噬人血肉的蚊虫，是能对君子产生伤害的："我躯七尺尔如芒，我孤尔众能我伤"，但诗人依然没有放弃，依然充满希望："天生有时不可遏，为尔设幄潜匡床。清商一来秋日晓，羞尔微形饲丹鸟。"② 在《飞鸢操》中作者也表达了相似的态度，只不过情感色彩更加浓厚，对于小人产生的危害也有了更清醒的认识，对他们的态度也更加痛恨。到了《秋萤引》中，诗人采取了和之前不同的叙述策略，诗中的物象不再是被批判的对象，而是以之自比。虽然诗人对自己的人格充满了自信的态度："天生有光非自炫，远近低昂暗中见"③，但诗中未如前三诗在末尾部分言及未来，因为对于小而有光的秋萤来说，它的未来即是酷寒的冬日，也就是自己的末日，这样的潜台词中其实已经暗示了诗人此时此刻充满忧悸的心理。

　　在上述诗作中所展示的忧逸畏讥的心理以及对小人的批判与痛恨在诗人之后所作的《萋兮吟》《鷉鴂吟》中有了更充分的表达。二诗分别用诗、骚之典，抒发自己的切身感受，所以读来往往能让人产生一种深沉的痛苦之感。类似的情感在贞元末年同样有着被贬经历的韩愈那里也有充分的描写，其《杂诗四首》亦是借物抒怀之作。韩醇曾经评价该组诗说："数诗皆讽也。朝蝇暮蚊，以讥小人；鸟噪鹊鸣，以讥竞进；鹄雀则公自喻。截橑斲楹，弃骥鞭驴，则以见一时所用，贤否失当也"④。确实当为韩愈有感之作。

　　痛定思痛之后，刘禹锡对这件事的认识也更加清醒。他在元和时期所作的《游桃源一百韵》中曾经对自己往日的这段经历进行了总结："尝闻履忠信，可以行蛮貊。自迷希古心，忘恃干时画。巧言忽成锦，苦志徒食檗。平地生峰峦，深心有矛戟。曾波一震荡，弱植果沦溺"⑤，抒发的就是历经"信而见疑，忠而被谤"⑥ 的遭际后对于人心险恶的深刻体会以及

---

① （唐）刘禹锡：《百舌吟》，《刘禹锡全集编年校注》卷一，第39页。
② （唐）刘禹锡：《聚蚊谣》，《刘禹锡全集编年校注》卷一，第41页。
③ （唐）刘禹锡：《秋萤引》，《刘禹锡全集编年校注》卷一，第45页。
④ 屈守元、常思春：《韩愈全集校注》，四川大学出版社1996年版，第185页。
⑤ 《刘禹锡全集编年校注》卷三，第170页。
⑥ 《史记》卷八四《屈原贾生列传》，中华书局2011年版，第2184页。

对于自我不幸的哀叹、郁悒之情。而这也是自屈原以来很多志士仁人们共同的感受和体会。所以，当他们遭遇和当年屈原一样类似的境遇时，这位千百年前的三闾大夫就往往被他们引为同调。

贞元十九年，当时同为监察御史的韩愈和张署因事被贬南方[1]，相同的经历让两人在被贬期间唱和不断。初至湘中，该地浓郁的文化气息便感染着这两位多情的诗人："南上湘水，屈氏所沉；二妃行迷，泪踪染林；山哀浦思，鸟兽叫音。余唱君和，百篇在吟。"[2] 所谓"百篇"诗歌今日已经不可得见，但韩愈的《湘中》之诗显为当时所作，诗曰："猿愁鱼踊水翻波，自古流传是汨罗。苹藻满盘无处奠，空闻渔父扣舷歌。"[3] 作为屈原的故土和其作品中的典型形象，湘中一带的风物某种程度上已经成为屈原的化身。该诗意在凭吊屈原，全从空处用笔，写其欲吊而不能的落寞感，这种落寞何尝不是同病相怜的苦楚和共鸣！而在虚实交杂的叙述中，让读者不由产生一种跨越时空与古今的恍惚之感。在其之后所写的诗歌中，屈原亦被屡屡提及："主人看使范，客子读离骚"[4]，"静思屈原沉，远忆贾谊贬"[5]，屈原在某种程度上已经成为诗人们心灵的一种慰藉。

但是，贬谪的险恶毕竟是真实存在的。一方面，贬谪与迁移途中的长途跋涉本身就充满了不确定的危险因素，舟行之时也许会遇到狂风："十月阴气盛，北风无时休。苍茫洞庭岸，与子维双舟。雾雨晦争泄，波涛怒相投。犬鸡断四听，粮绝谁与谋。相去不容步，险如碍山丘"，此时真的就是叫天天不应叫地地不灵了，诗人也只能祈盼上天的垂怜，将所有的希望投注于此了："能令暂开霁，过是吾无求"[6]。另一方面终于"十生九死到官所"[7]，诗人们面对的依然是北方人很难适应的恶劣气候和环境："南方本多毒，北客恒惧侵"[8]，"洞庭连天九疑高，蛟龙出没猩鼯号。……下

---

[1] 张署事迹可参见韩愈的《唐故河南令张君墓志铭》，《韩昌黎文集校注》第七卷，第459—462页。
[2] （唐）韩愈：《祭河南张员外文》，《韩昌黎文集校注》第五卷，第313页。
[3] 《韩昌黎诗系年集释》卷二，第184页。
[4] （唐）韩愈：《潭州泊船呈诸公》，《韩昌黎诗系年集释》卷三，第307页。
[5] （唐）韩愈：《陪杜侍御游湘西两寺独宿有题一首因献杨常侍》，《韩昌黎诗系年集释》卷三，第308页。
[6] （唐）韩愈：《洞庭湖阻风赠张十一署》，《韩昌黎诗系年集释》卷三，第315页。
[7] （唐）韩愈：《八月十五夜赠张功曹》，《韩昌黎诗系年集释》卷三，第257页。
[8] （唐）韩愈：《县斋读书》，《韩昌黎诗系年集释》卷二，第191页。

床畏蛇食畏药，海气湿蛰熏腥臊"①。在这样的环境中，诗人的垂老之悲、思乡之叹、退隐之意也就油然而生了：

  吟君诗罢看双鬓，斗觉霜毛一半加。——韩愈《答张十一功曹》②
  如何连晓语，只是说家乡？——韩愈《宿龙宫滩》③
  九疑峰畔二江前，恋阙思乡日抵年。……涣汗几时流率土，扁舟西下共归田。——张署《赠韩退之》④
  窜逐蛮荒幸不死，衣食才足甘长终。——韩愈《谒衡岳庙遂宿岳寺题门楼》⑤
  事多改前好，趣有获新尚。誓耕十亩田，不取万乘相，细君知蚕织，稚子已能饷，行当挂其冠，生死君一访。——韩愈《岳阳楼别窦司直》⑥

可以说，中国的贬谪文学至此已经蔚为大观了。韩愈诸人在贞元时期的相关创作不仅让他们在贬谪文学的发展史中留下了自己的足迹，而且，这些以他们自己的切身遭际为基础所形成的文字最终也成为贬谪文学殿堂中的重要组成部分。

第二节 贞元青年士子群的诗歌思想

  文学创作和文学批评是一个相辅相成的存在。文学创作是文学批评得以展开的依据和基础，没有对于文学现象的关注和思考，文学批评也就失去了其根本的生命力，成为无源的死水，而文学批评则是对文学现象的总结和升华，没有文学批评的深化和抽象，文学现象就注定成为一盘散沙，一股乱流，如盲人摸象般囿于一隅。敏感而成熟的贞元诸子们似乎也察觉

---

① （唐）韩愈：《八月十五夜赠张功曹》，《韩昌黎诗系年集释》卷三，第257页。
② （唐）韩愈：《答张十一功曹》，《韩昌黎诗系年集释》卷二，第185页。
③ 《韩昌黎诗系年集释》卷二，第248页。
④ 《全唐诗》卷三百十四，第3538页。
⑤ 《韩昌黎诗系年集释》卷三，第317页。
⑥ 同上书，第277页。

到了这一点，他们在进行文学创作的同时，自觉不自觉地在一些诗文中表达了对文学创作的一些看法和观点，这些观点也许并不成熟或者只是些只言片语，但却为我们了解那个特定时期的诗学思想、诗歌现象提供了很好的线索。总结贞元士子们在诗歌创作上所体现出的思想观念，主要有以下几点。

一　推崇古、道

在上文中对贞元士子群诗歌内容的分析中，笔者提到了他们对现实的关注较大历诗人而言已经有了质和量的飞跃，之所以会形成这种结果，固然和整个社会的环境密不可分，同时也和他们在思想上对古与道的推崇有关。

《旧唐书·韩愈传》说："大历、贞元之间，文字多尚古学，效扬雄、董仲舒之述作，而独孤及、梁肃最称渊奥，儒林推重。愈从其徒游，锐意钻仰，欲自振于一代。"[1] 除了受前辈学者的影响外，贞元九年，韩愈于《争臣论》中明确提及："君子居其位，则思死其官；未得位，则思修其辞以明其道。"修辞以明道成为韩愈文学实践中的一个重要理念，而韩愈所倡之道，"既是儒家的社会政治理想，也是主体的人格精神"[2]。贞元年间，在韩、柳古文创作中已经颇为成熟的"明道"思想某种程度上和韩、孟诸人在诗歌中频繁提及的"古"具有相似性。韩愈在贞元九年所作的《孟生诗》中对于孟郊极力推扬，其中就以"古"字为关纽，认为孟郊"古貌又古心"[3]，文行一致，只是惜其道不行于当今之世。可以说，韩、孟的结交，即以复古之志为基础，而他们所希之古，"一方面是儒家'圣人之道'的价值观念，另一方面是先秦盛汉古诗文的传统"[4]。实际上，对于"古"的推崇和认同是韩愈在贞元年间一以贯之的思想，并在某种程度上已经成为该时期的韩愈对抗世俗社会的力量："自我计划遭到拒绝的韩愈，否定践踏自己的现实世界，转而向'古'的世界寻求自己的归宿。他所标榜的'古'并不是当前体制所依据的普遍价值，与'今'正处于敌对关系中。但为寻回自我存在这一切实的欲求，驱使韩愈

---

[1] 《旧唐书》卷一六〇，第 4195 页。
[2] 唐晓敏：《中华古文论释林》（隋唐五代卷），北京大学出版社 2011 年版，前言第 6 页。
[3] （唐）韩愈：《孟生诗》，《韩昌黎诗系年集释》卷一，第 12 页。
[4] 孙昌武：《韩愈选集》，上海古籍出版社 2013 年版，第 5 页。

转向'古'。"① 类似的表达在韩愈贞元年间的诗歌作品中不绝于耳，亦可见出韩愈对"古"道的认同。这种认同一方面让他继承了儒家思想中对诗歌创作功利性的重视，另一方面也让他在诗歌写法上力求合于古：遣词用语、使事用典多取法魏晋以上，比喻方法亦规效《诗》《骚》、古诗，而此种有意识的行为某种程度上造成了他早期诗歌平正有力，古朴浑厚的特质。

相似的思想也表现在张籍的身上。贞元十四年，张籍先后两次给韩愈写了主旨相同的书信。在其中第一封《上韩昌黎书》中，张籍盛赞了孔子逝世后，复兴了儒道的孟子、扬雄。贞元十五年，韩愈回忆初次与张籍见面时交谈的情形时说："开怀听其说，往往副所望。孔丘殁已远，仁义路久荒。纷纷百家起，诡怪相披猖。长老守所闻，后生习为常。少知诚难得，纯粹古已亡。譬彼植园木，有根易为长。"② 表达了在儒家学说被"诡怪"之论不断冲击的情况下，彼此之间对以孔孟为代表的纯正之"古"的认同之意。张籍、王建在贞元年间大量创作的乐府诗实际上就是儒家思想的实践，在具体手法上也对先秦两汉文学多有继承。王建在贞元时所作的《送张籍归江东》中称赞张籍说："君诗发大雅，正气回我肠"③，表达了对张籍诗歌继承《诗经》风雅传统的肯定；韩愈在元和元年所作的《醉赠张秘书》中称扬张籍"学古淡，轩鹤避鸡群"④，元和十五年推荐张籍为秘书郎时所作的《举荐张籍状》中称扬他"学有师法，文多古风"⑤，其中的"古风"指的就是"汲取了自《六经》到汉魏诗文之古，内容上以载道讽谕为目标，表现形式上以去除葩藻虚饰、回归真情为宗旨的一种风格"⑥。虽然韩愈的评论产生于元和时期，实际上，考虑到张籍、王建的乐府诗大部分创作在贞元时期的事实，韩愈的评价也可以说是对其贞元时期创作倾向的总结。

元稹在回忆少年时代和李绅、白居易诸人进行新乐府诗的创作时亦曾

---

① [日]川合康三：《终南山的变容：中唐文学论集》，刘维治、张剑、蒋寅译，上海古籍出版社2007年版，第232—233页。
② （唐）韩愈：《此日足可惜一首赠张籍》，《韩昌黎诗系年集释》卷一，第84页。
③ 《王建诗集校注》卷四，第139页。
④ 《韩昌黎诗系年集释》卷四，第391页。
⑤ （唐）韩愈：《举荐张籍状》，《韩昌黎文集校注》卷八，第629页。
⑥ [日]丸山茂：《唐代文化与诗人之心》，张剑译，中华书局2014年版，第115—116页。

提及自己对诗史的源流正变的思考："况自《风》《雅》，至于乐流，莫非讽兴当时之事，以贻后代之人。沿袭古题，唱和重复，于文或有短长，于义咸为赘剩。尚不如寓意古题，刺美见事，犹有诗人引古以讽之义焉。曹、刘、沈、鲍之徒，时得如此，亦复稀少。近代唯诗人杜甫《悲陈陶》《哀江头》《兵车》《丽人》等，凡所歌行，率皆即事名篇，无复依傍。"他们有感于此，所以在相关的创作中"不复拟赋古题"[1]，而是努力创作"即事名篇"的乐府作品来表达他们对现实的感受和对政治的干预。虽然他们新乐府运动的创作实践真正开始于元和初年，但这种对现实的关注以及对于诗歌史的理性思考在贞元年间已经形成和成熟了。

刘禹锡在《子刘子自传》中称自己出身于"世为儒而仕"[2]的家庭环境中，这种家庭出身也影响到他对文学功能的认识。他在贞元十年所作的《献权舍人书》中亦云："乃今道未施于人，所蓄者志。见志之具，匪文谓何？是用颙颙恳恳于其间，思有所寓。非笃好其章句，沉溺于浮华。时态众尚，病未能也，故拙于用誉。直绳朗鉴，乐所趋也，故锐于求益。"[3] 其贞元年间所作的《因论七篇》就是这种思想的实践。另外，刘禹锡在元和年间所作的《游桃源一百韵》中在叙及自己在贞元年间经历时提到"自迷希古心，妄恃干时画"[4]，所谓"希古心"指的就是作者追慕古道之意。

二 重视表达个人情志

贞元十七年，韩愈在《送孟东野序》中明确提出"物不得其平则鸣"[5]说，并由此衍生出"穷苦之言易好"[6]的看法。作为韩孟诗派的重要理论主张，学界已经对其内涵有了充分的解读。笔者认为，该理念的提出也是上文中反复提及的"古"与"今"矛盾的产物，也就是儒家理想的社会政治、人格精神与现实政治、世态炎凉下险恶人心相互碰撞的结果。韩孟诗派的人物们大多在自己的现实经历中感受到了这种巨大的冲

---

[1] （唐）元稹：《乐府古题序》，《元稹集》卷二三，第292页。
[2] 《刘禹锡全集编年校注》卷一九，第1288页。
[3] 《刘禹锡全集编年校注》卷一三，第816页。
[4] 《刘禹锡全集编年校注》卷三，第170页。
[5] （唐）韩愈：《送孟东野序》，《韩昌黎文集校注》卷四，第233页。
[6] （唐）韩愈：《荆潭唱和诗序》，《韩昌黎文集校注》卷四，第262页。

突，所以他们在贞元时期的诗歌中往往能够深刻表达自己的不平与激荡的情感和意志，读来自然具有震撼人心的力量。

　　与之形成对比的则是贞元时代较早进入中央政权的柳、刘诸人，政治身份的过早实现一定程度上限制了两人对个人情志的表达。如柳宗元当时所创作的诗歌只有个别几篇，其关注的重心在于政治和古文。刘禹锡该时期中有近一半的作品创作于永贞元年被贬前后。在此之前，他们往往是以一个官员的身份而不是以一个诗人的身份来作诗，所以，在刘禹锡该时期的作品中我们经常会看到类似台阁体类的诗歌，如《奉和中书崔舍人八月十五日夜玩月二十韵》《许给事见示哭工部刘尚书诗因命同作》《送工部张侍郎入蕃吊祭》《监祠夕月坛书事》《和武中丞秋日寄怀简诸僚故》。何焯在评价这些诗时说："外集第五卷，大抵少作，犹是贞元诗人风格，未能以雄奇豪，或有不得已而牵率属和，诗虽工而非士胸怀本趣者亦作焉。"① 何焯的评论其实透露出了一个非常重要的信息：当刘禹锡以春风得意的姿态进入中央政权时，他的创作就有了"不得已而牵率属和"的被动性，失去了抒发"胸怀本趣"的自由性和随意性，自然也就没有办法建立起属于自己的风格，更谈不上艺术上的创新。柳宗元亦是如此。而当刘禹锡因为政治的原因而不得不遭受来自各方面的压力和打击时，他的诗歌就成了表达个人情志最好的工具。所以，无论是从刘禹锡永贞前后个人的创作情况而言，还是与他早期遭遇截然相反的，所谓不得志的孟郊、韩愈的创作相对比而言，我们都会发现能否抒发作者一己之性情，是关系着个人风格能否形成的重要因素。因此，从贞元青年士子创作的实际来说，是否重视对个人情志的表达有时也关系着诗人一定时期内成就的高低和艺术上的创新力度。

　　当然，个人的情志不仅仅指的是韩愈所强调的"穷苦之言"，如元、白，虽然在贞元时期的创作中也不免表现出和现实的抵牾，但在大多数情况下，相对顺遂的科考之路带来的是他们与现实的相对协调而不是不可调和的对抗。这就决定了他们在表现个人情志时内在冲突并不是很强烈，更容易采取较为平易、通达的方式来展现自我的生活状态和生活中的感悟，在元稹的诗中甚至多有流连光景之作，这也是个人情志的重要组成部分。

---

① 卞孝萱：《刘禹锡诗何焯批语考订》，《刘禹锡全集编年校注》卷一引，第 31 页。

三　重视诗歌的娱乐功能

贞元十四年，韩愈在其《病中赠张十八》中曾云："文章自娱戏，金石日击撞"①，明确表达了自己寓娱于诗的创作宗旨。可能正是有感于韩愈创作中的此种行为，张籍在贞元时期离开汴州后，曾两次写信给韩愈，即《与韩愈书》《重与韩退之书》。在第一封信中，张籍直言不讳地批评韩愈"多尚驳杂无实之说，使人陈之于前以为欢"②，认为这种行为于韩愈之德行有累。韩愈在随后的《答张籍书》中则针对此点给予了明确的回答："吾子又讥吾与人人为无实驳杂之说，此吾所以为戏耳；比之酒色，不有间乎？"可见韩愈对于张籍的批评颇不以为然，认为自己的这种行为比之于以酒色为戏的人来说，尚有可取之处，而且，韩愈随即提到了很重要的一点——"吾子讥之，似同浴而讥裸裎也"③。所谓"同浴而讥裸裎"，其中暗含的意味就是在张籍的行为和诗文中也有类似的倾向，既然如此，作为批评者的张籍在立足点上就缺少根基了。韩愈的这种反唇相讥也不是完全无据，至少在韩愈眼中，张籍和自己辩难时所表现出来的"谈舌久不掉，……夜阑纵掉阚，哆口疏眉厖。势侔高阳翁，坐约齐横降。连日挟所有，形躯顿胮肛"④的状态很容易让人想到的是一个高谈阔论、议论纵横、言语不羁的"游士"形象而不是谨言慎行的儒生形象。对于此时的张籍，后人也给了类似的评价，郑珍在《巢经巢文集》卷五中云："籍未见公之前，已为东野辈特识，犹云：'学诗为众体，久乃溢笈囊。略无相知人，黯如雾中行。'（笔者注：此乃张籍《祭退之》中诗句）则其傲睨一世，于公必负才气盛，久乃心服。"⑤ 葛立方的《韵语阳秋》中亦云："愈《病中赠张籍》一篇有'半途喜开凿，派别失大江。吾欲盈其气，不令见麾幢'之句，《醉赠张彻》（笔者注：当为《醉赠张秘书》诗）有'张籍学古淡，轩昂避鸡群'之句，则知籍有意于慕大，而

---

① 《韩昌黎诗系年集释》卷一，第 63 页。
② （唐）张籍：《与韩愈书》，《张籍集系年校注》卷一〇，第 994 页。《与韩愈书》《重与韩退之书》在《全唐文》卷六八四中分别题作《上韩昌黎书》《上韩昌黎第二书》，《全唐文》卷六八四，第 7007—7009 页。
③ （唐）韩愈：《答张籍书》，《韩昌黎文集校注》卷二，第 132—133 页。
④ （唐）韩愈：《病中赠张十八》，《韩昌黎诗系年集释》卷一，第 63 页。
⑤ 屈守元、常思春：《韩愈全集校注》（《病中赠张十八》引），四川大学出版社 1996 年版，第 39 页。

实无可取者也。"① 张籍此时所展现出的"傲睨一世""慕大"的人格特征表现在行为方式和言语特征中难免会同样给人以"驳杂无实"之感,所以韩愈讥之以"似同浴而讥裸裎"也就渊源有自了。

面对韩愈的不以为然,张籍却没有放弃,他接着在《重与韩退之书》中继续对韩愈进行规劝,认为韩愈的此种行为不仅"挠气害性不得其正矣",于己不利,而且"将以苟悦于众,是戏人也,是玩人也,非示人以义之道也"②,对于大众来说也是不好的示范。实际上,类似的批评在同时期的裴度那里也有所体现:

> 昌黎韩愈,仆识之旧矣,中心爱之,不觉惊赏,然其人信美材也。近或闻诸侪类,云恃其绝足,往往奔放,不以文立制,而以文为戏。可矣乎?可矣乎?今之作者,不及则已,及之者,当大为防焉耳。③

裴度这里明确提到韩愈"以文为戏"的创作方式,当然,对此裴度是持批评态度的,并且,和张籍一样,裴度亦担心韩愈的此种作为会形成不良的示范。面对来自"门生"和好友的批判,韩愈却始终坚持自己的观点与爱好,并援引圣人之言为自己的行为找到了理论的依据:"昔者夫子犹有所戏,《诗》不云乎'善戏谑兮,不为虐兮。'《记》曰:'张而不弛,文武不能也',恶害于道哉?"④ 在韩愈看来,此种行为不仅于"道"无碍,而且简直是实现"道"的重要组成部分。就这样,韩愈在辩难中对自己"尚驳杂无实之说""以文为戏"的爱好深化了认识,也进一步对自己的此种行为予以了肯定。

当然,韩愈的这种肯定不仅仅是在思想意识领域,在具体的诗歌实践中也体现了他擅戏谑、重娱乐的作风。如上文中提到的作于贞元十四年的《病中赠张十八》以军事上的排兵布阵之法叙述自己和张籍的辩难过程,清代的查慎行,朱彝尊在评论此诗时都注意到了该诗所体现出的韩愈

---

① (南宋) 葛立方:《韵语阳秋》卷二,上海古籍出版社1984年版,第27页。
② (唐) 张籍:《重与韩退之书》,《张籍集系年校注》卷一〇,第1005页。
③ (唐) 裴度:《寄李翱书》,《全唐文》卷五三八,第5462页。
④ (唐) 韩愈:《重答张籍书》,《韩昌黎文集校注》第二卷,第136页。

"游戏为文"① "善谑"②的特质。同一年,在《答孟郊》中韩愈有云:"弱拒喜张臂,猛拏闲缩爪。见倒谁肯扶?从嗔我须咬"③,以挥拳相打来形容孟郊的与世不合之感,给人以笑中带泪的感觉。贞元十九年他所写的《落齿》中对掉落牙齿的描写亦有对自我的调侃。永贞时期的《谴疟鬼》本是韩愈病中无聊,就眼前之景附和楚骚,以为娱戏的消遣之作,以致招致学者批评:"《谴疟鬼》《嘲鼾睡》尤游戏不经"④。可见在他贞元年间的诗歌中,有很多都体现了他对文学娱戏功能的重视和实践。

上文之所以详细地分析了贞元年间的这场发生在小范围内的论争过程和韩愈的相关创作,就是想说明以下问题:

第一,"以文为戏"的观念在当时并没有得到正统文学的认可,它的产生和韩愈本人"好奇"⑤的个性密不可分。因为韩愈在一定时期内接引后进的行为和文学集团领袖的位置,其个性化的行为不可避免地会对周围的文人产生影响。某种程度上而言,韩愈在《病中赠张十八》里和张籍论辩时所表现出的"扶几导之言,曲节初揽摋。……吾欲盈其气,不令见麾幢"⑥的引导化行为也是张籍侃侃而谈、言语不羁的一个外在诱因,而这也是张籍、裴度所以忧虑的一个重要因素。

第二,韩愈在贞元时代就已经产生并实践了"以文为戏"的观念,并且这种实践主要发生在诗歌领域,直到元和时期,这种理念才开始向文转移,并结出类似《毛颖传》《石鼎联句并序》《送穷文》之类的硕果。

第三,韩愈在元和元年所作的《醉赠张秘书》一诗中提到自己和宴上诸人包括张秘书、孟郊、张籍等人,都是"能文"之人,在酒的熏染下,众人"谐笑方云云",创造出"险语"和"高词",并由自己等人的作为而嘲笑长安富儿般的俗人:"长安众富儿,盘馔罗羶荤。不解文字

---

① 《韩昌黎诗系年集释》卷一引,第70页。
② 同上。
③ (唐)韩愈:《答孟郊》,《韩昌黎诗系年集释》卷一,第56页。
④ (清)潘德舆:《养一斋诗话》卷九,郭绍虞编选,富寿荪校点:《清诗话续编》,上海古籍出版社1983年版,第2142页。
⑤ 《唐国史补》载:"韩愈好奇,与客登华山绝峰,度不可返,乃作遗书,发狂恸哭,华阴令百计取之,乃下。"《唐国史补》卷中"韩愈登华山"条,第38页。
⑥ 《韩昌黎诗系年集释》卷一,第63页。

饮，惟能醉红裙。虽得一饷乐，有如聚飞蚊。"① 其中提到的"文字饮"实际上也是一种文人之间在杯酒酬酢的过程中游戏赋诗的行为。而且，从韩愈的表达中可以感到"文字饮"乃是当时文人区别于一般酒徒的标志化行为，文人是自以为雅事的。创作于元和元年的该诗亦能证明文学和游戏相结合在当时的普遍性，贞元去之未远，必已开始流行。

第四，文学集团成员的聚会和幕府中文士的聚集一定程度上催动了游戏为文的活动。前者如韩愈在贞元十四年所作的诗大多表现出游戏为文的特质，而这一年正是早期韩孟集团成员在汴州聚会的时间。后者的有力证据是刘禹锡在贞元入杜佑节度使幕任掌书记时曾作诗《扬州春夜李端公益、张侍御登、段侍御平仲、密县李少府畅、秘书张正字复元，同会于水馆，对酒联句，追刻烛击铜钵故事，迟辄举觥以饮之。逮夜艾，群公沾醉纷然就枕，余偶独醒，因题诗于段君枕上以志其事》（标点为笔者所加）。虽然诗中提及的对酒联句并没有流传下来，但从诗题中亦可想象当时诸公在刻烛击钵的游戏中对酒联句的情景，可见诗歌作为一种高级智力游戏在当时颇为流行。

第五，实际上，此种行为在整个唐代诗坛中不绝如缕，但表现方式比较多样。如相比初、盛唐诗人个别化的行为，频繁出现在中唐诗人笔下的对"玩月"的描写实际上也是一种以诗歌为娱戏观念的展示，或者说是对"玩"而赋诗行为的肯定。

第三节　贞元青年士子群在诗歌上的新变

考察贞元青年士子群在贞元时期的诗歌创作情况，就会发现这样一个明显的事实：在他们的诗歌中，明显表现出了一些新变的因素，也许这些新变还只是萌芽的状态，但却为未来诗歌的发展开辟了新的道路。需要补充说明的是，在贞元青年士子群的代表人物韩、张、王、元、白、柳、刘中，后面四人在贞元时期或者忙于考试，或者投身于政治，真正能够体现他们艺术创新的作品大多产生在元和时代，所以，此处所谈的新变往往集中表现在韩愈、张籍和王建的诗歌创作上。当然，这并不代表着元、白、

---

① 《韩昌黎诗系年集释》卷四，第390—391页。

柳、刘在此时期毫无作为，在个别题材和手法上他们也做出了自己富于创造力的尝试，在下文的论述中也会兼及这一点。

具体而言，他们的新变主要表现在诗歌题材上的扩充、手法上的多样化以及审美取向上的变化三个方面。

从题材扩充的角度而言，一些在诗歌中没有出现或很少出现的题材在他们的诗歌中得到了表现。如韩愈的《永贞行》写政治事变，《落齿》直接描写牙齿的掉落，《叉鱼》描写叉鱼的过程，《洞庭湖阻风赠张十一署》中对滔天巨浪的描绘，《山石》中对荒寂古寺的描写。另外白居易对自己日常化生活的细致描述，如"三旬两入省，因得养顽疏。茅屋四五间，一马二仆夫。俸钱万六千，月给亦有余"[1]，可见其诗歌的写实化和通俗化倾向。这种现象在张籍、王建的乐府诗中表现得更加充分，张、王的乐府诗往往写的都是寻常人的寻常事，但在对这些人、事的描写中，却能见作者之新意和深情，读者也能借此得以了解在那个时代不同阶层和身份的人们的生活状态和心理状态。因此，客观的说，"在扭转大历风调，继承汉魏乐府和杜诗传统，将诗歌创作导向重写实、尚通俗之路的过程中，张籍、王建的贡献是不可忽视的，他们的努力，对元稹、白居易的新乐府创作有着直接的影响"[2]。

从具体手法上而言，贞元士子们重视的不再是诗歌的意兴情韵，而是多采用铺叙、议论的手法，以思致细密见长。如韩愈的《山石》诗不同于盛唐以来古诗中多杂律句以使音节条畅、表达整丽，而是多用散句记叙，力避偶俪，在用语造境上亦创新求奇，因而取得了独特的艺术效果，所以方东树评价其"叙写简妙，犹是古文手笔"[3]。另外，其《苦寒》诗描写天气的酷寒，采用层层铺叙的赋法，亦是以文为诗的典型。而《谢自然诗》末尾一段全为议论、感慨，程学恂读到其中的"莫能尽性命，安得更长延"时就发现这两句过于注重理念的抒发，而忽视了诗歌的情韵，所以评论说："二语说理极高妙，然是文体，非诗体也。"[4] 张籍有《夜到渔家》诗，其颔联云："行客欲投宿，主人犹未归"，俞陛云评价

---

[1] （唐）白居易：《常乐里闲居偶题十六韵……时为校书郎》，《白居易诗集校注》卷五，第447页。
[2] 袁行霈：《中国文学史》（第二册），高等教育出版社2005年版，第281页。
[3] （清）方东树：《昭昧詹言》，汪绍楹校点，人民文学出版社2006年版，第270页。
[4] 《韩昌黎诗系年集释》卷一引，第32页。

说："寻常语脱口而出,句法生峭……此等句,宋人恒有之,如山肴野蔌,淡而有味。"①尤其值得一提的是,作为柳宗元在贞元时期所作的为数不多的诗歌之一《韦道安(道安尝佐张建封于徐州,及军乱而道安自杀)》一诗典型地体现了柳宗元以文为诗的特色。该诗以叙事为主,中间和末尾夹以议论,作者没有对韦道安的人生经历一一道来,而是仅仅抓住韦道安一生中临难不苟而引刃自决以及毙盗辞婚两件事来描绘人物,但如此已可传达出韦道安忠义的风神和人格魅力。贺裳评价柳宗元说他"有良史之才,即以韵语出之,亦自须眉欲动"②时,所举即该诗。可见柳宗元乃是以史家之笔法、诗歌的形式来刻画人物形象,读来给人以史传文学之感。柳宗元曾作《曹文洽韦道安传》文,可惜已经佚失,在其文集中只是存目而已,即便如此,读者已经能通过柳宗元的诗歌对韦道安的生平事迹及个性风貌有深入的了解和把握,由此亦可侧面见出该诗的特色。

从审美取向上而言,贞元士子的创作中也已经出现了以俗为美,以怪为美的现象。如赵翼评价韩愈诗时说:"昌黎诗亦有晦涩俚俗,不可为法者。《芍药歌》云:'翠茎红蕊天力与,此恩不属黄钟家。'所谓'黄钟家',果何指耶?《答孟郊》云:'弱拒喜张臂,猛挐闲缩爪。见倒谁肯扶,从嗔我须咬。'则竟写挥拳相打矣,未免太俗。"③评论中提到的《芍药歌》和《答孟郊》均为韩愈贞元时期的作品,虽然赵翼的评价不免有批评的论调,但由此也可见出韩愈贞元诗歌以俗为美的特质。另外如张籍《山中古祠》中对阴森之境的描绘如"春草空祠墓,荒林唯鸟飞。……野鼠缘朱帐,阴尘盖画衣。近来潭水黑,时见宿龙归"④,亦有以怪为美的倾向。

有鉴于研究者对上述内容已经有了较为充分的研究和论述,笔者在这里只是简单的作以概括。而且,张、王、韩诸人在作诗过程中的种种创新性的艺术表现在当时还只是星星之火,欲成燎原之势还需待到元和时期。当然,换一个角度来说,正是诸公在贞元时代的尝试以及量变的积累才为元和文学的质变和繁荣奠定了基础。

---

① 俞陛云:《诗境浅说》乙编,北京出版社2003年版,第50页。
② (清)贺裳:《载酒园诗话·又编》,《清诗话续编》,第347页。
③ (清)赵翼:《瓯北诗话》,霍松林、胡主佑校点,人民文学出版社1963年版,第33页。
④ 《张籍集系年校注》卷二,第139页。

而细究当时诗歌新变不断出现的原因,笔者认为除了研究者提到的文化因素和文学自身发展的普遍规律外[1],单就贞元士子群来说,其特定的年龄阶段和他们以求新来求名的功利性要求亦是其中不可或缺的因素。

血气方刚的青年时期正是人一生中感情最丰富,最容易激动,也是最容易接受、实践新生事物的时期,就像蒋寅所说:"青春的心灵虽然不够丰满成熟,但毕竟是敏感的,旺盛的,活泼的,有着老成持重时不可复得的灵动。"[2] 贞元时代也正是韩、柳、元、白诸人的青年时代,他们有着最为健康活泼的心灵,也正是最富于创造力、竞技心的时代。如韩愈本人除了"好奇"外还喜好论辩,而这也是张籍曾经对他提出批评的另一方面:"商论之际,或不容人之短如任私尚胜者"[3],韩愈自己也承认这一点:"若商论不能下气,或似有之。"这种"尚胜"之心并非韩愈所独有,某种程度上实乃年轻人的通病,固然不可提倡,但从另一角度来说,对于当时的文学创作也有助益之处。陈寅恪先生在《元白诗笺证稿》中论及《长恨歌》时,提及当时的创作风气是文人互观作品,并加以仿效和改进,"各竭其才智,竞造胜境"[4],他们这种逞才使气的行为无疑让文学因此有了发展的动力和源泉。但是,青年二字并不等于创新,青年的时代实际上只是给创新提供了生理、心理的契机而已,创新的实现既需要主观的努力,同时也离不开社会环境的培育。而贞元时代无疑就具有某种推动创新的因素。

贞元是科举考试日益成熟的时代,贞元的青年士子群也是奔波忙碌于科考的一代,而一旦选择了科考之路,实际上也就选择了一种特定的生活方式。贞元文人李观在《与右司赵员外书》中的自叙实际上非常有代表性:

---

[1] 如孟二冬曾谈及韩孟诗派展现出的创新意识与当时书画艺术、新起的禅宗和复兴的天台宗以及中唐诗歌发展的内在影响均有关联。孟二冬:《韩孟诗派的创新意识及其与中唐文化趋向的关系》,《中国社会科学》1989年第2期。相关内容在其之后出版的《中唐诗歌之开拓与新变》中有了进一步的论述,北京大学出版社2006年第2版;黄阳兴也曾谈及宗教对韩愈险怪之诗风的影响,黄阳兴:《图像、仪轨与文学——略论中唐密教艺术与韩愈的险怪诗风》,《文学遗产》2012年第1期;吴相洲《中唐诗文新变》中提到影响诗风演变的诸要素包括作家的行为风范、思想性格、精神境界、审美观念、构思方式等方面,学苑出版社2007年版。
[2] 蒋寅:《大历诗风》(重版后记),凤凰出版社2009年版,第291页。
[3] (清)张籍:《与韩愈书》,《张籍集系年校注》卷一〇,第994页。
[4] 陈寅恪:《元白诗笺证稿》,上海古籍出版社1978年版,第9页。

及兹弱冠，颇览古今，辄不自量，谓以可取天下之名，遂以去岁三月，宾来咸阳。一之日舍逆旅主人，仰见帝居，双阙入天，顾身仿伴，若游尘止于五岳之高。二之日持无似之文，干有名者数公，望其刮目以鉴真，作致身之椎轮，客去门掩，然以寂寥无言。三之日飞廉始春，春官解褐，试士于司存，观亦捧手蹀足，而湎其不群于伍。四之日灼有明文，曰"我采不渝，尔则怀珉"，既如是矣，则有故旧者，置酒一樏而欢饮之，以得失相安。①

进京准备考试——以文干谒权贵——参加考试——落第后和朋友相互慰藉，这便是举子们数年或数十年内不断要重复的人生轨迹。在这一过程中，最关键的自然是中间两项，而显然，这两者有一个共同的要求，就是自己的文章要具有打动对方的力量。为了实现这一目的，士子们就需要让自己的文章"无似"，即具有新意，而不是庸熟之调的一再重复。这一观念在时人的文章中有充分的表现，如：

侧闻员外好人有奇者，故缄二物以代谒。斯二物者，非好奇君子则不足以为托，然犹虑其未甚悦，故复重述耳。（笔者注：所谓"二物"是指文中曾提到的"天球"和"镆铘"，代指自己的文章。）——李观《与右司赵员外书》②

夫百物朝夕所见者，人皆不注视也；及睹其异者，则共观而言之：夫文岂异于是乎？……足下家中百物皆赖而用也，然其所珍爱者，必非常物；夫君子之于文，岂异于是乎？……若圣人之道不用文则已，用则必尚其能者；能者非他，能自树立，不因循者是也。——韩愈《答刘正夫书》③

如果说李观、韩愈在上文中提到的奇者、异者还偏重于文的话，那么韩愈在下面两段话中着重指的就是他在诗歌上的追求了。一为贞元十一年所作的《上宰相书》中说自己"居穷守约，亦时有感激怨怼奇怪之辞，以求

---

① （唐）李观：《与右司赵员外书》，《全唐文》卷五三三，第5407页。
② 同上书，第5407—5408页。
③ （唐）韩愈：《答刘正夫书》，《韩昌黎文集校注》卷三，第207页。

知于天下；亦不悖于教化，妖淫谀佞诪张之说，无所出于其中"①。另为永贞元年所作的《上兵部李侍郎书》，其中提及"谨献旧文一卷，扶树教道，有所明白；南行诗一卷，舒忧娱悲，杂以瑰怪之言，时俗之好，所以讽于口而听于耳也"②。从其言论中可知，韩愈自知在自己的诗歌中有"奇怪之辞""瑰怪之言"，可见这也是他有意识的追求，而他这样做的目的就在于"求知于天下"。确实，不走寻常路的行文方式更容易引起别人的关注，进而获得更高、更广的声名，可见，当时科举的功利性要求是贞元士子们选择求奇、求新之路的重要原因。

---

① （唐）韩愈：《上宰相书》，《韩昌黎文集校注》卷三，第155页。
② （唐）韩愈：《上兵部李侍郎书》，《韩昌黎文集校注》卷二，第144页。

第七篇

贞元诗坛的风貌与评价

赵昌平先生在谈及唐代诗歌的演进规律时曾说："唐诗各体各流派，都有其前后相继，不可间断的发展系列。后一时期的某一诗体、某一流派，都是这一诗体、这一流派前此各时期，尤其是相邻时期的演进结果。这种连续性有时之所以为人们忽视，则是因诗史的延续，有隐性与显性的不同。隐显交替，其实体现了质量互变的规律。诗史上两个特色明显的高峰，看似区别巨大，然而必有一个过渡时期相连接。"① 大历、贞元身处盛唐、元和诗坛两座唐诗高峰之间，其过渡性的地位毋庸置疑，尤其是身处过渡阶段后期的贞元诗坛，其在诗歌演进途中由隐到显、由量到质、由渐到变的特质愈加鲜明。而且，一旦我们对贞元诗坛的特定位置有了这样一个前提性的认知，就会发现对贞元诗坛内容、艺术风貌的描绘很难做出静态的、独立的、单一性的评价，而是需要放在特定诗史发展的动态演变中去，才能准确把握贞元诗坛的特色和价值。作为一个延续20余年的诗坛存在，贞元拥有不同年龄阶段、不同身份地位、不同生活地域的创作主体，其风貌必然也呈现不同的阶段和特点。笔者在前文的论述中虽然已经或多或少、或详或略地论及了不同创作个体、不同创作群体的具体风貌，但如果站在历时性的角度去纵观贞元时期的诗歌发展状况，就会发现在看似纷繁复杂的诗坛背后，其实潜藏着一些特定的轨迹和变化。这些变化或大或小，这些轨迹或隐或显，但都为即将到来的元和诗坛埋下了新变的种子，提供了发展的契机。

---

① 赵昌平：《唐诗演进规律性刍议——"线点面综合效应开放性演进"构想》，《文学遗产》1987年第6期。

第 一 章

三大诗人群体的演进轨迹

第一节　诗歌题材上，更加关注现实

到德宗继位之时，安史之乱虽然已经结束了十几年，但其带给唐王朝的影响却远远没有结束。就像历史上任何大的动乱都会带来可怕的后遗症，本非一朝一夕可以治愈，发展到极致，甚至竟至于病在膏肓，束手无策。持续八年的安史之乱对于整个唐王朝来说固然是一次致命的打击，但所幸这场战争终于以唐政府的胜利而画上了句号。战争的硝烟虽然早已经消散在历史的长河当中，但活下来的人们却不得不承受这场战争带来的苦果。不同性格、不同境遇、不同地域的人们对于动乱后的现实采取的态度也不一样。

在德宗继位之前，面对极盛而衰的社会骤变，以"十才子"和刘长卿、李嘉祐为代表的大历诗人们本该有充分的理由与环境去注目周围那本已惨淡不堪的世界，而他们却"只是朝现实投去偶然的一瞥"[1]，或者"窃占青山白云、春风芳草"[2]，然后便将自己的身心投入自怨自艾、顾影自怜的感伤情怀或者阿谀权贵、苟合取容的汲汲以求中。"气骨顿衰"[3]之态也就在他们对现实的漠视中成为一代诗风的显著特征。值得庆幸的是，在时风如此衰颓的背景下，尚有一批骨鲠之士如独孤及、元结、顾况用自己的创作反映现实，振兴风雅，挽救衰颓的世道人心。如独孤及的文

---

[1] 葛晓音：《汉唐文学的嬗变》，北京大学出版社1990年版，第129页。
[2]（唐）皎然：《诗式校注》，李壮鹰校注，人民文学出版社2003年版，第273页。
[3]（明）胡应麟：《诗薮》内编卷三，中华书局1962年版，第50页。

章被认为"大抵以立宪诫世褒贤遏恶为用"①；元结早在创作于天宝年间的《二风诗》中就以理、乱为主题，反映了其"极帝王理乱之道，系古人规讽之流"②的创作宗旨；顾况也曾作《上古之什补亡训传十三章》，模拟《诗经》的四言格式，继承《诗经》的现实主义精神，并以题前小序的方式点明其对社会万象的思考。元结在大历六年任湖南道州刺史时，曾请大书法家颜真卿书写他所作的《大唐中兴颂》，并铭刻在祁阳县郊浯溪的巨石之上，真切地留下了那个时代志士仁人渴望国家中兴的印记。不过，如上述诸人毕竟是大历诗坛的支流和别调，弥漫整个诗坛的主要是流连山水、称道隐逸、赠答唱酬、叹老嗟卑的主题，诗人们已经习惯了在杯酒的酬酢往来中不断诉说着一己的不幸和感伤。

在这样的背景下反观贞元时期的诗人们就会发现，在他们的身上已经逐渐褪去感伤的色彩，取而代之的是对现实的热切关注和深入思考。注目动乱的现实、腐败的政治和凋敝的民生，渴望在政治上有所作为来改变困顿的时局，对于德宗朝的文人们来说，这样的话题并不老套。可以说，这是一个"海内人物，喟然思理"③的时代，尤其是对于那些有抱负、有理想、渴望在动荡的社会中励精图治的志士来说，贞元时代困顿而有希望的政治局面重新给予了他们改变的动力和勇气。他们面对衰颓的国势不但没有绝望，反而是充满希望的，所谓"唐风本忧思，王业实艰难。中历虽横溃，天纪未可干。圣明所兴国，灵岳固不殚"（李益《北至太原》）④，大唐王朝虽然中经祸乱，但是他们对自己的国家依旧充满信心。在此心态下，他们痛心疾首地呐喊、奔走，献计献策："刳肝以为纸，沥血以书辞。上言陈尧舜，下言引龙夔"（韩愈《归彭城》）⑤，希望有所作为以实现王朝的中兴，重温盛唐时代的雄风。作为社会风向标的科举考试，也日益重视考试内容的实用性。据《登科记考》记载，在贞元元年、五年，朝廷都曾经颁布敕令，以《老子道德经》取代《尔雅》，原因就在于《尔

---

① （唐）崔祐甫：《故常州刺史独孤公神道碑铭（并序）》，《全唐文》卷四〇九，第4196页。
② （唐）元结：《二风诗论》，《全唐文》卷三八二，第3877页。
③ （唐）柳冕：《与权侍郎书》，《全唐文》卷五二七，第5354页。
④ 《李益诗注》，第21页。
⑤ 《韩昌黎诗系年集释》卷一，第120页。

雅》"多是鸟兽草木之名，无益理道"①。直到贞元十二年，在国子司业裴肃的提议下才恢复《尔雅》的地位，而恢复的理由依旧在于它的实用性："《尔雅》博通诂训，纲维六经，为文字之楷范，作诗人之兴咏。备详六亲九族之礼，多识鸟兽草木之名，今古习传，儒林遵范。……伏请依前加《尔雅》。"②可见，实用的理性思潮逐渐成为科考中的重要风气，这一点在权德舆的《答柳福州书》中亦有表述：

> 近者祖习绮靡，过于雕虫，俗谓之甲赋律诗，俪偶对属。况十数年间，至大官右职，教化所系，其若是乎？是以半年以来，参考对策，不访名物，不征隐奥，求通理而已，求辨惑而已。习常而力不足者，则不能回复于此。故或得其人，庶他时有通识懿文，可以持重不迁者，而不尽在于龌龊科第也。③

联系权德舆在贞元年间多次主持贡举、担任科举考官的事实，上述言论中对于"通理"的强调以及对于"绮靡"诗风的反对自有其引领风气的意义，对于促成科考举子们养成实干的精神和对于现实问题的关注自然也有所助益。志士的情怀和社会的风气双向作用于贞元时代的诗歌创作，自然会令之呈现和大历诗歌不同的风貌。

但对于现实的书写和表达在贞元的三大创作主体中也表现出不一样的面貌和侧重。我们试举其中的代表人物为例加以说明。

在江南的仕宦诗人群中，韦应物堪称"循吏"。他担任滁州刺史期间，曾向朋友感慨自己"身多疾病思田里，邑有流亡愧俸钱"（《寄李儋、元锡》）④，可见他在为官之时想到的不是一己的得失，而是平民百姓的动荡和痛苦。这一点和杜甫在自己的幼儿饿死后所抒发的"抚迹犹酸辛，平人固骚屑。默思失业徒，因念远戍卒"⑤ 有异曲同工之处。酷热而游塘避暑之际，他也没有忘怀民众，"高居念田里，苦热安可当"（《夏至避暑

---

① 《登科记考》卷一二，第423、449页。
② 《登科记考》卷一四，第502页。
③ 《权德舆诗文集》卷四一，第628页。
④ 《韦应物集校注》卷三，第166页。
⑤ （唐）杜甫：《自京赴奉先县咏怀五百字》，（清）仇兆鳌：《杜诗详注》，中华书局1979年版，第273页。

北池》）①；当京师发生叛乱，身在滁州的诗人忧念亲人时，他也没有局限于自己的小家，而是抒发了"何当四海晏，甘与齐民耕"（《京师叛乱寄诸弟》）②的渴望；身居苏州刺史之高位时，他没有沉溺于自我的安逸，而是发出了"自惭居处崇，未睹斯民康"（《郡斋雨中与诸文士燕集》）③的慨叹。可以说，上述诸诗集中体现了韦应物对民生疾苦的关注，正因如此，刘辰翁说他"居官自愧，闵闵有恤人之心"④。但需要注意的是，他对于民生的抒写和描绘更多是站在地方官的立场上，表现出一种特定身份下的俯视感。在读这些诗的过程中，我们固然感受到了诗人的仁者之心、爱民之意，但民众的生活状态在诗中依然是一片模糊。所以，一定程度上而言，韦应物对民生的描绘往往给人一种"写意"的感觉，读者从诗中读到的更多的是诗人的心志而不是现实的图景。即便"田家"一词频繁地出现在韦应物的诗歌中⑤，但这些作品中对于农民现实生活的描绘实际很少，在其中的某些诗歌中，"田家"的生活环境甚至被诗人看作超脱尘世的理想世界。因此，通过韦应物的这类诗，读者很难对当时民众的生活形成具体的了解，因而诗歌对现实反映、揭露的程度不免因此而大打折扣。但是，在德宗朝初期诗坛的大多数作家依然沉浸在大历诗风的余绪中而不免抒写个体的感伤情怀时，在京城诗坛因为战乱而显得一片荒芜时，韦应物这种对现实略带隔膜的抒写自有其历史的价值和意义。乔亿说他"多恤人之意，极近元次山"⑥，确实，从对现实民生的关注层面来说，韦应物继承了前辈杜甫、元结书写现实政治和民生疾苦的精神，成为贞元写实之风的先导。

---

① 《韦应物集校注》卷七，第479页。
② 《韦应物集校注》卷三，第168页。
③ 《韦应物集校注》卷一，第55页。
④ 《韦应物集校注》附录五评论引，第644页。
⑤ 如创作于德宗朝以前的《效陶彭泽》中有"掇英泛浊醪，日入会田家"，《寄子西》中的"蓝上舍已成，田家雨新足"，《往云门郊居途经回流作》中的"兹晨乃休暇，适往田家庐。原谷径途涩，春阳草木敷"均是如此，建中初所作的《园林晏起寄昭应韩明府卢主簿》中"田家已耕作，井屋起晨烟。园林鸣好鸟，闲居犹独眠"，《观田家》中的"微雨众卉新，一雷惊蛰始。田家几日闲，耕种从此起"，《种瓜》中"田家笑枉费，日夕转空虚"。诸诗中稍有改观，已经带有几丝写实的色彩，但显然还是过于简略。以上诗句分别出于《韦应物集校注》，第33、104、385、143、446、524页。
⑥ （清）乔亿：《剑溪说诗·又编》，郭绍虞编选：《清诗话续编》，富寿荪校点，上海古籍出版社1983年版，第1121页。

同样是从大历进入贞元的诗人，李益在边塞诗中对边塞图景的描绘就显得比较切实而丰富。边塞背景下汉族的百姓和将士、少数民族的民众和士卒，他们的生活图景、心灵图景在李益的笔下都得到了较为充分的描绘。这一点在前文中已经有所论列，兹不赘述。这样的写作效果实际上和李益本人近20年的边塞生涯是密不可分的。可以说，李益笔下的边塞写生实际上是作者以诗歌的方式对个人特定经历的记叙和描写，因此也就显得比较深入和生动。但李益的这类诗歌从内容上而言毕竟只囿于边塞，社会生活的广阔面在李益的诗中依然是缺失的。

　　作为创作期主要在贞元的台阁诗人们来说，身份的特殊性决定了他们诗歌内容的局限性。同样作为应制诗，初唐应制诗在歌功颂德之余也反映了建国之初君臣对于开国功业的颂扬和对于前朝灭亡的反思，所以，虽为应制之作但实际上有对历史和现实的思考融在其中。但到了德宗时代，节宴之上的"歌以发德，诗以颂美"[①]成为此时台阁群臣们诗歌创作的唯一的目的，离乱不堪的现实世界中民众的哀号与悲叹在这里看不到丝毫的踪迹。拂去这些诗歌华丽的辞藻后，缺乏现实内涵和动人情感的不足很容易使这些诗歌失去文学的生命力而成为历史的故纸堆而已。

　　相比而言，创作期主要在贞元的孟郊、欧阳詹以及贞元时代的青年士子们成为描写现实的生力军。并且，和前辈杜甫相比，他们关注的不再是重大的历史事件，而往往将眼光集中于种种社会民生现象与世俗人情，这样的视角实际上和他们自己的切身经历紧密相连。另外，所谓"事之博者其辞盛，志之大者其感深"[②]，作为醉心科考的举子和志向远大的士子，不得志时固然难免心态失衡、感喟良多，得志后则往往跃跃欲试，渴望乘势而起、在政治的舞台上获得参政议政的机会。《旧唐书·白居易传》中便提及白居易"自雠校至结绶畿甸，所著歌诗数十百篇，皆意存讽赋，箴时之病，补政之缺"[③]。不管何种情形，现实给他们的机遇和挑战都使得他们的诗歌创作很难闭门造车了。

　　这一点在前文中已经有所论述，这里再具体以张籍为例进行说明。他在贞元时代的作品是他中青年时代学习、游历生活的记录，其生活状态在

[①]（唐）梁肃：《中和节奉陪杜尚书宴集序》，《全唐文》卷五一八，第5262页。
[②]（唐）梁肃：《周公瑾墓下诗序》，《全唐文》卷五一八，第5263页。
[③]《旧唐书》卷一六六，第4340页。

贞元时代的青年士子群中也比较有代表性。广泛的游历生活使张籍能够比较深入的接触社会各个阶层，尤其是对下层民众的生活状态有了比较切实的体会。他这一时期的诗歌创作涉及了现实的各个层面，无论是上层社会的腐败生活、军镇将领之间的钩心斗角还是边塞生活的苦楚、平民百姓的生活图景都能在他的诗中找到踪迹。《楚妃怨》和《离宫怨》二诗是作者在贞元年间游荆州时所作，前诗云："梧桐叶下黄金井，横架辘轳牵素绠。美人初起天未明，手拂银瓶秋水冷"①，后诗曰："高堂别馆连湘渚，长向春光开万户。荆王去去不复来，宫中美人自歌舞。"② 高堂华服、锦衣玉食的生活也改变不了宫中女子心冷如水的哀怨和孤寂凄凉的境遇，尤其是在后诗中，一个"自"字便将主人公孤寂无依的精神痛苦传达出来，与前两句中华美的生活环境形成了强烈的对比。造成上述局面的罪魁祸首无疑是荒淫腐朽的帝王，作者采用借古讽今的手法委婉地表达了对现实的批判，清代的毛先舒称赞两诗"有盛唐之调，俱得乐府遗风"③，确实如此。另外如作者贞元初年流寓洛阳期间所作的《永嘉行》也是采用借古讽今的手法批判在外族入侵国都之时，"九州诸侯自顾土，无人领兵来护主"，讽刺在君王遇到危机之时，诸道将领勤王不力之事，其中写及战乱之事有"公卿奔走如牛羊。紫陌旌旛暗相触，家家鸡犬惊上屋。妇人出门随乱兵，夫死眼前不敢哭"④ 诸句，对战乱之时的情态描写得深入细致，让读者有见之如画之感。联系德宗建中、兴元时期频繁的战乱以及吐蕃的入侵行为，这样的记叙也堪称实录。另外如《贾客乐》写南方江陵一带农夫们弃农从商之事，也写出当时时风所向。《江陵孝女》写孝女矢志守墓，孤苦无依，也只能和往来的行客形影相吊，让人愈加悲悯。另如《筑城词》写筑城的役夫们的痛苦生活，《北邙行》写北邙山的葬俗，《昆仑儿》写来自异域的黑人特殊的容貌和生活习俗等。这些诗歌均是作者贞元年间游历途中所经所遇之事，故都能给人以真实生动之感。所谓只有关注现实才能改变现实，对社会现实的广泛关注、对于政治腐败的深刻不满、对于民众的深切同情都给予了贞元青年士子们改变现状的力量和

---

① 《张籍集系年校注》卷六，第785页。
② 同上书，第787页。
③ （清）毛先舒：《诗辩坻》卷三，郭绍虞编选：《清诗话续编》，富寿荪校点，上海古籍出版社1983年版，第57页。
④ 《张籍集系年校注》卷一，第64—65页。

决心。

其实，贞元诗人们对于现实的关注不仅仅是指社会现实，个人的日常生活也日益成为他们描写的对象。如韦应物在滁州任上种药、种柳、种瓜、诗酒往来的行为本为其日常生活中的一些片段而已，而他却以《种药》《西涧种柳》《种瓜》《寄释子良史酒》《重寄》《答释子良史送酒瓢》诸诗将其时、其事、其感的种种情景娓娓道来，让人如见其景，如闻其声。顾况年老隐居之际，仕宦的风波固然已经远离，但家庭的不幸却接踵而来，《大茅岭东新居忆亡子从真》《伤子》《悼稚》诸篇均记载了他老而丧子的悲痛之情。权德舆诗中对日常生活记载的内容更加丰富：如因为仕宦的缘故而不得不与妻子分别时所作的一些思内诗如《以诗代书寄内》、《黄蘖馆》（《全唐诗》作《黄檗馆》）、《相思树》、《中书夜直寄赠》、《祗命赴京书怀》；对自己病痛的记载如《多病戏书示长孺》（《全唐诗》作《多病戏书，因示长孺》）、《病中苦热》、《跌伤谢劝醑酒》（《全唐诗》题作《跌伤伏枕，有劝醑酒者暂忘所苦，因有一绝》）；甚至见到了头上的几根白发也要写到诗中——《览镜见白发数茎光鲜特异》；和家人的日常生活如《新月与女儿夜坐听琴举酒》也成为诗歌的题材。至于孟郊对于自己贫苦生活的反复书写，韩愈对于苦寒天气的描绘（《苦寒歌》）、对于自己落齿、叉鱼经历的记载（《落齿》《叉鱼》），白居易对自己落发的慨叹（《叹发落》）、花下饮酒的心情（《花下自劝酒》），窦群初任左拾遗时与家眷团聚的喜悦（《初入谏司喜家室至》）等无不借由诗歌的形式传达了他们生活中的侧面和细节。这些创作于贞元时期的诗歌为后世读者了解和研究时人的具体生活、日常心态、思想行为方式等都提供了很好的材料，具有重要的史料价值。而且，这种题材在元和中后期得到进一步的发展，白居易的诗歌某种程度上可以视为他的"自传"，就和他在诗中大量描写自己日常生活的特点密不可分。

总之，我们会发现，从职责使然到书写个人经历再到自觉关注社会，贞元诗坛的三大创作主体对现实的关注已经越来越频繁、越来越深入。所以，在大历诗歌中很难出现的或者偶尔出现的普通民众的生活图景就这样开始大量的呈现在贞元后期的诗歌中。这种变化除了上文提到的社会风气以外，和创作主体们由官吏到贫寒书生的不同身份——社会角色不同，关注角度自然也不同；由相对稳定到飘零不定的不同经历——飘零的生活扩大了诗人们注目现实的视野，困顿的生活往往会滋生人类彼此之间的同情诸因素均有关联。而贞元时代诗歌风貌的上述转变也从侧面反映了唐代士人阶层在安史之乱后所遗失的社会责任感的恢复和增强。而这种积极干预现实的心态以及对于现实生活的再发现、对于日常生活的表现等倾向无疑为即将到来的元和诗坛指明了正确的发展方向。

第二节　诗体形式上，古体诗比重逐渐加大

在大历之时，近体诗尤其是五言律诗占据了诗坛的绝对主导，这一点无论是在当时的选集还是后代学者的论述中都已经有所论及（姑且不论他们对此种现象的褒贬）。如作为大历诗歌的代表性选集，高仲武的《中兴间气集》"起自至德元首，终于大历末年，作者数千，选者二十六人，诗总一百四十首，七言诗附之"[1]，选集中的律诗数量高达 106 首，其中五律就有 79 首，分别占据所选总数的 80% 和 60%。作为一部颇具影响的唐诗选集，可以明确的是，其中不仅仅传达了编选者个人的趣味和价值取向，同时也反映了大历这一特定时代的好尚所在。这一点在后人的论述中也得到了说明，如王夫之也认为："大历诸子拔本塞源，自矜独得，夸俊于一句之安，取新于一字之别，……故五言之体，丧于大历。惟知有律而不知有古。既叛古以成律，还持律以窜古，逸失元声，为嗣者之捷径。"[2]显然，王夫之对大历诸子五言诗的创作持批判性的态度，纵然是带有个人主观性的看法，但也反映了大历诗歌在体式上的趋向和特点。作为大历诗歌的当代研究专家，蒋寅亦认为"在诗歌的体式方面，大历诗人较重视近体，较重视五言，总的来说，他们古体的成就不如近体，七言的成就不如五言，长篇的成就不如短章。他们写得最好的是五律，其次是七律、五绝，七绝也有些出色的作品，乐府和古体诗较一般"[3]，比较全面地对大历诗歌在体式上的特点进行了总结。

确实，从诗歌自身的发展情况来看，近体诗在大历诗人的手里已经变化提升到一个新的高度。他们对于近体诗尤其是田园山水诗在艺术表现力、艺术技巧、语言技巧上进行了深入的发掘，使之发展到更加精致秀丽

---

[1]（唐）高仲武：《中兴间气集序》，《全唐文》卷四五八，第 4684 页。
[2]（明）王夫之评选：《唐诗评选》，王学太校点，文化艺术出版社 1997 年版，第 120 页。
[3] 蒋寅：《大历诗风》，凤凰出版社 2009 年版，第 236 页。

的地步，这既是对盛唐以来占据诗坛主流的王孟诗风的进一步延续和发展，同时也是安史之乱后"气骨顿衰"的时代风气使然。因此，之前虽然有以元结为代表的《箧中集》诗人们集体进行古体诗的创作（尤其是元结，他的所有作品几乎全部为古体），但在诗坛上实际并未引起太大的影响。因为在当时战乱初平的时代氛围下，弥漫于整个文坛的是一种失落感和休憩欲，这促使人们在心理上青睐于向山林田园中寻找自我，而这种题材上的倾向也就使得近体诗大行其道。

但随着时代的变化和形势的发展，诗坛风气已经悄然改变。大历诗人在创作中的弊病经过时间的检验，也开始逐渐流露出来。可以说，到了贞元时代，诗体变革的实践也随着诗坛的复兴而日益增多。而变化与改变只有在对比中才会更加鲜明。有了对大历诗歌体式的这样一个前提性认识，细究德宗时代的诗歌就会发现，在这一时期，古体诗虽然依旧无法在诗坛上取得压倒性的地位，但诗人们对这类诗体的关注和实践在日益增加却是毋庸置疑的事实。

得出这样的结论是建立在对德宗一代诗歌的系统考察中的。这一时期的代表性诗人如韦应物、李益、孟郊、韩愈等人都创作了大量的古体诗。

晚唐张为在《诗人主客图》中将韦应物列为"高古奥逸"主孟云卿之"上入室"[①]；北宋的魏泰称其"古诗胜律诗"[②]；《因话录》中记载皎然见韦苏州时"恐诗体不合……作古体十数篇为贽"[③]，诸种材料都可以说明韦应物对于古体的青睐。从他本人的实际创作中也可以证明这一点，在他的567篇诗歌中，古体诗（包括乐府）有338篇，占据全部作品的60%。而在从大历进入贞元的其他作家如顾况、皎然、李益那里，古体诗占据的比例也很高。如顾况的古体诗有115首，占其全部作品240首的48%，皎然的古体诗有156首，占其全部作品480首的33%，李益的古体诗有49首，占其全部作品165首的30%。[④]

在权德舆的创作中也表现出对古体诗的重视，明代徐献忠在《唐诗品》中曰："权公幼有令度，神情超越，遂专词艺，为时所慕，贞元以后

---

① 张为：《诗人主客图序》，《全唐文》卷八一七，第8604页。
② （宋）魏泰：《临汉隐居诗话》，《韦应物集校注》附录五评论引，第641页。
③ （唐）赵璘：《因话录》卷四，古典文学出版社1957年版，第94页。
④ 以上数据的统计参见蒋寅《大历诗风》中的相关表格，蒋寅：《大历诗风》，凤凰出版社2009年版，第208页。

近体既繁，古声渐杳，公乃独专其美，取隆高代。"① 虽未免有溢美之嫌，但也显示了权德舆在古体诗歌创作中的努力和成就。

对于古体的青睐在张籍、王建、孟郊、韩愈的身上体现得更为明显。明代高棅在《唐诗品汇》中说："大历以还，古声愈下，独张籍、王建二家体制相似，稍复古意。或旧曲新声，或新题古义，词旨通畅，悲欢穷泰，慨然有古歌谣之遗风。"② 在张籍的作品集中，近体诗其实占据了更大的比重，但据徐礼节、余恕诚两位先生对其作品的系年可知，他的绝大部分五、七言古体诗和乐府诗都创作于贞元时代。许学夷在《诗源辩体》中说"东野诗，诸体仅十之一，五言古居十之九，故知其专工在此"③，确实如此。在孟郊现存的500余首诗里，以短篇五古居多，没有一首五、七言的律诗。韩愈在贞元时期的诗歌作品几乎全部是古体诗，只有在贞元末年被贬阳山之后才出现近体诗的创作。由此可见，古体诗确实在贞元时代得到了很多作家的重视和发展。

而笔者之所以在上文中认为"古体诗依旧无法在诗坛上取得压倒性的地位"，是因为从当时整个诗坛的创作情况而言，尤其是在应酬、羁旅、宴游等题材大行其道的时代，近体诗尤其是五律作为惯性的体裁选择已经深入人心。并且，德宗朝作为科举制度成熟的时代，科举考试中的规定性诗体就是律诗，这种强制性的体裁要求必然使得广大的举子群们潜心钻研于此。因此，从诗艺的养成角度来讲，他们显然对近体诗的操作更加熟练，在日常生活的诗酒往来中选择抒情达意的载体时，自然也更容易使用这种习惯性的体式。如元稹、白居易、刘禹锡这些科考的幸运儿，在他们贞元时期的诗歌中，近体诗所占的比例就要高一些。另外，近体诗也是台阁文学或者说官方文学的规定性样式，除了君臣往来的应制诗外，台臣之间的诗歌唱和，官场之中的交际应酬，朋友之间的送别赠答往往都需要采用并习惯上采用近体诗的形式。因此，功利性、实用性成为近体诗在贞元诗坛大行其道的法宝和武器。这样一来，对于古体诗在此时有了较大发

---

① （明）徐献忠：《唐诗品》，陈伯海编：《唐诗汇评》（中册）引，浙江教育出版社1995年版，第1571页。

② （明）高棅编选：《唐诗品汇》（七言古诗叙目），上海古籍出版社1988年版，第269页。

③ （明）许学夷：《诗源辩体》卷二五，杜维沫校点，人民文学出版社1998年版，第256页。

展原因的探讨就显得很有必要。

黑格尔曾经说过:"艺术之所以抓住这个形式,既不是由于它碰巧在那里,也不是由于除它以外,就没有别的形式可用,而是由于具体的内容本身就已含有外在的,实在的,也就是感性的表现作为它的一个因素。但是另一方面,在本质上是心灵性的内容所借以表现的那种具体的感性的事物,在本质上就是诉诸内心生活的,使这种内容可为观照知觉对象的那种外在形状就只是为着情感和思想而存在的。只有因为这个道理,内容与艺术形象才能互相吻合。"[①] 在黑格尔看来,内容和形式之间拥有密不可分的关系,两者是一个辩证的统一体。选择何种形式来表达特定的内容,特定的内容选择什么样的形式来表达都不是随机的、偶然的,而是其中蕴含着必然性的联系。具体到诗歌方面亦是如此,古、近体虽然只是诗歌的外在表现形式,但它们又不仅仅是纯粹的形式,而是一种"有意味的形式"。对于它的选择和多种因素密切相关。从诗体形式本身来说,古体诗不受声律、对仗、句数的束缚,形式较为自由,适于表现复杂的事件、多样的情景和丰富的心理情感,但往往显得过于直露和质朴。近体诗则因为在字句数量和平仄押韵上都有严格的限制,与古体诗相比,在诗歌容量上显然要大打折扣,但更适宜表现单纯明净、含蓄悠远的情思。可以说,两者各有所长,又各有所短。而创作主体选择何种诗体形式其实也并不是随心所欲的,而往往和文学表达的惯性选择、诗人身处的时代环境、地域环境、文化环境、诗人本人的个性气质、生活状态、情感状态、创作观念、创作阶段、创作题材等都有关联。可以说,诗人选择什么样的诗体来传情达意严格来说其实是一个系统性的工程。也正因如此,如果这个系统中的某项或者某几项因素发生变化的时候,诗人对于诗体的选择自然也会随之改变,而这种改变如果蔚然成风的话也就预示着诗坛风貌的改变。

如果论及主要的影响因素的话,在笔者看来,前文提及的贞元诗歌题材上"对现实的关注更加深入和普遍"是诗歌体式变化的一个重要因素。在诗歌中,如果要对社会现实、个人生活现状等进行描绘,叙事性的成分、细节性的描写乃至适当的议论和抒情都必不可少,而无论是 40 个字的五律还是 56 个字的七律,还是字数更少的五绝和七绝,有限的字数和严格的格律都使得它们在表现这种内容时显得力不从心。确实,任何诗体

---

① [德] 黑格尔:《美学》(第 1 卷),朱光潜译,商务印书馆 1979 年版,第 89 页。

所能表现的内容都不是一成不变的，在不同的诗人手中，体式的表现能力也不一样。最鲜明的例子就是，贞元之前的诗人杜甫不就已经用律诗来写时事了吗？虽然是戴着镣铐去跳舞，但杜甫却凭借着自己的才力将这舞跳得圆转而自如。但这一诗体的特性毕竟是不可更改的事实，所以，在杜甫的这类诗歌中也呈现叙述较少而抒情与议论较多的特点。而贞元时代的诗人们既没有杜甫的才力也没有杜甫的创造力，所以在表现现实题材的时候大多还是选择限制较少且便于叙事的古体诗。

并且，贞元时代的文人和大历诗人相比，情感的动荡起伏明显更加强烈。大历诗人大多是怀着一种休憩的欲望沉寂在山水的美景和隐逸的情调中，空虚的内心让他们的诗歌往往也透露出一种情感的贫乏。而贞元诗人，尤其是韩愈、孟郊这些在科场中的失意人，他们的情感往往是深沉的、动荡的、尖锐的、多色调的。律诗严格的韵律对于情感的肆意伸缩和反复唱叹都颇有限制，而古体则长于寄兴感怀、富于表达的起伏性，因此，诗人在表达复杂的情感时往往采用古体的形式也就在情理之中了。

另外，诗体的选择和诗人的个性才能也有关联。赵翼在《瓯北诗话》中曾说："昌黎诗中律诗最少。五律尚有长篇及与同人唱和之作，七律则全集仅十二首。盖才力雄厚，惟古诗足以恣其驰骤，一束于格式声病，即难展其所长，故不肯多作"[1]，即指出韩愈之所以在一生中多用古体和其"才力雄厚"的个性有关。

而且，贞元中后期兴起的古文运动对诗歌体式上古体之风的恢复也有一定的影响作用。古文运动的参与者如韩愈、欧阳詹在这一时期都创作了大量的古体诗，虽然在二人的诗文中，没有直接的证据说明自己创作古文和古体诗之间有什么必然性的联系，但作为同一个创作主体，在进行古文创作实践的同时，古文的一些字法、句法、章法也很容易影响到诗歌的写作。在韩愈早期的诗歌中已经流露出的"以文为诗"的倾向其实也很好地证明了这一点[2]。大历诗人独孤及创作了39首古体诗，占其全部诗歌84首的46%，也是大历诗人中古体诗比例最高的诗人，他同时也一直被誉为古文运动的先驱，此例子似乎也可以从侧面证明笔者的这一观点。

---

[1] （清）赵翼：《瓯北诗话》卷三，霍松林、胡主佑校点，人民文学出版社1963年版，第34页。

[2] 关于韩愈"以文为诗"的特色与其倡导的古文运动的关系问题，可以参看郝润华《韩愈"以文为诗"与唐代古文运动》，《首都师范大学学报》（社会科学版）2006年第5期。

最后，从古代诗歌的发展规律来看，诗人对当代诗风有所不满而希望能突破束缚，对诗坛风气有所改变的时候往往会采用"复古"的方式。韩愈、孟郊在他们早期的诗歌中都曾经反复表达过对"古""道"的推崇和向往，这一点在上一篇中已经有所论及，而古体的形式自然也是"复古"的内容之一。

第三节　诗歌风格上，日益呈现出多样化、渐变的态势

明代学者许学夷在《诗源辩体》的总论部分论及初盛唐和中晚唐诗风的变化时提道："学者以识为主，以才力辅之。初盛唐诸公识见皆同，辅之以才力，故无不臻于正。元和、晚唐诸子，识见各异，而专任才力，故无不流于变。……盖盛世尚同，而衰世尚异，亦理势之自然耳。"[①] 姑且不论其在正、变的评判中所体现出的褒贬色彩是否恰当，但他所提出的由于"识见"和"才力"的不同而导致诗坛中呈现"盛世尚同，而衰世尚异"局面的这一观点在笔者看来是有几分道理的。贞元时代虽然不能称之为"衰世"，但动荡的社会政治环境和活跃的文化环境赋予了诗人们改变传统诗风的动力和底气，也确实在一定程度上呈现出所谓"识见各异，而专任才力"的局面。不同诗人的不同才力表现于诗歌创作上，必然会导致不同的诗歌风貌。考之于贞元诗坛的具体创作情况，确实会发现，和大历乃至天宝时期相比，该时期在诗歌风格上表现出渐变的态势，逐渐呈现多样化的风姿。

在李肇《国史补》那条"叙时文所尚"的重要论断中，他对天宝之风的描绘是"尚党"，对于其含义，张安祖先生在十余年前就已经给出了答案，所谓"尚党"，"显然取朋党之义，指斥天宝时期的文坛有集团趋同化倾向，千人一面，作家的创作个性不鲜明"[②]。在简练的概括中对天宝诗风的特点做出了精准的评价。2015 年年初，魏师耕原先生在此论断的基础上对"尚党"的具体内涵展开了论述，他认为，"'尚党'即尚

[①] （明）许学夷：《诗源辩体》卷三四，杜维沫校点，人民文学出版社 1998 年版，第 318 页。

[②] 张安祖、杜萌若：《天宝之风尚党——论盛中唐之交诗坛风气的转移》，《文学遗产》2005 年第 6 期。

同，实际则谓盛唐诗歌的天宝时期存在着严重的雷同与模式化",这种雷同化的倾向具体表现在"理想与精神的互同性，批判精神的互同性，表现形式与风格的异质同构"① 三大方面。两位先生的论断虽然源起于李肇的描述，但在他们彼此的文章中，都通过大量的文献和诗歌作品对天宝诗坛的风貌做出了有理有据的概括与总结，我们也有理由相信在看似繁荣的天宝诗坛背后，在诗歌题材、风格上确实存在着趋同化的特点。至于大历诗歌，通过学者的研究也早已证明，这一时期的作家"在作品的风格上大致相同，没有分明的强烈的个性表现"②，整体上表现出对清雅高逸的情调和细致淡远的情致的追求。在意象的选择上也常常采用如青山、白云、孤舟、芳草一类的象征性意象或采用白描式的描述性意象，表现出雷同化的倾向。大历诗人中的典型代表刘长卿的诗歌在时人高仲武看来"大抵十首已上，语意稍同。于落句尤甚"③，这样的特点在某种程度上也可以称为是整个大历诗歌的写照。

在童庆炳先生主编的《文学理论教程》中，文学风格被定义为"作家的创作个性在文学作品的有机整体中通过言语结构所显示出来的、能引起读者持久享受的艺术独创性"。根据这一界定，作家的创作个性在文学风格的形成中占据着极为关键的位置，是风格形成的"内在根据"和"灵魂"，而"恰当的体裁是风格得以生成的基础，富有个性的语体是风格的有机组成部分"④，它们共同构成了风格的载体。从文化学的角度来分析的话，文学风格也理应包含着时代风格、民族风格、地域风格、流派风格和具体作家作品的个性风格等多个层面。因此可以说，文学风格是各个因素互相渗透而形成的有机统一体。古代诗歌作为文学部类中的重要组成部分，对其风格的分析和评价也当符合上述的诸种要素。因此，当我们把关注的眼光集中到某一个具体的时代时，我们似乎可以这样来理解：判断一个时代的诗歌是否繁荣和这个时代是否拥有创作个性鲜明的作家，是

---

① 魏耕原：《"天宝之风尚党"论》，《陕西师范大学学报》（哲学社会科学版）2015 年第 1 期。
② 刘大杰：《中国文学发展史》（中），古典文学出版社 1958 年版，第 124 页。
③ 高仲武：《中兴间气集》，令狐楚等选编：《唐人选唐诗》，昆仑出版社 2007 年版，第 262 页。
④ 童庆炳：《文学理论教程教学参考书》（修订 2 版），高等教育出版社 2005 年版，第 239 页。

否具有大量不同风格的作品，是否形成自己独到的时代风格，是否拥有不同的流派风格等诸多因素密切相关，而这些不同的因素越活跃，这个时代的诗歌就越多样、越繁荣。

和天宝、大历时期相比，贞元时代富于创作个性的作家逐渐呈上升的趋势。他们往往借助不同的诗歌体裁和富有个性化的诗歌语言来传达自己对世间百态的认识和了解、同情或批判，反过来，这些作品在其产生之后也展示出不同诗人的不同精神个性。同时，贞元时代的不同创作群体之间也都各自形成了一定的主导性风格，这样的创作局面无疑显示出贞元时代在诗歌风格上的蓬勃生命力，也为即将到来的元和诗坛打下了很好的基础。具体而言，贞元时代具有代表性的诗歌风格主要包括以下诸种：

以韦应物、顾况为代表的江南诗人和以李益、卢纶为代表的边塞诗人作为由大历进入贞元的作家，在年龄上大多处于其人生的中老年阶段，其诗歌风格或多或少在大历时期已经形成，但到了贞元时代，特殊的地域及特定的诗歌题材，使他们之前的诗歌风格或者得到强化或者更加丰富。如韦应物在滁州、江州、苏州期间创作了大量展现其"吏隐"情怀的山水田园诗，这些作品以其高雅闲淡的风格不仅在当时的诗坛上卓尔不群，自成一家，而且也深受当时及后代诗人的喜爱与效仿。韦应物也因此被作为唐代能够和王维、孟浩然、柳宗元并列的山水田园诗人在诗歌史上永垂不朽。李益在边塞诗的创作中所体现出的带有盛唐余韵的刚健昂扬之风以及带有时代色彩的沉郁衰飒之貌也共同构成了他这类诗歌的独特格调，也使李益的边塞诗成为唐代边塞诗在中晚唐时期最具典范意义的存在。

以唐德宗、权德舆、武元衡为代表的台阁诗人是贞元时代官方文学的代表作家。特殊的创作环境、创作身份以及特定的接受主体、欣赏主体使得他们的应制类作品往往只能通过典雅的语言、固定的意象、习惯性的结构形成富丽精工的诗篇，在审美风貌上，虽不免有千人一面的匮乏，但他们毕竟用群体的声音营造出了一种雍容雅正的风格，也成为贞元诗坛不同诗歌风格中的重要组成部分。

作为创作期主要在贞元时代的诗人，孟郊可以说是这一时期最具有创作个性的作家。他在这一阶段创作了大量的诗歌作品，也形成了丰富多样的诗歌风貌。在他的诗中，既有平易冲淡、婉转含蓄的作品，诸如：

　　萱草生堂阶，游子行天涯。慈亲倚门望，不见萱草花。——《游

子》

　　慈母手中线，游子身上衣。临行密密缝，意恐迟迟归。谁言寸草心，报得三春晖。——《游子吟》(《全唐诗》本下有自注：迎母溧上作)

　　飒飒秋风生，愁人怨离别。含情两相向，欲语气先咽。心曲千万端，悲来却难说。别后唯所思，天涯共明月。——《古怨别》

　　望夫石，夫不来兮江水碧。行人悠悠朝与暮，千年万年色如故。——《望夫石》

　　心心复心心，结爱务在深。一度欲离别，千回结衣襟。结妾独守志，结君早归意。始知结衣裳，不如结心肠。坐结行亦结，结尽百年月。——《结爱》①

这些诗歌或叙母子之舐犊深情，或抒夫妻爱人之间的离愁别绪，如果将它们置于汉魏古诗中，恐怕很少会有读者生疑。因为这些诗中的情感浓郁而又深厚，语言质朴而又生动，虽如信手拈来，随口流出，但却让人感到生气勃发、婉转悠扬，于平淡中见情趣，于古澹中见丰腴。作为孟郊挚友的韩愈曾经评价他说："孟郊东野始以其诗鸣；其高出魏晋，不懈而及于古，其他浸淫乎汉氏矣"②，清晰地说明了孟郊诗中的这种古朴之风和汉魏古诗的渊源所在。

但是，作为孟郊创作个性的显著体现，还是主要表现在他那种苦涩冷峻而又奇崛险怪的诗歌风格上。孟郊本人一生穷苦，可以说是失意人的典型代表，在本就惨淡不堪的社会环境中，人生的种种不幸又接踵而至之际，诗人的审美心理不能不受到影响，也就难免会如欧阳修所说"凡士之蕴其所有，而不得施于世者，多喜自放于山巅水涯之外，见虫鱼草木风云鸟兽之状类，往往探其奇怪；内有忧思感愤之郁积，其兴于怨刺，以道羁臣寡妇之所叹，而写人情之难言"③。再加上他本人早年曾有江南湖州一带的生活经历，也容易受到当地皎然等人追求奇险之风的影响。综合的因素导致了孟郊的诗歌风格难免会呈现其冲和平淡之外的金刚怒目的

---

① 以上诸诗分别出于《孟郊诗集校注》，第113、14、65、71、30页。
② (唐)韩愈：《送孟东野序》，《韩昌黎文集校注》第四卷，第235页。
③ (宋)欧阳修：《梅圣俞诗集序》，王水照：《宋代散文选注》，上海古籍出版社1978年版，第27页。

一面。

从孟郊在贞元时期的创作来看,他确实喜欢对各种事物"探其奇怪""写人情之难言",张为将其称为"清奇僻苦主"[1],确有几分道理。如在其《古怨》诗中,女主人公就设想了一种奇特的方式来检测自己和爱人对待情感的认真与重视程度:"试妾与君泪,两处滴池水。看取芙蓉花,今年为谁死"[2]——如果将我们彼此之间的相思之泪分别滴入两个花池当中,看一看到底哪个池中的荷花会更早被我们各自的眼泪淹渍而死呢。另如《闲怨》诗云:"妾恨比斑竹,下盘烦冤根。有笋未出土,中已含泪痕。"[3] 嫩笋出土之际,确实会有一些淡淡的纹理,这本是物之常态,但作者却别出心裁,竟然以此来譬喻女主人公那已经深入骨髓的愁闷委曲所凝结而成的泪痕,其设想真是让人惊叹不已。孟郊对于日常事务、世间现象的观察和描述中,往往会呈现一种奇特的构思、变形的视角,这两首诗其实都仿效乐府古风,语言也都非常朴素,但其想象和构思确实独特而又乖僻,自然也就显示出了孟郊在诗歌创作中苦涩奇崛的个性风貌。另外在孟郊诗中占了大量篇幅的啼饥号寒之作中,种种怪奇的意象层出不穷,用词设语亦是峭拔生新:饥饿的马匹骨头耸立,曲折的道路、羁旅的情怀就像春蚕吐丝一样没个尽头,曲折回绕于诗人的心头——"饿马骨亦耸,独驱出东门。……道路如抽茧,宛转羁肠繁"[4];和富贵优游者那淡薄的离愁别绪不一样的是,贫困者的别离往往不仅会让人"销魂",甚至有销骨之痛——"富别愁在颜,贫别愁销骨"[5];逝去的朋友本有着如同孤松一般高洁的品性,但从此之后的千百年里,他的一切只能被禁锢在荒坟之中,永世不得自由了——"寂寂千万年,坟锁孤松根"[6]。这样的语句在孟郊的诗中层出不穷,成为其诗歌的标志性风貌,由此也就奠定了孟郊在贞元诗坛大家的地位。

而和孟郊相知甚深的韩愈,在贞元时期也创作了比较多的诗歌,整体上表现出的还是比较平实顺畅的风格,但也有个别的作品已经或多或少显

---

[1] (唐)张为:《诗人主客图序》,《全唐文》卷八百一十七,第8604页。
[2] 《孟郊诗集校注》卷一,第20页。
[3] 同上书,第48页。
[4] (唐)孟郊:《出东门》,《孟郊诗集校注》卷三,第127页。
[5] (唐)孟郊:《答韩愈李观别因献张徐州》,《孟郊诗集校注》卷七,第329页。
[6] (唐)孟郊:《吊李元宾坟》,《孟郊诗集校注》卷十,第486页。

示出他雄奇怪异、以文为诗的个性化风格。可以说，正是贞元时期的社会风气、文学发展、个人经历、与孟郊的交往等为他在元和时期这一风格的定型做好了铺垫。

贞元诗坛的青年士子群中其他如柳宗元、刘禹锡、元稹、白居易等人，因为在此期间主要忙于科考入仕，用于诗歌创作的时间本身就相对较少，即便是有所创作，大多也是用于和友朋、上司之间应酬交际，虽然也有抒发个人情志的作品但数量较少。所以从整体上而言，他们在贞元时期的创作个性并不明显，自然也就谈不上形成自己的创作风格。但据刘勰在《文心雕龙·体性》篇中的观点来说，一个作家创作个性的决定性因素在于其"成心"，而"成心"主要由才、气、学、习四个方面组成，即所谓"辞理庸俊，莫能翻其才；风趣刚柔，宁或改其气；事义浅深，未闻乖其学；体式雅郑，鲜有反其习。各师成心，其异如面"①。这些因素在他们的青年时代已经基本成熟，因此，他们以后诗歌的主导性风格在这一时期也多少已经开始积累和体现。如除了元、白等人"尚实、尚俗、务尽"②之风已经萌芽之外，白居易本人在贞元时的一些作品如《感时》《永崇里观居》《答元八宗简同游曲江后明日见赠》《及第后归觐留别诸同年》等都被归入其"闲适"类中，已经流露出通俗畅达、真切平易的风格。而元稹作为一个风流才子，其对艳情诗的关注和创作如《古艳诗二首》《赠双文》《莺莺诗》等也让他早期的诗歌表现出绮丽工巧的特色。

青年士子群中的张籍、王建的诗歌在前文中已经引录了很多，从诗歌风格的角度来说，他们那种自然浅俗、明丽爽朗的代表性风格也形成于贞元时代。他们的诗歌和前代相比，其叙事性、写实性、通俗性的成分逐渐增多。贺裳在《载酒园诗话》中曾提及与盛唐律诗相比张籍诗歌中的新倾向："盛唐人无不高凝整浑……其后遂流为张籍一派，益事流走，景不越于目前，情不逾于人我，无复高足阔步，包括宇宙，综揽人物之意。"③虽然贺裳明显对于盛中唐之间这种格调的变化持批判的态度，但其中对于张籍之诗"景不越于目前，情不逾于人我"特色的把握还是比较准确的。这种贴近世俗，贴近日常的新趋势也确实为诗歌的发展开辟了新的方向和

---

① （南朝梁）刘勰：《文心雕龙·体性》，（南朝梁）刘勰：《文心雕龙注释》，周振甫注，人民文学出版社1981年版，第308页。

② 罗宗强：《隋唐五代文学思想史》，高等教育出版社2003年版，第194页。

③ （清）贺裳：《载酒园诗话·又编》，《清诗话续编》，第331页。

思路。更值得强调的是，张、王二人在中唐诗歌的通俗化道路上不仅有开拓之功，并且也取得了突出的成就，如胡震亨说："文章究于用古，矫而用俗，如《史》、《汉》后六朝史之入方言俗语是也。籍、建诗之用俗亦然。王荆公题籍集云：'看是寻常最奇崛，成如容易却艰辛。'凡俗言俗事入诗，较用古更难。知两家诗体，大费铸合在。"① 总之，他们凭借自己的创作在贞元诗坛中确立了较为独特的风格。

从以上的论述中可以发现，在贞元诗坛确实出现了各种不同的诗歌风格，它们虽然有的已经发展壮大，有的刚刚发芽，但无不显示出在这一诗坛的多彩与活力。

---

① （明）胡震亨：《唐音癸签》卷七，上海古籍出版社1981年版，第66页。

第二章

对"贞元之风尚荡"的思考

对李肇"贞元之风尚荡"这一论断的解读可以说是贞元诗坛研究中一个不可回避的问题。之所以这样说,是因为生活于贞元、元和、长庆年间的李肇[①]对于当时诸种现象的描述多是出于当代人的眼光,《唐国史补》中的材料作为研究唐朝尤其是中唐历史文化的第一手资料自然显得尤为珍贵。而学者们通过考证梳理文学现象后所得出的结论也进一步证明,李肇对于中唐文学的判断是极为精准的。具体到"贞元之风尚荡"这一观点,专家学者们在认可的前提下大多见仁见智,纷纷提出了自己的思考和见解,这一点在本书的绪论部分已经有所介绍,兹不赘述。但有意思的是,到目前为止,还没有哪一位学者的观点可以作为最后的定论为学界所认同,这种现象本身就说明了"贞元之风尚荡"含义的丰富性和复杂性。那么如何才能最大程度上接近李肇的本意,给予这个问题一个较为圆满的答案呢?因为关于李肇的文学观念现存的资料很少,故很难通过其他佐证材料来判断李肇本人的诗歌主张。因此笔者认为,只有回到李肇做出这一论断的具体语境中以明确研究的方向,并同时结合贞元诗坛的创作实际去综合考察,才能合情合理地回答这一问题。

这段完整的记载即李肇《唐国史补》卷下的"叙时文所尚"条:

> 元和以后,为文笔则学奇诡于韩愈,学苦涩于樊宗师。歌行则学流荡于张籍。诗章则学矫激于孟郊,学浅切于白居易,学淫靡于元稹,俱名为元和体。大抵天宝之风尚党,大历之风尚浮,贞元之风尚

[①] 李肇的生平履历情况可以参见崔兰海《〈唐国史补〉作者李肇生平史料疏证》,《阜阳师范学院学报》(社会科学版)2012年第5期。

荡，元和之风尚怪也。

在这段对中唐文坛不到百字的描述中，作者所透露的信息量却是非常巨大的。李肇显然是一个对事物有着敏锐观察力的文人，他发现从天宝初到元和末（60余年），文坛风气在发生着微妙的变化，即从天宝之"党"到大历之"浮"再到贞元之"荡"以至于发展至元和之"怪"。先不论李肇在其中表现出的价值判断是否偏颇，单就以一个当代人的眼光能历史地审视当时文学发展的脉络就是极具创见力和鉴赏力的，也是较为可信的。虽然李肇的原意可能只是论及元和之风而兼及前代，但结合"元和之风尚怪"的判断标准和结论来推衍它之前的结论还是可行的。因此，我们如果对这段话进行详细分析的话似乎可以明确以下几个问题。

1. 文中所提及的"风"的含义指的并不是"时代风尚""文化风尚"，而是"时文风尚"或者说"诗文风尚"。李肇这段话的落脚点或者说评判的中心在于元和文学，作者在对"元和体"进行界定时，主要涉及了文笔、歌行、诗章三个方面，并较为详细地描述了这三方面在元和时期各自的特点和代表人物，在此前提下才最后得出了"元和之风尚怪"的结论。是以，"风"最本真的内涵应该是指以文笔、歌行、诗章为代表的诗文风貌而非时代风貌。因此，研究者在把握贞元之风时不应该把论述的重点放在贞元时代种种社会风气、士子风气、文化风气的考察中，虽然这些因素也势必会影响到当时的诗文风貌，但它们并不是贞元之风的内涵所在，而只能被作为形成贞元诗文风貌的影响因素来把握。以往研究者常常会忽视这一问题，进而导致自己的研究思路在一开始就偏离了正确的方向，因此也就很难对"尚荡"的内涵做出合理的解释。

2. 李肇在对"元和体"进行描述时，涉及了"奇诡""苦涩""流荡""矫激""浅切""淫靡"多个角度，这些描述关涉到了诗文的主题、情感、特色、语言等多个方面，因此对"尚荡"的思考也不应该仅仅局限于内容或风格的某一隅，而应该做出综合性的评判和分析。

3. 在李肇的描述中，从天宝到元和，文坛风气从"党"到"怪"的变化显然是一个逐渐改变、有机联系的过程，李肇本人显然对这种变化的出现与演变均持否定的态度，因此了解李肇大体的评判标准是什么，"党""浮""怪"的内涵是什么均有助于对"荡"内涵的理解，也有助于最终把握贞元诗坛在中唐诗坛中所处的地位和价值。

需要说明的两点是：首先，李肇虽然在论述中提及了韩愈、樊宗师的文笔特点，并且两人在元和时代也确实是以文而不是诗称名于世，但从李肇论述的比例来说，诗歌还是占据了绝大部分。因此，无论是李肇自己的结论本身、还是中唐文学的发展实际以及以往学者们的研究习惯，从诗歌发展变化的角度来谈及那个时代的文学风尚都是可行的。因此，笔者在下文的论述中也主要是从贞元诗歌的角度来立论。其次，"尚荡"作为对贞元之风的评价，其内涵必然与笔者前文中对贞元诗坛的研究在内容上多有重合之处，有的方面在前辈学者那里也已经做了较为充分的说明，因此在下文进行论述时，笔者会针对具体情况做出有详有略的分析。

确定了这一问题的思考方向后，笔者结合自己对贞元诗歌的了解，参考前辈学者的观点，对"贞元之风尚荡"这一论断主要从内涵及评价两个方面进行分析和总结。

第一节 "贞元之风尚荡"的内涵

要想把握"贞元之风尚荡"的真正内涵，对"荡"字的解读就不可或缺。值得思考的是，在李肇之前的梁简文帝萧纲已经用"荡"来概括文章之道："立身之道，与文章异，立身先须谨重，文章且须放荡。"[1] 学界对其中的"放荡"一词多以"不主故常、不拘成法"[2] 或"不受束缚"[3] 来予以解释。《论语·阳货》篇中有云："好知不好学，其弊也荡。"孔安国解释"荡"云："无所适守也。"[4]《广雅》卷第四上《释诂》中亦云："荡、逸、放、恣……，置也"，王念孙在对其的疏证中云："荡、逸、放、恣，并同义。"[5] 可见"荡"确实有摆脱常态、放任肆意、不守规矩与束缚之意。如果将对"荡"的这种理解和贞元的诗歌风貌相结合的话就会发现，在贞元诗坛的诗歌内容、情感、手法、风格、语言等

---

[1] （东晋）简文帝：《诫当阳公大心书》，（清）严可均辑：《全梁文》卷一一，冯瑞生审订，商务印书馆1999年版，第113页。

[2] 赵昌平：《"文章且须放荡"辨》，《古代文学理论研究》（第九辑）1984年第4期，第92页。

[3] 王运熙、顾易生主编：《中国文学批评通史》（二），上海古籍出版社2011年版，第299页。

[4] 杨伯峻译注：《论语译注》，中华书局1980年版，第184—185页。

[5] （清）王念孙：《广雅疏证》，中华书局1983年版，第109页。

诸多方面确实呈现多样的、不拘一格的、不同常态的变化趋势，其具体状态也就构成了"贞元之风尚荡"的内涵所在。

不过，就像任何新事物的出现总要经过一番波折和打击一样，"荡"所代表的变化也为当时的正统文士所不满。这一点在时人的一些文章中也得到了证明：

> 盖文有余而质不足则流，才有余而雅不足则荡；流荡不返，使人有淫丽之心，此文之病也。——柳冕《与徐给事论文书》①
>
> 议曰：独孤及刚方直清，根于性术。其修身莅官，确然处中。立言遣辞，有古风格。辨论裁正，昭德塞违。濬波澜而去流荡，得菁华而芟枝叶。——权德舆《故朝散大夫使持节常州诸军事守常州刺史充本州团练守捉使赐紫金鱼袋独孤公谥议》②
>
> 然患后世之文，放荡于浮虚，舛驰于怪迂，其道遂隐。谓宜得明哲之师长，表正其根源，然后教化淳矣。——崔元翰《与常州独孤使君书》③

柳冕称"才有余而雅不足则荡"，可见"荡"的状态与"雅"的状态正相反，创作主体对"流荡""放荡"文风的摒弃与不满，其实正代表了他们对于"雅正"文学观的肯定。而事实证明，无论是独孤及还是柳冕，他们确实在文学思想上都具有复古的倾向，崔元翰作为独孤及的学生也很难不受老师的影响。张师安祖先生曾提到李肇在文学观念上具有"崇尚'格合前古'，反对近世新风"④的特点，结合时人对"荡"的理解来推断，这一结论是极为正确的。并且，以李肇把写《南柯太守传》的李公佐、长于诗歌的乐伎薛涛、善于写文章的家仆等人都视为"文妖"⑤的行为来说，他的文学观念是比较保守的，也代表了当时正统士大夫的思想倾

---

① 《全唐文》卷五二七，第 5357 页。
② 《权德舆诗文集》卷二九，第 450 页。
③ 《全唐文》卷五二三，第 5321 页。
④ 张安祖、杜萌若：《〈唐国史补〉"元和之风尚怪"说考论》，《文学遗产》2001 年第 3 期，第 138 页。
⑤ 《唐国史补》云："近代有造谤而著书，鸡眼、苗登二文。有传蚁穴而称李公佐南柯太守。有乐妓而工篇什者，成都薛涛。有家僮而善章句者，郭氏奴。（不记名）皆文之妖也。"《唐国史补》卷下"叙近代文妖"条，第 55 页。

向。在这一观念下,他对贞元文学中呈现的种种变化趋势持批判性的态度也就可以理解了。

那么,"贞元之风"在"尚荡"的面貌下究竟有着怎样的内涵呢?结合贞元时代的具体诗歌创作情况,笔者认为该论断主要有两重含义。一是就内容而言,除一定程度上对大历主要诗歌题材的延续外,针砭时政、关怀民瘼,愤世嫉俗、抒发不平,狂浪恣肆、绮靡悱恻之作逐渐增多。二是就风格而言,不同年龄阶段的创作主体在贞元中后期争奇斗艳,不避险、俗,为元和诗风的大变奠定了基础。上述变化趋势和天宝、大历诗歌在主题、风格上的趋同性和浮而不实形成了鲜明的对比,确实呈现多样的、不拘一格的、不同常态的风貌,因此也符合李肇对贞元文学"尚荡"特点的概括。以下具体论之。

一 针砭时政、关怀民瘼

儒家传统的诗教观强调诗歌表达的温柔敦厚和思想上"无邪"纯正的美感,即便要表达不满也要尽量做到哀而不伤、怨而不怒,一旦突破这种限制往往就被视为"变风""变雅"之作。如上文所言,贞元时代的士人们由于时代风气的变化和自身的切身经历使然,往往对国事的安危和民生的荣瘁展现出较大历诗人更多的关切。现实政治的种种不平和民众的深重苦难呈现在他们的面前时,他们往往利用诗歌的形式针砭时政,表达自己的不满之情和愤慨之意。这种不一样的表达往往也能在一定程度上成为诗人们求新求异的一种手段而引发时人的注目,进而使诗人获得更高的声名。由于这部分内容在前文的论述中已经作了充分的论述,兹不赘述。不过,值得强调的是,这种倾向性的出现为元和诗坛元、白诸人新乐府运动的形成奠定了心理的和实践的基础,但也为当时正统文士所不满:唐文宗时,大臣李珏所上的奏议中就将"讥讽时事"的作品也视为"轻薄之徒"所作"元和体"[1]中的重要组成部分予以批判。对于坚持正统的李肇来说,贞元时代的这类作品自然也包含在他所说的"尚荡"的范围当中。

---

[1] 《唐语林》卷二中云:"文宗好五言诗,品格与肃、代、宪宗同,而古调尤清峻。尝欲置诗学士七十二员……"李珏奏曰:"……臣闻宪宗为诗,格合前古,当时轻薄之徒,摘章绘句,聱牙崛奇,讥讽时事,尔后鼓扇名声,谓之'元和体',实非圣意好尚如此。"(宋)王谠:《唐语林校证》,周勋初校正,中华书局 1987 年版,第 149—150 页。

二　愤世嫉俗、抒发不平

贞元时代的士子们挤在科考之路的独木桥上，见惯了世间的炎凉和丑恶，这令他们很难再保持雅正平和的心态，取而代之的往往是愤世嫉俗的心理。而诗歌的特定价值也使他们可以肆无忌惮地借助这种方式来抒发自己的不平之气："诗之用在能感动人情及自言其情。……盖人在社会之中，真正言论自由之地颇少，且亦可谓绝无。故采取舆论，兹不能得真正之民意，惟诗歌等类，则言者无罪，故得以自陈其情，而闻之者，却可以隐喻其衷曲矣。"① 贞元诗歌这种主题、情感上的倾向性可以说是这一时期不得志的士子们共同的选择。因此，在他们的诗中不免经常诉说对世态炎凉的愤怒和内心的种种不平，而在这类情感表达中最典型的代表就是孟郊。

韩愈认为"物不得其平则鸣"，于人于物均是如此。他把孟郊称为"以其诗鸣"中的"善鸣者"，并且感慨说不知道上天会给他什么样的际遇让他来或者"鸣国家之盛"或者"穷恶其身，思愁其心肠"而"自鸣其不幸"②？事实证明，孟郊因为个人坎壈的遭遇而在大多数时候沉浸在对自我不平情感的抒发中成为"自鸣其不幸"的代表。这种郁积于心、激愤难平的情感在孟郊的诗中往往会不加节制地喷薄而出，这就让习惯了在情感表达中有所节制、讲究含蓄委婉的雅正派诗人们大感惊异、恐慌以至不满。到了元和时期，这种情感的表达和孟郊特有的，并且更加成熟的个性化风格与独特的语言形式相结合后形成了矫异偏激的风貌，其所达到的效果无疑更让人耳目一新而印象深刻，并难免被那些有着类似遭际的文人士子所效仿，也就最终形成了元和时代"学矫激于孟郊"的局面。

三　狂浪恣肆、绮靡悱恻

唐代繁荣的经济和开放的社会思想风气塑造了一代意气风发的士人形象。贞元时代的诗人们虽然很难有盛唐前辈在诗酒风流中笑傲风云、睥睨一切的豪迈与乐观，但唐人骨子里的那种开放、热情的品格依旧潜藏在他们的血液中。而且，到了贞元中后期，长安及江南的一些城市的经济也得

---

① 吕思勉：《吕思勉遗文集》（上），华东师范大学出版社1997年版，第700页。
② （唐）韩愈：《送孟东野序》，《韩昌黎文集校注》第四卷，第233—235页。

到了一定的恢复，日益繁荣，影响及于社会风气，日益形成"至于贞元末，风流恣绮靡"①的局面。"这时，与高、玄之间即初盛唐时那种冲破传统的反叛氛围和开拓者的高傲骨气大不一样，这些人数日多的书生进士带着他们所擅长的华美文词、聪敏机对，已日益沉浸在繁华都市的声色歌乐、舞文弄墨之中"②。如西蜀成都在张籍的笔下已经是"锦江近西烟水绿，新雨山头荔枝熟。万里桥边多酒家，游人爱向谁家宿"③。明代周珽解释该诗时说："首举其都会之丽，次举其物产之新，三举其情事之盛，无一非不可动人思、系人志者。末句谓恣人游宿，不妨意择，盖极述成都之盛也。"④描述一个城市的繁华，述其都会、物产本是题中应有之义，但这首诗中所展现的对于所谓"情事"的关注和兴趣，却代表了士人在贞元时代的新动向。并且，贞元时代的大多数文人往往选择科举之路，而"赴京应试，本是唐代士人最放荡不羁的时刻，来往五陵，经过赵李，呼酒买醉，联翩冶游……繁华帝都的热闹喧嚣迎合了他们躁动不安的情态，时刻给他们以新鲜的感官刺激"⑤。这种种"新鲜的感官刺激"表现于诗歌，就难免使这些诗中展现出为雅正之士们所不齿的狂浪恣肆、浮艳绮靡的诗情与诗风，而其中的典型代表则为元稹。这一点在前文及前辈学者的论述中均较少涉及，故详述之。

人到壮年的元稹在元和时期回忆他青少年时代的生活经历时往往以"狂"字概之，如：

予时最年少，专务酒中职。未解愧生狞，偏矜任狂直。……荒狂岁云久，名利心潜逼。——《寄吴士矩端公五十韵（此后并江陵士曹时作）》⑥

斗说狂为好，谁忧饮败名？——《答姨兄胡灵之见寄五十韵

---

① （唐）杜牧：《感怀诗一首（时沧州用兵）》，（唐）杜牧：《杜牧全集》，陈允吉校点，上海古籍出版社1997年版，第3页。
② 张碧波：《中国文学史论》，黑龙江教育出版社1993年版，第273页。
③ （唐）张籍：《成都曲》，《张籍集系年校注》卷六，第788页。
④ （明）周珽：《删补唐诗选脉笺释会通评林》卷五六，《张籍集系年校注》卷六引，第790页。
⑤ 蒋寅：《大历诗人研究》，北京大学出版社2007年版，第239页。
⑥ 《元稹集》卷六，第71—72页。

（并序）》①

　　殷勤夏口阮元瑜，二十年前旧饮徒。……些些风景闲犹在，事事颠狂老渐无。——《赠崔元儒》②

　　三千里外巴南恨，二十年前城里狂。——《赠吴渠州从姨兄士则》③

无拘无束的青春年华往往是人一生中最值得留恋的时光，元稹亦不免如此。虽然中年的作者对自己当年"狂"的描述中不免带有稍许自省的成分，但在这些诗句中流露更多的还是诗人对往日呼朋引伴、放荡不羁生活的怀恋。其实以"狂"来描述自己年轻时期的生活状态不只是在作者的中年以后，即便是在贞元时代作者正当青春年少之际，作者已自觉有狂心，有狂态，这可以从他贞元时所作的两首诗中见其端倪：

　　静习狂心尽，幽居道气添。……狂歌终此曲，情尽口长箝。——《开元观闲居酬吴士矩侍御三十韵（中有问行藏求药物之意，十八时作）》④

　　世上如今重检身，吾徒耽酒作狂人。西曹旧事多持法，慎莫吐他丞相茵。——《送复梦赴韦令幕》⑤

那么元稹所反复描述的"狂"态究竟为何呢？诗人在元和五年所作的《寄吴士矩端公五十韵（此后并江陵士曹时作）》中有较为详细的描述：

　　西州戎马地，贤豪事雄特。百万时可赢，十千良易惜。寒食桐阴下，春风柳林侧。藉草送远游，列筵酬博塞。萋萋云幕翠，灿烂红茵䄄。脍缕轻似丝，香醅腻如织。将军频下城，佳人尽倾国。媚语娇不

---

① 《元稹集》卷一一，第141页。
② 《元稹集》卷一九，第248页。
③ 同上书，第255页。
④ 《元稹集》卷一〇，第129—130页。
⑤ 《元稹集》卷一六，第216页。

闻，纤腰软无力。歌辞妙宛转，舞态能剜刻。筝弦玉指调，粉汗红绡拭。予时最年少，专务酒中职。未解愧生狞，偏矜任狂直。曲庇桃根盏，横讲揹云式。乱布斗分朋，惟新间逸慝。耻作最先吐，羞言未朝食。醉眼渐纷纷，酒声频食亥食亥。扣节参差乱，飞觥往来织。强起相维持，翻成两匍匐。边霜飒然降，战马鸣不息。但喜秋光丽，谁忧塞云黑？常随猎骑走，多在豪家匿。夜饮天既明，朝歌日还昃。荒狂岁云久，名利心潜逼。……①

诗中的"西州"是为凤翔，地近长安，该地在汉武帝太初元年曾以"右扶风"为名，取其"所以扶助京师行风化也，与京兆尹、左冯翊谓之三辅"②，地缘的因素注定了凤翔在政治文化层面的重要意义。贞元二年，八岁的元稹在父亲去世之后，跟随母亲奔赴其舅族所在的凤翔府，"舅怜，不以礼数检，故得与姨兄胡灵之之辈十数人为昼夜游，日月跳掷"③。据元稹上文的描述，显见当地甚为流行那种类似"狂欢化"的社会风气，博塞之戏、佳肴醇酒、歌舞美人，无一不让人沉醉其中。凤翔的社会风气自然会影响到少人约束的少年元稹，何况还有诸多同龄人的陪伴。少年们狂放不羁、恣意妄为之态在上文细致的描绘中如见其景。诗人和朋友们就这样朝朝暮暮沉浸在肆意游乐的生活中，边塞的战火甚至也无法影响到他们游乐嬉戏的兴趣。

显然，对于这种生活，作者很是津津乐道。在贞元之后所作的《追昔游》《台中鞫狱忆开元观旧事呈损之兼赠周兄四十韵》《元和五年予官不了罚俸西归三月六日至陕府与吴十一兄端公崔二十二院长思怆曩游因投五十韵》中均反复叙及相关之事。而且，从其叙述中可以知道，这种生活状态绝非元稹一人所独享，它乃当时社会生活的一种真实写照。如张籍曾劝诫韩愈"绝博塞之好"④，《唐国史补》中亦曾记载："贞元中，董叔儒进博一局并经一卷，颇有新意，不行于时"⑤，再联系同书中"王公大人，颇或耽玩，至有废庆吊、辍饮食者。……有通宵而战者，有破产而输

---

① 《元稹集》卷六，第71—72页。
② （唐）李吉甫：《元和郡县图志》，贺次君点校，中华书局1983年版，第40页。
③ （唐）元稹：《答姨兄胡灵之见寄五十韵》诗序，《元稹集》卷一一，第141页。
④ （唐）张籍：《与韩愈书》，《张籍集系年校注》卷一〇，第994页。
⑤ 《唐国史补》卷下"董叔儒博经"条，第61页。

者……"①"长安风俗，贞元侈于游宴"② 以及韩愈在贞元十八年所作的《与祠部陆员外书》中提及的"方今在朝廷者，多以游宴娱乐为事"③ 等描述均可证其实。对这种生活状态的描绘难免频繁地出现在当时人的诗文中，除了上文所举之例外，另如韩愈在贞元末年曾作《刘生》诗，其中提到自己的门生刘师命"弃家如遗来远游，东走梁宋暨扬州。遂凌大江极东陲，洪涛春天禹穴幽。越女一笑三年留，南逾横岭入炎州。……问胡不归良有由，美酒倾水炙肥牛。妖歌慢舞烂不收，倒心回肠为青眸"，从诗句的描绘中，可以想见刘生行事豪放、负才浪游、放荡不羁的行为方式。韩愈对此似乎也认为不妥，故在文末劝诫他当努力仕进，有所作为："车轻御良马力优，咄哉识路行勿休，往取将相酬恩仇。"④ 李肇所描述的"尚荡"之风中当包括此类诗歌内容。

不过，元稹在对自己青少年时代狂放生活的描述中没有提及的是他年少的情事。在其贞元时期的作品中，如《压墙花》《古决绝词三首》《会真诗三十韵》《莺莺诗》《赠双文》《古艳诗二首》等内容，分明让我们感受到了一位少年才子的倜傥风流。虽然这件情事按照《莺莺传》的记载来说，最终因为男方在所谓"善补过"⑤ 的借口下所做的始乱终弃的选择而不免以悲剧结尾⑥，但在这一过程中，作者对男女之间情感的细腻描绘因为真实经历的融入而显得生动细腻，缠绵悱恻，并且成为元稹一生中挥之不去的回忆。如在其后期所作的《梦游春七十韵》《梦昔时》《春晓》诸诗中多有表现。

事实上，这种略带"桃色"的浪漫情感在贞元时代士子们的笔下随处可见。如和元稹十分投缘的白居易也曾经在贞元之时有一段诗酒"风流"的遭际。这件事在其元和时所作的诗中有所记载——《微之到通州日，授馆未安，见尘壁间有数行字，读之，即仆旧诗。其落句云："绿水红莲一朵开，千花百草无颜色。"不知题者何人也。微之吟叹不足，因缀

---

① 《唐国史补》卷下"叙博长行戏"条，第61页。
② 《唐国史补》卷下"叙风俗所侈"条，第60页。
③ 《韩昌黎文集校注》第三卷，第201页。
④ （唐）韩愈：《刘生诗》，《韩昌黎诗系年集释》卷二，第222—223页。
⑤ （唐）元稹：《莺莺传》，《元稹集》外集补遗卷六，第785页。
⑥ 《莺莺传》中所描写的张生是否就是元稹，学界尚有争议，但可以明确的是，无论元稹和张生之间是否能画上等号，但元稹在对张生和莺莺情事的描绘中确实融入了自己的经历是无可争议的，再结合元稹本人的诗歌来看，其当年的恋情最终无疾而终也是可以肯定的。

一章兼录仆诗本同寄。省其诗乃十五年前初及第时赠长安妓人阿软绝句。缅怀往事，杳若梦中，怀旧感今，因酬长句》（注：标点乃笔者所加）。超过百字的诗题中简单提及了当年的这件情事，他还在诗中具体写道："十五年前似梦游，曾将诗句结风流。偶助笑歌嘲阿软，可知传诵到通州？"① 查检白居易的诗集，并未见到他有赠阿软的绝句，但从诗题中可知其在诗中以红莲为喻，称扬阿软的美丽，以至于"千花百草无颜色"（《长恨歌》中的"六宫粉黛无颜色"许是从这而来？）。而且在距离长安遥远的通州能见到此诗，亦可见此种题目在当时流传之广。

另外如宋济、王建在贞元时期也均有该类诗歌：

> 花暖江城斜日阴，莺啼绣户晓云深。春风不道珠帘隔，传得歌声与客心。——宋济《东邻美人歌》②

> 远客无主人，夜投邯郸市。飞蛾绕残烛，半夜人醉起。垆边酒家女，遗我缃绮被。合成双凤花，宛转不相离。纵令颜色改，勿遣合欢异。一念始为难，万金谁足贵。门前长安道，去者如流水。晨风群鸟翔，徘徊别离此。——王建《邯郸主人》③

宋济之诗写一位客宿他乡的男子无意中听到了风中传来的女子的歌声而深受感动。会不会因此而上演了一段浪漫的爱情呢，读者不得而知。但该诗既然以"东邻美人歌"为题，则显见在歌声之后故事情节定然有所发展。王建之诗是作者在"建中四年赴邢州路经邯郸时所作"④，叙述了自己在邯郸偶然投宿时，遇到了一位对自己一见钟情的酒家女，面对女子的绵绵情义，诗人自觉充满了幸运和感激，但自己终将离去，所以内心充满了矛盾之情。

这类作品的产生除了社会风气影响的因素之外，和传奇小说的发展也有关系。最显著的例子自然是元稹的《莺莺传》，在小说中，作者明确记载自己和朋友杨巨源、李绅在听闻张生和莺莺的情事后分别创作了《会

---

① 《白居易诗集校注》卷一五，第1203页。
② 《全唐诗》卷四七二，第5354页。
③ 《王建诗集校注》卷三，第113—114页。
④ 王宗堂：《王建诗集校注》，中州古籍出版社2006年版，第126页。

真诗三十韵》《崔娘》《莺莺歌》①。元稹本人另有受白行简所写《李娃传》的影响而作《李娃行》诗,惜其只有个别散句流传于世。②

唐代虽不至于谈"色"而变,但在中唐以前被视为正统文学的诗歌题材中确实较为少见。南朝的言情诗一直以"宫体"为名,在初唐时便受到了猛烈的抨击,因此,在贞元时期所出现的这类创作题材自然为那些正统文人所难以接受(虽然这类作品和齐梁"宫体诗"已经不可同日而语)。但以元稹为代表的青年士子们显然对此较有兴趣。尤其是元稹,对这种题材的偏爱在元和时代愈演愈烈。在他元和十年所作的《叙诗寄乐天书》中明确提及自己已做百余首艳诗:"又有以干教化者,近世妇人晕淡眉目,绾约头鬟,衣服修广之度,及匹配色泽,尤剧怪艳,因为艳诗百余首。"③ 这些诗歌显然受到了当时民众、士子们的喜爱,风气所及,在元和时代便形成了"学淫靡于元稹"的风气了。

四 争奇斗艳,不避险、俗

上一章中已经提及,相比天宝和大历时期,贞元时代的诗歌风格更趋多样化,这本是诗人们在诗歌创作中个性化意识日益浓厚乃至争奇斗艳、极力求新的表现和结果。而在诸种风格中,显然又以险、俗之风最为引人注目,或者说在突破传统的道路上最为深入。

贞元时期,孟郊在奇崛、险怪的道路上已经有所开拓,这一点在上一章中已经有所论述,兹不赘述。韩愈受其影响以及个人在审美兴趣上的偏爱,在贞元时期的诗歌中也逐渐表现出对怪异之美的青睐。他们的这种追求险怪之美的风气在元和时代的创作中更加频繁和成熟。而且,就韩愈来说,元和时代的他不仅在诗歌上追求雄奇怪异之美而且将这种思想也运用到了文的创作中去。作为韩门的领袖,他的创作倾向无疑会对他身边的诸多韩门弟子们产生很大的影响,风气所及,在元和时期自然就形成"为文笔则学奇诡于韩愈,学苦涩于樊宗师"的局面。

钱穆先生在论及中国文学的演进趋势时曾总结这样的一条规律:"雅

---

① 这些诗歌的具体内容可参看《莺莺传》的相关内容。《元稹集》外集补遗卷六,第784—785页。
② 《李娃行》散句内容可参见《元稹集》外集续补卷一,第811页。
③ 《元稹集》卷三〇,第407页。

化不足以寄情,乃转而随俗。向上不足以致远,乃变而附下"①,可见对"俗"的重视和实践本也是对雅正文学的一种反叛。而"俗"文学的一个重要来源渠道就是民间。在贞元时代,向俗之风源远流长,在从大历进入贞元的作家顾况的作品中其实就已经有所体现,而在这一方面继续进行开拓努力的当为张籍和王建。他们漫游南北的经历都发生在贞元时期,这一生活经历让他们既对民间的生活有了直观的了解,也在创作中难免受到地方民歌的影响。他们在自己的乐府、歌行类作品中用俗言写俗事,以自己的创作为中唐诗歌的通俗化、写实化开辟了广阔的道路,对元、白的乐府诗创作产生了很大的影响。②

不过,他们这类作品也有一个明显的不足,即在叙事、抒情的过程中过于追求内容的详尽而使诗歌缺少韵味,这种倾向在张、王的诗中已经出现,到了元、白的笔下就更加明显。这种倾向与前代的同类诗歌相比,其变化是显而易见的,而对于这种倾向,正统的文人显然并不认可,宋代魏泰的评论可能有助于我们对这种观念的理解:

> 诗者述事以寄情,事贵详,情贵隐,及乎感会于心,则情见于词,此所以入人深也。如将盛气直述,更无余味,则感人也浅,乌能使其不知手舞足蹈;又况厚人伦,美教化,动天地,感鬼神乎? …… 魏晋南北朝乐府,虽未极淳,而亦能隐约意思,有足吟味之者。唐人亦多为乐府,若张籍、王建、元稹、白居易以此得名。其述情叙怨,委曲周详,言尽意尽,更无余味。及其末也,或是诙谐,便使人发笑,此曾不足以宣讽。③

在魏泰看来,真正能够打动人心的作品不仅要有充实的内容和情感,更重要的是在情感表达的方式上要"贵隐",也就是要通过含蓄蕴藉的方式令读者自己有所触动和感悟,只有这样才能达到深入读者内心、触动读者灵魂的境界。反之,如果将内容一览无余、事无巨细地直接交代给读者,那

---

① 钱穆:《中国文学论丛》,生活·读书·新知三联书店 2002 年版,第 20 页。
② 对于张籍、王建在诗歌通俗化方面的功绩和具体的创作情况,罗宗强先生在《隋唐五代文学思想史》中有详细的论述,读者可以参看。罗宗强:《隋唐五代文学思想史》,中华书局 2003 年版,第 171—175 页。
③ (宋)魏泰:《临汉隐居诗话》,《张籍集系年校注》附录四引,第 1162 页。

么对读者的感发力度显然要大打折扣，诗歌的教化之用自然也无法达到最好的效果。结合柳冕所说的"文有余而质不足则流，才有余而雅不足则荡"①的界定，对于李肇所提及的"歌行则学流荡于张籍"中的"流荡"一词是否可以这样来理解呢：诗人在诗歌的表达中过分追求详尽、直露和通俗，难免会给人以逞才使气、过于注重词采形式的感觉，岂不知，这种表达方式本身就是对内容传达的一种损害而最终造成诗歌雅、质不足的缺陷。就像魏泰所描述的"及其末也，或是诙谐，便使人发笑，此曾不足以宣讽"，也许，李肇正是在元和时代看到了这一现象而对张籍的这类诗歌创作提出了批评。

另外，张、王二人在贞元时期虽然都创作了大量的乐府、歌行类作品，但张籍的创作成就及影响在当时似乎更大一些，也就是时人赵璘所说的："元和以来……张司业籍善歌行，李贺能为新乐府，当时言歌篇者，宗此二人。"② 可能也正因如此，当他们的这类诗风在元和时代继续发展并产生影响时，李肇说"歌行学流荡于张籍"而不及王建了。

第二节 对"贞元之风尚荡"的评价

通过上文的具体论述，我们似乎可以对"贞元之风尚荡"的观点形成一些新的认识。

第一，"贞元之风尚荡"是李肇对盛唐开元之后诗文风貌变化所作的描述中不可或缺的一环，这样的描述本身就证明了贞元诗坛在中唐文学史乃至整个唐代文学史中的重要地位。

第二，诗歌从天宝"尚党"到元和"尚怪"的这一变化过程是一个有机联系的整体，"贞元之风尚荡"作为这一变化过程的后半部分，其"变"的成分要大于"承"的成分，对于元和文学的繁荣甚至唐代后期诗歌的发展都有着不可忽视的铺垫作用。如上文提及的贞元诗歌中对于爱情内容的描绘如果放到诗歌史的角度来考察的话更能发现其价值。在文人诗歌的创作中，爱情题材一直比较少见，在初盛唐的诗歌中亦是如此。前代齐梁的宫体诗虽然也描写女性和情爱的内容，但如果将其与贞元时代的作

---

① （唐）柳冕：《与徐给事论文书》，《全唐文》卷五二七，第5357页。
② （唐）赵璘：《因话录》卷三，古典文学出版社1957年版，第82页。

品相比的话就会发现后者显然融入了创作主体的真情实感,抒写比较真挚。在贞元时期的爱情诗中,女子是被作为交往的对象而不是欣赏玩弄的物体来描写的。这一创作倾向显然为晚唐爱情题材创作的勃兴奠定了基础。

第三,从上文所分析的"尚荡"的内涵来说,更多是表现出了创作主体们求新求变的努力,这也代表了当时的一种社会风气和士群心态。如陈允吉先生所言:"此际衣冠之怀抱,每压抑而致失衡;文字之叩求,辄矫揉以催递变,自遭倾圮,垂五十年,纷众作家,迟回纸墨,靡不权宜以定势,徇习以推移。原李肇《国史补》云:'大抵天宝之风尚党,大历之风尚浮,贞元之风尚荡,元和之风尚怪也。'是言非啻揭橥当世诗文情貌之演迁,亦粗叙社群心态轮替之要端也欤!"① 这种心态无疑为文学的振兴发展提供了内在的动力和源泉。

第四,"荡"既然如前文所说代表了一种变化及求变求新的努力,那么在这一过程中难免会有这样或那样的不足,李肇从自身崇古尚雅的文学观念出发,对贞元之风以"荡"视之而持批评的态度,其实也代表了正统文人对于文学出现新变时的一种常态。但如果将这种变化置于文学发展史的角度来说,就会发现创作主体种种大胆的尝试自有其不得已的原因,正如叶燮所说:"愈尝自谓'陈言之务去',想其时陈言之为祸,必有出于目不忍见、耳不忍闻者。使天下人之心思智慧,日腐烂埋没于陈言中,排之者比于救焚拯溺,可不力乎。"② 韩愈所倡导的"陈言之务去"见于他作于贞元十七年的《答李翊书》,其中虽然谈的是为文之道当力避陈词滥调,但于诗歌何尝不是如此。尤其在这之前的几十年里,典雅工丽的王孟诗风在大历诗人的笔下发展得更为精致,诗坛也充斥弥漫着这些圆熟庸滑的词调,在这种情况下,诗人们如"救焚拯溺,可不力乎"?如皎然在《复古通变体》中所云:"夫变若造微,不忌太过,苟不失正,亦何咎哉"③,在诗风改革的道路上走得快一些、步子迈得大一些,因而出现一些问题自然也在情理之中。

---

① 卢宁:《韩柳文学综论》,学苑出版社2006年版,序言第1页。
② (清)叶燮等:《原诗·一瓢诗话·说诗晬语》,霍松林等校注,人民文学出版社1979年版,第9页。
③ (唐)皎然:《诗式校注》卷五,李壮鹰校注,人民文学出版社2003年版,第330页。

结　　语

　　通过以上诸篇的分析，笔者基本上对绪论中所提出的问题予以了解答。其基本观点大致如下：

　　第一，就经济而言，德宗朝逐渐恢复的经济不仅为生活在其中的诗人们提供了物质生活的保障，同时这一时期所实施的两税法、宫市等制度的弊端也日益显露，为贞元诗人们对现实生活的体认和思考带来了契机。就政治环境而言，泾原兵变带来的是德宗皇帝姑息保守的对藩政策，但该政策的实施客观上取得了休养生息的效果，既为宪宗朝的中兴奠定了基础，又使生活在其中的士子们感受到了困顿中的希望，激发起了他们报国有为的情怀。他们或者入幕或者走上科举之路，并把不同过程中的心路历程诉诸诗歌。就文化环境而言，统治阶层的提倡与践行、学术思想上的新风、文化娱乐生活的发达以及文人之间的频繁交往等因素都对该时期的诗歌发展产生了很大的影响。贞元诗坛不同的创作主体们正是生活在上述特定的历史环境中，感受着其中不同的因素，并自觉不自觉地受这些因素的影响，以无尽的才华抒发出自我在特定时代中的独特篇章。

　　第二，就贞元诗坛的三大创作群体而言，不同群体之间确有不同的创作特质，具体如下。

　　就从大历进入贞元的江南诗人群而言，作为代表人物的韦应物、顾况、江南诗僧们在德宗朝的创作各具特色。在江南的仕宦生活中，韦应物最终选择了"吏隐"的生活方式解决了困扰他大半生的仕与隐的矛盾，而这一方式的获得和江南奇丽的风光密不可分。正因如此，山水景物的描写也成为他贞元时期诗歌创作的重要方面。因此从某种程度上而言，后人眼中韦应物山水诗人、隐逸诗人的身份及其典型的清雅闲淡的诗风实际上更多是通过他在建中、贞元时期的创作才得以实现的。另外，韦应物诗中一以贯之地对社会现实的关注和思考以及顾况、皎然、灵澈等人对于诗歌创作中好奇逐异观念的重视和实践既是对"气骨顿衰"的大历诗坛的一种反拨，同时也为贞元诗坛的进一步发展提供了新的路径。

李益和卢纶亦是从大历进入贞元诗人群中的重要代表。在这一时期，两人分别创作了颇具特色的边塞诗。得出这样的结论是建立在文章对二人生平细致梳理的基础上的。尤其是李益，本书借助新出土的《李益墓志铭》的记载，通过系统的考证，认为他最具有代表性的边塞诗歌几乎全部创作于德宗时代，因而提出其并非传统上所认为的是大历诗人的观点。以此为契机，笔者又对德宗朝的边塞诗歌进行了系统的考察，在与初盛唐边塞诗进行比较的基础上总结了德宗朝边塞诗的特点所在：在内容上，他们关注的焦点更加宽广，感情更加复杂，对于家国之恨、遗民心态、收复失地的诉说与渴望成为这一时期边塞诗歌的新特质；在诗歌风格上，由浪漫转向写实，曾经雄阔昂扬的风貌逐渐被衰飒凄清、沉郁苍凉的格调所取代。

作为创作期主要在贞元时期的台阁诗人群和孟郊、欧阳詹，他们的创作和自我的特定身份与特定经历都有着密切的关系。德宗对诗歌创作有着极大的热情，他把诗歌当作教化的工具，对于诗歌的好坏有着自己的判断原则和标准。皇帝的好尚必然会影响到应制类诗歌的创作情况，题材上的雷同感和表达上的模式化不仅成为贞元时代该类诗歌的特点也成为其在创作中不可避免的缺点。相比而言，以权德舆和武元衡为代表的德宗朝台臣们对于应酬生活及私人化情感的记录反倒出现了一些个性化的内容，如对于台阁生活中的细节、小事的描写，对于诗歌娱乐消遣功能的重视和实践等等，这也成为贞元时期这类诗歌的新风貌并对当时及之后的文坛产生了深远的影响。孟郊、欧阳詹二人在贞元时代均曾经历了多年科场偃蹇和仕途不遇的生活，这种生活既是对他们的折磨也是对他们诗歌创作的玉成。在他们的诗中或写社会百态，或叹个人不遇，或叙人情世故，这些作品因为蕴含了诗人的至情至性，所以颇具感人的力量，其中所流露的现实主义精神以及独到的诗歌风格成为元和文学发展的先导。

以韩愈、张籍、王建、元稹、白居易、刘禹锡为代表的青年士子群是贞元诗坛的第三大创作群体。从他们的生平和创作实际来说，贞元时代对于这些人确实有着极为重要的价值和意义。特定的年龄阶段和科场之中求新求名的功利性要求使他们在贞元时期的诗歌创作呈现新变的特色。他们在诗歌思想上推崇古、道，重视对个人情志的抒写和诗歌的娱戏功能，在诗歌题材上或者描写社会现实，或者写个人的身世之感。这样的思想和实践让他们的诗歌不仅成为贞元诗坛中独特的风景，同时也为他们在元和诗坛的进一步创新奠定了基础。

第三，在对贞元诗坛三大创作群体进行系统研究的基础上，笔者发现其中确实存在一些变化的轨迹，具体而言包括：在诗歌题材上，对现实的关注更加深入、普遍；在诗体形式上，古体诗的比重逐渐加大；在诗歌风格上，日益呈现出多样化的趋势，展现出渐变的态势。结合元和诗坛研究的现状来看，贞元诗坛中所出现的这些变化确实在元和时期得到了进一步的发展和壮大，并最终成就了元和诗坛作为唐诗第二个高峰期的历史地位。这也就无可辩驳地证明了贞元诗坛作为元和诗坛发展的基础以及作为开天和元和两大诗歌高峰过渡的历史地位和历史价值。

第四，笔者在前人研究"贞元之风尚荡"相关问题的基础上，从李肇论说的语境和时人对"荡"一词的使用与理解出发，认为李肇所说之"风"是以文笔、歌行、诗章为代表的诗文风貌而非时代风貌，它包含诗文的主题、情感、风格、语言等多个方面。李肇所说之"荡"有摆脱常态、放任肆意、不守规矩与束缚之意。从其具体内涵而言，主要是指当时的诗歌在内容上针砭时政、关怀民瘼，愤世嫉俗、抒发不平，狂浪恣肆、绮靡悱恻之作逐渐增多，在风格上则争奇斗艳，不避险、俗。"荡"所代表的变化虽然为当时的正统文士所不满，虽然它自身也确实存在这样或那样的不足，但它毕竟昭示了诗歌新的发展道路和发展方向，很值得重视和肯定。

总之，随着贞元时代经济、政治的复苏与稳定，生活在其中的诗人们逐渐从大历时期的惊恐与不安中清醒过来，他们不再像大历诗人那样逃避社会，沉浸在个人的世界中，而是勇于面对社会的种种现实和困难，为实现社会的统一和中兴而积极有所作为。作为整个社会发展的交替时期，这样的一种精神不仅促进了当时学术思想的活跃，而且这样的努力也最终让整个社会、整个文坛在"停滞不前的表象下蕴育着变革的先机"[①]。

就贞元诗坛的历史价值而言，笔者认为主要体现在以下两个方面。

第一，就历时性的价值而言，贞元诗坛不仅是元和诗坛繁荣昌盛的基

[①] 《顾况诗集》前言，第2页。

础，同时亦为诗歌在晚唐乃至宋代的进一步发展提供了一些新变的路径。胡应麟曾说："诗至开元而海内称盛，盛而乱，乱而复，至元和又盛。前有青莲、少陵，后有昌黎、香山，皆为其时鸣盛者也。"① 从唐诗整个发展的脉络来看，开元诗坛和元和诗坛是毋庸置疑的两个诗歌发展的高峰期，但两者的风貌又是截然不同的，大历、贞元诗坛身处两者之间，必然会表现出一种渐变的、过渡性的质素。而且由于贞元诗坛身处过渡期的后期，其"变"的性质因此也就更加显著。如果将这一过程用波浪线来描绘的话，那贞元诗坛无疑是处在由两大波峰的波谷部分向第二个波峰上行的位置，而且越到后期，这种新变的因素就越加显著。这一特定的位置使贞元诗坛不仅成为中唐诗歌发展链条中不可或缺的一环，而且，直接为元和诗坛的繁荣发展奠定了基础。另外，贞元、元和时代，诗歌创作突破了自《诗经》《楚辞》以来的传统的审美规范，呈现出求新求变、多彩纷呈的局面，其中的一些因素甚至直接影响了晚唐五代乃至宋诗的走向。作为变化的开始阶段，贞元诗坛自有其不容忽略的存在价值。

　　第二，就共时性的价值而言，笔者认为贞元诗坛也有一些自身的独到之处。除了李肇所作的"贞元之风尚荡"的评价可以证明这一点外，另如就边塞诗的创作而言，大量的创作和独特的风貌让这一时期的边塞诗成为唐朝边塞诗最后的繁荣，这是之后的唐代诗坛当然也包括元和诗坛也无法媲美的一个成就。就应制诗的创作而言，德宗身体力行式的倡导和创作也使贞元诗坛的应制诗创作独具特色。就文人流派的发展史而言，陈才智曾说"大历时期按身份划分的较为松散的诗人群体，在元和时代，因为科举、仕宦、幕僚、师生、友朋、婚姻等因素，而使诗人之间彼此的关系得以进一步的加强，这种由种种人际关系绾结起来的交游网络，是诗歌由集团化向流派化转变的重要催化剂"②。实际上，在上述关系中作为基础的科举因素主要发生在贞元时代，而且，作为元和时期重要流派之一的韩孟诗派本就在贞元时代已经形成和成熟，因此，可以明确贞元时代亦是文人流派构成史中重要的一环。胡云翼先生曾说："所谓时代文学，形成条件不外下列三项。第一，在体裁上，必须有新的形式；第二，在风格上，

---

① （明）胡震亨：《唐音癸签》卷一七，上海古籍出版社1981年版，第286页。
② 陈才智：《元白诗派研究》，社会科学文献出版社2007年版，第191页。

必须有新的格调;第三,在描写上,必须有新的内容。"① 通过以上内容的梳理,笔者认为贞元诗坛大体符合胡先生对"时代文学"含义的界定,可以自成一个独立的诗坛存在。

---

① 胡云翼:《胡云翼说诗》,华东师范大学出版社2004年版,第40页。

参考文献

一 古籍

（北齐）魏收：《魏书》，中华书局1974年版。

（东汉）班固：《汉书》，中华书局1962年版。

（明）高棅编选：《唐诗品汇》，上海古籍出版社1988年版。

（明）胡应麟：《诗薮》，中华书局1962年版。

（明）胡震亨：《唐音癸签》，上海古籍出版社1981年版。

（明）谢榛：《四溟诗话》，中华书局1985年版。

（明）许学夷：《诗源辩体》，杜维沫校点，人民文学出版社1998年版。

（明）张以宁：《明诗话全编》，吴文治编，江苏古籍出版社1997年版。

（南朝梁）刘勰：《文心雕龙注》，范文澜注，人民文学出版社1978年版。

（南朝梁）萧子显：《南齐书》，中华书局1972年版。

（清）陈沆：《诗比兴笺》，中华书局1959年版。

（清）仇兆鳌：《杜诗详注》，中华书局1979年版。

（清）董诰：《全唐文》，中华书局1983年版。

（清）方东树：《昭昧詹言》，汪绍楹校点，人民文学出版社2006年版。

（清）何文焕：《历代诗话》，中华书局1981年版。

（清）洪亮吉：《北江诗话》，陈迩冬校点，人民文学出版社1983年版。

（清）李慈铭：《越缦堂读书记》，上海书店出版社2000年版。

（清）刘熙载：《艺概》，上海古籍出版社1978年版。

（清）毛先舒：《清诗话续编》，郭绍虞编选，富寿荪校点，上海古籍出版社1983年版。

（清）彭定球：《全唐诗》，中华书局1960年版。

（清）乔亿：《大历诗略笺释辑评》，雷恩海笺注，天津古籍出版社2008年版。

（清）王夫之：《读通鉴论》，中华书局1975年版。
（清）王夫之：《清诗话》，丁福保辑，上海古籍出版社1978年版。
（清）王夫之：《唐诗评选》，王学太校点，文化艺术出版社1997年版。
（清）王琦：《李太白全集》，中华书局2011年版。
（清）王士禛：《带经堂诗话》，戴鸿森校点，人民文学出版社1963年版。
（清）徐松：《登科记考》，赵守俨点校，中华书局1984年版。
（清）叶燮、薛雪、沈德潜：《原诗·一瓢诗话·说诗晬语》，霍松林、杜维沫校注，人民文学出版社1979年版。
（清）赵翼：《廿二史札记》，中华书局1984年版。
（清）赵翼：《瓯北诗话》，霍松林、胡主佑校点，人民文学出版社1963年版。
（宋）葛立方：《韵语阳秋》，上海古籍出版社1984年版。
（宋）黄彻：《䂬溪诗话》，汤新祥校注，人民文学出版社1998年版。
（宋）计有功：《唐诗纪事》，上海古籍出版社1965年版。
（宋）李昉：《太平广记》，中华书局1961年版。
（宋）刘克庄：《后村诗话》，王秀梅点校，中华书局1983年版。
（宋）欧阳修、宋祁：《新唐书》，中华书局1975年版。
（宋）司马光：《资治通鉴》，中华书局1956年版。
（宋）孙光宪：《宋诗话全编》，吴文治编，江苏古籍出版社1998年版。
（宋）王谠：《唐语林校证》，周勋初校正，中华书局1987年版。
（宋）王溥：《唐会要》，上海古籍出版社2006年版。
（宋）严羽：《沧浪诗话校释》，郭绍虞校释，人民文学出版社1983年版。
（宋）周密：《武林旧事（插图本）》，李小龙、赵锐评注，中华书局2007年版。
（唐）白居易：《白居易集笺校》，朱金城笺注，上海古籍出版社1988年版。
（唐）岑参：《岑参集校注》，陈铁民、侯忠义校注，上海古籍出版社2004年版。
（唐）陈子昂：《陈子昂集》，徐鹏校，中华书局1960年版。
（唐）杜佑：《通典》，中华书局1984年版。
（唐）封演：《封氏闻见记校注》，赵贞信校注，中华书局2005年版。
（唐）顾况：《顾况诗集》，赵昌平注，江西人民出版社1983年版。

（唐）韩愈：《韩昌黎诗系年集释》，钱仲联集释，上海古籍出版社1994年版。

（唐）韩愈：《韩昌黎文集校注》，马其昶校注、马茂元整理，上海古籍出版社1986年版。

（唐）皎然：《诗式校注》，李壮鹰校注，人民文学出版社2003年版。

（唐）李吉甫：《元和郡县图志》，贺次君点校，中华书局1983年版。

（唐）李善注：《文选》，上海古籍出版社1986年版。

（唐）李延寿：《南史》，中华书局1975年版。

（唐）李益：《李益诗注》，范之麟注，上海古籍出版社1984年版。

（唐）李肇、赵璘：《唐国史补 因话录》，古典文学出版社1957年版。

（唐）令狐楚、殷璠等选编：《唐人选唐诗》，昆仑出版社2007年版。

（唐）刘禹锡：《刘禹锡全集编年校注》，陶敏、陶红雨校注，岳麓书社2003年版。

（唐）柳宗元：《柳宗元全集》，上海古籍出版社1997年版。

（唐）陆贽：《陆贽集》，王素点校，中华书局2006年版。

（唐）孟郊：《孟郊诗集校注》，华忱之、喻学才校注，人民文学出版社1995年版。

（唐）权德舆：《权德舆诗文集》，郭广伟校点，上海古籍出版社2008年版。

（唐）戎昱著：《戎昱诗注》，臧维熙注，上海古籍出版社1982年版。

（唐）王建：《王建诗集校注》，尹占华校注，巴蜀书社2006年版。

（唐）韦应物：《韦应物集校注》，陶敏、王友胜校注，上海古籍出版社1998年版。

（唐）元稹：《元稹集》（修订本），冀勤点校，中华书局2010年版。

（唐）张籍：《张籍集系年校注》，徐礼节、余恕诚校注，中华书局2011年版。

（五代）刘昫等：《旧唐书》，中华书局1975年版。

（五代）王定保：《唐摭言》，姜汉椿校注，上海社会科学院出版社2002年版。

（西汉）司马迁：《史记》，中华书局2011年版。

杨伯峻：《论语译注》，中华书局1980年版。

杨伯峻：《孟子译注》，中华书局1960年版。

（元）马端临：《文献通考》，中华书局1986年版。

（元）辛文房：《唐才子传校笺》（一），傅璇琮主编，中华书局1987年版。

（元）辛文房：《唐才子传校笺》（二），傅璇琮主编，中华书局1989年版。

（元）辛文房：《唐才子传校笺》（三），傅璇琮主编，中华书局1990年版。

二　著作

查屏球：《从游士到儒士——汉唐诗风与文风论稿》，复旦大学出版社2005年版。

查屏球：《唐学与唐诗——中晚唐诗风的一种文化考察》，商务印书馆2000年版。

陈伯海：《唐诗汇评》，浙江教育出版社1995年版。

陈伯海：《唐诗学引论》，知识出版社1988年版。

陈才智：《元白诗派研究》，社会科学文献出版社2007年版。

陈尚君编：《全唐诗补编》，中华书局1992年版。

陈尚君编：《全唐文补编》，中华书局2005年版。

陈尚君：《唐代文学丛考》，中国社会科学出版社1997年版。

陈文新：《中国文学流派意识的发生和发展——中国古代文学流派研究导论》，武汉大学出版社2003年版。

陈贻焮：《论诗杂著》，北京大学出版社1984年版。

陈贻焮：《唐诗论丛》，湖南人民出版社1980年版。

陈贻焮主编：《增订注释全唐诗》，文化艺术出版社2001年版。

陈寅恪：《金明馆丛稿初编》，生活·读书·新知三联书店2001年版。

陈寅恪：《金明馆丛稿二编》，生活·读书·新知三联书店2001年版。

陈寅恪：《唐代政治史述论稿》，上海古籍出版社1982年版。

陈寅恪：《元白诗笺证稿》，上海古籍出版社1978年版。

陈友冰：《海峡两岸唐代文学研究史（1949—2000）》，广西师范大学出版社2001年版。

程建虎：《中古应制诗的双重观照》，人民出版社2010年版。

程千帆、莫砺锋、张宏生：《被开拓的诗世界》，上海古籍出版社1990

年版。

程千帆：《唐代进士行卷与文学》，上海古籍出版社1980年版。

戴建业：《孟郊论稿》，上海古籍出版社2006年版。

戴伟华：《地域文化与唐代诗歌》，中华书局2006年版。

戴伟华：《唐代幕府与文学》，现代出版社1990年版。

邓乔彬、赵晓岚：《学者闻一多》，学林出版社2001年版。

丁福保辑：《历代诗话续编》，中华书局1983年版。

杜晓勤：《初盛唐诗歌的文化阐释》，东方出版社1997年版。

杜晓勤：《隋唐五代文学研究》，北京出版社2001年版。

方丽萍：《贞元京城文学群落研究》，人民出版社2011年版。

傅璇琮：《唐代科举与文学》，陕西人民出版社2003年版。

傅璇琮：《唐代诗人丛考》，中华书局1981年版。

傅璇琮：《唐人选唐诗新编》，陕西人民教育出版社1996年版。

傅璇琮、许逸民等主编：《中国诗学大辞典》，浙江教育出版社1999年版。

傅璇琮主编：《唐五代文学编年史》，辽海出版社1998年版。

葛晓音：《汉唐文学的嬗变》，北京大学出版社1990年版。

顾随：《顾随：诗文丛论》，顾之京整理，天津人民出版社1997年版。

顾易生：《顾易生文史论集》，复旦大学出版社2002年版。

郭外岑：《重读中国文学史：先秦至唐宋部分》，学苑出版社2008年版。

郭英德、过常宝著：《中国古代文学史》，四川人民出版社2003年版。

郭自虎：《元稹与元和文体新变》，安徽大学出版社2010年版。

韩经太：《心灵现实的艺术透视：中国文人心态与古典诗歌艺术》，现代出版社1990年版。

胡可先：《唐代重大历史事件与文学研究》，浙江大学出版社2007年版。

胡可先：《政治兴变与唐诗演化》，中国社会科学出版社2003年版。

胡可先：《中唐政治与文学——以永贞革新为研究中心》，安徽大学出版社2000年版。

胡适：《白话文学史》，上海古籍出版社1999年版。

胡遂：《佛教禅宗与唐代诗风之发展演变》，中华书局2007年版。

胡云翼：《胡云翼说诗》，刘永翔、李露蕾编，华东师范大学出版社2004年版。

黄正建主编：《中晚唐社会与政治研究》，中国社会科学出版社2006年版。

贾晋华：《古典禅研究：中唐至五代禅宗发展新探（修订本）》，上海人民出版社2013年版。

贾晋华：《唐代集会总集与诗人群研究》，北京大学出版社2001年版。

姜剑云：《审美的游离——论唐代怪奇诗派》，东方出版社2002年版。

蒋寅：《百代之中：中唐的诗歌史意义》，北京大学出版社2013年版。

蒋寅：《大历诗风》，凤凰出版社2009年版。

蒋寅：《大历诗人研究》，北京大学出版社2007年版。

景遐东：《江南文化与唐代文学研究》，人民文学出版社2005年版。

李长之：《李长之文集》，河北教育出版社2006年版。

李从军：《唐代文学演变史》，人民文学出版社1993年版。

李剑国：《唐五代志怪小说叙录》，南开大学出版社1993年版。

李时人编校，何满子审定：《全唐五代小说》，陕西人民出版社1998年版。

李泽厚：《美的历程》，中国社会科学出版社1984年版。

林继中：《文化建构文学史纲（魏晋—北宋）》，北京大学出版社2005年版。

刘大杰：《中国文学发展史》，古典文学出版社1958年版。

刘开扬：《唐诗的风采》，上海书店出版社2000年版。

刘琴丽：《唐代举子科考生活研究》，社会科学文献出版社2010年版。

刘玉峰：《唐德宗评传》，齐鲁书社2002年版。

卢宁：《韩柳文学综论》，学苑出版社2006年版。

吕慧鹃：《中国历代著名文学家评传》（第二卷），山东教育出版社1983年版。

吕思勉：《吕思勉遗文集》，华东师范大学出版社1997年版。

吕思勉：《隋唐五代史》，中华书局1959年版。

罗时进：《唐诗演化论》，江苏古籍出版社2001年版。

罗宗强、郝世峰主编：《隋唐五代文学史》，高等教育出版社1994年版。

罗宗强：《隋唐五代文学思想史》，高等教育出版社2003年版。

马承五：《唐诗论集》，上海古籍出版社2005年版。

马兰州：《唐代边塞诗研究》，天津古籍出版社2003年版。

孟二冬：《中唐诗歌之开拓与新变》，北京大学出版社1998年版。
聂永华：《初唐宫廷诗风流变考论》，中国社会科学出版社2002年版。
彭国忠：《唐代试律诗》，黄山书社2006年版。
彭梅芳：《中唐文人日常生活与创作关系研究》，人民出版社2011年版。
彭万隆：《唐五代诗考论》，浙江大学出版社2006年版。
邱昌员：《诗与唐代文言小说研究》，中国社会科学出版社2008年版。
任文京：《唐代边塞诗的文化阐释》，人民出版社2005年版。
上海古籍出版社编：《唐五代笔记小说大观》，上海古籍出版社2000年版。
尚永亮：《唐代诗歌的多元观照》，湖北人民出版社2005年版。
史仲文、胡晓林主编：《新编中国隋唐五代史》，人民出版社1994年版。
孙昌武：《韩愈选集》，上海古籍出版社2013年版。
孙昌武：《柳宗元传论》，人民文学出版社1982年版。
谭优学：《唐诗人行年考（续编）》，巴蜀书社1987年版。
唐晓敏编著：《中华古文论释林（隋唐五代卷）》，北京大学出版社2011年版。
童庆炳主编：《文学理论教程教学参考书（修订2版）》，高等教育出版社2005年版。
王达津：《唐诗丛考》，上海古籍出版社1986年版。
王胜明：《李益研究》，巴蜀书社2004年版。
王运熙、顾易生：《中国文学批评通史（七卷本）》，上海古籍出版社2011年版。
王重民、孙望、童养年辑录：《全唐诗外编》，中华书局1982年版。
吴怀东：《唐诗流派通论》，新华出版社2004年版。
吴怀东：《唐诗与传奇的生成》，安徽大学出版社2008年版。
吴文治编：《柳宗元资料汇编》，中华书局1964年版。
吴文治：《韩愈资料汇编》，中华书局1983年版。
吴相洲：《中唐诗文新变》，学苑出版社2007年版。
吴振华：《韩愈诗歌艺术研究》，安徽师范大学出版社2011年版。
吴宗国：《唐代科举制度研究》，北京大学出版社2010年版。
萧涤非：《汉魏六朝乐府文学史》，人民文学出版社1984年版。
肖占鹏：《韩孟诗派研究》，南开大学出版社1999年版。

肖占鹏主编：《隋唐五代文艺理论汇编评注》，南开大学出版社 2002 年版。

谢思炜：《唐宋诗学论集》，商务印书馆 2003 年版。

熊礼汇、闵泽平主编：《中国文学编年史·隋唐五代卷（中）》，湖南人民出版社 2006 年版。

许连军：《皎然〈诗式〉研究》，中华书局 2007 年版。

许总：《唐诗史》，江苏教育出版社 1994 年版。

许总：《元稹与崔莺莺》，中华书局 2004 年版。

薛天纬、朱玉麒主编：《中国文学与地域风情》，学苑出版社 2005 年版。

严国荣：《权德舆研究》，中国社会科学出版社 2006 年版。

杨世明：《唐诗史》，重庆出版社 1996 年版。

俞陛云：《诗境浅说》，北京出版社 2003 年版。

张安祖：《唐代文学散论》，生活·读书·新知三联书店 2004 年版。

张碧波：《中国文学史论》，黑龙江教育出版社 1993 年版。

张国刚：《唐代官制》，三秦出版社 1987 年版。

张清华：《韩愈大传》，中州古籍出版社 2003 年版。

张忠纲主编：《全唐诗大辞典》，语文出版社 2000 年版。

赵昌平：《赵昌平自选集》，广西师范大学出版社 1997 年版。

郑宾于：《中国文学流变史》，中州古籍出版社 1991 年版。

郑临川记录，徐希平整理：《笳吹弦诵传薪录：闻一多、罗庸论中国古典文学》，上海古籍出版社 2002 年版。

郑振铎：《插图本中国文学史》，人民文学出版社 1957 年版。

三　期刊论文

查屏球：《由皎然与高仲武对江南诗人的评价看大历贞元诗风之变》，《复旦学报》（社会科学版）2003 年第 6 期。

查清华：《江南僧诗的意趣情感及其文化因缘》，《学术月刊》2012 年第 4 期。

陈建森：《从张九龄应制诗看唐诗由初唐之渐盛》，《学术研究》2009 年第 1 期。

陈顺智：《试论大历诗歌的社会心理特征——兼论盛中之变》，《中州学刊》1987 年第 4 期。

仇洪伟：《韩愈与中唐诗风》，《对外经济贸易大学学报》1989 年第 4 期。
杜光熙：《郡斋吏隐与江南望阙——谈韦应物任苏州刺史期间的交游与创作》，《燕赵学术》2012 年第 2 期。
方丽萍：《"贞元之风尚荡"析》，《南开学报》2012 年第 3 期。
葛晓音：《关于诗型与节奏的研究——松浦友久教授访谈录》，《文学遗产》2002 年第 4 期。
郝润华：《韩愈"以文为诗"与唐代古文运动》，《首都师范大学学报》2006 年第 5 期。
郝世峰：《"徜徉乎""从道"与"从众"之间——中唐士人心态论》，《人文杂志》1994 年第 4 期。
贺同赏、王明春：《贞元诗歌的总体特征及诗史意义——以顾况、李益、孟郊的诗歌创作为中心》，《德州学院学报》2007 年第 6 期。
胡可先：《论包佶、李纾与贞元诗风》，《学术界》2015 年第 6 期。
胡可先：《论元和体》，《中国韵文学刊》2000 年第 1 期。
胡正武：《顾况浙东行踪考略》，《台州学院学报》2005 年第 1 期。
黄新宪：《欧阳詹与科举》，《徐州师范大学学报》2005 年第 6 期。
黄阳兴：《图像、仪轨与文学——略论中唐密教艺术与韩愈的险怪诗风》，《文学遗产》2012 年第 1 期。
贾晋华：《皎然出家的时间及佛门宗系考述》，《厦门大学学报》1990 年第 1 期。
蒋寅：《大历诗僧灵一、灵澈述评》，《宁波大学学报》1992 年第 1 期。
蒋寅：《孟郊创作的诗歌史意义》，《华南师范大学学报》2005 年第 2 期。
蒋寅：《权德舆与唐代赠内诗》，《山西大学师范学院学报》1999 年第 1 期。
景刚：《韦应物与滁州》，《北京大学学报（国内访问学者、进修教师论文专刊）》2003 年版。
雷恩海：《走向贞元文坛宗主地位的阶梯——权德舆的家世背景及学术渊源考察》，《西北师大学报》2002 年第 4 期。
林继中：《变迁感——中唐士大夫的心理压力》，《暨南学报》1993 年第 3 期。
林继中：《由雅入俗——中晚唐文坛大势》，《人文杂志》1990 年第 3 期。
刘曾遂：《试论韩孟诗派的复古与尚奇》，《浙江学刊》1987 年第 6 期。

麻守中：《中国古代诗歌体裁的美学特征》，《齐齐哈尔师院学报》1988年第6期。

马承五：《"病态的花"的文化心理特征——中西苦吟诗人比较研究》，《江汉论坛》1989年第11期。

马承五：《中唐苦吟诗人综论》，《文学遗产》1988年第2期。

马大正：《公元650—820年唐蕃关系述论》，《民族研究》1989年第6期。

孟二冬：《韩孟诗派的创新意识及其与中唐文化趋向的关系》，《中国社会科学》1989年第2期。

孟二冬：《论韩孟诗派构成的个人因素》，《烟台大学学报》1989年第2期。

孟二冬：《论齐梁诗风在中唐的复兴》，《文学遗产》1995年第2期。

倪其心：《关于唐诗的分期》，《文学遗产》1986年第4期。

佘正松、王胜明：《李益生平及诗歌研究辨正》，《文学遗产》2004年第3期。

孙昌武：《读陈寅恪〈论韩愈〉》，《古典文学知识》1997年第5期。

孙琴安：《唐代七律诗的几个主要派别》，《学术月刊》1988年第2期。

陶成涛：《唐德宗曲江赐宴及君臣唱和诗系年考》，《唐都学刊》2015年第3期。

陶敏：《韦应物生平再考》，《文学遗产》2010年第1期。

田恩铭：《"龙虎榜"与中唐文体文风改革的演进》，《殷都学刊》2008年第3期。

田恩铭：《唐德宗与贞元诗风》，《哈尔滨师范大学社会科学学报》2011年第5期。

王东春：《论韩愈和中唐文士的思想特征》，《复旦学报》1995年第1期。

王南冰：《李观年谱及作品系年》，《古籍整理研究学刊》2008年第3期。

王齐洲：《雅俗观念的演进与文学形态的发展》，《中国社会科学》2005年第3期。

王胜明：《新发现的崔郾佚文〈李益墓志铭〉及其文献价值》，《文学遗产》2009年第5期。

王胜明：《由新发现的〈李益墓志铭〉质疑"〈从军诗序〉为李益自作"》，《文献》2013年第2期。

王玮：《贞长风概》，《文学遗产》1988年第3期。

王勋成：《李益"三受末秩""五在兵间"说》，《文献》2004年第4期。

魏耕原：《"天宝之风尚党"论》，《陕西师范大学学报》2015年第1期。

吴伟斌：《〈莺莺传〉写作时间浅探》，《南京师大学报》1986年第1期。

吴在庆：《漫议欧阳詹的情感》，《固原师专学报》2003年第4期。

谢思炜：《从张王乐府诗体看元白的"新乐府"概念》，《北京师范大学学报》1999年第5期。

徐敏：《浅析权德舆的亲情诗》，《船山学刊》2010年第4期。

许总：《论韩孟诗派主体心性的强化艺术表现的变异》，《东岳论丛》1997年第1期。

许总：《论贞元士风与诗风》，《广西师范大学学报》1995年第4期。

严寿澂：《从元和诗风之变看韩柳诗》，《文学遗产》1987年第4期。

颜文武、魏中林：《论贞元"尚荡"之风对唐代诗史的转关作用》，《内蒙古大学学报》2009年第5期。

尹占华：《关于李益"五在兵间"的问题》，《中国典籍与文化》2012年第3期。

余恕诚：《韩白诗风的差异与中唐进士阶层思想作风的分野》，《文学遗产》1993年第5期。

张安祖、杜萌若：《〈唐国史补〉"元和之风尚怪"说考论》，《文学遗产》2001年第3期。

张安祖、杜萌若：《天宝之风尚党——论盛中唐之交诗坛风气的转移》，《文学遗产》2005年第6期。

赵昌平：《关于顾况生平的几个问题——与傅璇琮先生商榷》，《苏州大学学报》（哲学社会科学版）1984年第1期。

赵昌平：《唐诗演进规律性刍议——"线点面综合效应开放性演进"构想》，《文学遗产》1987年第6期。

赵昌平：《"文章且须放荡"辨》，《古代文学理论研究（第九辑）》1984年第4期。

赵昌平：《吴中诗派与中唐诗歌》，《中国社会科学》1984年第4期。

赵目珍：《〈诗人主客图〉"瑰奇美丽主"武元衡年谱》，《中国韵文学刊》2013年第2期。

四 博硕士学位论文

杜光熙:《"龙虎榜"与中唐文学新变》,硕士学位论文,河北师范大学,2013年。

冯淑然:《顾况及其诗歌研究》,博士学位论文,河北大学,2007年。

鞠丹凤:《初盛唐代应制诗研究》,硕士学位论文,东北师范大学,2007年。

鞠岩:《武元衡研究》,硕士学位论文,首都师范大学,2008年。

李玲:《唐代应制诗研究》,硕士学位论文,陕西师范大学,2008年。

温成荣:《大历、贞元诗的地位》,硕士学位论文,天津师范大学,2003年。

谢凤杨:《初盛唐应制诗研究》,硕士学位论文,暨南大学,2008年。

许承柏:《韦应物五言古诗的创作成就及其特色》,硕士学位论文,安徽大学,2007年。

杨遗旗:《欧阳行周研究》,博士学位论文,华中科技大学,2010年。

于展东:《张籍王建体研究》,博士学位论文,陕西师范大学,2009年。

余慧敏:《孟郊与贞元诗坛》,硕士学位论文,广西师范大学,2007年。

张晶平:《论中唐贞元诗风》,硕士学位论文,黑龙江大学,2005年。

张伟民:《欧阳詹年谱及作品系年》,硕士学位论文,华中科技大学,2005年。

周敏:《韩愈诗文研究》,博士学位论文,南京师范大学,2002年。

五 国外研究

[德] 黑格尔:《美学》,朱光潜译,商务印书馆1979年版。

[美] 包弼德:《斯文:唐宋思想的转型》,刘宁译,江苏人民出版社2001年版。

[美] 倪豪士:《韩愈研究在美国》,《中国文哲研究通讯》1992年第2期。

[美] 斯蒂芬·欧文:《韩愈和孟郊的诗歌》,田欣欣译,天津教育出版社2004年版。

[美] 宇文所安:《初唐诗》,贾晋华译,生活·读书·新知三联书店2004年版。

[美] 宇文所安:《盛唐诗》,贾晋华译,生活·读书·新知三联书店2004

年版。

［美］宇文所安：《中国中世纪的终结——中唐文学文化论集》，陈引驰、陈磊译，生活·读书·新知三联书店 2006 年版。

［日］川合康三：《终南山的变容：中唐文学论集》，刘维治、张剑、蒋寅译，上海古籍出版社 2007 年版。

［日］花房英树：《白居易》，王文亮、黄瑞译，社会科学文献出版社 1991 年版。

［日］吉川幸次郎：《读杜札记》，李寅生译，凤凰出版社 2011 年版。

［日］吉川幸次郎：《中国诗史》，章培恒等译，安徽文艺出版社 1986 年版。

［日］内藤湖南：《中国史通论》，夏应元选编监译，社会科学文献出版社 2004 年版。

［日］入谷仙介：《论王维的应制诗》，李寅生译，《钦州师范高等专科学校学报》2003 年第 4 期。

［日］土谷彰男：《中唐诗人秦系诗评考述——并论大历诗人刘长卿与贞元诗人韦应物的划分和对比》，《社会科学战线》2013 年第 11 期。

［日］丸山茂：《唐代文化与诗人之心》，张剑译，中华书局 2014 年版。

［英］崔瑞德编：《剑桥中国隋唐史》，中国社会科学出版社 1990 年版。

后　　记

　　本书是在我博士论文的基础上修改完成的，论文"致谢"部分记录了我当时的心情，现摘录如下：

　　　　四年时光对于整个人生来说也许只不过是其中一个小小的片段而已，但于我而言，因为选择了博士的求学生涯，让2012年到2016年这原本普普通通的四年有了不一样的色彩和温暖。回顾四年的求学历程，我深感自己之所以能顺利地完成学业离不开身边师友亲人们的帮助和支持。

　　　　首先要感谢的是我的博士生导师张安祖先生。在这四年中，无论是在学业、工作还是生活中老师都给予了我很多的指导和帮助。入学伊始，老师就叮嘱我及早思考论文题目，但我实在愚笨，所想的题目大多差强人意，最后还是老师指点迷津，让我思考贞元诗坛这个方向是否可行，并把自己往日中对该问题的思考和理解倾囊相授。顺利开题后，老师又告诉我论文写作中应该注意的一些问题，让我在写作之前就对这一题目的难点和重点有所了解和把握。进入论文的写作阶段时，老师让我每写完一章就拿给他看，他说这样以便发现问题，及早解决。而每当我怀着忐忑的心情把论文交给老师时，老师总是不吝表扬肯定之词，让我先安下心来，然后再指出文章中存在的缺陷和问题。虽然论文在写作的过程中也遇到过很多困难，但经过老师的这般鼓励和指导，使我保持了对论文写作的浓厚兴趣，并每每因为能发现、解决一个问题而兴奋不已。当我真正遇到难解的问题时，无论是在电话中还是在老师的家里，老师每次也是不厌其烦地和我反复探讨，并总是能提出一些高屋建瓴、让我茅塞顿开的意见和建议。可以说，我之所以能顺利完成论文和老师在精神上的鼓励和支持以及论文写作中具体的指导都是密不可分的。就后者而言,老师不仅在文章的标点、字词、句子的表达上予以了修改,在整个章节的安排上也提出了宝贵的意见。老师有着极为敏锐的文学触觉,所以我那些随意的用词和表达往往就难逃老师的"法眼",我自觉自己写文章还比较稚嫩,用词也难免粗疏,但相信经过老师的这份指导和熏陶,在未来的学术研究道路上必定有所提高。老师对我的帮助与关怀不仅仅体现在论文的指导方面,在工作上、生活上也多有照拂。在电话里,老师总是叮嘱我和家人多注意身体,在老师家中,老师和师母也每每热情招待。不仅如此,老师还叮嘱我毕业之后回到工作单位也不要放松学术,对论文还要精打细磨。老师还曾告诫我,写文章时不要为了写而写,总是要有所发现才可以,无论这种发现是大是小,是多是少,总要让自己的文章有一些和别人不一样的东西。老师的文章便是如此,老师文章数量虽然不多,但均为精品,老师就是通过这样的言传身教感染着我、教育着我。所以,在论文的写作中,我也要求自己踏踏实实读文本,认认真真写文章,博士论文中的表达也许还比较浅显,但在写作过程中我确实是在尝试着写出自己的观点和想法。老师年届古稀,曾经的人生难免随着社会变化的浪潮而动荡起伏,但老师幽默乐观的性格让他在讲述曾经坎坷的遭遇时反而给人以一种趣味感。能够笑看人生的苦难本就是难得的智慧和通达,这样的人格精神也在这四年的师生交往中深深触动了我。如今,苦难早已远离,惟愿老师和师母在这美好的时代里健康长寿。

我始终觉得自己是一个幸运的人。这份幸运在学业上的体现就是我不仅遇到了一位如张老师般的恩师,还在于我身处黑龙江大学古代文学专业这个温暖团结的集体。在我四年读博的过程中,刘敬圻老师、薛瑞兆老师、杜桂萍老师、胡元翎老师、陈才训老师、许隽超老师或者传授我们知识,或者在开题、预答辩、答辩的过程中指出相关问题,为我论文最后的完成都提供了宝贵的意见和建议。老师们虽然风貌不一,但对学生的关爱却是一样的,四年读博过程中与各位老师的交往让我深切地体会到了这一点,对此,我也将始终感念于心。

除了上述师长外,我还要感谢自己硕士阶段的导师——陕西师范大学的刘生良先生。虽然已经毕业近十年,但和刘老师一直联系密切,在我读博期间刘老师也给予了很多的关心和帮助，电话中一次次殷殷叮嘱言犹在耳。硕士阶段的同门师兄康庄亦是如此，除了和我探讨相关问题外，他还帮我翻译了中文摘要，解了我的燃眉之急，能结识这样一个亦兄亦友的同门，实属我人生的幸事。

在收获颇丰的同时，我也对家人亏欠良多。因为经常去哈尔滨，对孩子本就疏于照顾，幸好孩子比较懂事，还让我"快点写，早点回来陪她"；2013年博士毕业的爱人在没有双方老人帮助的情况下一面工作，一面照管家庭和孩子，付出良多，虽然夫妻之间本当患难与共，但我内心确实感念良多；双方老人也很体谅我们，自己有什么问题和困难也很少和我们张口，从来都是"报喜不报忧"，让我们可以安心忙自己的事情，父母对子女的爱从来都是这样"润物细无声"的，作为子女的我们也只有好好工作、踏实生活、孝敬他们才能回报一二。

拙著的出版还要感谢我所在的学校——牡丹江师范学院，感谢学校将拙著纳入牡丹江师范学院学术著作出版基金支持计划，并给予一定的资金支持；感谢我所在的文学院将拙著纳入黑龙江省优势特色学科建设项目成果资助项目。

因囿于个人学力，本书一定还存在很多不完善之处，我会在后续的研究中不断予以完善，也期待方家不吝赐教！